乡村志

青天在上

贺享雍 著

四川文艺出版社

图书在版编目（CIP）数据

乡村志. 青天在上/贺享雍著. —2 版. —成都：四川文艺出版社，
2019.7
　ISBN 978-7-5411-5460-7

　Ⅰ. ①乡… Ⅱ. ①贺… Ⅲ. ①长篇小说—中国—当代
Ⅳ. ①I247.5

中国版本图书馆 CIP 数据核字（2019）第 126384 号

XIANGCUN ZHI QINGTIAN ZAISHANG

乡村志·青天在上

贺享雍　著

编辑统筹　罗月婷　王梓画
责任编辑　邓　敏
内文设计　史小燕
封面设计　叶　茂
责任校对　段　敏
责任印制　崔　娜

出版发行　四川文艺出版社（成都市槐树街 2 号）
网　　址　www. scwys. com
电　　话　028-86259287（发行部）　028-86259303（编辑部）
传　　真　028-86259306

邮购地址　成都市槐树街 2 号四川文艺出版社邮购部　610031
排　　版　四川胜翔数码印务设计有限公司
印　　刷　成都国图广告印务有限公司
成品尺寸　168mm×238mm　　　　开　本　16 开
印　　张　19.75　　　　　　　　字　数　320 千
版　　次　2019 年 7 月第二版　　印　次　2019 年 7 月第一次印刷
书　　号　ISBN 978-7-5411-5460-7
定　　价　58.00 元

目录

■ CONTENTS

引　子

　　贺世忠的老伴儿得了急病，被儿女送进县医院，贺世忠知道这个消息后，就去向"老板"要钱。"老板"不是真正的老板，只是这个工程的项目经理，他上面还有老板，但他却主宰着这个工地工人们的命运，所以工人们还是把他叫作"老板"。

　　"老板"坐在一张马架子上，正将一只脚捧在大腿上，用一把小刀子在修脚上的灰趾甲，许是中午才喝了酒的缘故，一张圆乎乎的胖脸上放着红彤彤的光芒。一听贺世忠的话，"老板"连头也没抬一下，只"噗噗"地朝脚上吹了几下，眼睛仍看着脚趾尖说："那怎么行，工程还没结束，也没有结算，哪来的钱？"

　　贺世忠听了"老板"的话，眉毛动了一动，满脸的皱纹往鼻梁中间皱了过来，又像小孩子般不好意思地搓了搓手，然后才带着一副哭腔说："我老婆得了急病，我得赶回去……"

　　贺世忠的话还没完，"老板"捏了捏修过的脚趾，又拍了拍有些肥厚的脚背，似乎舒服了，然后一边拍打着沾在裤子上的灰，一边若无其事地回答贺世忠说："你婆娘病了，那你先回去吧！"

　　贺世忠粗大的喉结上下滚动了一下，咽下了一口口水，仍低眉垂眼地带了哀求的口气说："可我需要钱回去救命！"

　　说完不等工头答话，马上又接着说了起来："我老婆得的是肾功能衰竭，入院就交了三万块钱，还是我儿子和女儿到处求人，才挪借齐的……"

　　"老板"这才抬头看了贺世忠一眼，却仍然是心如磐石、无动于衷地说："那也没有法，工程没有结束，没有钱给你!"

说完又说："你要是着急，可以先回去，等工程结算过后，我把工钱给你寄过来……"

贺世忠没等他说完，心里突然突突地蹿起火苗来，禁不住提高了声音说："等你工程结束，我老婆早就没命了!"

说完，十根手指不由自主地往手心攥了拢来，指关节发出了清晰的"咯吱咯吱"的响声，然后有些像是疯了，将攥紧的拳头在头顶挥了挥，两眼逼视着工头，喊道："老板，我再说一遍，我要钱救命，请你现在就把工钱算给我!"

"老板"一见，迅速将两只赤脚插进马架下面的拖鞋里，霍地站了起来，顺手将旁边茶几上一只电警棍拿到手里，眼睛直瞪瞪地盯着贺世忠，露出两股凶光，摆出一副准备打架的架势说："好哇，敢挥拳头威胁我了! 来吧，你想怎么样?"说着，便将电警棍朝贺世忠指了过来。

贺世忠看着工头手里的电警棍，急忙往后退去，有些好汉不吃眼前亏的样子。很快退到墙边，没法退了，可"老板"手里的电警棍还一点没有落下来的样子。在那一瞬间，活了六十年的贺世忠，脸上的肌肉一边急速地抽动，一边从眼里闪出了两道绝望和无助的光芒，像一只濒临绝境中的小动物般。他的心里响着一种巨大的、哀鸣的声音，脸色煞白，灰白的胡须不断颤抖，上下牙齿互相"嘎嘎"地磕碰，目光惊惶地盯着"老板"手里的电警棍。就在电警棍要逼近他鼻尖的时候，贺世忠突然将牙齿咬住，目光越过电警棍，落在了"老板"那张有些浮肿的油乎乎的胖脸上，原先那种绝望、可怜的羔羊似的目光突然没有了，而换成一种带有狠毒的、兔子急了也要咬人的，甚至还可以称得上是要鱼死网破的光芒。"老板"的手哆嗦了一下，电警棍朝贺世忠的胸口歪了下去。可就在这时，贺世忠的双腿却没听他大脑的指挥，仍旧簌簌地抖着。抖了一阵，双脚突然背叛了贺世忠的意志，像是抽了筋似的，"扑通"一声就跪在了可以做他儿子的"老板"面前，两行浑浊的热泪竟夺眶而出，一边对"老板"磕头，一边抽泣着说："老板，你就做做好事，把钱给我吧，迟了我老婆……恐怕没命了……"

"老板"听了这话，先还像没弄清楚是怎么回事似的，愣住了。过了一会儿，才明白过来，接着像是大获全胜地大笑了起来。一边笑，一边把电警棍插到自己的皮带上，才对贺世忠说："这还差不多，好说好商量嘛，对我要什么威风? 也不问问灶王爷姓甚名谁！你起来吧！"

贺世忠以为"老板"被感动了，但他并没有从地上马上爬起来，又感激地对"老板"磕了一个头，这才站了起来。可还没等他对"老板"说什么，"老板"却抢在他前面对他说："你的情况我知道了，让我给老板反映反映！老板没把钱结给我，我哪有钱拿给你？"

贺世忠听了这话，便带着希望，马上对"老板"问了一句："你啥时跟老板反映？"

"老板"说："什么时候反映你就不要管了嘛！"

说完这话，"老板"便不耐烦地挥了一下手，下了逐客令："你回去等消息吧！"

贺世忠知道再说下去也是白说，于是强忍着气走出了"老板"的屋子。

第二天，贺世忠又去问"老板"，"老板"说："哪有这么快？你等着吧！"

贺世忠一夜没睡，这时红肿着双眼，又带着哭腔说："我老婆在医院里还没醒过来呢！"

"老板"说："你要着急，自己去找老板吧！"

贺世忠说："我哪里找得着老板？"

"老板"说："你找不着，难道我就那么容易见到老板？"

说完怕贺世忠继续纠缠他，便又说："好了，好了，我把你的事记到心上，我这就抽时间去找找他！"

贺世忠又只好出来了。

下午，贺世忠又去找"老板"，可"老板"住的板房门上却挂着锁。贺世忠心急如焚，隔两个小时就从工地的脚手架上下来，往"老板"的板房跑，可是直到天黑也没有看见"老板"的影子。贺世忠这才知道，连"老板"现在也躲起来了。

晚上，工友们聚在工棚里，问贺世忠什么时候走？昨天贺兴菊一给贺世忠打电话，贺世忠老婆住院的事工友们就全知道了。现在工友们一问，贺世忠突然把脑袋夹在膝盖之间，一咧大嘴，就嗡嗡地哭了起来。工友们急忙问他怎么回事。贺世忠像个受了委屈的小孩，一边伤伤心心地哭，一边把向"老板"要工钱的事给大家说了一遍。工友们一听，惺惺相惜，都愤愤不平地说了起来。一个叫毛成的工友先说："只怕是'老板'不想给你工钱，故意把你往大老板那里支呢！"

另一个叫胡德益的工友也说："听说大老板在这个城市光别墅就有好几幢，每幢别墅都养得有女人，你又没有他的电话，不说你找不到他在哪里，就是找到了，别墅你怎么进得去？"

听到这话，众人都心照不宣地沉默了。过了一会儿，一个叫杨成福的工友哪壶不开提哪壶，先叹了一下，接着便又打破沉默说："贺大哥这钱恐怕是难要了！"

说完不等众人问，又自顾说了下去："秃子头上的虱子——明摆着，我们老板是大老板的妹夫，老板又是这个开发区主任小舅子的连襟，开发区主任又是市委书记的秘书下来当官的，他们亲连亲，戚连戚，领导连小秘，都是一个鼻孔出气的，要不然，老板怎么能轻易拿下这样大一个工程？"

说完又自以为是地对众人道："你们难道还没有听说过吗？这年头没有特殊关系，休想拿到大工程！"

众人听了这话，便纷纷说："就是你才听说过，我们都没有听说过，没吃过猪肉难道还没有看见过猪跑？"

杨成福说："那就是了！所以贺大哥即使找到了大老板，大老板要是也和我们老板一样的腔调，怎么办？"

贺世忠嘴唇动了几动，露出了几颗有些发黄的门牙，一副又要哭出来的样子。这时一个叫陈宏的年轻工友，似乎不忍心看见贺世忠难过的样子，便马上说："你们也不要说得那样绝对，领不领得到工钱，我们来听听菩萨怎么说？"

陈宏是这群工友中人最年轻，也是文化水平最高的一个。他高中毕业后就出来打工，走了十多个省份，换了几十个工种，见多识广，平常又喜欢捧着一本书看，因此大家都把他看作是智多星，平时有了什么难事，都请他拿主意。现在一听他的话，工友们便纷纷说："对，对，我们来请盆盆神，看菩萨怎么说！"

大家一边说，一边便去找纸，找了半天，却没找着一张像样的白纸。陈宏便跑到自己床边，掀开破席子，从下面抽出一张过时的年历画来。年历画上是个美女明星，柳眉凤眼，唇红齿白，蜂腰肥乳，酥胸半露，十分性感。一从陈宏的破席子下解放出来，便秋波横陈，向一屋子浑身散发着汗酸味和脚臭味的老少光棍一视同仁地抛着媚眼。

众人一见，便笑陈宏："别人金屋藏娇，陈宏你竟然是天天晚上压着一个美女睡呢！"

陈宏说："我只是打一下精神牙祭！"

所谓"请盆盆神"，不过是一种游戏。这游戏有些荒诞不经，也不知是谁，从什么地方传来的，但工友们却很喜欢这种游戏。贺世忠过去在贺家湾村当支部书记时，对那些装神弄鬼的行为十分深恶痛绝。可自从出来打工后，却慢慢相信了命运。加上工棚里漫漫长夜，无以为乐，竟也喜欢起了这种游戏来。"反正不花钱！"参加这种游戏时，他就这样想着。

说话间，陈宏已在那明星画报的后面，用笔各画了纵横交错的六条直线，纸上便形成了二十五个大小相等的方格，在中间那个方格中写了一个大大的"钱"字。接着在围绕着"钱"字的上下左右方格中，分别又写了"成功"和"不成"的字，然后在剩下的方格中，又各填上了 1000、2000、3000……10000 的阿拉伯数字。填好以后，他用脚扫了扫地板，将纸在地上铺平，跑到自己床头拿出一只口杯大的不锈钢杯子，过来倒扣在格子中间那个"钱"字上，然后才对贺世忠说："来吧！"

贺世忠知是玩耍，靠不住，却是病急乱投医，于是也抱了侥幸心理，过去在纸盘前面蹲了下来。工友们也早围了过来，目光似是好奇，又似是十分紧张地落到纸盘上。陈宏见贺世忠做好了准备，自己也在对面蹲下来，两人同时伸出食指，指尖在离杯沿半厘米左右的地方停下来，同时一起唱了起来：

盆盆神，盆盆神，

盆盆菩萨显威灵！

骑白马，降凡尘，

三魂七魄即起身！

路上土地莫挡道，

菩萨凡尘指迷津！

念毕住了声，众人也都睁大眼睛，屏息静气地看着杯子。没过一会儿，杯子就轻轻晃动了起来，众人马上高兴地轻声叫道："来了，来了，菩萨显灵了！"

贺世忠和陈宏也都立即紧张起来，目光一动不动地盯着杯子。只见那杯子晃动了几下，又马上像是累了一样停了下来。这时陈宏便对贺世忠说："说吧！"

贺世忠便将伸到杯子面前的那只手缩回来，和另一只手合拢了，朝杯子作了一个揖说："盆盆仙婆在上，小民贺世忠的女人得了急病，小民需拿了打工的钱回去救命，可老板不给，小民特请仙婆示下，小民究竟拿不拿得到这救命的钱？"

说完又将先前那只手伸出去，指尖在离杯沿半厘米的地方停住，屏住呼吸，两眼死死看着杯子。众人皆一样。

这样过了一会儿，那杯子果然有灵地又晃动了起来。晃了两下，便开始慢慢移动。陈宏和贺世忠的手指也紧紧擦着纸，跟着杯子移动，一个像是在拉，一个又像是在推，可指尖却始终离杯沿有半厘米远。杯子犹如蹒跚学步的孩子，摇摇晃晃地缓缓走到写着"成功"的方格内，不但贺世忠的眼睛亮了起来，众人也发出了"停下"的叫声。杯子像是听话的孩子，果然在格子里不动了，众人就又拍手欢笑，说："行，这钱要得到了……"

可叫声没落，那杯子又动了动，接着又摇摇晃晃地动了起来。众人一下又把心提到了嗓子眼上。只见那杯子摇摆一阵，就摇到写着"不成"的格子内。贺世忠一见，马上闭上眼，众人也把手抬到胸口，像是在心里祷告一样。杯子在"不成"的格子内停了一下，又开始往前移动。陈宏和贺世忠看着杯子，眼睛都不敢眨，手指跟着杯子一点一点地向前挪着。杯子移到了写着阿拉伯数字的格子内，众人以为它会在那些格子里停住，可它却没停，继续像是无头苍蝇一样在纸上爬着。爬了一阵，又回到了中间那个写着"钱"字的格子内，趴下不动了！

众人都不由自主地"哦"了一声，露出了失望的样子，说："这是怎么回事？究竟要不要得到钱，菩萨也没明说！"

陈宏听了这话，站起来甩了甩有些发酸的手臂，才对贺世忠说："菩萨的意思很明确，是叫你明天继续去要！菩萨不把意思说得那么明，这才是聪明的菩萨！"

说完又对众人说："好了好了，大家睡觉吧！"

众人听了，便也对贺世忠说："就是就是，要不要得到钱还得靠你自己！"说着就散开，各自睡去了。

贺世忠也脱了衣服爬上铺去，可是他心里仍然很乱，一会儿想着妻子的病，一会儿想着自己的钱，在床上烙饼一样翻过来覆过去，翻了半晚上，瞌睡也不来光顾。天快亮的时候，才迷迷糊糊地睡过去。恍恍惚惚中，他来到了一个地方。只见这地方光祥霞瑞，彩雾纷纷，绿树清溪，水声潺潺，鸟啼莺唱，山花缤纷，一派画片上天堂美景的模样。他不知这是到了哪里，正惊疑间，面前忽地耸起一座寺庙，红墙碧瓦，壮丽辉煌，朱栏玉砌，霞光缥缈。他看得呆了，猛想起自己的事，便决定进去求菩萨保佑，于是便拾级而上，踏进山门。进去一看，里面又是一番景色。只见古木参天，绿树婆娑，殿宇亭台，无不巍峨壮观，雕梁画栋，气势庄严，锦幛绣幕，灯烛渺渺，钟磬绵长。他走过甬道，又拾级而上，正面是一座大殿。走进殿内，他便看见那正中佛龛内，一尊菩萨端坐莲花之上。那菩萨眉清目秀，看不出是男是女，却是笑口微开，满面慈祥。菩萨两边又各有一个保镖，头戴金盔，手持长矛，威风凛凛，一副刚武的样子。贺世忠一见，倒头便拜。刚拜了两下，忽听那菩萨突然说了话："地下那人拜的什么？"

贺世忠一惊，猛地抬起头来看着菩萨，菩萨也在看着他。贺世忠愣了一下，便把昨晚对盆盆神说的话又说了一遍，末了又说两句"求菩萨保佑"的话。菩萨听了，忽然说："我昨晚上已经给你明示了，你的钱在那儿，要不要得到，全凭你自己了，求我有何用？"

贺世忠一听，便明白眼前正是"盆盆神"了，急忙又磕了一个头，说："我怎样才要得到钱，还求菩萨明示。"

菩萨过了一会儿才说："要脸不要钱，要钱不要脸！"说完便不吭声了。

贺世忠还有些不解菩萨的话，便又说："怎么要钱不要脸，要脸不要钱？"

菩萨说："天机不可泄露，你走吧！"

说完忽听得"轰"的一声，眼前金殿全无，剩下的只是一片荒山野岭，到处长着荆棘刺丛，从远处还传来隐隐的虎啸狼嚎的声音。贺世忠忽然吓得惊叫了一声，醒了过来。

睁眼一看，天光已亮，工友们开始起床。听见贺世忠的叫声，便急忙围过来问。

贺世忠便对众人说了刚才做的梦。刚说完，陈宏便说："盆盆神果然显灵了！"

说完便盯着贺世忠问："你怕不怕死？"

贺世忠不懂陈宏这话的意思，便说："我都是土埋了大半截的人了，还怕啥子死！"

陈宏一听，高兴得拍了一下手，说："不怕死就好！你等会儿就爬到工地那个塔吊上去，叫老板拿钱来，不拿就做出往下跳的样子。这儿我们给电视台和110打电话，就说有人要跳塔自杀了！电视台和110肯定要来，到时闹大了，老板自然也要出面了！"

毛成、杨成福等工友们一听这话，便也纷纷说："对，对，你去找老板找不到，让老板来找你！"

贺世忠一听却有些犹豫了，说："这……"

陈宏见贺世忠迟迟疑疑的样子，便有些不满地盯着他问："怎么，你不敢了？不敢了就别想拿钱回去救你老婆！"

贺世忠一听这话，愣了一下，突然才像下定决心地说："有啥不敢的？大不了一个死，死就死吧……"

话音没落，陈宏又对他说："哪个叫你去死？你老婆在家里死了，还有人给她收尸，你要是在这里死了，连收尸的人都没有！"

工友们一听，也说："对，只是叫你吓他们一下，没叫你去死。我们穷人的命，就那么不值钱？也不是鸡儿鸭儿呢！"

贺世忠听了这话，便又鼓起了信心说："你们放心，我贺世忠命大，死不了！"

陈宏点了一下头，像是十分赞赏贺世忠的态度，可又马上说："这就对了，我们就按这么办，到时候你可不要下软蛋，啊！"

工友们也说："就是，到时千万不能我们在一旁给你鼓劲，你自己却弓硬弦不硬，当狗熊，啊！"

贺世忠觉得工友们这话有些看不起他，于是便鼓着额头上的青筋说："我当啥子狗熊，我贺世忠难道没有夹鸡巴？"

说完觉得意犹未尽，于是又补了一句说："就是当狗熊，我也是一只夹卵子的狗熊嘛！"

众人一听这话就笑了起来，一边笑，一边说："夹了卵子就好，那就这样办了！"说着各自拿起碗筷吃饭去了。

吃过早饭，工友们就陆陆续续上工了。贺世忠一到工地，果真按照陈宏的主意，就去爬吊塔。这是一座内爬式塔机，当贺世忠从塔机中间的铁梯往上爬的时候，一些不明就里的工友，以为吊塔上有什么活干，也没管他。贺世忠便越爬越高，到了上面支撑节的地方，工友们却没有看见贺世忠进塔机的操作仓，而是从支撑节和塔帽相连接的钢架中伸出上半身，双手抓住外架转体后臂两边的钢栏，用力将整个身子撑了出来。然后他像是累了似的歇息了一下，才继续抓住两边钢栏，脚踩着钢架，慢慢往后臂配重块的方向移去。因为钢栏很低，所以贺世忠往前面移动的时候，不得不把身子弯成一张弓。那塔吊有十五六层楼房高，从下面望上去，贺世忠小得像个孩子。

那些不明就里的工友感到有些不对头了，于是便一齐朝贺世忠喊道："贺世忠，你这是干啥？"

贺世忠听到了工友的喊声，可是他没有答应。他开始往塔吊上爬的时候，像是去干什么不光彩的事一样，心里还有些不踏实，甚至还有几分害怕。每往上爬一步，心脏便往肚子里坠落一下。他便一边往上爬，一边默念着陈宏和毛成等工友们给他说的话，他想着可不能给他们丢脸，成败在此一举，老婆还躺在医院的病床上呢！这样一想，悬着的心便渐渐安稳下来。现在，他知道底下几百双工友的眼睛都在盯着自己，尽管双手抓着钢栏，可仍然十分危险，只要脚下踩虚一步，掉下去哼都来不及哼一声，就要去见阎王爷。可贺世忠知道现在自己已经没了退路，只能继续往前面移动着脚步。风"呜呜"地掠过他的耳边，钢栏冷飕飕、凉冰冰的感觉，通过他那双宽大的、满是老茧的手掌，传到了他的身上。他不敢往下看，两只眼睛只是看着自己抓住钢栏的双手。他看见手背上青筋毕露，就像家乡那棵有着几百年历史的老黄葛树的树根一样。他从没这样仔细看过自己手上这些暴突的青筋，现在一见，禁不住有了一种苍凉的感觉。接着他的眼前又再一次浮现出他女人的面孔，心里不禁又疼了起来，眼眶也禁不住有些湿润了。他想起了贺家湾的一句俗话：该死的鸡鸡朝天，不该死的鸡鸡你怎么让它朝天也不行！这么一想，身上的勇气和力量突然倍增，为了救女人，他必须将生死置之度外！于是他停下来，用了那种带着绝望、苍凉和颤抖的声音朝下喊道："我老婆得了急病，要钱救命，老板给我工钱……"

那些不明就里的工友一下明白是怎么回事了，先是安静了一会儿，接着就有工友大声地互相喊道："快叫老板，快叫老板，要出人命了！"

随着话音，有人便惊惊慌慌地朝"老板"住的板房跑去。可是这些人又很快往回跑，一边跑，一边又喊着："老板不在，老板不在，不知到哪儿去了！"

先前喊叫老板的人慌了，便又朝贺世忠喊："贺世忠，你手把栏杆抓紧，脚踩稳当，可别掉下来了！"

接着又有人喊："贺世忠，你可千万别糊涂，再多的钱也不抵你的命，快下来！"

现在，贺世忠已经到了后臂上配重块那儿，他松开了抓着钢栏的双手，慢慢地站了起来，一下子抱住了配重块。配重块是几块硕大的水泥件组成的。抱住了配重块以后，贺世忠才朝地面上的工友们看了一眼。他看见工友们有的摘下了头上的红色安全帽，抬着头朝他一动不动地望着；有的在跑来跑去，显然还在四处找老板。在人群中，他看见了同工房的陈宏、毛成和杨成福他们，把右手握成拳头，举在头顶，在朝他挥动着。贺世忠知道他们在鼓励他，心里立即掠过一股感动和温暖。他朝他们点了点头，突然抓住了配重块的边缘，将身子翻了上去，然后又慢慢站了起来。那配重块全都是用水泥钢筋和沙石浇铸而成，是一块一米来长、两尺来厚、两米多高的长方形，可从下面看出去，却是既小又窄，仿佛就是一根条石一样。站在上面的贺世忠，更是小了。贺世忠开始往配重块上面爬的时候，配重块晃了两下，贺世忠的身子也跟着摇摆了起来，下面工友们"啊"地叫出了声，有的甚至把安全帽拿过来遮住了眼睛。可晃了几下，贺世忠就站稳了，这时才扯开嗓子，像在贺家湾喊山一般朝着天空吼开了："老板把救命钱给我……"

那声音撕裂开工地上空的空气，响彻云霄，像水波一样，一圈一圈向周围久久地弥漫开去。下面的工友又吃了一惊——他们没想到从这个干瘦的老头的胸腔里，还能吼出如此大的声音。

正在这时，却见两辆消防车，两辆警车，一辆120急救车，一路闪着红红绿绿的警灯和"鸣里哇啦"的警报器，朝着工地开来了。后面还跟着几部乌龟壳小轿车。原来，陈宏早在贺世忠爬到吊塔中间后，就果真给电视台、110打了报警电话。110接了电话，觉得事态严重，便又通知了开发区管委会和消防队。于是，包括管委会主任在内的一干人马，便兴师动众、浩浩荡荡朝事发地点来了。

工友们一见，都像是松了一口气，又都朝贺世忠喊了起来："这下好了，贺世忠，你可千万不要往下跳啊！"

一干人马来到工地，便像拍生死大营救的大片一样，各自进入预定的故事情节。电视台的记者架起了摄像机；穿着消防服的消防官兵把消防车开到塔吊的悬臂架下，开始往上升起云梯；110警察一面驱赶围观的工人，一面迅速牵起警戒线；白衣天使从救护车里抬出了担架、呼吸机等，像是贺世忠已经死亡或即将死亡，一副随时准备冲过去抢救的样子；管委会主任拿着手提电喇叭，准备喊话！而旁边公路上，早聚集了一批闲人。原来这开发管理区虽不在这座城市的繁华闹市里，一条国道却是从管理区中间穿过。公路上来来往往，不知有多少汽车和行人经过。一些车辆和行人跑到这里，看见工地上的警车、120救护车和消防车，看见那么多的警察、消防官兵和医生护士在那儿穿梭忙碌，又见有记者扛着摄像机跑前跑后摄像，一时好奇心大发，司机在放慢车速的同时都把头伸出窗外，行人便都驻足围观。这一下便看见了站在高高吊塔配重块上摇摇欲坠的贺世忠，一下便明白了是怎么回事。这时那中间的一些人，唯恐天下不乱地拉长嗓子朝贺世忠喊："跳哇！跳哇！你怎么不跳呀！"

这些人似乎比贺世忠本人还要着急。

贺世忠看见这么多人在为他忙碌，心里突然有了一种自豪和骄傲的感觉。看见有警察在顺着塔吊的梯子往上爬，而消防车上的云梯也慢慢地向他靠过来，这时，他突然把双手卷成喇叭筒，大声喊了起来："不要过来，不要过来，过来我就跳了！"

喊完，他开始解自己的上衣扣子——虽然立了秋，可这南方的秋老虎，似乎比贺家湾的秋老虎厉害得多。在这半空中光秃秃的水泥块上立久了，他感到了比地面更燥热难耐。他原本只打算把衣服敞开，可刚把扣子解完，一股凉爽的风立即扑过来，用一双看不见却是十分温柔的小手，开始抚摩起他那裸露的、已经松弛的皮肤，使他感到一种说不出的舒坦。于是他干脆将那件厚厚的、浸透着汗渍和水泥斑点的衣服脱了下来，往空中一扔。衣服就像一块破布，飘飘扬扬地掉了下去。下面工友们立时惊得大叫起来："要跳了！要跳了！衣服都脱了！"

工友们一边叫，一边试图冲过警戒线围过去，却又被警察拦了回来。而公路上围观的闲人，一下子也显出了狂欢的样子，再次对贺世忠叫了起来："跳，跳，跳哇，你妈的怎么还不跳？"

正往塔吊梯子上爬的警察见状，也只好不动了。而消防车的云梯，也无可奈何地在半空中停了下来。这时，管委会主任开始用电喇叭对贺世忠喊话了："大爷，大爷，你先下来！有什么要求，下来我们好好谈……"

贺世忠听了，便又把刚才对工友们喊的话，喊了一遍。管委会主任听完，便又说："不就一点儿工钱吗？大爷你下来，我们帮你解决！"

管委会主任说完，一个像是警察头儿的人，从管委会主任手里接过了手提喇叭，也对贺世忠说："就是，大爷，天底下没有解决不了的事，你下来了，我们马上帮你解决！"

贺世忠听了管委会主任和警察头儿的话，立即想起了昨天去向"老板"讨钱所受到的屈辱，于是马上大声说："我下来了就是孙子了！"

管委会主任和像是警察头儿的人听了这话，有些愣住了。可公路上那些瞧热闹的闲人，却似乎觉得贺世忠这话很经典也很好玩，便又朝贺世忠喊道："对！对！老爷子你千万莫下来，你难得当一回爷，让孙子们好好求求你！"

管委会主任和像警察头儿的人听了，朝那些起哄喊叫的闲人瞪了一眼，却是没有办法。

正在这时，贺世忠挂在裤腰上的手机突然响了。下面的人自然没有听见贺世忠手机的响声。贺世忠掏出手机一看，是女儿兴菊打来的，急忙打开，刚对着话筒"喂"一声，便听见兴菊在里面大声地责怪他说："爸，你在干啥子？妈病了这么几天了，你还没有回来，真没你的事呀？你还有没有良心……"

说着，女儿便在电话里呜咽起来。

一时，贺世忠心如刀绞，绝望、痛苦、委屈、悲伤、愤怒、舐犊之情……都一齐向他涌来。他也禁不住悲从中来，想起自己的处境，突然忍不住对着话筒大声说了一句："女呀，你们不要怪老汉，你们就当老汉死了……"

一语未落，却被自己突然而至的悲伤之情触动了，嘴角一歪，"哇"的一声，禁不住放开悲声，伤伤心心地号啕了起来。一边号哭，一边颤抖着把手机往别在裤腰上的套子里揣去，却没揣进去，手一松，手机便坠到下面的水泥地板上，"叭"的一声，机壳脱离开机身，跳到一边去了。

立即，无论是工友还是公路上那些看热闹的闲人，还是参加营救的警察、消防官兵、120救护人员，全都呆了。那从高空劈下来的沙哑、苍老的恸哭，仿佛像无数支箭镞一般，射穿了所有人的心灵。人们听惯了孩子的啼哭，也见惯了女人的眼泪，可何曾听过一个老男人发自内心深处的恸哭？一时，整个工地和工地周围都静了下来，再也没有人朝那个大放悲声的男人起哄和发出喊声了，连空气都好像凝结了。

过了一阵，贺世忠的哭声小了下来，他看见下面的安静，也好像有些奇怪一样。这时，管委会主任又拿过手提喇叭，对贺世忠喊了起来："老大爷，我们都知道你的困难和不幸了，你下来，我们一定帮你解决！"

说完，又补了一句："你要相信党，相信政府！"

贺世忠心里的委屈和悲愤本来还没有释放完，听了这话，又马上想起了自己这一辈子遇到的窝囊事，嘴唇动了动，哆嗦着，又要哭出来的样子，可他却强忍住了，像一个受尽委屈的孩子般带着哭腔回答管委会主任说："我相信党，相信政府，可党和政府不相信我……"

管委会主任没等贺世忠说下去，急忙打断了他的话，说："老大爷，党和政府怎么不相信你呢？你下来，党和政府肯定是相信你的！"

贺世忠听他说话的语气温和了许多，于是便喊道："既然党和政府相信我，你们就去老板那里，把我的血汗钱拿来，我看到钱了就马上下来！"

听了这话，管委会主任和像头儿的警察互相看了一眼，又低声嘀咕了一阵，管委会主任便又对贺世忠喊道："好，老大爷，我们马上就去给你拿钱，你先坐下去，千万不要乱动，啊！"

说罢，便和那个像头儿的警察一道挤出人群，坐上车走了。

没一时，管委会主任和那个像头儿的警察又坐着车子来了。一下车，管委会主任手里果然举了一沓钱，抬起头来，对贺世忠挥舞着喊道："大爷，钱拿到了，你现在下来吧！"

贺世忠看了看，想了一会儿却说："你把钱给我的工友拿着，我就下来！"

管委会主任问："你工友叫什么名字？"

贺世忠说："就在你背后头站着的，叫陈宏！"

管委会主任果然大声呼喊陈宏的名字。陈宏就跑了过去，从管委会主任手里接过了钱，数了数，然后对贺世忠说："有那么多，你下来吧！"

贺世忠听了，这才蹲下去，抱住配重块，下到了钢架上，又像先时一样，双手抓着钢栏，慢慢往塔机移去。进到塔吊中间的铁梯上，贺世忠松了一口气，这才往身上像松树皮一样苍老的皮肤和一根根清晰可见的肋骨看了一眼。他突然为自己老了才出这样的丑感到羞愧，便伸出手，不由自主地在脸上打了一巴掌，并在心里狠狠骂一句："贺世忠，羞死你祖宗八代了！"

　　旁边来接他的警察见了，瞪了他一眼，不明白他为什么会这样。

　　拿到了自己的一万一千元血汗钱后，贺世忠便急急忙忙地收拾了东西，赶到火车站，当天下午便乘上了回家的火车。

第一章

一

推开县医院住院部 1409 病房的门，贺世忠并没有看见躺在病床上的老伴，也没有看见儿子媳妇、女儿女婿等任何亲人。病房里另一张床上躺着一个病人，也是个女的，三十多岁，脸色跟死去的人差不多。她像是睡过去了，长长的睫毛盖着眼睛，一根塑胶管子插在她的鼻孔里。塑胶管子是从她床头一个铁罐子上面牵过去的。贺世忠先以为铁罐子是一只装煤气的气罐，可细看又不像，因为上面还有一只表盘。紧挨着那个铁罐子的，还有一个输液架，上面挂着药瓶，也将管子插在了病人的手背上。床头柜上，还有两只机器，一只四四方方像"老板"屋子里那台叫什么微波炉的机器，一只像电脑的显示器，都分别牵了管子插在病人身上，机器的屏幕上不断闪着起起伏伏的、水纹波浪一样的线条。还有一根管子，从病人身上被子里牵出来，插到床底一只塑料胶盆里去了。

病人身旁坐着一男一女像是家属一样的人。男人坐在一把小椅子上，抓了病人的一只手，轻轻地在手背上不断抚摩。一边抚摩，嘴里一边呢喃地说着什么。贺世忠听不清他的话，因为他的呢喃声很轻，像猫的叹息。贺世忠看不见他的面目，也不知道他有多大年龄，因为他只是背朝着他。但贺世忠却看见他瘦削的背影和一头刺猬似的浓密头发。女人歪着半边屁股坐在病人床沿边上，因为侧面坐着，贺世忠能看见她的半边面孔。这女人的年纪已经不小了，顶着一头灰白的头发，像是下了霜的样子。贺世忠估计她的年纪大约和自己不相上下。一张微圆的、有些像是虚胖的脸上布满了深深浅浅的皱纹，脸色发灰，嘴唇苍白。她没有像坐在椅子上的男子那样，去抚摩病人和喃喃自语，只是紧紧地盯着病人那张苍白的、没有任何反应的面孔，然后不时地去掖病人身上的被子，好像担心她会着凉一样。当她伸出手臂去掖病人被角的时候，贺世忠看见了她手背上暴突的几条青筋，和手背上的两块像没有洗干净的泥土似的褐色老年斑。

听见贺世忠推门的声音，病人连眼皮也没动一下，仍是一副无知无觉沉睡的样子。陪护的家属却像受了惊吓，倏忽回过了头，瞪着又红又肿的眼睛，用了打量天外来客的目光，好奇而不解地看着贺世忠。贺世忠这才看清了坐在椅子上的男子，也三四十岁的样子，颧骨很高，山峰一样，下巴有些尖。眼睛深深地陷进眼眶里，像是两口干枯的深井。他朝贺世忠瞥了一眼，瘦削的肩膀往上耸了一下，又回过头去。老妇人同样也只是淡淡地瞥了贺世忠一眼，两片薄薄的嘴唇只是稍微动了一动，却没有发出声音，然后也回过了头去。

贺世忠以为自己走错了房间，又退回去朝门牌上看了一眼，门牌上确实写着"1409"几个阿拉伯数字，于是他再一次走进病房，对着那个老妇人问了一声："老嫂子，请问有个叫田桂霞的病人，是不是住在这个病房里？"

老妇人听了这话，才又一次回过头，这时贺世忠看见了她满脸的悲戚。她在贺世忠脸上和他背上鼓鼓囊囊的蛇皮口袋上打量了一下，像是有些怀疑和警惕似的，最后伸出舌头，舔了舔干燥开裂的嘴唇，才对贺世忠问："你是她啥子人？"

贺世忠说："我是她老头子！"

老妇人听了这话，目光闪出了一点光芒，甚至还咧开嘴角艰难地笑了一下，然后才抬起那只有着褐色老年斑的手，朝他身边那张病床指了一指，说了一句："那不是，就住在那张床上！"

贺世忠顺着她的手指，朝那张病床看了一下，果然看见床头上方的墙壁上贴着一张小卡片，上面写着"田桂霞"三个字。贺世忠看见病床犹在，却没有看见人，一丝不祥的阴影突然笼罩住了他的心灵，他不由自主地打了一个寒战，脸上最后一抹血色随着寒战迅速褪去，变成了死灰的颜色。过了一会儿，才哆嗦着嘴唇对老妇人又问了一句："她、她、他们人、人到哪、哪儿去、去了……"

老妇人又朝贺世忠看了一眼，半天才慢悠悠地说："可能做透析去了吧！"

"透析?"贺世忠轻轻重复了一声这两个字,心里"咚"的一声,一颗石子落了地。过了一会儿,他才笑了起来,原来他的女人还活着!他想起兴菊给他打电话时,也说了这两个字,并且说透析一次就是一千多块钱。他不知道这是什么治疗方法,怎么要那么贵,治一次就要一头大肥猪的价钱?无端地受了一场惊吓,他立即就想要看到女人,并且看看是怎样个"透析"法,于是便又不好意思地对那女人问:"老嫂子,你给我说说,在哪里透析?"

老妇人现在回过了身子,目光又继续落在了病人的脸上。听了贺世忠的话,连头也没回,只是小声地回答了一句:"透析室有点远,你自己去问吧……"

贺世忠从她的声音里听出了她内心里深深藏着的悲伤、苦恼和烦躁不安的情绪,便不再说什么了。他从背上取下蛇皮口袋,使劲往那张空床底下塞,因为床脚太低,没法全部塞进去,反而将床弄出了"咯吱咯吱"的响声。这时,那一直在抚摩着病人的手、嘴里呢喃有声的男子,像是背后长了眼睛似的,突然有些不耐烦地说了一句:"随便放在哪里吧,没人会动你的东西!"

听了这话,贺世忠红了一下脸。他又将塞了一半的蛇皮口袋从床底下取了出来,朝屋子里看了一下,脸上却浮现出一副不放心的样子。想了一想,又干脆把它往肩上一搭,重新背到背上,这才去拉病房的门。

可就在这时,女儿兴菊手里拿着一大把单子,忽然一步跨了进来。父女俩的目光在空中相遇,却都像是不认识似的愣住了。过了一会儿,兴菊才颤动着嘴唇,似是惊喜,似是嗔怪,又似是满腹怨恨地喊了一声:"爸,你……回来了……"

一语未了,泪水便占据了兴菊的眼眶,起初她还紧紧咬着嘴唇,努力忍着不让泪水往下掉,可随着嘴皮的不断哆嗦,最后泪水像决堤似的顺着脸颊滚落了下来。一边哭,一边断断续续地说:"从那天给你打、打了电话后,电、电话也打、打不通了,人也不、不见回来,可让我、我们担、担心死了……"

贺世忠看着女儿那两只红肿的眼睛,听着女儿那些话,心里同样流起泪来。他记得自己才出去打工的时候,女儿那张脸还光滑得像一匹绸缎,洋溢着青春的光芒,可现在她的眼角已经有了细密的鱼尾纹,脸上的皮肤也呈现出了粗糙的、没有光泽的憔悴的颜色。贺世忠想,兴菊今年才三十三岁,可看上去却比实际年龄大得多,像是四十岁的人了。他知道这一切都是自己造成的,于是便十分愧疚地说："这怪老汉，这怪老汉，老汉让你们担惊受怕了……"

兴菊没等他说完，便擦了一把脸上的泪水，然后盯着他问："你、你的手机呢，怎么一打就是关、关机？"

贺世忠嘴皮哆嗦了一下，他本想告诉她是怎么回事，可是他不想在女儿面前丢脸，想了一会儿便撒谎说："手机……遭小偷偷了……"

兴菊一听，像是有些相信了。可过了一会儿，还是有些不满地责怪说："就是遭小偷偷了，你找一个公用电话，也该给我们打个电话嘛！你不晓得，我起码给你打了几十个电话，一打是关机，再打也是关机，我和哥哥还以为你也出事了，又不敢跟妈说，害得我们两个晚上都没敢眨眼……"

说着，兴菊眼角又流出了泪珠。贺世忠觉得对不起儿女，便又说了一句："这都是老汉不好，老汉老糊涂了！"

兴菊听了父亲这话，不再说什么了，过去拉开床头柜的抽屉，将手里的单据放到了里面。这时，坐在椅子上的男子突然起身，从病人的床下扯出那只塑料盆子，端着出去了。路过贺世忠身边的时候，他闻到了一股刺鼻的尿臊味。

男子刚走，老妇人抬起了头，看着兴菊问："你妈在透析了？"

兴菊说："还没有，王姨，我刚把费缴了，不缴费医生不给透析！"

叫王姨的妇人说："医院这是捏着公鸡叫，不见兔子不撒鹰！"

兴菊说："就是，王姨！"

说完这话，又指了贺世忠对她说："王姨，这是我爸！"

王姨脸上又浮现出一丝苦笑，说："我们刚才就认识了！"

兴菊又看了看病床上的病人，对老妇人说："王姨，姐还没有醒？"

王姨的嘴角歪了几下，似是要哭的样子，却又强忍住了，声音幽幽地说："醒啥？要是像是你妈那样，能够说话，可以去透析了就好了！"

听了这话，兴菊急忙安慰她说："王姨，你别担心，吉人自有天相，姐一定会醒过来的！"

正说着，那个端尿盆出去的男子又推门走了进来，重新把盆子放到床底下，又将那根从病人被子里牵出的胶管子接到了盆里。王姨也停止了和兴菊说话，兴菊便回过头对贺世忠问："爸，你还没吃饭吧？"

贺世忠说："老汉现在龙肉都不想吃，只想去看看你妈，你先带老汉去看看吧!"一边说，一边就急不可待地朝门边走去。

兴菊一见，急忙喊住了他，说："爸，你把背上的口袋放下吧，还背着口袋做什么？像个逃难的一样!"

贺世忠听了这话，突然像是想起了似的，说："你不说，老子倒忘了，我这口袋里还有东西呢!"

说着，就把口袋从肩上放了下来。兴菊忙问："有啥东西?"

贺世忠也不答话，急急忙忙地解开口袋上的尼龙绳子，手伸进去扯了半天，扯出一床用胶皮带子左一道、右一道，反反复复缠了好几道的被子。他把被子放到床上，用粗大的手掌去解胶皮带子，胶皮带子却打了死结，怎么也拉不开了。他正想低下头用牙齿去咬时，兴菊从床头柜抽屉里拿出一把削水果的刀子，一下给他把胶皮带子割断了。贺世忠把胶皮带子解下来，将被子打开。一股浓重的汗酸味和潮湿的霉味立即在屋子里弥漫开来。兴菊知道这气味是从父亲的被子里发出来的，便有些生气地走过去，想把父亲这床脏得连颜色也看不出的、黑魆魆的烂被子塞到床下。可此时贺世忠的手却伸进了被单里，正在掏着什么。掏了一阵，掏出了一个纸包，便带着一种骄傲的神色，往兴菊手里一塞，说了一句："给!"

兴菊把纸包打开，原来是一沓钱。正要说什么，见父亲提出口袋，将里面的衣物一齐倒了出来。接着，贺世忠从一件半新旧的工装口袋里，变戏法地也掏出了一沓钱。又从一件衬衣口袋里，掏出了几张，又从一只破袜子里，抽出一卷用皮筋扎着的钱，又从一条内裤口袋里掏出几张。这样掏了七八个地方，看来是把钱掏完了，才对兴菊说："你数数，看是不是三万五千块?"

兴菊没有数，她想象着父亲在外面受的苦，眼眶又情不自禁地湿润了，但她这次没让泪水掉下来，过了一会儿才说："爸，你直接打到卡上，回来再取，多安全!"

听了这话，贺世忠想起了要钱的事，心里又有点难过起来，便说："老子哪里有时间?"说完这话，像是要掩饰自己一样，急忙又去将床上的东西往蛇皮口袋里塞。

兴菊急忙过来说："我来吧，爸!"说着，便将手里的钱又向父亲递了过去。

贺世忠忙说："你拿着吧，我专门拿回来给你妈治病的，给我做啥子?"

兴菊说："你等会儿下去交给哥哥吧！这回给妈治病，所有的钱都由哥哥开支，他是儿子，免得他今后说这个钱用少了，那个钱用多了！"

贺世忠听了这话，觉得女儿考虑得很周到，便把钱接了过来，撩起外衣，揣进了贴身的衬衣口袋里，又用手使劲地按了按。兴菊过来把父亲那些杂七杂八、像是烂油渣一样的东西重新裹在了那只蛇皮口袋里，塞到了床底下。然后对那个叫王姨的老妇人说："王姨，我们出去了！"

王姨朝兴菊父女点了点头，兴菊便和父亲一道走出了病房。

二

走出屋子，贺世忠看见一些病人家属和穿着白大褂的医生、护士在走廊里来来去去，一个个都显得忙忙碌碌的样子。经过他身边时，又都向他投过来匆忙和奇怪的一瞥。贺世忠被他们的目光看得有些发起烧来，他想起兴菊刚才说他像个逃难的，便不由自主地用手摸了一下自己的脸颊，厚厚的手掌立即被满脸的胡子扎了一下。他这才想起自从听到兴菊打电话告诉他妈病了的消息后，他都没有刮过胡子了。不但胡子没刮，从上火车以后，他还没洗过脸。又几个晚上都没睡个好觉，眼泡一定浮肿得很大，眼角也有什么黏糊糊的，衣服又脏又皱，像是从垃圾堆里捡来的。他知道正是这副邋遢相，才引得众人向他投来奇怪和鄙夷的目光。他感到面颊有些发起烧来，但又一想，自己要钱时那样大的丑都出了，现在还顾得上啥体面？这样一想，心稍稍安定了一些。倒是兴菊，看出了父亲心里的几分窘迫，便找话对他说："爸，我们病房里那个躺在床上的女人，病情比妈妈还严重得多！"

贺世忠听了这话，忙问："是啥病？"

兴菊说："也和妈一样，昨天送来时就不省人事，到现在还没有醒。不但没醒，医生说她的肾功能还在急剧萎缩，根本无法正常排尿……"

贺世忠不听女儿说完，便说："怪不得她床底下搁了一个塑料盆，原来是接尿的！"

兴菊说："正是！王姨是她的妈妈，听说只有她一个独女。那个男人是她的丈夫，两口子都是教书的，医药费可以报销。"

贺世忠听到这里，又好奇地问："那他们怎么不住重症监护室，要住普通病房呢？"

兴菊说："重症监护室住不下了，所以才安排到普通病房里来。再说，普通病房费用也低些。"

贺世忠说："他们不是可以报销吗？"

兴菊说："听说只能报百分之七十，不能全报。"

贺世忠听了这话，又想起了自己讨工钱的事，便愤愤地说："老天爷不长眼，怎么不让那些有钱有势的杂种得这些怪病呢？小老百姓生了这些病，不死也得脱一层皮！"

兴菊听了这话，说："阎王爷才不管哪个有钱无钱，该生病照样生病！"

说完又嘱咐父亲说："爸，回到病房里，说话可要小心些！一是声音不要高了，免得吵到病人，二是不要当着病人家属说些丧气话。病人还没醒过来，王姨他们心里本来就又焦急又难过，你如果一说丧气话，他们就会更加伤心。"

贺世忠说："老汉这一大把年纪了，说啥丧气话？"

兴菊说："我怕你一不小心，就说出来了。"

说着话，父女二人来到了楼下，经过中间走廊，到了另一幢楼下面，又乘电梯到了六楼。刚走出电梯，贺世忠一眼便看见了靠墙而坐的儿子兴涛。兴涛手支在膝盖上，捧着下巴，眼睛落到地上，像是在想什么心事一样。兴菊过去喊了一声，他才像受了惊似的，一下将头抬了起来，这才看见了站在面前的父亲。兴涛先是嘴皮动了动，却没有发出声音，接着眼睛里闪出了两道又惊又喜的光芒，半天才喊出声来："爸，你回来了？"

贺世忠看着儿子，见儿子也比以前瘦了许多，也黑了，两只眼睛陷进眼窝里，眼仁布满了血丝，头发蓬松凌乱，像顶着一只鸡窝，满脸疲惫、焦虑的神色。他喊了一声后，便张着嘴，两眼有些木讷地看着父亲，不知该说什么好了。

贺世忠知道儿子从小就笨嘴拙舌，不像兴菊，便说："你怎么一个人在这里？你妈呢？"

兴涛说："透析去了。"

贺世忠正想问在哪儿透析，却突然想起了，急忙解开外面衣服的扣子，手伸进里面衬衣的口袋里，将刚才揣进里面的钱全部掏了出来，塞到兴涛手里说："一共三万五千块，全部交给你，你好好保管起来！"

兴涛的目光落到那叠厚厚的钞票上看了一阵，突然说："就三万五千块呀？"

听了这话，贺世忠以为是儿子嫌少了，便没好气地对兴涛说："老子又不会偷，又没有胆量去抢，又没个技艺，年龄一大把了，能挣多少钱？开头出去那两年，一年换几个地方，连饭钱也没挣回来。后来好了一点，一个月也不过一千来块钱，除了吃饭和寄给你妈打零杂开支外，能剩几个钱？你以为外面的钱就那么好挣？老汉有这三万多块钱，也不错了……"

兴涛知道自己话说错了，忙说："爸，我哪里是说你钱挣少了？我是说进了这医院的门，花钱就像流水一样，缴一次费就是上万块，两三万块拿到手里，还没有焐热，就花出去了。不信你问兴菊嘛！"

贺世忠心里的气还"咕嘟咕嘟"地没有消，听了兴涛这话又说："老子就一分钱不拿，你们就不治你娘的病了？生你们做啥子？"

兴涛嚅动着嘴唇，看样子又要答话。兴菊一见，便向兴涛眨了眨眼睛，然后拉了一下父亲的手，说："爸，你不是要看妈吗？我们过去看看吧！"

贺世忠听了这话，又朝兴涛瞪了一下，果然跟着女儿一道去了。

透析室就在旁边一间大屋子里，可是大门却关着。走到门边，兴菊对贺世忠说："爸，透析室不让进去，你只能从门上面的玻璃往里面看。"

贺世忠就把脸贴到门玻璃上，果然就看见了正在做血液透析的老伴儿。老伴儿躺在一张病床上，身上覆盖着雪白的床单，只露出一只脚。靠着病床立着一架机器，两根连着针头的塑料胶管，插在女人那只脚上的血管里，管子里流淌着从她身上抽出的鲜红的血。那些血被送到那架机器里。机器一边转动，一边发出"哧哧"的声音，鲜红的血液也在机器里不停地流动。然后又通过一根塑料管子，把机器里的血送进病人脚上的血管中。贺世忠不知道把病人身上的血，这样送来送去做什么，便对兴菊问："这是做啥子？"

兴菊说："爸，这就是透析！那机器就是透析机，管子把妈身上的血都抽出来，送到透析机里过滤一遍，然后再给妈输回去，妈身上的血就和正常人一样了！"

贺世忠还是不解，说："都是一根血管，过滤了的血和没有过滤的血，不是又混在一起了？"

兴菊说："不，爸，医生说抽血的那根管子是插在人的动脉血管里的，过滤后的血，是经过静脉血管输回人的身子里的，所以不会混在一起。"

贺世忠听了女儿的解释，不作声了。他又朝女人看去，也不知是头顶灯光，还是四周一片白色的缘故，他看见女人闭着眼，面孔也苍白得和身上的白被单一样，鼻孔大大地张着，像是呼吸困难的样子。贺世忠心里便疼了起来，于是便又担心地对兴菊问："你说你妈这个样子，难受不？"

兴菊说："医生说不会难受。"

贺世忠说："医生不说不难受，还会说难受？"

说完又补充说："平时把手割道口子，流点血还难受，那么多血从身上抽出来，还会有不受罪的？"

兴菊知道爸看见妈这个样子，心里不好受，老夫老妻了，怎么会不心疼？她知道血液透析还要过一会儿才能完成，为了不让父亲继续待在这儿难过，便对他说："爸，你不是还没吃饭吗？你出去吃点饭吧，这儿有我和哥哥看着就行！"

贺世忠还是昨天晚上在火车上泡了一包方便面吃，这会儿肚子早饿得前胸贴后背了。听了兴菊的话，也知道女儿是一片良苦用心，于是便说："那好吧，我出去找点吃的，吃了就回来！"说完这话，贺世忠果然便转身下楼了。

来到楼下，走过一排低矮的房子，便出了大门，从一条小街横穿过去，进入一条直直的巷子，走过巷子，便进入大街了。巷子尽头，有一家卖油条、油饼、油茶和豆浆的小店。还在老远，贺世忠便闻到了油条、油饼和豆浆的香气，口水便顺着喉咙涌了上来。他使劲忍了一下，粗大的喉结一滚，又将涌上来的馋涎吞了下去。走到店门口，正想进去，一摸口袋，这才记起刚才把所有的钱都给兴涛了。那些零钱在车上也用光了，现在口袋里连角票也没一张。他不禁愣住了。他想回去向兴涛、兴菊要，又怕在儿女面前丢了面子。站了一会儿，抬头看了看时间已经不早，要不了多久就该吃午饭了，于是心一横，便打消了吃饭的念头。他再次往肚子里咽了一口涌上来的口水，迅速离开了小店。

可是他不知道往哪儿去。如果马上回去，一定会引起兴涛、兴菊的怀疑，问他怎么这么快就回来了。为了不让儿女怀疑，他必须要在外面磨蹭上一会儿。可是他又没有在大街上没事溜达的习惯，再加上肚子里唱"空城计"，他又觉得腿有些乏力，就更不想在街上瞎转了。幸好没走多远，贺世忠便看见大街左边有一家药店，药店门口有几张铁椅子，便往那里趑过去了。

为了抵御肚子里的饥饿，坐下来后，贺世忠尽量不去想那油条、油饼和豆浆的香味，也不朝大街上张望。他觉得出去这几年，县城的变化也很大。最大的变化就是大街上人多了，车多了，也嘈杂喧闹多了。当然，汽车跑起来的灰尘也多了，一种有点呛人的辣味，像小虫子似的直往人的鼻孔里钻。他只把两眼盯着自己面前一两尺远的地下，从一只只迅速晃过的小腿和脚，判断着从自己面前经过的红男绿女。那些小腿浑圆结实、皮肤光滑如玉，走路"咯噔咯噔"，像是往前弹跳着的，一定是非常年轻的姑娘。而那些小腿表面虽然仍旧圆润，但皮肤已经开始松弛粗糙、看上去黯淡无光者，肯定就是已经不年轻或不太年轻的、但仍然还想留住青春的半老徐娘。而那些小腿上套着瘦瘦的牛仔裤、尖头皮鞋擦得油光锃亮的，无疑是些年轻男士。至于那些裤脚宽松、鞋面上蒙着灰尘、步履有些蹒跚者，不说年纪比他大，至少不会比他小很多。他还从那些飘进鼻孔里香水和脂粉的味道，想着从身边路过的女人的年龄。他觉得十七八岁的女孩，是不会往脸上打粉和往身上喷香水的，因为她们用不着。而往自己脸上使劲抹粉和巴不得把一瓶香水都泼在衣服上的女人，肯定都是些脸上在起皱褶或不太安分的女人。他不知道自己的想法对不对，但当他这样想的时候，他肚子安静了下来，不那么饿了。

正在这时，他突然听到一声叫喊："这不是老贺吗，你怎么在这儿？"

他猛地抬起头，这才看见他面前站着一个干部模样的人。这人五十四五岁的样子，白净面皮，挺着一个啤酒肚，一身西装套在身上，因为肚皮向外挺着，有些滑稽的样子。贺世忠看了一会儿，才认出来，立即惊讶地叫道："哎呀，原来是李书记！"说着，立即笑盈盈地站了起来，向叫李书记的人伸过了手去。

李书记犹豫了一下，这才去拉住了贺世忠的手，一边摇晃，一边仍是叫着说："几年不见，你怎么变……变得我差点都认不出来了！"

贺世忠说："出去下了几年苦力，老了，落魄了，还好，老领导还把我认出来了！"

李书记摇了摇头，说："当年县上处分你以后，我听说你到外面打工去了，可没想到……唉……"

贺世忠说："就是呀，老领导！那年赵副乡长带着人到贺家湾来'拔钉子'，可是你亲自安排的，到头来板子却打在我的屁股上……"说到这里，贺世忠眼里闪出一股不平的怨气来。

李书记一见，忙说："怎么只打到了你一个人的屁股上？我不是一样也受了处分吗？"

贺世忠说："你受了处分不假，可调回县上，也是做了一个二级局的局长，不久又升了啥新农村建设办公室主任，不但级别和原来一样，还从糠箩篼里跳到了米箩篼里！"

李书记一听这话笑了起来，说："啥从糠箩篼里跳到了米箩篼里哟？不过是混口饭吃罢了！"

说完这话，李书记忽然显出有些愤愤不平起来，又接着说："一朝天子一朝臣，现在把我弄到人大吃闲饭了，原来准备安排个办公室主任的，可后来只安了个副主任兼人大信访办主任！我开先想不通，可又一想，副主任就副主任，兼就兼嘛，只要我的正科级没变，该领多少皇粮仍领多少皇粮，反正还有三四年就退休了！"

说完，才像想起什么似的，看着贺世忠问："你在这里干什么？"

贺世忠说："我老婆得了肾功能衰竭症，在县医院住院，我出来走走。"

李书记听后，又马上叫了起来："啥，老嫂子病了？她身体那么好，怎么就得了这种病？这可不是一般的病……"

贺世忠不等他说完，便又苦笑了一下，说："这就是命嘛！人各有各的命，有啥子办法？"

说完这话，也看着李书记问："老领导你这是……"

李书记忙说："我也是来买点药，肠胃有点毛病！"

说完这话，李书记一边夸张地揉了揉肚子，一边跨进药房去了。

贺世忠见李书记进了药房，本想转身离开，可转念一想，毕竟在他手下工作了那么多年，人家又主动和自己打了招呼，如果自己不辞而别，多少有些不够意思。这么一想，便仍在门口站了下来。没一时，李书记果然拿着两盒药走了出来，可还没有等贺世忠给他打招呼，便又主动拍了拍他的肩，说："老贺，进城赶集什么的，就到我办公室来坐坐！一个时期一个政策，当年你确实是背了冤枉，可我们那时也是泥菩萨过河——自身难保，想给你说话也说不起，实在没有办法！"

贺世忠一听这话，心里掠过一丝感动，便立即说："老领导知道我冤枉就行了，我也不怪人，怪来怪去还是怪我自己。"

说完这话，停了一会儿才接着说："老领导还没有忘记我们这些给你跑过腿的虾兵蟹将，我们就感激不尽了！"

李书记又马上说："怎么会忘呢？怎么会忘呢？有时间了一定来坐坐，啊！"说完便朝前面走了。

贺世忠望着李书记逐渐远去的背影，脑海里忽然又涌现出许多过去的事，一时百感交集，五味杂陈。他觉得自己的心情已经够糟了，为了不让那些已经过去了的、不愉快的事情再给自己堵上添堵，便使劲地摇起头来，似乎想把那些烦心事甩到一边。一边像吃了摇头丸似的摆动着脑袋，一边又往医院住院部去了。

<h1 style="text-align:center">三</h1>

贺世忠想把过去那些不愉快的事甩开，可那些事却像影子一般，始终紧紧地跟着他，不但没甩开，还纷纷从藏身的角落里跑出来，争先恐后地往他的脑海里涌着。贺世忠只好无可奈何地苦笑了一下。

那时贺世忠还是贺家湾村的支部书记，李书记是他的顶头上司——乡党委书记。那年刚把小春粮食点完，一天晚上，贺世忠洗了脚，都快睡觉了，院子里的狗忽然涌前涌后地咬了起来。贺世忠急忙开门一看，原来是乡上的魏副乡长和财政所余所长来了。贺世忠急忙把狗唤住，把两位领导让到屋子里，才问："这么晚了，两位领导来有啥急事？"

魏副乡长一听，便说："当然是有十万紧急的事，要不然我们连夜赶晚来做啥？"

贺世忠一听，忙问："有啥事需要我做，两位领导尽管吩咐……"

话没说完，余所长便说："贺支书有这样的态度，那我们也就明人不说暗话了！县上要求各乡镇要提前完成全年财政税收任务，好迎接省上的达标检查。县上今天把李书记通知去开特别会议，因为我们乡农业税下欠最多。县委吴书记给李书记下了死命令，要么这两天完成任务，要么就交官帽子！李书记现在被吴书记扣着还没回来，李书记急了，打电话回来，让张乡长和家里的同志必须连夜想法，把我们乡今年下欠的农业税全部收齐，明天交到县上去……"

　　余所长话还没说完，贺世忠便叫了起来："天啦，这样大一晚上了，你叫我到哪儿去给你们收农业税？"

　　魏副乡长听了，没等余所长答话，便说："也不是叫你去收，刚才张乡长主持召开了一个乡党委和乡政府的紧急会议，按照李书记的指示，做出了一个决定，就是向各村借一点钱！今晚上乡上领导和所有的同志都下去了，你们村又是全乡下欠农业税和'三提五统'款最多的，所以乡上决定，你今晚上务必要给乡上借五万元钱……"

　　贺世忠一听这话，头脑"轰"的一声，就像要爆炸似的，立即说："天啦，五万元，你叫我到哪儿去借呀？明给你们说吧，湾里几户日子稍为好过一点的，像贺世财、贺世绪、贺美奎、贺正轩这些，往年农业税收不起来，到年终为了完成乡上的任务，我已经向他们借了好几万了，条子还是由村上和我给他们打的！现在老账还没还，又要去借，你叫我茅坑边捡根帕子——怎么好开（揩）口？再说，还不晓得人家有没有钱呢！"

　　说完又带着哭腔补了一句："这不是憋到牯牛下儿吗？"

　　魏副乡长一听，便冷着脸说："我不管你到哪儿去借，反正这是乡党委和乡政府的死命令，你必须完成五万元的借税任务！吴书记给了李书记两条路，李书记同样给了我们两条路：要么完成任务，要么就交帽儿……"

　　话没说完，贺世忠便："那你们免我这个村支书好了……"

　　可魏副乡长同样没等他继续说下去，便打断了他的话道："你倒想得安逸，免你的官帽子？你那官帽子值几个卵钱？明跟你说，你完不成任务，连我这个包村干部一起免！"

　　说完，魏副乡长就做出了一副可怜相，继续对贺世忠说："贺哥，不看僧面看佛面，你也晓得老弟混到今天不容易，就看到老弟一家老少的分儿上，你就救我一次吧!"

说着，魏副乡长站起来，毕恭毕敬地对贺世忠作了一个揖。

贺世忠见了，埋着头没吭声，余所长这时又说："贺书记，为了免除你们的后顾之忧，刚才的会议也做出了决定。这次借钱，不再由村上借，是乡上借！由乡上给你们打借条，还认高利息，每月三分……"

听到这里，贺世忠仍说："你出再高的利息，可要借得到嘛!"

余所长又说："我晓得，大家不愿借钱，不就是担心乡上还不出吗？可这次领导说了，借的钱可以在年底收起来的农业税和'三提五统'款里抵扣……"

贺世忠一听，又忙问："要是年底收不起来呢?"

余所长还没答，魏副乡长忙说："今年没法抵扣，明年大春粮食卖了后，难道不晓得从农业税和'三提五统'款里扣出来？反正你放心，乡政府保证还大家的钱!"

贺世忠听了这话，停了一会儿才说："此话当真?"

余所长说："领导还会说着玩?"说着，就打开随身带来的公文包，从里面取出一张打印纸，递到贺世忠面前说："你看，借条乡上都统一印好了，只等往上面填名字和数字!"

贺世忠接过一看，果然是一份印好的借条，上面写着：

借　条

为完成200×年全乡农业税任务，兹借到　　村　　人民币　　元（大写　　　元），月息3分。此款可从当年或次年村上交乡农业税和"三提五统"款中抵扣。

经手人

200×年×月×日

"年月日"上盖着乡政府的大红印章。

贺世忠看了一阵，仍然没吭声。余所长便说："怎么样，贺支书，我晓得你们是不见兔子不撒鹰，现在该相信了吧？如果你有钱，也可以借出来！黑字白纸摆在面前，不愁乡上还不起钱。退一万步说，即使你年底把下欠的农业税和'三提五统'款收不起来，明年那几万块钱还收不起来？"

魏副乡长也说："这事我给你担保，以后把农业税和'三提五统'款收起来后，先把你借的钱揣到自己包包里后，再来给乡上结账！"

说完又说："你捏着鸡公叫，还有啥不放心的？"

余所长又看着贺世忠说："贺支书，3分月息呢，比存银行强多少了，你想想吧！"

贺世忠在他们左右夹击下，终于有些动心了，便说："这样大一晚上，不说别人不肯借，就是肯借，你让我家家户户去敲门？也不哄两位领导说，我兴菊和兴涛在外面打了好几年工，每年都寄了点钱回来。娃儿挣点钱，不容易，他们还有自己的终身大事没办，我们都给他们留着的……"

话没说完，魏副乡长便叫了起来："老贺，你真不够义气！早知道你有钱，说一声不就完了！"

说着，拿过余所长手里的借条，一边朝贺世忠抖动，一边说："政府又不是白要你的，打个短借，到时乡上连本带息都还给你，你怕啥嘛……"

贺世忠没等他说完，便说："可是钱也没在家里，在信用社存着呢……"

余所长马上说："这还不好办？有多少，你拿出来看看，你现在把存单给我们，我们把借条填好给你！明天一早，你到信用社来把它们取出来不就行了？损失了多少利息，我们给你补就是！"

魏副乡长听了这话，便紧紧看着贺世忠。贺世忠话已出口，想收也收不回来了，便说："我去把存单拿出来看看就晓得了！"

说着，果然去拿出一叠存单来，一清，共四万二千元，魏副乡长说："四万二就四万二，余下的，我这个包村干部认倒霉，自己掏腰包垫足五万就是！"

说着，魏副乡长也不等贺世忠同意，急忙把存单一把捋过来，塞到自己口袋里，叫余所长给贺世忠打借条。余所长果然将刚才那张借条拿过来，填上贺世忠的名字和借款金额，又在"经手人"一栏中，填上魏副乡长和自己的大名，然后将借条交给了贺世忠。事已至此，贺世忠想拒绝也来不及了，只得接了借条，将魏副乡长送出了门。

快过春节的时候，贺世忠到乡上去找李书记，对李书记笑着说："领导，今年我们村的农业税和'三提五统'任务算是完成了！一年到头了，村上几个干部让我来问问，我们的那点草鞋钱和乡上应返还村上的钱，啥时能给我们？"

说完又像是讨好地补了一句："我们都靠铁打钉呢！"

李书记听了，脸立即黑了下来，不客气地对贺世忠说："今年你们完成了，可是往年呢？不瞒你说，你们村历年还欠好几万！历年欠款没完成，乡上哪来的钱返还你们……"

贺世忠听了这话，有些不满地叫了起来："那怎么办？我们一年到头，鞋子都跑烂几双，还领不到一分钱呀？"

李书记见贺世忠满脸沮丧的神情，有些心软了，便把语气放轻了一些，说："那我也没办法，贺支书。你也是晓得的，今年县上逼我们提前完成任务，乡上到处借钱，还认高利，乡上哪来的钱？只有靠把历年的款收齐了，才有钱还你们！我现在踩着火石要水浇，正说要开个村干部会，拜托你们加大收历年尾欠的力度呢！"

说完停了一下，又接着说："只有把历年的尾欠收起来了，你我的日子才好过，这个道理你还不懂？"

贺世忠想起在村民中收款的困难，便苦起脸说："李书记，不是我们没努力收，而是实在收不起来。好多人都是整家整家地出去打工了，我们连他们人在哪儿都不晓得，怎么去收？"

李书记说："你说的情况，我们也知道，也向县上反映过，可县上并没有因此叫我们少收一些款。不但没少，反而年年还在涨，你叫我们有什么办法？县上压我们，我们只好压你们！"

说着，李书记把头仰靠在椅子背上，像是思考什么似的。过了一会儿，突然抬起头盯着贺世忠问："你刚才说一些人整家整家地外出了，他们欠的农业税和提留款不好收，除了这些人外，在村里的还有没有欠款不交的？"

贺世忠说："那样大一个村，怎么会没有？一些人明明有钱，可看见别人没交，自己也便不交了。"

李书记说："那好，哪些人欠款最多，你给我报一个名单上来，乡上到你们村来开展一次大会战，帮你们拔两户'钉子'！春节快到了，那些外出打工的人也都要回来，正好杀一儆百，做个样子给他们看看，看哪个还敢欠皇粮国税！"

说完又说："钱收起来了，你借的那四万多块钱，才能收回去！你难道不想把借的钱早点收回去？"

　　李书记以为贺世忠听了这话，会显得很高兴，可贺世忠却突然埋下了头，不吭声了。原来所谓的大会战，就是乡上组织若干个流氓、地痞、混混到村里来逼迫那些欠款户缴款。如果欠款户不缴，就进屋抄家产，如挑谷子、扛柜子、牵猪羊、抱电视。总之哪样值钱便拣哪样。然后把这些东西送回乡政府，让欠款户拿钱来赎。贺世忠虽然知道乡上来开展大会战，倒是容易把村民手里下欠的农业税和提留统筹款收起来，过后自己却是要被村民谩骂。他不是像李书记这样屁股一拍就可以走人的国家干部，也不是一个有虎狼蛇蝎之心或只顾自己不管别人的人。他是一个农民，要世世代代生活在村里，并且一笔难写两个"贺"字，都是一个祖宗传下来的，因此更不想把事情做绝。可现在李书记主动提出来帮助村上开展大会战，又不好拒绝，想了半天，才想出一个金蝉脱壳的主意，于是便对李书记说："怎么不想，领导！说句实话，我把钱借给你们后，心里一直悬吊吊的呢！不过我是管行政的，村里哪个欠款最多，要会计才清楚！我回去叫贺劲松查一下，让他来给你汇报！"

　　说完，贺世忠便回家了。

　　过了几天，乡上赵副乡长果然带了二十多个"烂龙"、混混来贺家湾"拔钉子"。也不知怎么回事，贺劲松开上去的名单有几十户，乡上不知怎么就鬼使神差地拿了贺世凤来开刀。拿贺世凤开刀倒也罢了，偏那些"拔钉子"的又像被鬼摸了脑壳一般，青天白日的，把贺世凤大哥贺世龙的家产，当作贺世凤的给"拔"了。贺世龙去追自己的东西，又被"拔钉子"那帮"烂龙"和混混，连人带车上的粮食、电器一齐颠进了水塘里。贺世龙的儿子贺兴成带着贺家湾人，把那些"拔钉子"的人里三层、外三层地围住，逼迫赵副乡长脱了衣服裤子，亲自带人下到臭水塘里去把世龙老汉的粮食、电器给捞起来。赵副乡长回去一汇报，李书记觉得乡上丢了面子，于是联合派出所，把贺兴成等一伙人抓到乡上给关了起来。贺世龙和贺世凤是贺世海的哥哥，贺世海是贺家湾前任支部书记，偏又是被贺世忠使手脚，给弄下台自己取而代之的。不做支部书记后，贺世海到城里帮老同学打点房地产生意，几年下来，自己也成了全县有名的民营企业家，和县上的头头脑脑，关系都十分密切。听说了大哥被"拔钉子"的事后，立即找人给李书记施加压力。李书记事先并不知道贺世龙、贺世凤是贺世海的亲哥哥，现在知道了，便忙不迭地放人赔不是！事情如果到此为止，解释明白，至多也仅是一场误会而已。但贺世凤、贺兴成却一口咬定这事是他贺世忠在从中使坏，要不然村上这么多欠农业税和提留统筹款的人，乡政府怎么会独独来拔他们家的"钉子"？因此便联合那天晚上被派出所和乡政府抓过的人，向县委吴书记写了一封《农民的救命呼声》的告状信，把贺家湾这些年农民负担加重和乡上来"拔钉子"的胡作非为，全部加在了贺世忠头上。也活该贺世忠倒霉，这封告状信到达吴书记手上时，正碰上全国大力整治加重农民负担的运动。从中央到地方层层开会，要求各地都要曝光和处理一批加重农民负担的典型案件！在这个风口浪尖上，吴书记自然不敢怠慢，于是亲自下令严肃查处。就这样，贺家湾浩浩荡荡地来了一大帮县上的官员，还有扛着摄像机的县电视台的记者。事情的经过不难调查明白，没两天，一纸处分决定传到乡上，贺世忠撤销贺家湾村党支部书记的职务，开除党籍。李书记党内警告处分，调回县上，换了一个地方仍旧做他的官。

这就是当年发生在他贺世忠身上的那件倒霉事。庄稼人务实，他对上面撤销他支部书记的职务，并没有感到有啥特别难过的。说心里话，当了这些年村干部，没有捞到一点好处不说，成天催粮催款，刮宫引产，还得罪了不少人。不当这个劳什子干部也罢，省得顶起碓窝耍狮子——费力不好看！他想不通的是心里那份冤屈。觉得辛辛苦苦地为上级卖了这么多年的命，到头来是爹不疼、娘不爱。更重要的是，他想起自己借给乡上的四万多块钱，不知道啥时才能拿回来？还有由他出面向贺世财、贺世绪、贺美奎、贺正轩这些人借来垫了全村农业税尾欠的钱，人家打酒只问提壶人，一旦向自己要起账来，他拿什么去还？这样一想，第二天天还没亮，便背着一只鼓鼓囊囊的蛇皮口袋出了门，混入年轻人打工的队伍中去了。这一走就是好几年，原盼着在外面能像贺世海一样混出个有头有脸的人样儿了，才回贺家湾。没想到人样儿没混出来，为一万多块工钱还在成百上千双眼睛下，上演了一台假自杀的戏，把原来老脸上那点面子都丢尽了。这真是应了古人的那句话：人的命，天注定呀！

四

回到医院，贺世忠径直上了透析室的楼。走到那里一看，兴涛、兴菊都没在椅子上了，又走到透析室隔着玻璃朝里面看，屋子里也没了人。贺世忠便知道女人已经透析完毕，可能回病房去了。于是折身又下楼来，上了病房的大楼。

回到病房一看，田桂霞果然已经在病床上躺下了，护士正在她的手腕上寻找输液的血管，兴涛、兴菊站在两边，目光紧张地落到护士一双莲藕般的纤纤玉手上。另一张床上的那个病人，仍如先前一样安静地睡着。病人的丈夫没在屋子里，那个王姨现在坐在了床前的椅子上，也像那男子一样，将女儿的手捧进自己的手里，一边轻轻摩挲，一边偶尔小声地呢喃一句。

贺世忠看见护士给女人找血管，便没有立即走过去。护士在病人的手腕上又是拍，又是压，找了半天，终于找着了血管，将一根针头插了进去，于是一丝鲜血便从针头冒进胶管里。护士急忙将药瓶挂到旁边的输液架上，洁白的药滴便又一滴一滴地缓慢地滴进女人的静脉中。护士挂好药瓶，对兴菊嘱咐了一句什么，端起床头柜上的药盘，出去了。

等护士出去以后，贺世忠这才走了过去。兴菊一见，急忙一边往旁边让着，一边说："爸，你回来了！"

贺世忠没有答话，径直走到女人床边坐了下来，这时他才看清女人的面容。也许是换了地方的缘故，他看见女人的脸色比在透析室里面好了一些，但仍然呈现出一种僵硬的白里透青的颜色，像是死里逃生一样。他觉得女人比几年前明显的瘦了、老了，两颊深深地陷落了下去，颧骨挺得很高，满脸皱得像一个核桃壳般。从女儿给她戴上的一顶用毛线织成的深灰色帽子四周，露出的灰白色的头发，像贺家湾山坡上干枯的蓑衣草一样，没有一点湿润的颜色。看着看着，贺世忠的眼腔忽然慢慢地湿润起来。他觉得女人就像一棵从地里拔出来，正在失去水分的白菜，说不定什么时候，他就会失去她。

一想到这里，夫妻间几十年相濡以沫的日子又潮水般涌上了贺世忠的心头，他的心禁不住一阵疼痛，忍不住伸出自己那双宽大粗糙的手，将田桂霞那只扎着针头、露在被子外面的手，捉在了自己手里。

正在这时，病人像心有灵犀一样，突然睁开了眼睛，一见是他，两只深陷在眼眶里的眼睛，突然飞出了两道奇异的光芒。两瓣干瘪的、苍白的嘴唇先是张了一下，像是很吃力似的，接着上下动了几下，最后终于发出了一个既是惊喜、又似乎是酸楚的声音："他爹，你回来了？"

贺世忠听了田桂霞这话，嘴唇也嚅动了几下，却没有立即回答，只把她的手抓得更紧了，仿佛害怕女人马上就会离开他一样。接着，从他的眼角慢慢沁出两滴浑黄的泪珠，却没有掉下来，挂在了鼻梁两边。

田桂霞看见了，像是埋怨地说了一声："你哭啥？"

然后又哄孩子似的说："你别哭！"

一边说，一边从贺世忠的手里抽出了自己的手，慢慢地抬了起来，将贺世忠鼻梁两边的泪水擦去了。又颤抖着，将手掌移到了他的额角上，又仿佛母亲亲抚自己的孩子一样，一路慢慢地抚摩下来。先摸到了左边脸颊，落到颧骨那儿停了一会儿，然后又顺着往下摸，手掌最后在他那有些瘦长的下巴那儿停住了，然后才听见她问："他爹，你在外头苦不苦？"

贺世忠听了这话，急忙将她的手掌拿了下来，仍然捧在自己的手里，才说："不苦！"

可田桂霞眼里露出了不相信的神色，说："不苦你怎么这样胡子拉碴的，又黑又瘦？有些像个野人了！"

贺世忠心里又涌起一阵酸楚，却强挤出了笑容说："瘦了好嘛，没听说过吗？有钱难买老来瘦呢！"

说完又说："真的不苦，外面一条活路，就是上班下班，比家里好多了！"

但田桂霞压根儿没有相信他的话，鼻子一酸，急忙将另一只手伸过来，搭在了贺世忠那只手上说："我连累你们了！你们把我抬回去吧……"

贺世忠没等她说完，便像怕冷似的打了一个哆嗦，然后盯着她说："抬回去做啥子？"

田桂霞闭了一会儿眼，然后睁开，才接了刚才的话说："我听说了，这不是一般的病，像我们这样的家庭，哪儿治得起？到时候把几家人都拖下水，一辈子都翻不了身……"说着，眼泪突然"扑簌簌"就掉了下来。

贺世忠一见，急忙做出生气的样子，打断了她的话，说："说些话，吃五谷、生百病，生了病治就是嘛！"

兴菊听了母亲的话，眼泪也一下溢了出来，却忍住了说："就是，妈，世界上哪里会有人不生病？各人安心养你的病，再不要说那些了！"

田桂霞却没有理会女儿，仍然对贺世忠说："生死有命，不说家里拿不出那么多钱来治，就是有，也是往医院白扔钱。我就是等你回来，叫他们把我抬回去！我不想再拖累你们了……"

听了这话，贺世忠和儿女们还没来得及说什么，那个王姨忽然转过头来，对田桂霞说："大妹子，你病都在松了，怎么能不治了？牛死不断草，人死不断药，再没有钱，也得治呀！不治难道眼睁睁看着死不成？"

说着顿了一下，才又接着说："像我这丫头，到现在还没有醒，还不知是死是活，可只要还有一口气，还得治呀！"

说到这里，她的嘴唇瘪了瘪，泪水突然从两只眼眶里奔涌而出，开始轻轻抽泣了起来。一边哭，一边又补了一句："她要是像你一样可以坐起来就好了……"

正在这时，那个男人进来了，身后跟了一个医生和一个护士。医生大约四十多岁的样子，戴着一副厚厚的眼镜。他一走进屋内，就朝田桂霞看了一眼，然后问了一句："你现在感觉好些没有？"

田桂霞听见医生问，急忙咧开嘴唇笑了一下，说："好些了！"

大夫说："好些了就好！"说完目光在贺世忠、兴涛、兴菊脸上扫了一遍，又嘱咐他们，"好好照顾，瓶子里的药水完了就喊一声！"

说完不等兴涛、兴菊答应，便转身朝那张病床去了。王姨早离开了椅子，到一边站着了。大夫走到病人床边，先是躬下身子认真看了看床头柜的两个机器，一边看，一边在纸上记着。记完，他轻轻揭开病人身上的被子，将听诊器探进病人的衣服里听了一阵，然后又给病人盖上被子，转身对身旁的护士说了几句什么，说完便往外面走。经过田桂霞的病床边时，又给贺世忠他们点了点头。贺世忠他们也都非常感激地对他笑了笑。大夫一走，护士就过去抬起病人的一只手，从她身上抽了血，又拿出一只小瓶子，给了那男人，转身也出去了。男人等护士走后，便把病人床底的塑料盆取出来，往小瓶子里倒了一点黄色的尿液，抽了几张餐巾纸包着，又出去了。等人一走，贺世忠和王姨又都到先前坐的地方坐了下来。

病房里一时安静了下来，仿佛谁也不想去提起刚才的话头了。但这种安静谁都感到有些沉闷和尴尬。不管是贺世忠还是兴菊，都想打破这种沉闷，却一时不知道该说什么好。正在这时，田桂霞把手按在病床边缘，往上撑了一下，兴菊一见，急忙过来问："妈，你要做啥？"

女人说："我想起来坐一会儿！"

兴菊和兴涛听见，急忙过来把她的枕头垫高一些，然后又轻轻地将她扶了起来。贺世忠一见女人背后没什么垫的，急忙从床底下扯出了自己那只蛇皮口袋，从里面拿出那床被子，兴涛、兴菊又把母亲扶正，贺世忠便把那床散发着霉味和汗味的破棉被，给垫到女人的背后去了。田桂霞任凭儿女和丈夫摆布着，等坐好了，才看着贺世忠说："回来了就不要出去了！"

贺世忠听了，像是找到了话，于是愧疚地说："是，我就在屋里陪你了！真的，你就安心养病吧！"

女人嘴角浮现出一丝微笑，似乎很满意的样子，过了一会儿才又像母亲开导孩子一样，对贺世忠说："不出去了就好！金窝银窝，不如自己的狗窝，不要再去争啥闲气了！就好好地在家里把那点地种起，饿不到肚子就行了。"

说着停了停，才又接着说："在家千日好，出门处处难，有个啥病病灾灾，也没个人来问候一声，一个人孤单单的，这么大的年纪了，何必要受那份罪？"

说完怕贺世忠记不住似的，又十分郑重地叮嘱了一句："你就把我的话记住，外面就是再多的钱，也不要出去了……"

贺世忠听完田桂霞这一番发自肺腑的话，觉得女人有些像在说临终遗言，一时心里像打翻的五味瓶，涌动着说不出的酸楚、痛苦和内疚。他的眼眶又禁不住慢慢湿润起来，恨不得像年轻时一样，一把将妻子抱在怀里。可当着儿女的面，他又什么都不能做。不但不能做，心里涌动的千言万语，也一时不知该从何处说起。过了好一会儿，他才又把女人的手攥在自己的手中，举到自己脸边轻轻碰了一下，这才放下来，像一个听话的孩子般地说："好的，我不出去了，等你好了后，你在屋里养几只鸡鸭，养只猪崽，我在外面把那两亩庄稼种起，我们过几年安乐的日子!"

田桂霞等贺世忠说了以后,脸上再次露出了欣慰的笑容,然后疲倦地将眼皮合上了。

兴涛和兴菊都知道妈妈说了半天话,累了,现在需要休息,便又走过来,轻轻地将母亲扶端正,又叫父亲将母亲背后的被子扯出来,放平了母亲的枕头,将病人放平了。做完这一切后,兴菊一边往后退,一边对父亲努了一下嘴。贺世忠心领神会,目光最后在女人脸上看了一眼,又将她身上的被子往上提了提,掖好了被角,才和儿子女儿一起轻轻地退了出来。

三人正准备到一边休息会儿,忽然一个年轻的医生推门走了进来,大声说了一句:"谁是 63 床的家属,请到医生办公室去一下!"

贺世忠、兴涛、兴菊一听,互相看了一眼,接着兴涛和兴菊都像没听明白似的,同时盯着医生又问了一句:"你是说我们?"

医生的目光在兴涛和兴菊的脸上又扫了一遍,然后才像有些不耐烦地说:"你们是不是 63 床嘛?是 63 床的那就是你们嘛!"说完便出去了。

这儿兴涛和兴菊又愣了一下,便往外走。贺世忠也要跟着去,兴菊一见,急忙回过头对父亲说:"爸,你就不去了嘛……"

贺世忠见女儿的目光有些躲躲闪闪的,便立即问:"老汉怎么去不得?"

兴菊说:"万一妈等会儿醒来了,要翻个身啥的,都走了,哪个来照顾她?"

贺世忠一想女儿这话也有道理,便又在床边坐了下来。可是没过一会儿,女儿却又推开病房的门,站在门边对他招了招手,并且轻声说:"爸,你来一下。"

听了这话,贺世忠急忙站了起来,拉开门,来到了走廊里,这才看见兴涛也站在一边,脸上挂着一种像霜打了的神色。贺世忠一见,心里便"咯噔"地跳了一下,两只眼睛先在儿子的脸上扫了扫,接着又落到了女儿脸上,看了一阵,又移到兴涛脸上,盯着他眨着眼睛问了一句:"医生跟你们说了些啥?"

兴涛张了张嘴,可还没有等他嘴唇发出任何声音,兴菊朝母亲病房的门看了一眼,立即抢在了哥哥前面说:"我们走远点说!"

说着,也没有等父亲和哥哥同意,便带头朝前面走了起来。兴涛一见,也马上跟着兴菊走了。贺世忠等儿女在走廊尽头靠着墙壁站住以后,这才满腹狐疑、犹犹豫豫地跟了过去。

五

到了兴涛和兴菊面前，贺世忠的目光再次在他们脸上扫了一遍，这才有些瓮声瓮气地问："啥事这样神神秘秘的，生怕传到你妈的耳朵里了?"

兴涛和兴菊互相看了一眼，欲言又止。过了半天，兴涛像是忍不住了，鼓起勇气，伸出舌头在干燥的嘴皮上舔了一下，这才对父亲说："医生叫我们商量一下，妈妈需不需要人工换肾!如果需要，就尽快把钱交了，他们好想法到外面联系肾源。大夫说，现在肾源非常紧张，不早点联系，恐怕一时买不上。"

说完这话，兴涛两眼便紧紧地落到了父亲脸上。

贺世忠一听，有些不明白，便对兴涛、兴菊问："啥叫人工换肾?"

兴涛看了兴菊一眼，兴菊便说："大夫说，妈的两只肾已经坏了，就像机器一样，不能正常工作。现在需要从别人那里去买一只健康的肾回来，移植到妈的身上，这便是人工换肾。"

说完又马上接着说："医生说了，只要给妈换一只健康的肾，妈就能像正常人一样，不需要经常来透析，也不需要吃药了!"

贺世忠听完，惊得瞪大了眼睛，接着像是不相信似的，盯着儿女又问了一句："换了肾你妈真能像正常人一样?"

兴涛说："医生就是这样说的!"

贺世忠一听，突然在大腿上拍了一巴掌，然后高兴地叫了起来："既然能像正常人一样，那还有啥说的?"

说完便像下决心地说："换!谁说不换!"

兴涛和兴菊听了父亲的话，突然像是吓了一跳似的，不约而同地抬起头，愣愣地瞪着父亲。贺世忠见女儿瞪着自己，有些不明白起来，便也看着兴涛、兴菊说："你们这样看着老汉干啥子?老汉哪儿说错了?"

兴涛听了这话，把目光移到脚下的地板上去了。兴菊的眼皮一阵眨动，慢慢地弥漫上了一层潮湿的雾气状的东西，最后才用了颤抖的声音，看着父亲突然问了一句："爸，你晓得换一只肾要多少钱？"

贺世忠惊了一下，马上说："多少钱？"

兴菊将眼皮垂了下来，盖住了自己的目光，然后才像说给自己听一样说了几句："医生说了，现在买一只肾，最低也要六七万元，加上做手术和术后治疗，少说也要八九万将近十万元……"

兴菊还没说完，贺世忠便像怕冷似的，身子不由自主地哆嗦了一下，接着又仿佛被什么吓住了，瞪着一双大眼直直地看着女儿，半天嘴里才吐出一句："要这么多钱呀？"

说完又盯了兴涛、兴菊半天，才又突然问："那你们的主意呢，究竟是给你们妈换还是不换？"

兴涛、兴菊听见父亲问，不但没回答他，还把头越发低了下去。贺世忠见儿女们不答，突然一下生起气来了，便提高声音吼了起来，说："说呀，装啥哑巴了？你妈把你们生下来，一把屎一把尿带大，难道八九万块钱都不值？"

吼完犹觉得心里的气没出完，便又愤愤地骂了一句："良心遭狗吃了的东西，也不怕老天爷劈了你们？"

兴涛听见父亲骂，像是不好意思地用手捧了头，顺着墙壁蹲了下去，只将一头像刺猬般的头发对着父亲。兴菊先是嘴角抽动了几下，泪水便夺眶而出，顺着脸颊大滴大滴地滴落下来。接着肩膀一耸一耸，一边抽泣着一边对父亲说了起来："爸，也不是我们不孝，要是妈要吃我身上的肉，要割哪里我就割哪里，可……你是晓得的，我们昨年才建了房子，还差十多万元的债，三亲六戚都借光了，再也借不出钱来了……"

说着说着，兴菊实在忍不住了，索性"嘤嘤"地哭出了声。

贺世忠一见女儿伤心，心中有些不忍了，便说："哪个在说你？嫁出去的女，泼出去的水，你要有那份孝心，隔三岔五地回来看看你妈，就不错了！"

说完又盯着兴涛问："兴涛，你怎么说嘛？那个王姨都晓得再没有钱都要治的道理，难道你这个当儿子的就眼睁睁看着你妈死不成？"

兴涛听了这话，把头夹在两只膝盖之间，埋得更低了，半天才听见他说："爸，你也不要生气，是我没出息！妈住院的几万块钱，我们借了好多地方才凑齐。现在不说亲戚们没钱，就是有钱，恐怕也不会再借给我们了……"

听到这儿，贺世忠又忙生气地问："那你妈就不治了？"

兴涛又沉默了一会儿，突然抬起头对父亲说："叫医生摘我的肾吧，我的肾不要钱……"

话没说完，贺世忠心里像是被人扎了一刀似的，身子又抖了一下，突然又盯着兴涛吼了起来："你的肾摘了，又到哪里找肾？"

兴涛带着哭腔说："我就不要肾了嘛！"

贺世忠又一下火了，又大声吼道："你吃锅巴放胡屁！你不要肾了，哪个给你养婆娘娃儿……"

兴涛听到这里，突然一下站了起来，瞪着血红的眼睛，像是要和父亲拼命似的，冲他恶狠狠叫了一句："那你说怎么办？"

贺世忠一见儿子这样子，忽然愣住了。眼睛直直地盯着儿子，嘴唇哆嗦了半天，却没有发出声音来。兴菊一见，忍了泪水过去拉了他一下，说："爸，你不要生气，哥哥是一时气的！"

兴涛发了脾气后，见父亲直眉瞪眼说不出话来，一时心里愧疚起来，便又顺墙蹲下去，一如先前一样把头埋在两只膝盖之间，目光痴痴地看着地板。

贺世忠嘴唇和身子抖动了一会儿，突然像是做出了决定一般，不抖了，然后对兴涛喊了一声："起来！"

兴涛从膝盖上抬起头看了父亲一眼，果然又双手抱着怀，怕冷似的站了起来。

贺世忠看了看儿女，目光变得有些柔和和坚定了，说："是我没出息，不该怪你们！你妈要不是你们，这时早进土里了！你们辛苦了……"

说到这儿，贺世忠的眼眶也被一层潮湿的雾气蒙住了，他觉得自己确实错怪了一对儿女，有些愧疚得说不下去了。兴菊一见，忙说："爸，你有啥话就直说吧……"

贺世忠又朝儿女们看了一眼，果然接着往下说了："老子也晓得你们家里日子都不太好过，不管是你妈住院还是以后的其他开支，你们都把账记好，由老子来还！只要老子还有一口气，就是出去讨，也要把钱讨回来将账还清！"

说到这里，贺世忠见兴涛和兴菊想说什么的样子，便马上制止了他们，接着说："你们妈苦了一辈子，老了不说让她享福，至少也要让她多活几年。话又说回来，儿女们看着父母能医不医，也说不过去！就是外人不说，自己良心也会不安！所以老子现在求你们一件事，就是不管你们去借也好，卖家产也好，你两兄妹再给老子一人凑一万块钱，其余的老汉去想办法……"

话还没说完，兴菊瞪着大眼忽然叫了起来："爸，你到哪儿去想法？"

贺世忠说："这你们就不要管了嘛，反正老汉不会去偷，也不会去抢！"

说完见女儿们还是有些不明白的样子，便提醒他们说："你们忘了，老汉当年借了四万多块钱给乡上交农业税，原说的从第二年村里上交乡上的税款和'三提五统'中扣出来。但还没有等到第二年，我便被人告下去了，乡上和村上到现在都没还我钱，如果能把那钱收回来，不说利息，就是本钱也有四万多块……"

兴涛和兴菊一下明白了，还没等父亲说完，兴涛便打断了他的话说："爸，那钱你收了好几年，都没收回来，这回……"

贺世忠为儿子这话，突然又生起气来，便又大声地冲兴涛说："平时收不回来，现在要救命，还收不回来？"

兴涛一见父亲这样，便马上不吭声了。兴菊和哥哥的担心完全是一样的，本也想说点什么，但见父亲抢白了哥哥，便也把张着的嘴闭上了。贺世忠瞧了瞧儿女霜打了的样子，心里又不忍起来，觉得儿子的提醒也是一片好心，自己不该把气撒到他们头上。于是想了想便说："就这样了，你们去对医生说说，让他们去联系肾源吧！"

话刚说完，兴菊便说："爸，医院是要先交钱，他们才会去联系肾源的！"

说完这话，仿佛是害怕父亲又生气一样，马上又补了一句说："这你是晓得的！"

兴菊怕父亲又生气，但贺世忠听了女儿的话，还是生了气。他瞪着女儿说了两句："能行不能行，让你们去说一下，又不要你们拿钱买！"

兴涛见父亲冲兴菊发了脾气，想了一想，然后便尽量放轻语气，对父亲说："爸，医生那儿，我们随时都可以去说，不过我还是劝你先回村里或乡里去问一问，看你垫出去的钱能不能要到再说吧！"

贺世忠一听兴涛的话，觉得在理，不由得又看了儿子两眼，心里说："这小子平时看起来笨嘴拙舌，一副老实憨厚的样子，没想到乌龟有肉——还在肚子里头呢！"这样一想，心头又有几分高兴起来，却又不愿在儿子面前表露出来。过了一会儿才故意噘着脸说："老子不晓得，还要你提醒？"

说完这话，又突然看着兴涛问："你世财、世绪叔，还有贺美奎、贺正轩在家里没有？"

兴涛一听这话，把父亲看了一眼，这才说："世财叔和双蓉婶，都到成都双流县去跟旭东哥哥住了，世绪叔在城里带孙子，贺美奎和贺正轩，都出去打工了！"

贺世忠一听，脸上立即露出了一种释然的表情，嘴里说了一句："这我就放心了！"

可是话音刚落，兴菊便看着他问："爸，你问这些做啥子？"

贺世忠听了女儿的话，便回过头看着她说："啥？当初村上交农业税和提留统筹款，你老汉出面，用村上的名义向他们借过钱，当时也承诺给他们高利息。可后来他们也跟你们老汉一样，不但利息没看见一分，连本钱到现在村上也没还他们。虽说钱是村上借的，可毕竟是老汉出的面，打酒只问提壶人，现在我回去了，要是他们来向我要钱，怎么办？"

兴菊一听，这才明白了，说："爸，你也真是，别人当干部捡便宜，你不但没得到啥便宜，还惹一身麻烦！"

贺世忠听出女儿话里责备的意思，便也没好气地说："那有啥法，世上又没有后悔药卖！"说完，才转身朝病房走去了。

三个人回到病房里，田桂霞还没醒来。病房里刚才拿尿液出去化验的男子，不知什么时候已经回来了，这时正拿了一只饭盒子往外走。兴涛一见，便对兴菊说："医院食堂开饭了，兴菊你也去打饭。"

兴菊一听，目光又望了望父亲一眼，然后对兴涛说："忙啥，爸才吃了早饭不久，等一会儿去打吧……"

贺世忠听见儿子说医院食堂开饭两个字，立即感到肚子一阵绞痛，似乎就要呕吐的样子。可他又不好意思对兴菊说自己刚才没有吃饭的话。因此没等兴菊说完，便沉了脸对她吼了起来："到了该吃饭的时候，就吃饭嘛，你管老子做啥？"

兴菊看了看父亲的脸色，不明白父亲为什么又无端地对自己发起火来了。自己可是为他着想呀！可她哪里知道父亲早已经饿得无法忍受了，以为父亲还在为母亲换肾的事生他们兄妹俩的气呢！于是也不再说什么，只是委屈地提起床头柜上的饭盒往外面走了。

第二章

一

　　吃过午饭，贺世忠便把自己那床散发着汗味和霉气味的破棉被裹起来，又塞进了那只蛇皮口袋里，捆好以后，贺世忠便对兴涛、兴菊兄妹俩说："你们有啥东西需要带回去的没有？"

　　兴涛、兴菊都知道了父亲的心思，是想急着回去落实那笔钱的事，兄妹俩便互相看了一眼，回答父亲说："有啥带的？没啥带的！"

　　说完又拿眼去看母亲，对她说："妈，爸要回去，你想不想吃啥，爸来的时候给你带点来？"

　　田桂霞听了这话，手按在床上要起来，被贺世忠一把按住了，说："有啥话你就说，我听得见，你起上起下做啥？"

　　田桂霞听后果然放下了手，头却在枕头上动了动，看着贺世忠说："他爹，我春上孵的那几只母鸡，不久前在下蛋了，你回去看看，可别让它们把蛋下到外面去了！"

　　兴菊一听这话，故意做出生气的样子，嘟了嘴唇对母亲说："妈，你还有啥操心的没有？"

　　说完又说："自己都这样子了，还欠着几只鸡蛋！"

　　田桂霞听了这话，倒真的不高兴起来了，她瞪了女儿一眼，说："我不操心，你老汉以后吃啥子？"

说完这话，也不等儿女回答，突然看着丈夫说："你回去到贺凤山那里给我算个命，看我这个病还有没有治。没治就真的早点把我抬回去！"

贺世忠一听这话，有些生气，便对田桂霞没好气地说了一句："你又来了，没治，没治明天我就叫人把你抬回去！"

田桂霞一见丈夫动了气，便闭了嘴不吭声了。贺世忠吼了女人一句后，心里又有些后悔起来，于是又看着田桂霞说："你各人养你的病，想那么多做啥？能治不能治，难道医生还不晓得？"

说完这话又像哄孩子一样补了一句："我回家去看一看就来，你要听兴涛和兴菊的话，啊！"

说完，见女人对他点了一下头，这才像是放了心，把蛇皮口袋往肩头一背，就要出去。

这时兴菊忙喊住了他："爸，出去把头发理一理！这么多年没有回过贺家湾，让人看见，还真以为你落魄了呢！"

贺世忠一听女儿这话，一下站住了，又下意识地抬起手，摸了摸满脸的胡须。一边摸心里一边想："到底是女儿心细，晓得维护老子的形象！"这样一想，心里由不得一阵感动。可这种感动在瞬间就变成了一种难为情的表情——他身上现在可是毫无分文呀！他张着嘴唇看了兴菊半天，才突然红着脸对女儿说："兴菊你身上有没有零钱？给我一点零钱。"

说完又像是硬撑面子似的补了一句："我身上只有整钱，要是他们找不开，麻烦。"

兴菊以为父亲真的有钱，便说："理发店哪有找不开的？"但说归说，还是看着父亲问了一句："爸，你要多少？"

贺世忠在心里默算了一下理个平头加回去的车费大致需要的数目，便对兴菊说："二十块吧，二十块钱就行了！"

兴菊果然从口袋里掏出了二十块零钱，交给了父亲。贺世忠把钱接到手里，又对兴涛、兴菊叮咛了两句，才推开病房的门走了出去。可没走几步，兴菊又追了出来，喊了一声："爸！"

贺世忠又不由自主地站住了，回头对兴菊问："还有啥事？"

兴菊说："妈叫你晚上睡觉前，要记起把鸡圈门关好，说现在山上的野物凶得很！"

贺世忠一听，心里十分难过，便红了眼圈对兴菊说："你妈这个样子了，还欠着家里，几十年她都是这样过来的。你们在这里，就好好地安慰安慰她！"

兴菊也噙着泪水点了一下头，贺世忠这才转身走了。

贺世忠来到街上，就去找理发店。那些门口挂着"美发厅""形象店"字样的店，他不敢进去。他明白那些店他去不起，并且店里那些穿着紧绷绷的花衬衣，将头发染得红红黄黄的条子娃儿，也不一定能理得下来自己这鸡窝似的一头乱发。找了很久，才在背街一个拐角处，找到一家小理发店，上面写着"蒋平头理发店"，两边门框上竟然还有一副对联，道是："不要顶上花架子，专理平头真功夫。"贺世忠一看，倒觉得合自己的意，便马上走过去问："剪一个平头多少钱？"

那店主年纪约四十多岁，一张圆乎乎的脸，自己的头发也剪成了平头样式，像是给自己的店做广告一样。他正在给一个顾客吹头，听见门口有顾客问，便马上抬头朝贺世忠看了一眼，接着目光又落到顾客头上，说："二十五块！"

贺世忠吓了一跳，以为自己听错了，又问了一句："多少？"

那人说："老大爷的耳朵是不是有问题？"

贺世忠说："我过去剪个平头只要几块钱，怎么一下就涨了这么多？"

那人说："几块钱那是啥子时代的事了？那时白菜几分钱一斤，现在涨到一两块了，你说涨了多少？"

说完又说："全城理发，只有我这里最便宜了，不信你到那些地方去问问。"

贺世忠一听犹豫了，刚才向兴菊要钱时，还以为理了发还有钱坐车回家呢，可现在连理发都不够！犹豫了一会儿，贺世忠突然又对老板问："二十块钱理不理？"

那人又朝贺世忠看了一眼，说："不理！"

贺世忠垂下了眼睑，过了一会儿才像是无望地说："我只有二十块钱呢。"

那人说："你可以少做一样嘛！"

贺世忠问："怎么少做一样？"

那人说："洗、吹、剪、修面一共二十五元，你也可以不修面！"

贺世忠说："我剪头就是为了修面，不修面我来剪头做啥子？不修面我就不剪了！"说完就转过了身子，往外走了。

可刚刚走两步，老板又在后面喊住了他，说："老大爷，回来！看样子你像是刚刚在外面打工才回来，又一大把年纪了，本店就优惠你五块钱！"

贺世忠听了这话，又犹豫了一会儿，便进去坐了。

理完发，贺世忠往镜子前一站，果然觉得清爽和精神了不少，便掏出兴菊给的二十块钱，交给了老板，然后背着口袋，走出了店门。现在，他已经没钱坐车了，只有靠自己的双腿，从小路回贺家湾了。好在他在工地上拧钢筋、搬水泥锻炼出来的腿脚，对付二十多里山路，还不至于把自己累着。于是贺世忠便迈动双脚，走上了自己熟悉的家乡小路。

贺世忠起初走得很快，毕竟离家这么几年了，有种归心似箭的感觉。可走着走着，看看日头悬在头顶上，离落山还有好长一截，便又不由自主地放慢了脚步。和他出去打工时一样，他不想让贺家湾的老少爷们看见他回来了。尽管他不那么蓬头垢面，像个"野人"一样了，可离衣锦还乡毕竟还差十万八千里，尤其是背上这个蛇皮口袋，无论如何都无法给人一种发达了的感觉。走到离贺家湾已经不远的人和寨垭口时，看看太阳离落山还有一竿子远，便索性坐在旁边的一块石头上歇息起来，直等到太阳落山了后才走。

贺世忠终于挨到天黑了，才进入贺家湾。可是贺世忠先前的担忧，却是白费了。整个贺家湾十分安静，好像没人居住似的，比他那年出去时冷清多了。星辉月光下，他看见湾里又耸起了几幢新的楼房，可却黑灯瞎火，仿佛鬼屋一般。其他房屋也黑影幢幢，只有很少的几幢房屋才亮着灯光。他这才知道，原来留在湾里的人越来越少了，不由得在心里叹了一声，想："早晓得这样，我何必挨到现在才回来！"

贺世忠不再担心被贺家湾的老少爷们看见了，脚步踏在地上，也比先前有力了。刚走到老院子后面，突然一条狗"汪"地大叫一声，从墙角下龇牙咧嘴地扑了过来。还没等他反应过来，又跟着扑过来两条狗，围着它涌前涌后地咬过来。他以为狗们咬得这么凶，会有人出来看一看，可是却没有一个人打开房门，伸出脑袋来问一下。他急了，急忙对着狗们喝了一声："瞎眼的东西，连我也认不得了，咬啥子？"

他以为那些狗会听出他的声音，可是他再一次想错了，狗们听了他的话，不但没停止叫声，反而向他进攻得更凶了。他这才知道自己出去了这么多年，这些畜生都换了几代，它们哪能还认得自己？这么一想，心里就涌上了一种悲凉的情绪。见狗们还围着自己不放，便忽然取下背上的口袋，拎着向狗们挥舞起来。狗们在张牙舞爪中，见一个庞然大物朝自己舞来，便分头逃窜了。贺世忠为防备这些畜生又朝自己扑来，便蹲下身寻着了一坨泥巴握在手里。那些畜生却没有再扑过来。

走到自己家门口，贺世忠这才觉得放心了，正准备丢下手里的泥团，却不防自己家那只卧在大门旁边的狗，也朝自己"汪汪"地吠叫起来。贺世忠有了防备，没等它朝自己扑来，便将手里的泥团朝它扔了过去。泥团没有打着狗，却落在了大门上。屋子里儿媳妇听见大门的响声，急忙大声问了一句："是哪个打门？"说着便把大门打开了。看见大门外黑黝黝站着一个人，先是吓了一跳，接着喊了起来："哪个？"

贺世忠听见儿媳妇的喊声，这才回答说："还有哪个？是我！"

儿媳妇叫王芳，愣了很久才叫起来："是爸爸哟，吓我一大跳！"然后又说，"你回来了哟？"

说完又马上冲屋子里叫了起来："贺阳，贺阳，快出来看看是哪个回来了？"

贺世忠随儿媳妇进了屋，还没放下肩上的口袋，便看见从里面屋子里走出一个胖乎乎的、虎头虎脑的半大小子，瞪了一双怯怯的眼睛对他看。儿媳妇便说："你不认识了？是爷爷呀！还不快叫爷爷！"

贺世忠急忙伸开手，要过去把那小子抱在怀里，也说："就是，就是，爷爷都不认识了？到爷爷这里来！"

那小子却马上躲到他母亲背后去了，然后又从娘的身子旁边伸出一颗圆圆的脑袋，瞪着一双大眼睛朝贺世忠滴溜溜地看着。贺世忠看见孙子都长这么高了，后悔自己没给孩子买点什么礼物回来，便对他说："爷爷回来得急，没来得及给你买礼物，过两天爷爷再给我孙子补起，啊！"

王芳听了这话，便在那小子头上轻轻拍了一下，说："听到没有？你给爷爷说，没有买礼物不要紧，给钱你自己买也行！"

贺世忠听了儿媳妇这话，心里又"咯噔"了一下。他对这个儿媳妇，其他没什么说的，有些恼恨她的，一是她的小心眼，总是疑心他们老两口子没有一碗水端平，偏向了女儿，把钱和家里的东西偷偷地给了兴菊，因而和兴菊也像是仇敌一般，一个钉子一个眼的。另一个就是生怕吃了亏，喜欢占小便宜。现在，他听见王芳这样说，真害怕孙子照他娘教的那样，跑过来向自己要钱，一时便显得有些尴尬和狼狈起来。幸好那小子不好意思，看了爷爷一阵，便忽然跑掉了。王芳见了，似乎有些泄气，便骂了一句："没出息的东西，在爷爷面前都不好意思！"

说完这话，才对贺世忠问："老汉你去看过妈没有？"

贺世忠说："不为看你妈我回来做啥子？"

王芳又问："妈好些没有？"

贺世忠说："怎么没好？现在都可以坐起来了！"

王芳听了这话，做出了高兴的样子，说："能坐起来就好！"

说完又马上显得有些夸张地对贺世忠说："嗨，你不晓得，爸，那天可吓死我了！早晓得妈要得病，那天我就是把那点豆子烂到地里，也不会叫她过来给我们做那顿饭！她刚过来把水舀进锅里，还没往灶膛里点火，人就顺着灶台瘫下去了。贺阳看见，急忙过去喊她：'婆婆，婆婆，你怎么样了？'她不答应。贺阳又去推她，她还是不答应。贺阳吓坏了，才跑出来喊我。我回来一看，只见妈脸青面黑，口死眼闭，推她喊她都没有声气儿。我以为她死了，'哇'的一声哭起来，急忙跑到湾里喊人。万山叔来一看，说：'不好，赶快送县医院！'我才一边给兴涛、兴菊打电话，一边叫人把妈往县医院里抬！我的妈呀，我长这么大，还没遇见过这号事，可吓死我了……"

田桂霞发病的经过，兴菊在电话里已经给他说过了。儿媳妇现在重新提出来，贺世忠深深懂得她的心思，除了表功以外，就是想把她娘发病的责任撇清，以免他们责怪她。更重要的是害怕以后分摊她娘的医疗费时，自己多摊了。贺世忠知道儿媳妇这些小心眼和小伎俩，于是便说："病就病了嘛，这人啥时得病，哪个事先晓得？我们也不会怪给你煮饭煮拐了！"

王芳听了这话，却说："爸你不会怪我，可要是有人怪我呢？"

贺世忠一听，明白她说的"有人"，又是指女儿兴菊了，于是便没好气地说："除了你自己那么认为，没人会那么想！"

王芳一听贺世忠的语气不对，便立即住了嘴。可过了一会儿，却又说："爸，妈入院缴的钱，大都是兴涛跟别人借的。兴菊他们虽说去年才修了房子，可他们是两个人在外面打工，我们只有兴涛一个人在外面打工，以后算妈的医药费时，你们做老人的，可要把心放平哟……"

贺世忠一听这话，不由自主地有些生气了，于是便瞪着王芳，大声说："哪里那么多空话？还不赶快做你的晚饭，吃了老子还要到贺端阳那儿去！"

说完还想吼儿媳妇几句的，却见王芳的脸上已经堆满了厚厚的乌云，像是也要下雨的样子，于是便赶快住了嘴。心想：儿媳妇到底不比女儿，自己想吼就吼，想骂就骂！再一个，他不在家，不管儿子也好，儿媳妇也好，也确实辛苦了。别的不说，就是这次她娘发病，如果不是她，老伴儿恐怕早没命了。这么一想，心又软了，于是便放缓了语气，又对王芳说："你妈还在医院里，现在说这些有啥用？你放心，这次你妈治病的钱，除了我给的外，剩下的，你们兄妹俩二一添作五，哪个也别想捡便宜！"

儿媳妇听了这话，脸上的乌云这才慢慢散去，果然专心地做自己的晚饭去了。

二

吃过晚饭，贺世忠便对王芳说："你们娘儿俩把碗洗了，各自收拾睡吧，我等会儿回老房去睡！"王芳看了看他没吭声，贺世忠便拿了老房子的钥匙，去到过去和老伴儿住的屋子，从箱子里找出一件以前在家里穿的干净衣服，把身上的脏衣服换了，便出门去了。

走出门来，半弯新月挂在天空，地上到处都是一片清清浅浅的朦胧月光。贺世忠像是很久没感受过月光似的，尽管月光下湾里的山、石、树木、屋舍……都影影绰绰，像蒙着一层面纱，但贺世忠觉得这一切都十分亲切。他沿着屋后的小路向贺端阳家走去。当年他的支部书记职务被免以后，贺春乾取代他做了贺家湾村的支部书记。干了这些年后，贺端阳又取代了贺春乾。不但取代了贺春乾，而且还是"一肩挑"。贺世忠一边走便一边感慨："真是铁打的衙门，流水的官呀!"路过贺家湾的祖坟山上马坟时,淡淡的银白色的月光下,贺世忠看见坟园又多了几座黑黝黝的新坟。贺世忠知道在他离开贺家湾这几年,湾里又死了好几个人。兴涛、兴菊曾经在电话里跟他说过的,就有贺世国的女人贾佳桂,她是因为和贺世国打了架,喝农药自杀的。还有当年告过他的贺世凤,他去年死于哮喘。贺世忠想起当年他被免了贺家湾支部书记、开除党籍以后,一时想不通,便提了酒瓶到贺世凤家里喝酒的事,突然有些后悔。尽管他当时并没有说什么,可找他喝酒的行为本身就是一种挑衅。说到底,他也是一个可怜人!想到这里,贺世忠不禁又朝那几座新坟看去,突然看见坟头上全浮动着一股股缥缥缈缈的雾气,像是有很多鬼魂在互相窜来窜去一般。贺世忠头皮一紧,赶快加快步子,走过了坟园前面的小路。

走过小路,又拐了一个弯,便看见了贺端阳家的屋子。屋子一半笼罩在竹林的阴影中,一半暴露在清凉的月光下。贺世忠担心又会有狗窜出来,便早早地捡了一块瓦片在手里,这才朝院坝走去。可是直到上了台阶,也没有狗朝他扑来,便把手里的瓦片往地下一扔,过去敲起门来。敲了半天,屋子里才响起一个女人的声音:"来了,来了,你有钥匙不晓得开门!"接着传来"踢踏踢踏"的脚步声。

没一时,大门"哗"地打开,贺世忠一看,却突然愣住了。原来开门的女人十分年轻,大约只有三十岁,长得十分好看。一张鸭蛋形的脸白里透红,贴身穿了一件蓝花丝织内衣,外面罩着一件红色羊毛衫,也没扣扣子,松松地敞着,烫着一个城里女人的波浪形头发,两边耳垂上各吊着一只鸡蛋大的圆耳环,贺世忠也不知是什么做的。那女人看见贺世忠也怔住了,过了一会儿才问:"你找……"

贺世忠听了忙说:"我来找贺端阳……"

说到这里,又马上改口说:"贺支书的!"

听到这里,女人立即回头,朝屋里喊了一声:"妈,妈,有人来找……"

话没说完,便从屋子里走出一个头发已经花白、六十来岁的老妇人来。贺世忠一看,正是贺端阳的母亲李正秀,便喊了一声:"他婶子,你好!"

李正秀抬起头,觑着眼看了贺世忠半天,这才把他认出来,立即叫了起来:"哟,是他老叔呀,我还以为是端阳回来了呢!"

说完又马上指了那年轻女人对贺世忠说:"他叔,这是你的侄儿媳妇,叫王娇，过去一直在外面打工，这才回来不久！”

说完又指了贺世忠对那王娇说："这是你世忠老叔！老叔在贺春乾以前，也当过我们村支部书记，后来不当了，也到外面打工去了，所以你不认识！”

王娇一听，便露出雪白的牙齿，笑着对贺世忠说："原来是这样，我说怎么这么眼生呀！”

说罢急忙把贺世忠往屋里让，说："老叔快进来坐！”

贺世忠进屋在椅子上坐了下来。李正秀也扯了一条板凳，在贺世忠对面坐了下来，问："他叔，你是啥时回来的？”

贺世忠说："回来才两天。”

一边说，一边看见桌子上趴着一个七八岁的男孩子在做作业，王娇坐在他身边陪着，便问："这是端阳大侄儿的娃？”

李正秀说："可不是吗？调皮死人！”

说完还要说什么，却看见王娇拍了一下孩子的头，说："明祖，这是你世忠爷爷，叫爷爷！”

孩子不像贺世忠的孙儿那么怯生，他看了贺世忠一阵，果然大大方方地喊了起来："爷爷好！”

贺世忠一边往椅子上坐，一边眉开眼笑地答应了一声，回头对李正秀说："这娃儿嘴甜，不像我们家里那个，刚才见到我直往他娘的屁股后头躲！”

李正秀说："嘴甜是嘴甜，就是一个人来疯。你不要说他，一说他等会儿就缠着你了！”

贺世忠说："人长起好快！一转眼娃儿都这样大了！”

说完又看着李正秀说："几年不见，他婶你头发也白一半了……”

李正秀没等贺世忠继续说下去，也说："可不是吗？我们看到生的小娃儿，现在他们又有小娃儿了，再过几年，小娃儿又有小娃儿了，你说我们的头发还不白吗？”

说着也望了一眼贺世忠，又接着说："他叔你也比过去显老多了！”

说完，不等贺世忠再说什么，便又对他问："他叔，他婶子的病怎么样了？”

听见李正秀这样问，贺世忠急忙答："好多了，多谢他婶惦记着！”

说完才又对李正秀反问了一句："他婶，端阳大侄子没在家里？”

李正秀说："可不是！吃过早饭就走了，现在也没回来。"

贺世忠"哦"了一声，流露出了几分失望的神情，又看着李正秀问："他大概多久才会回来？"

李正秀还没答，王娇便说了起来："老叔，他可是只三脚猫，啥时候回来那可说不一定，有时很早就回来了，有时半夜三更才落屋呢！"

说完这话又看着贺世忠问："他叔，你找他有啥事？"

贺世忠本想把自己的事告诉她，可一想给她说了也起不到什么作用，又拿不准贺端阳什么时候回来，便站起来说："就是呀，他婶，侄儿媳妇，我有点事情想给他说说，既然没在家里，我就另外抽时间再来吧！"

李正秀见贺世忠要走，便也站起来说："那也好，时间不早了，别耽误了他叔睡觉！"

王娇也起身相送，说："老叔，要是事情不急，你明天早晨来看看吧！"

贺世忠听了这话，答应了一声，便开始往外走，这时那桌子上做作业的小子突然脆生生地喊了一声："爷爷慢走！"

贺世忠听见，又急忙回头，一边对那小子笑，一边挥手说："好，好，爷爷谢谢明祖，明祖真乖！"说着走出了门外。来到院子里，眼前还浮现着那小子的模样，心里有些酸酸的，过了一会儿才感叹说："真是龙生龙、凤生凤，耗子生儿打地洞，自己屋里那小子，年龄比人家大，可还赶不上人家一半机灵，长大又是个没多大出息的东西！"

这么想着，又拐上了回家的路。没走多远，忽然想起老伴儿叫他找贺凤山算算命的话，心里一动，又突然站住了。心里想："是呀，出都出来了，怎么不去找他算一算呢？灵不灵是一回事，回到医院，要是老婆子问起来，我也才好有个话回答她呢！"这么一想，便马上岔到了去贺凤山家的路。

到贺凤山家里后，贺凤山问："大兄弟深更半夜的，来找我有啥事？"

贺世忠答道："不瞒你老哥说，我来找你给我算算，看你兄弟媳妇的病，还有治没有治？"

贺凤山一听贺世忠这话，眼光有些好奇地落到他脸上，看了他一阵才说："大兄弟你也信起这一套来了？过去你是一直把我当牛鬼蛇神的！"

贺世忠被贺凤山说得有些不好意思了，便说："老哥你不要生气，过去是过去，现在是现在，我现在也信这些了！别的不说，我要是上一辈子没做什么缺德的事，这辈子的命怎么会这样糟？你是晓得的，我当兵那阵，眼看就要提干了，却因为一点小事给复了员！回到贺家湾，郑锋又压着我，连个生产队的干部也不让当。好不容易改革开放了，我才当了个村民小组长。后来费了九牛二虎之力，当了个村支书，又被贺世凤他们告下去。当了几年村干部，不但没得到啥好处，还黄泥巴揩屁股——倒贴了一大坨，借了几万块钱给乡上交农业税，到现在还没还我。这还不说，还欠贺世财、贺世绪他们的账！出去打工呢……"

说到这里，本想把讨工钱的事说出来，但一想这不是什么光彩的事，便打住了，改口说："反正这一辈子没顺畅过！现在呢，你兄弟媳妇又得了这样一个病，你说这不是命是啥子？"

贺凤山听完，便说："这就对了，人是啥命，老天爷早就给你安排好了，人要和命掰手腕，那是注定要输的！你到灶屋把手洗了，来给兄弟媳妇抽支签吧！"

贺世忠听了这话，果然进灶屋去洗了手，出来时，贺凤山早捧了一只签筒，微闭了眼睛，将筒里的签摇了一摇，便对贺世忠说："来抽吧！"

贺世忠便走过去，从竹筒里抽了一支签，然后交给了贺凤山。贺凤山接过去，把它凑到眼睛跟前，慢慢念出了四句诗来：

洛阳锦绣万花丛，

烂漫枝头不耐风。

三五明月时更过，

夕阳西下水流东。

念罢，便急忙摇头说："兄弟媳妇这病恐怕不太好……"

贺世忠一听，便急忙叫了起来："你是说她这病没治了？"

贺凤山又摇了摇头，说："倒不是一定不能治，从这签来看，倒还是上上签，这就取决于你有没有钱了！有钱就能治，没钱就是枉然……"

贺世忠一听这话，倒与医生说的换了肾就和正常人一样相吻合，一时心里高兴，便对贺凤山说："谢谢老哥子，老哥子真是活神仙！"

说着，便下意识地把手伸到口袋掏钱。一摸口袋却是空的，这才记起自己身无分文。愣了一阵，才笑着对贺凤山说："哎呀，实在对不起，刚才换衣服，把钱包放家里了……"

贺凤山没等他说完，便急忙摇手说："小意思，小意思，自己弟兄，说钱干啥子？"

可说完又马上说："可神仙面前，还是不要打诳语！"

贺世忠一听，便明白贺凤山的意思，立即说："就是，老哥子放心，兄弟过后就把钱给老哥子递过来！"说罢站起来便要走。

贺凤山一见，便问："大兄弟还要到哪里去？"

贺世忠愣了一下，才说："实不相瞒，我还要去找一下贺端阳！"

贺凤山一听，便说："你还要去找贺端阳？那我就不留了，你快去快去！"

说着，贺凤山便去开了门，把贺世忠送了出来。

走到屋后，贺世忠站了一会儿，又往贺端阳家去了。可他却不敢再走窑坡那儿了，而是从村小学前面的大路绕过去。到了贺端阳的院子，只见屋子里已经灯灭人静，周围万籁俱寂。他拿不准贺端阳是否已经回家，在院子里站了一阵，这才鼓起勇气上去敲门。敲了很久，屋子里才亮起灯光，接着有人过来开门。打开门一看，是李正秀。李正秀披着衣服，睡眼蒙眬，贺世忠一见，便急忙不好意思地说："他婶，打搅你睡觉了！"

说完马上又接着问："端阳大侄儿回来没有？"

李正秀打了一个呵欠，又觑着眼睛看了贺世忠一阵，方才认出他来，便说："他叔，让你又白跑一趟了，他还没回来！他叔明天早晨再来看看吧，他可能在家里了。"

贺世忠听了这话，对李正秀说了一声："那好，他婶。要是端阳大侄儿回来了，你给他说一声，就说我来找过他了！"说完悻悻地转过身，回去睡觉了。

三

第二天天一亮，贺世忠就起床了。他洗漱完毕，就准备又去贺端阳家里。出门来刚把门拉上，忽然听得旁边屋子的大门"吱呀"响了一声，知道儿媳妇王芳已经起床，便想起该过去给她打声招呼，免得她把早饭做好了来等着他，于是便踅了过去。

王芳果然已经起床，正蓬松着头发在院子里喂鸡。一边喂，一边抓着一只只小母鸡，伸出右手拇指在它们的肚子里探蛋。贺世忠一见，忽然想起了老婆子的话，便对儿媳妇说："你妈说她春上孵的那几只母鸡，也在下蛋了，你也给探探，别让它们下到外面去了！"

王芳一听，说："我就是在探它们！前天就有一只，关到鸡窝里都跳出来，不晓得把蛋下到哪儿去了！"

说完又看着贺世忠问："爸，你这么早就起来，又要到哪去呀？"

贺世忠说："还能到哪去？又去找贺端阳嘛！"

王芳问："你昨晚上去没有见到贺端阳呀？"

贺世忠说："见到啥？他女人说他吃过早饭就出去了，一直没回来！"

王芳说："爸，昨晚上你说去找贺端阳，我忘了给你说一句话，贺端阳可不好找呢！"

贺世忠听了这话，有些奇怪，便对儿媳妇问："怎么不好找？"

王芳说："人家现在包工程，可是个大忙人了！"

贺世忠一听，更像是丈二和尚——摸不着头脑了，便又问："他不是支部书记和村主任吗，怎么包起工程来了？"

王芳说："爸，你还以为像你当支部书记那些年，成天催粮催款，刮宫引产，跑得脚板不着地呀？现在的村干部，一不催粮，二不催款，也不治山治水，计划生育巴不得有人多生，生了好收罚款……"

儿媳妇的话还没说完，贺世忠便不明白地问："那他们平时都做些啥子？"

王芳说："做啥子，陪领导吃吃喝喝、打牌玩耍拉拉关系嘛！"

贺世忠说："光和领导拉关系？"

王芳说："和领导关系拉好了，才能包到工程呀！"

说完见贺世忠还是有些不明白，便又接着说："我听别人说，现在上面的农业项目很多，像种植、养殖、加工、修路、新农村建设啥的，国家都给得有钱。可这些钱普通老百姓怎么晓得？那些村干部和乡上的领导吃吃喝喝，把关系搞好了，他们就能先晓得国家又有一笔啥钱投到哪儿了，就通过关系把工程包下来。

所以现在的村支书、村主任，当干部只是副业。贺端阳现在也跟着好人学好人，跟着巫士扛邪神，学精了，听说最近也包了个啥工程，好多人都难得看见他在村里露一面呢！"

贺世忠明白了，说："怪不得昨天晚上，我去找了他两次，都没见着他！"

说完这话，心里更着急起来，说："那我更得抓紧时间去找他，别让他等会儿一走，我又找不着人了！"

说着便转身朝前走去。走到院子边上，这才记起忘了叮嘱儿媳妇的话，于是又掉头说："早饭煮好了，如果我还没有回来，你和阳阳先吃，给我留到锅里就行了！"

说毕，这才急急地走了。

到了贺端阳家，李正秀和王娇也起床了，王娇在灶屋里涮锅洗菜，准备做饭，李正秀从阶檐下往灶房里抱柴火，一见贺世忠，便说："他叔来了！"

贺世忠忙问："他婶，端阳大侄儿可回来了？"说罢心里还有些打鼓，目光便直直地落到她脸上。

李正秀还没来得及答话，王娇从灶房门口伸出脑袋说："可不是吗，昨晚上半夜才回来呢！"

说完又才招呼贺世忠说："他叔，你进屋坐，我去喊他。"

贺世忠一颗心这才落了地，便进屋去坐了。王娇果然到屋子里，喊了半天，贺端阳这才趿着鞋，从屋子里惺忪着睡眼走了出来。贺世忠一看，只见他上身披一件棕色紧身夹克皮衣，下着一条灰色牛仔裤，把整个壮硕挺拔的身子，都给衬托出来，已非昔日的小儿模样。于是便忙站起来说："哎呀，大侄子，几年不见，如果在大街上劈头一撞，老叔都会认不出你了！"

贺端阳也说："这么多年不见，老叔也不是原来的样子了！"

说着，便扯过一根凳子，也像李正秀昨晚一样，在贺世忠对面坐了下来，才接着说："听你侄儿媳妇说，老叔昨天晚上来找我两次，真是不好意思，让老叔跑冤枉路了！"

贺世忠忙说："哪里的话，大侄儿是大忙人，老叔多跑了点路也不算啥大事！"

说完像忍不住自己的好奇心似的，忙又看着贺端阳问："听说大侄子在外面包工程，是不是真的？"

贺端阳一听，马上呵呵地笑了起来，说："老叔才回来，怎么这样快也听到了这些瞎话？啥工程，只不过揽了点儿别人看不上眼的活儿而已！"

贺世忠又忙问："啥活儿别人看不上眼？"

贺端阳不吭声了，似乎在决定有没有回答贺世忠的必要。过了一会儿，终于还是对贺世忠说了："老叔从公路上回来，难道没看见县上正在对公路两旁的民房进行风貌打造么？"

贺世忠说："我是从小路回来的，啥风貌打造？"

贺端阳说："怪不得老叔不知道！风貌打造就是按照县里规定的统一模式，对原来那些民房进行一些改造。具体来说，就是统一用涂料把外墙刷白，再把屋顶翻新。侄儿和另外一个村的支部书记，揽了一点儿刷墙壁的活儿，挣几个油盐钱！"

贺世忠听罢，说："原来是这样，怪不得大侄儿这样忙！"

贺端阳等贺世忠说完，又停了一会儿，才像是为自己洗刷似的说："不瞒老叔说，这年头当村干部，不像世海叔那些年，工作搞好了还可以去考一个乡上的聘用干部，干几年又转正，端上国家饭碗。这年头你干得再好，也是七月十四烧笋壳——没指（纸）望！所以还不如趁在位时，能够挣钱的时候就挣点钱，到时候叫你不搞了，手里也有几个钱养老！我开先没有想明白这些，看见别人这样搞，我才醒豁过来，也才跟着去找点活儿……"

贺世忠听到这里，不等贺端阳继续往下说，便深有感触地对他说："大侄儿说的也可都是些道理！就像我这样，当支书的时候没有功劳有苦劳，可一叫你不搞了，哪个鬼大爷还想得到你……"

贺端阳也没等贺世忠说完，便也马上说："是呀，是呀，可不是这样吗！"

说完这话，他才似乎想起来，两眼落到贺世忠脸上，像是有些自责地说："你看我光顾和老叔说空话，连老叔的正事都忘了！老叔找我有啥事？"

贺世忠一听这话，眉头立即往鼻梁中间皱了过去，接着满脸的皱纹也像风吹着一样动了起来，做出了一副苦脸说："还不是因为你婶子的病……"

贺世忠一语未了，贺端阳立即把话接了过去，做出了一副着急的样子，问："我婶子的病怎么了？"

贺世忠说："你婶子得的是肾衰竭、尿毒症……"

贺端阳立即又说："这些我都听说了，这可是要命的病，也不知婶子怎么就得上了……"

贺世忠说："可不是吗？医生说，只要换一个肾，就能和正常人一样……"

贺端阳听到这里，眼睛里像是进了沙子一样，急速眨动了几下，这才说："换肾可是要花不少钱的……"

贺世忠急忙又苦了脸，接了贺端阳的话说："就是呀，所以我来找大侄儿，只有大侄儿能救你婶子的命了！"

贺端阳一听贺世忠这样说，两撇眉毛也立即拧到了一起，看着贺世忠不明白地说："老叔，你这话是啥意思？我又不是医生，怎么能救婶子的命？"

贺世忠说："大侄儿有所不知，当年县上要求各乡提前完成农业税，县上吴书记向我们乡李书记规定两条，要么完成全乡农业税，要么交官帽儿。李书记满坛子的泡萝卜——抓不到缰（姜）了，派了乡上其他领导到各村借钱交税。乡上魏副乡长和财政所余所长连夜赶到我家里来，要我当天晚上给他们借五万块钱，我到哪里去借？没办法，我把你兴菊妹子和兴涛老哥在外面打工的四万二千块钱，一下借给了他们。他们给我出了借条，说在当年或第二年的农业税中扣，可不久我就被人告下台了。现在，我也不知道这钱该找哪个要，所以先来问问大侄儿！不管是村上还是乡上，只要把这笔钱给我，你婶子就可以换肾了……"

贺世忠说着，便掏出当年魏副乡长和余所长给他打的借条，递给了贺端阳。

贺端阳接过借条一看，两只眼睛顿时瞪得比铜铃还大，身子往上动了一下，似乎要跳起来的样子，然后才一动不动地盯着贺世忠，说："老叔，你今天不说，我还不晓得有这么回事！我只晓得村里贺世财、贺世绪、贺美奎、贺正轩几个人，当年曾经借过钱给村里交农业税和提留统筹款。他们来向我要过钱，可村里没有，要了几次没要着，也就算了，还没想到老叔还借了四万多块钱给乡上呢！"

贺世忠等贺端阳看完了，又去把借条拿到了手里，这才对他说："贺世财、贺世绪、贺美奎、贺正轩几个人的钱，也是我出面去向他们借的！我下台后，晓得他们要来向我要钱，我才躲出去打工！至于我借的这钱，只有贺劲松、贺国华当时这些干部晓得。原来以为第二年我就可以从上缴的农业税和提留统筹款中扣回来，没想到没等到把钱收回来就背个处分下了台……"

贺端阳还没听完，仍旧蹙着眉说："老叔呀，不是我说你的话，水都过几滩了，你今天才来要钱，不管你是向乡上要还是向村上要，恐怕有些麻烦！当时你怎么不向接替你的贺春乾要呢？他要是当时在上缴的款中直接给你把钱扣出来，不就行了……"

　　贺世忠马上说："怎么没向他要？我在外面天天给贺春乾打电话。开头我给贺春乾打电话的时候，贺春乾对我说：'老叔呀，你不晓得，乡上催农业税，比阎王爷催命还紧！我们收一点钱，他们当天就来督促我们上交，我们想截留一点做办公费都不行！我们手里没刀杀不死人，等以后再说吧！'我第二回给他打电话，他又说：'老叔呀，我请示了乡上领导，领导说我们村历年尾欠还差七八万，说要么我们把历年尾欠款搞清楚了，乡上就从这笔款中还你的钱！要么就叫去收，从收回的尾欠款中来抵你的借款！老叔你也是晓得的，那尾欠款都是你和贺世海手里欠的，现在我们也没办法，只有等我们把尾欠款慢慢收起来了，才能还你！'一打电话是这样跟我说，二打电话还是这样跟我说。拖了两三年，我再打电话给他，你猜他说啥？他说：'老叔呀，现在没法了，国家免除农业税了，把村里的债务也锁定了，农民手里没有收的钱，上面规定也不能收了，所以你那钱，我也实在没法了。你要要，只能向乡上要了！'我又给魏副乡长打电话，魏副乡长回答我，说新来的伍书记说他新官不理旧账，我也没法，只能等到国家以后出台了新的政策再说了！"

　　说完，贺世忠停了一会儿，才又苦着脸接着说："大侄儿你也晓得的，老叔在外面打工，也不能像在家里一样，天天去找他们。就这样今年拖明年，一年拖一年，拖到现在，不但贺春乾下台了，连乡上也换了人，大侄儿你说这钱，该向谁要……"

　　贺世忠还准备往下说，贺端阳像是有点不耐烦了，打断了他的话说："老叔呀老叔，我刚才说了，这事有点麻烦。麻烦就麻烦在人都换儿茬了！按说这条子是乡政府出的，你该去向乡政府要，可乡政府当年借钱，又是交农业税，恰恰在你手里，又欠乡上的农业税和'三提五统'款好几万元，这就成了一个连环账。乡上把你借的四万多块，充抵村上历年的尾欠，他们也说得过去！事到如今，我还真给你说不出啥好办法……"

　　贺世忠听了这话，立即哭丧着脸对贺端阳说："大侄子，要照你这么说，你婶子的命就没法救了哟？不看僧面看佛面，你婶子的命就全靠你了，你可千万给老叔想个办法……"

贺端阳一听，又立即换了一副口气说："老叔呀，我怎么会不想救婶子的命？别说是婶子，就是外人，也不能见死不救，是不是？不过这钱，村上是没法给你！老叔你也当过那么多年的支部书记，你也晓得一个村塘子的水有多深！何况现在上面确实把村里的债务都锁死了，又不能向农民去收一分钱，除了村干部的工资是由上面直接打到我们的工资卡上以外，上级又不多给我们千儿八百的，村上是一分钱也没有……"

贺世忠听到这里，脸上的皱纹一边颤动，一边带着绝望的眼神对贺端阳问："这么说来，我那几万块钱，就打了水漂了哟？那可是你兴菊妹子和兴涛哥打好几年工的钱，我当时怎么被鬼摸了脑壳，就把钱借给他们了呀……"

说到这儿，只见贺世忠狠狠地打了自己脑袋一下，接着满脸的皱纹和嘴唇开始哆嗦起来。没哆嗦几下，突然埋下头，一边继续拍打自己的头，一边十分懊悔地说了起来："我好糊涂，好糊涂呀……"说着，竟然一下"嗡嗡"地哭了起来。

四

贺世忠这一哭，不但弄得贺端阳手足无措，也让王娇、李正秀非常不满。先是王娇走了出来，沉了脸对贺世忠说："老叔，不是我说你的话，年纪都一大把了，有话好好说嘛，哭啥子？说句不该说的话，你清早八晨的就到人家屋子里哭，换了别人，人家会依你？"

王娇话完，李正秀也说了起来，不过她不是数落贺世忠，而是对贺端阳说："有啥话说不得，在你老叔面前发脾气？你老叔当支书的时候，没少对我们孤儿寡母另眼相待，现在你在他面前就逞起能来了是不是？一堆一块一个祖宗下来的，传出去了，你面子上好过？你以为你像那些国家干部，得罪了人屁股一拍走了就是？你就没有下台的时候？你下了台的时候去求人又怎么办？"

贺端阳六七岁的时候，他父亲便去世了，李正秀守着儿子一直没有嫁人，因此李正秀无论说什么，贺端阳都是不敢反对的。现在听了母亲的一番数落，便委屈地说："妈，我没说老叔啥呀！我说的都是真话，不知他想起了啥，自己伤起心来了……"

李正秀听了这话，才又对贺世忠说："他叔，都几十岁的人了，还有啥过不去的坎？又不是外人，有话好好说就是了，哭啥？外人看见了还以为是我端阳欺负了你！"

贺世忠听了这话，慢慢止住了哭声，抬起手在脸上擦了一把，才对贺端阳说："对不起，大侄儿，这人一没出息了，就比人矮了一截，一想起几万块钱和你婶子的病，老叔一急，就忍不住掉眼泪了……"

还没说完，贺世忠又从胸腔里发出一声嗝逆，把自己的话打断了。他停了一下，眼角又溢出了两滴浑浊的泪珠，他又伸手将它们擦了，这才咧着嘴角对贺端阳僵硬地笑了笑，接了刚才的话说："老叔这是丢人丢到家了！"

贺端阳听了这话，忙说："老叔也别责怪自己了，我理解你的心情，人不伤心不落泪嘛！你和婶子一起生活了这么多年，年轻夫妻老来伴，这事搁在谁身上，又会不着急呢？"

可说完话锋一转，又马上说："可是老叔，侄儿真的没法帮你！人心都是肉做的，这是救命的事，但凡村里有钱，我都给你！"

说完见贺世忠嘴角又开始嚅动起来，又马上抬起右手，用力挥了一下，不等贺世忠的泪水流出来，抢在前面说："不过老叔既然来找到了我，我也不能见死不救！一笔难写两个'贺'字，我贺端阳在湾里也不想留个六亲不认的骂名，何况我们娘儿俩过去也多承老叔照顾！侄儿现在豁出去了，给老叔指一条路，就不晓得老叔敢不敢去走？"

贺世忠一听这话，眼里立即闪出了两点火星，看着贺端阳问："啥路不敢走？"

贺端阳便说："老叔敢走就好！一个船儿一个舵，老叔这钱，是谁借的，你还是去向谁要……"

贺端阳话还没说完，贺世忠明白了，便打断了他的话，问："大侄子的意思是这钱我可以向乡上要？"

贺端阳说："怎么不可以，欠债还钱，天经地义嘛！"

可贺世忠又说："要是他们又是跟魏副乡长回答我的那样，说新官不理旧事，或者又借口当年村上该上交的钱没交清，又推到村里来，怎么办？"

贺端阳说："这就看老叔的本事了！我跟老叔说，乡上现在有钱！虽然他们也是靠国家转移支付，可毕竟是一级政府，有许多收费项目。比如宅基地审批、农房改造、计划生育罚款啥的！更重要的是，现在这个马书记很会搞钱，去年他借我们乡农贸市场改造的名义，在场镇周边村民组征了五十多亩地，结果大部分建成了商品房出售。就这一项，就赚了个盆满钵盈！这还不说，现在国家的许多农业项目，只要一经过乡上，马书记不管三七二十一，先雁过拔毛，挖个百分之几十在乡政府的篓子里！只要老叔敢去要，他们拿出几万块钱来还你，是轻而易举之事！"

贺世忠听完贺端阳一番话，眼睛比先前更亮了，闪出了一束束的光芒，可没过一会儿，便又黯淡下来，显得犹豫地说："可他们要是不给呢？"

贺端阳立即把头靠近贺世忠耳边，说："既然老叔问到了我，我给老叔出个主意，保证你去要得回来！"

贺世忠听了这话，眼里重新又放出光芒来，急忙盯着贺端阳问："啥主意，大侄儿快说！"

贺端阳就说："老叔你还不晓得，现在上面抓信访维稳抓得很紧！我们乡信访工作抓得好，马书记来后，又创造了一个'四个一工程'。这'四个一工程'现在可传遍全县，甚至全省了呢！啥叫'四个一'呢？就是干部在接待上访群众方面，要做到'一把椅子让座、一杯热茶暖心、一席好话送行、一张笑脸相迎'，这就叫'四个一工程'了……"

话没说完，贺世忠便插话说："这倒新鲜了，去上访的人倒成座上宾了！"

贺端阳说："谁说不是这样？你别小看了这四句话，上面领导一听说，又是批示又是表扬，大报小报也发文章，全省信访办都向我们乡学习，我们乡就成了信访工作先进乡，马书记成了'人民公仆'的典范。我们县也因此成了全省信访工作先进县！马书记现在在县委陈书记眼里，可以说得上是五月间的樱桃——红得发紫了！过两天，县里又要到我们乡召开一个全县信访维稳工作现场会，陈书记要亲自到我们乡来。所以，马书记这两天肯定在忙活这个会！你这两天不要去要你的钱。你去了，也不一定能见到他。即使见着了，他也不一定有心情来管你这事。更重要的，老叔你不了解这个马书记的为人，特抠门，像只铁公鸡，往里捞钱的时候，恨不得用钉耙抓。往外掏钱的时候，就变得像用耳勺挖耳屎一样小气！即使他的篓子里有钱，你不找准时候，把他逼到墙角，让他实在无路可逃了，也休想从他那里掏出钱来……"

贺世忠听到这里，忽然心有所悟，便打断了贺端阳的话，说："我明白了，大侄儿！你的意思是叫我趁陈书记下来开现场会的机会，像古人那样去拦轿喊冤，用陈书记来逼马书记还我的钱……"

贺端阳没听完，便急忙冲贺世忠摇起手来，一边摇，一边十分认真地说："别别别，老叔你千万别这样做，我并没有这样的意思！"

贺世忠一下又糊涂了，说："那……那是啥意思？"

贺端阳说："全县开这样大型的现场会，前面不但有交警开道，路上还会有警察值勤，陈书记的车一般又走中间，别说你不容易认出陈书记的车，就是认出了，还没有等你走到陈书记的车旁，警察就把你抓起来了！"

说完又说："大侄儿怎么敢给老叔出这样的馊主意。"

贺世忠一听又有些着急起来了，目光便迟迟疑疑地落到贺端阳脸上问："那大侄子你说我究竟该怎么办？"

贺端阳说："老叔怎么还没有把我的话听明白？我想老叔应该是懂的！"

说完停了一会儿才看着贺世忠问："老叔我问你，你说这天啥是马书记的七寸？"

贺世忠仍然把嘴张成半圆形，用一副困惑不解的神情看着贺端阳。

贺端阳便说："事情很明显的，保证现场会百分之百成功，是马书记这天的重中之重！反过来说，假如这天有人要去找他麻烦，他担心如果不解决，会搅了他的现场会，你说事情会怎么样？"说完这话便微笑着看着贺世忠。

贺世忠一下明白了，如醍醐灌顶站了起来，高兴地说："我晓得了，大侄儿！你的意思是叫我在他开现场会这天，去乡里要钱。乡里怕我搅了他们的现场会，就容易把钱要到……"

话还没说完，贺端阳便说："老叔真是聪明人，响鼓不用重锤！"

贺世忠脸上放着红光，像是已经把钱要到手的样子，对贺端阳说："多谢大侄儿点拨，要不是你，我怎么晓得这些？我就按大侄儿说的办！"

说完又说:"你真是你婶子的救命恩人,我替你婶子谢你了!"一边说,一边向贺端阳深深鞠了一躬。

贺端阳一见,忙说:"老叔快别这样,救人一命,胜造七级浮屠,这样就折侄儿的阳寿了!"

说完又看着贺世忠嘱咐说:"老叔你千万别把这事告诉别人哟!明给老叔说,我和马书记中间有点那个,如果马书记晓得了是我在吃里爬外,那还不让我下课。"

贺世忠一听这话,便看着贺端阳问:"怎么,大侄儿和马书记有点不合?"

贺端阳说:"老叔不晓得,昨年为把我们村上那条机耕道改造成水泥路,县上给我们拨了五十万块钱,可马书记想把这笔钱吃了,瞒着不让我们知道。我晓得了后,发动村民去向他要,他给了我们二十五万元,可心里老大不舒服。我们钱不够,让村民到山上林子里砍了点树,卖了集资,可他知道后,不但找人来调查,要罚我们的款,还把我的村支书给捋了,让贺劲松主持村里工作。结果到年底,他们几个悄悄把林子卖给城里一个木材老板,被我知道了,跑到县委找陈书记告了状,陈书记把姓马的喊去狠狠训了一顿,回来又恢复了我的村支书职务。职务是恢复了,对我却是不放心,对我们村的工作,既不说支持,也不说反对,有些对我们不管不顾的样子。今年我们村里报上去十几户符合低保的人家,可他借口名额有限,一个也没批!年初大伙儿都说孩子到乡上上学不方便,要求还是把村小学恢复起来,我们给乡上打了报告,报告打是打了,却是夜蚊子滚岩——没有响动!我估计姓马的,十成是想把我们村凉拌(办)起来!"

贺世忠一听这话,便道:"原来是这么回事!大侄儿放心,哪个我也不得对他说!"

贺端阳说:"老叔不出卖我就好!主意我已经给你出了,要不要得到钱,就看老叔的运气和本事了!"

贺世忠说:"只要不顾那张脸,啥事都可以做出来!我这次也想横了,要得到要要,要不到也要要,你婶子等着救命呢!"说完,谢过了贺端阳,便急急忙忙地走了。

贺世忠一走,李正秀便从灶屋走出来,对贺端阳说:"我叫你好生跟他说话,你怎么给他出起这样的主意来了?要是他到乡上要不到钱,怎么办?"

贺端阳说:"要不要得到钱,是他的事,我不这样给他说,他怎么会走?我上午还有事情,他要是缠着我不走,年龄又那么大了,我又不能推他吼他,你说怎么办?"

李正秀想了想,说了一声:"那倒也是,大水淹忙了,牛网刺也想抓一把,我还真怕他赖在我们家里不走呢!"

贺端阳说:"不走还是小事,要是他女人真有个三长两短,死了,他还会把责任怪到我脑壳上!让他到乡上去要,要着了,他会感激我,要不着,最起码他不会恨我!"

李正秀听了这话,将儿子认真地看了几眼,这才笑了起来,说:"我儿子这才是长大了!"

说完又对王娇叫:"王娇,快把明祖叫起来吃饭吧,端阳不是忙着要走吗?"

王娇急忙从灶屋里钻了出来,说:"是,妈,我马上就去叫!"说着就去喊儿子了。这儿李正秀见了,便急急地进灶屋盛饭去了。

五

贺世忠回到家里,儿媳妇和孙子正趴在桌子上吃饭。王芳一见父亲,便说:"爸,还没吃饭吧,我去给你舀饭!"

贺世忠听了儿媳妇这话,心里有点隐隐的不高兴,便说:"我到哪儿去吃饭呢?我去找贺端阳说事,难道他还要留我吃饭?"

王芳听了,也不说什么,就去给贺世忠舀了一碗饭来。

贺世忠坐下来,从王芳手里接过碗,正准备吃,孙子贺阳的两只眼睛,忽然滴溜溜地落在他的脸上转着。大约是昨天晚上已经见过一面的缘故,或者在他没在家的时候,王芳又教了他什么,小家伙没昨天晚上那样怯生了。贺世忠见孙子两只眼睛一动不动地看着他,便对他说:"不赶快吃了去上学,看着我做啥子?爷爷又没哪儿多长一只耳朵!"

小家伙忽然说:"爷爷,你把钱拿给我,我自己去买礼物!"

贺世忠听了心里一惊，急忙朝儿媳妇不满地瞥了一眼，可王芳像没看见他似的，只埋头吃着饭。贺世忠不好意思在孙子面前说自己没钱，便说："你要买啥礼物？"

贺阳说："买崔大龙那样的小轿车！崔大龙生日时，他爷爷就给他买了一辆小轿车，带遥控的，可让同学们羡慕死了……"

贺世忠没听孙子说完，便板起了脸问："多少钱？"

贺阳说："一百多块！"

贺世忠说："那是玩具……"

贺世忠没说完，王芳突然抬起头来，笑着对儿子说："听见没有，爷爷说那是玩具，你爷爷要买，就给你买一辆真的！"

说完又马上说："你爷爷在外面打了这么多年工，难道这点钱都没有？"

贺世忠见母子俩一唱一和，便知道这又是王芳的主意。让儿子向他要点钱还不是王芳的真实想法，她的真实意思是想探探他这些年究竟挣了多少钱？以防备着他们老两口又偷偷把钱给了兴菊，心里由不得骂了一声："十月里的丝瓜——满肚子丝（私）的东西！"

骂完，又怕自己等会儿下不了台，于是便沉了脸，瞪着孙子说："都这样大个人了，还要啥玩具？"

说到这里，又猛然想到贺端阳那个小子来，便更来气了，又接着说："你看你比贺端阳家的贺明祖，要大两岁多，可还没有人家一半懂事！昨晚上我去了，人家做作业做得很认真，喊人也喊得脆生生的，哪像你只晓得贪玩，还要啥玩具……"

贺世忠还要往下说，却见儿媳妇一张脸已经拉下来，很不乐意的样子，便急忙打住了自己的话。贺阳见了，先是朝母亲看了一眼，接着又气呼呼地哼了一声，然后才对贺世忠说："哼，爷爷打了这么多年的工，连这点钱都舍不得，抠门！"说着，做出不愿再搭理贺世忠的样子，只顾埋头吃自己的饭了。

这儿王芳却吼了儿子一句，说："你爷爷挣的钱是爷爷的嘛，哪个叫你没出息！"

说完又对贺世忠说："爸，你也不要总是说自己的人这也不如别人，那也不如别人，小娃儿，哪个看得出来？"

贺世忠知道儿媳妇没有达到自己的愿望，心里有些不舒服了，本还想再说她几句，又怕她更不高兴和自己争起来，想了想，便把想说的话都咽回到了肚子里，只默默地把头埋在了饭碗里。

吃完了饭，贺世忠才对王芳说："我进城去了，下午我叫兴涛回来一趟！"

王芳听了这话，仍然黑着脸，像是谁欠了她什么一样，嘟囔着说："管他回不回来，有我啥事？"

贺世忠听了，也不计较，便忙忙地走了。因为他身上没钱，也不好意思向别人借，于是便又只好像回来时一样，辛苦自己的两条腿，从小路往城里走。

走到城里，已是晌午，便急急忙忙往医院住院部来。上了楼，还离女人病房老远，便听见从病房里传来一阵撕心裂肺般的痛哭声，再一看，病房门口又围着很多人。贺世忠心里一紧，知道发生了不幸的事，于是加紧脚步，小跑般朝病房奔了过去。跑近了才看见不但病房门口围了很多人，病房里面也挤得密密匝匝的。他想拨开人群挤进去，可人们却只顾伸着脖子、踮着脚尖朝里面望着，脸上挂着悲戚的表情，一边摇头，一边叹息。贺世忠见挤不进去，只好在门外站着。正想打听，忽然见里面的人在往外面退，门口的人又纷纷往两边分开，把他挤到了一边，让出了中间的一条路。接着，只见两个穿着白衣服的年纪大约在六十岁上下的男人，面无表情地推着一辆车子出来了。贺世忠一看，那车子上直挺挺地躺了一具尸体，尸体从头到脚，都用白被单盖住了。车子两边和后面，跟着几个呼天抢地哭泣的人。贺世忠从哭泣的人中，立即认出了昨天已经见过面的、被兴菊称为"王姨"的老妇人和那个沉默不语的男人。贺世忠便明白是那个一直昏迷不醒的女病人去世了，鼻头也不由得一阵发酸，眼睛立即溢满了泪水。他怕被人看见，马上抽了一下鼻子，又迅速用手背将挂在眼角的泪水抹去。泪眼蒙眬中，这才朝那个叫"王姨"的老妇人看去。只见老女人脸色苍白，头发蓬乱，有几缕白发耷拉下来，黏在了脸颊上。虽然张开嘴唇在一声声叫着"我的女呀……"，可脸上的表情却也像死去一般呆板僵硬、毫无生气，好像自己的灵魂也和死者一样，早已脱离躯体而去。而那位男子，此时同样面色枯槁，目光散乱，从他胸腔里发出的是泣不成声的"嗡嗡"声，像是有什么把他气管堵着，使他无法把内心巨大的痛苦发泄出来似的。他随着运尸车走了几步，却突然走到一边，一边捶打自己胸膛，一边将头在墙上咚咚地撞着。旁边的人看见，急忙把他拉开了。还有两个年轻些的女人，估计是死者的什么亲戚或好友。她们尖锐痛苦的哭声，则像鞭子一样，不断地抽打着人们的心。两个运尸的老男人，似乎想尽快完成任务，推着车子走得很快，那个叫"王姨"的老妇人有些跟不上，踉跄了一下，扑倒在了运尸车上，两个老男人才把速度放慢了一些。围观的人看见运尸车和哭声渐渐远去了，这才慢慢地散去。

等人们都走开了，贺世忠才走进病房里。一看，田桂霞还像昨天一样躺在病床上，脸色却比昨天还苍白了，眼瞳像是凝止了似的盯着上面的天花板。兴涛和兴菊坐在母亲床边，兴涛垂着头，脸上挂着一副霜打了的颜色，兴菊的脸颊上还挂着长长的泪痕，显然刚才哭过。一看见他，三个人都向他瞥了一眼。田桂霞动了一下，张了张嘴，似乎想和他打招呼，却没有发出声音。兴涛的喉结滚动了一下，想说什么也没说出来。倒是兴菊愣了一下，对贺世忠说："爸，你来了！"

说完朝对面那张床努了努嘴，然后才咬着嘴唇说："那个病人死了……"话还没说完，泪水又沿着脸颊滚落下来。

贺世忠说："我刚才都看见了，白发人哭黑发人，那个王姨哭得太伤心了……"

说到这里，紧紧忍着没让自己的泪水掉下来，却对兴菊说："你们这样伤心做啥子？生死有命，哪个又挽救得到？"

兴菊听了这话，也像不好意思地在脸上抹了一把，然后笑了笑说："我们不是替她伤心，主要是想她从一来到医院，就没醒过，没和亲人说上一句话，就这样去了，所以她妈妈和丈夫才这样难过！听说她还有一个女儿在外地读书，为了让她安心学习，连她妈妈的病，都没有让她知道，等她放了假回来时，坟头的草都长起多高了……"说着，嘴唇又开始颤动，急忙把头埋了下去。

贺世忠一听，心里更加难受，却说："你们以为这样死不好呀？我跟你们说，这样死最好了！死人啥也不晓得，啥也不挂念，一撒手就走了，有啥不好……"

贺世忠还没说完，忽然听见田桂霞喊了起来："他爹……"

贺世忠听见女人喊，这才意识到只顾替别人伤心，而忘了自己的病人，急忙打住话，走到女人面前，在她身边坐了下来，对她问："他娘，你觉得今天好些了没有？"

田桂霞又咧了咧嘴，努力挤出了一丝苦笑的样子，然后说："又不是凉寒感冒，哪有天天都感觉在好转？"

说完突然颤抖地将那只插着输液管的手伸过来，抓住了贺世忠的手，目光中带着绝望和恳求的神色说："他爹，你们还是把我抬回去吧……"

贺世忠一听女人这话，便马上生气地说："你又来了，医得好好的，把你抬回去做啥？"

田桂霞却没理贺世忠，继续说："我晓得，这病是治不好的，人家比我年轻得多，还能报销医疗费，都没治好，我还有啥治头？你们不如把我抬回去，有啥好吃的，趁早煮给我吃了，有啥好穿的，给我穿了，有啥话给我说，早点给我说了，我死了也划得着……"

贺世忠见她一边说一边喘气，便打断了她的话："谁说你的治不好？昨天那个王姨不是说你病在松了吗，怎么能不治？明给你说，我回去到贺凤山那里给你抽了一个签，凤山说你的病并不碍事……"

兴涛和兴菊这时也明白了过来，还没等母亲答话，兴涛便也说道："就是，妈，我们昨天还问过医生，医生说这病完全能治！你放心，我们一定要把你的病治好！"

兴菊也说："妈，你想吃啥就给我们说，医院伙食团啥都有，即使没有，我们到街上也能给你买到，一定要回去才吃得到？"

田桂霞还想说什么，先前围着运尸车哭泣的两个年轻一些的女子，红着眼睛进来收拾那张病床上病人的东西了。贺世忠想对她们说几句话，却因为不认识，不知说什么好。正迟疑间，忽然看见兴菊一边往外走，一边对他眨眼。贺世忠明白了，马上跟着女儿朝外面走去，接着兴涛也跟了出来。走了一两丈路，兴菊才站住，回头对父亲问："爸，你回去要钱，他们怎么说？"

贺世忠一听女儿是问这事，便说："钱哪有那么容易要的？不过事情还是有很大希望！"

兴涛听了这话，像是在茫茫沙漠中突然看见绿洲一样，马上兴奋地对父亲问："是啥希望？"

贺世忠本想把事情经过对儿女们说说，可想了一想又打住了。过了一会儿才说："有没有希望过两天就会晓得了，反正老子认为起码有一多半的希望……"

贺世忠还没说完，兴涛和兴菊都高兴起来了，说："那太好了，爸！只要你把原来借出去的钱收回来，我们就是再穷，也要想法把妈换肾的钱凑足！"

贺世忠说："你们该向三亲六戚下话的，就先向他们打声招呼吧！"

说完又对他们说："从你们妈住院起，你们一直都守在医院里，吃过午饭，你们都各自回家里看看，把家里的事该安排的安排一下，该料理的料理一下，这两天就由我在这里守候！后天下午你们再来……"

贺世忠还没说完，兴菊便看着他问："爸，你一个人在这里，照不照顾得过来？"

贺世忠说："有啥照顾不过来的？你们放心走你们的，但后天下午你们一定得来，因为大后天我得到乡上要钱！"

兴涛和兴菊一个多星期都没回过家了，听了父亲的话，巴不得马上就走，于是都说："那好，爸，我们回去看看，顺便把衣服换下来洗了，后天下午准来！"说着，见那两个女人已经各自抱着一包东西走了出来，父子三人便又回到了病房里。

吃过午饭，兴涛和兴菊果然收拾了东西，分别去田桂霞的身边打了招呼，正准备走时，兴菊忽然想起了什么，便对兴涛说："哥，你不给爸爸点钱，万一这两天医生又要给妈开药，怎么办？"

兴涛听了这话，抬头看了看父亲，却说："爸身上一点钱也没有呀？"

贺世忠听了这话，心里很不高兴，便黑了脸说："老子昨天就给你说了，我所有的钱都给了你，哪还有钱了？你们两口子怕还以为我挣了好多钱，是不是？"

兴涛听了父亲这话，有些脸红了，便掏出钱来，数了一千块钱交到了贺世忠手里。

兴菊一见，又说："万一一千块不够呢？"

兴涛想了想，又数了一千块钱给父亲，然后兄妹俩才告别父母，急急忙忙地回了家不提。

到了第三日下午，兄妹俩果然又来到了医院。兴菊先到，来的时候，用装化肥的尼龙口袋提了一只不锈钢汤锅，贺世忠一见便问："你提的啥？"

兴菊说："我杀了一只鸡，炖点汤给妈补补身子！"

贺世忠心里一热，忙说："你怎么这样没事？几十里路，你就这样提来的呀？"

兴菊说:"我原来打算放到背篼里背的,但又怕汤晃出来了,才找了这根口袋提,开先觉得很轻,可走着走着就感到重了。两只手换来换去提,到现在胳膊和手腕都酸酸的!"

说着,兴菊就先摇了摇左边胳膊和手腕,接着又摇了摇右边的胳膊和手腕,然后去打开尼龙口袋,把钢精锅取出来,揭开锅盖,捧到母亲床边,对田桂霞说:"妈,你闻闻,香不香?"

田桂霞努力撑起身子,闻了闻,眼眶湿润了,却说:"傻丫头,再香,你提来也冷了嘛,这里也找不到地方热,还不是没法吃……"

田桂霞还没说完,兴菊便不以为然地说:"妈,你放心,哪会找不到地方热的?我在家里就想好了,就到医院伙食团,去给那些大师傅说点好话,借他们灶上的余火热一下!他们要是不答应,外面还有那么多餐馆食店,大不了给他们一两块煤火钱嘛!"

说完这话,兴菊便站起来,也不等贺世忠和母亲说什么,盖上锅盖,将钢精锅重新装进口袋里,这才说:"爸、妈,我现在就找地方热去,反正时间也不早了。"说完这话,果然就提起口袋,风风火火地走了。

看着女儿的背影,贺世忠觉得十分感动,便对田桂霞说:"老婆子,看来还是养丫头好,要是兴涛这小子,他哪里想得到这些?"

田桂霞一听贺世忠这话,便说:"他爹,小子有小子的好处,丫头有丫头的好处。小子要媳妇好,小子才好,丫头也要女婿好,她才好!俗话不是说:儿子孝不算孝,媳妇孝才算真孝;女儿孝也不算孝,要女婿孝才算真孝吗?"

贺世忠说:"可不是这样吗……"

话音没落,兴涛便也来了,老两口儿便急忙打住了话。贺世忠先还有些担心他被家里的事缠住,不能按时赶来,现在见他也来了,一下放了心。田桂霞看见儿子也非常高兴,挣扎着问了王芳,又问了孙子,又问了鸡和鸭。兴涛只拣高兴的话对母亲说了,又劝慰了一通母亲安心养病的话。这时兴菊果真热了鸡汤回来,几个人吃了晚饭各自歇息不提。次日一早,就是贺端阳告诉贺世忠县上到乡上开现场会的日子,贺世忠一大早便起身,赶车回乡上去了。

第三章

一

这天早晨，乡上马书记很早就起了床。尽管半个月前，乡上就开始筹划这个现场会，但事到临头，马书记却突然像是怀里揣了只小兔子——有些惴惴不安起来。于是在昨天晚上，他又把全体乡干部召集拢来，召开了一个战前动员会议，再次让各个筹备组的人员把会议的筹备情况做了一通汇报。从大家的汇报来看，似乎确实找不出任何瑕疵。马书记听后，心肝跌进肚里头，这才踏实了。可是等他洗漱完毕躺到床上，心里却又有些不安，但又一时说不出为什么。

马书记今年三十九岁，来乡上任党委书记以前，他只是县委党校一名副科级理论教员，负责给全县乡镇领导和部、局级领导上马列主义理论课。可马书记在读中学和大学的时候，最厌恶的就是政治课。马书记在中学和大学的时候，喜欢的是文学，课余写了很多诗。大学毕业那年，他花了点钱，找了一家出版社，把自己那些分行的汉字铅印成了书。毕业找工作时，其他同学都纷纷找关系、托人情，可他没有任何人情和关系可找。情急之下，他揣了自己的"诗集"，大胆地闯进了组织部长和县委书记的办公室毛遂自荐。组织部长和县委书记翻了翻他铅印成册的"大作"，觉得是匹"千里马"，自己也不能不做"伯乐"，便把他留在了县委党校。这样，马书记便担当起了用马列主义教育全县党员、干部的重任。马书记虽然不精通马列主义，但他却不乏诗人的激情，善于将马列主义抽象的理

072

论与文学的想象力结合在一起，在讲课时又不时插进一些笑话和民间段子，倒也能让课堂变得生动活泼。几年下来，他竟然渐渐地有了些名声，然后又过了些年，他就被县委空降下来做了乡党委书记。

　　和所有空降到乡上做"一把手"的年轻干部一样，马书记深知自己的历史使命，同时他也非常珍惜这个机会。他知道自己如果干得好，县城"公仆街"一号或二号的全县指挥中心里，就有一间带卫生间、会客室的办公室在那儿等着自己。可如果干得不好，他这辈子就可能在一个乡科级的位置上光荣退休。因此，出政绩和向上升，是他工作的唯一动力和人生奢望。偏巧他的前任伍书记给他留下了不少问题。上任第一年，他经过认真的调查研究，终于摸清了制约全乡经济和社会发展的两大瓶颈。经济方面的瓶颈就是思路不够清晰，发展步子不够大，结构调整不合理。而社会事业方面的瓶颈，则是教育、文化、社会综合治理等方面，都没有自己的特色，因而不能吸引县委领导和有关部门的注意。找准了病因后，马书记便对症下药，大刀阔斧、扬鞭催马，把全乡的经济和社会都拉上了发展的快车道。去年一年，马书记便取得了非凡的成绩。首先是在扭转乡财政困局方面，马书记提高了农民宅基地审批和建筑审批的收费标准，并成功规避了被上面查处的风险；在计划生育方面实行放水养鱼；尤其是利用小场镇建设、改造农贸市场的名义，在场镇征收了五十亩地建设商品房出售，狠狠赚了一笔。在经济建设上，马书记更是打破常规发展思路，将全乡的工作重点转到"跑钱争项、招商引资"上来，要求乡干部人人都要成为招商员，成立了招商引资组，他亲自担任组长。其次又分别成立了计生工作组、财税企业工作组、城建土管组等，每个组都规定了经济指标。同时，马书记把乡内一些较有影响的农业项目，都调整到公路沿线的几个村去，集中打造农业产业园区，让领导隔着玻璃窗能够看见。马书记这一招果然引起了领导的重视，县委陈书记亲自来参加了他的农贸市场改造的开工仪式，并参观了贺家湾村的果园。在社会事业上，马书记更是出手不凡，一鸣惊人。社会事业千头万绪，牵涉方方面面，教育、文化、卫生，困难多多，怎么努力都难以做出成绩，他便抓住了社会综合治理这个牛鼻子。因为社会综合治理是当前的头等大事，被各级政府列为一票否决，领导付出的精力最多，也最头疼。如果在这个方面创造出了经验，不但能吸引领导注意，而且一俊遮百丑，全乡社会事业建设也就上去了。马书记选择社会综合治理作为突破口，还有另外一个原因，就是这个乡的社会综合治理工作，在全县的综合治理考评中从来都没有名次。没有名次，并不是说他的前任没有把社会综合治理工作做好，或者这个乡上访人数多。相反，通过他的调查，全乡好几年都没有出过大的社会治安案件，也没有发生过到市里、省里上访的事件，更不用说到北京上访了。没有名次一是因为没有创出自己的"工作特色"，上级来考核检查时，没有任何耳目一新的经验汇报给领导们听；二是没有注意协调好上面社会综合治理办公室的关系，人家来考核时，便丁是丁，卯是卯，完全是一副秉公办事的样子。马书记找到这两方面原因后，便施展手段，一方面动用在党校工作时结下的人际关系，对县"综治办"的领导和关键人员开展公关活动，在县城的"皇冠"酒楼，一连三晚上请"综治办"的领导和工作人员吃饭、唱歌和其他"娱乐"活动，并给领导送上小红包。另一方面，安排乡上"综治办"的办事员在网上查找其他地方开展社会综合治理工作的经验。办事员花了整整一个星期的时间，将厚厚的一沓打印资料交给了马书记。马书记又花费了几个晚上的时间，终于形成了自己乡综合治理工作的"经验"。

到了年终，县政法委黄书记亲自率队，考核全县各乡镇社会综合治理工作。考核名列前茅的，县上隆重表彰奖励，考核不达标的，一票否决，乡镇党委书记、乡镇长给县委写出书面检讨，一时火药味十分浓烈。马书记却没有着急。当考核组来到乡上时，马书记便对他们谦虚地说："我们乡上的社会治安综合治理工作，没有做出什么成绩，还望领导批评！"

说完后才说："为彻底扭转我乡综合治理工作的被动局面，乡党委、乡政府今年加强了对综治工作的领导，立足实际，创新举措，扎实推进社会治安综合治理工作。具体来说，就是开展了'五个一工程'。第一是开展了每月一课。就是每月组织专人对全乡境内的治安巡防队、看楼护院队，就行为规范、识别坏人基本技能等方面进行培训，全面提升治安巡防队、看楼护院队的责任意识和工作素质。第二是举办了每月一节。就是每村每月在不同村民小组，组织一次'邻居节'活动，让邻居们增进友谊，促进大家相互帮助、缓和邻里矛盾。第三是进行了每月一议。就是村委会每月召开一次村党员干部、调解主任、治保主任、治安巡防队、看楼护院队综治工作讨论会，对本辖区内治安工作提出意见和建议。第四是开展了每月一期。就是乡、村每月举办一期综治宣传栏，内容包括法律常识、科学知识、法制案件等，充实丰富群众业余文化生活。第五是开展了每月一评。就是对各村的治安进行张榜公开，结合各村治安情况，对各村'五个一'工程的开展情况进行每月一评，对半年或年终被评为先进的村委，乡政府给予一定的奖励……"

马书记还没汇报完，黄书记就连声说："小马你还说没做出什么成绩，这'五个一工程'不是太有特色了吗？"

说完又对考核组的其他人问："你们说是不是这样？"

考核组的其他成员便马上接了领导的话，连声说："可不是这样吗？'五个一'的提法，高屋建瓴，言简意赅，真是令人耳目一新！"

黄书记又说："这是我们社会综合治理领域的一大创新，要在全县推广开去！"

说完又安排考核组一个年轻人："小张你马上把材料整理一下，回去就发简报！"

就这样，马书记的"五个一工程"就上了县委的工作简报，迅速在全县推广。不但如此，县上"综治办"把县委的简报上报到市政法委，也得到了市政法委的肯定，又很快向全市发了简报。接着市上新闻媒体的记者闻讯而至，马书记的照片和他所创造的"五个一"经验，又在市上所有的纸质媒体和新媒体上，露了好几次面。不用说，这年全乡的综合治理工作，拔了全县头筹。县上召开隆重的表彰大会，马书记在热烈的掌声中上台交流经验，他不用讲稿，侃侃而谈，既不有意拔高自己，又恰到好处地突出重点，融经验和思考于一体，理论与实际相结合，口若悬河，议论风生，充分展示了一个马列主义理论教员的风采。在他的发言期间，县委陈书记始终都用一种亲切慈爱的目光看着他，就像看着他最宠爱的孩子一样。会议结束后，陈书记又专门过去和马书记握了手，并且特别在肩上拍了一下。

转眼到了今年，县上又召开各乡镇、县级部门党委书记和信访办主任会议，学习《信访条例》和中共中央、国务院《关于进一步加强新时期信访工作的意见》，以及传达省、市信访会议精神。陈书记在会上提出了全县今后一个时期的信访工作目标，是要实现无一例进京上访；无一例赴省集体上访和重复上访；到市上访的批次和人次，要比去年分别下降百分之三十；到县以上机关信访总量，要比去年下降百分之四十；信访交办件办结率要达到百分之百等。陈书记用十分严肃的语气，特别强调如果哪儿出现了到县以上上访的，就由"一把手"来负责劝返、接回，并落实包保责任制。陈书记讲完，县上当场就和各乡镇和县级各部门，签订了有着严格经济处罚与行政措施的《信访工作目标管理责任书》。县信访办还把责任书的内容一一分解，逐条量化，标出分值，附在责任书后面，作为年终考核评比依据。马书记从省、市、县这一系列不同寻常的举动中，立即敏锐地觉察到这信访工作，在很长一段时期内都将是维稳工作的重中之重。他觉得这是天赐他的良机，因为他所在的乡，这几年不说上访的绝对没有，可他却敢打包票地说，绝没有人到市里、省里上访！或者说，市里、省里信访办记录在案的上访案中，找不出他们黄石岭乡的记录。市里、省里都没有，当然就更不用说北京了！这说明什么呢？说明他们工作做得好。工作做得好，自然就有经验值得总结！已经尝到甜头的马书记一想到这儿，禁不住心潮澎湃，热血沸腾，有些抑制不住兴奋地想放声大叫。他决心发扬成绩，乘胜前进，总结出自己乡化解社会矛盾、破解信访难题的工作经验。于是回到乡上，马书记又经过几个晚上的冥思苦想，终于在前面社会综合治理"五个一工程"的基础上，又创造出了信访接待工作的"四个一"。这"四个一"虽然脱胎于前面的"五个一"，并且比"五个一"少了一个一，但内容却比前面更丰富、更具体，也更简捷和更容易深入人心，并且顺口、好记！果然，马书记"四个一"很快又得到了领导的肯定。陈书记在县信访办送上去的材料上批示道："该乡在信访接待工作中所开展的'一把椅子让座、一杯热茶暖心、一席好话送行、一张笑脸相迎'，既是对民情的关怀，也是党的群众路线在新时期的又一体现。县信访办要认真推广他们以人民公仆的身份接待来访群众，说话和气、态度热情、语言诚恳、礼貌待人的经验和做法……"

于是便有了这次声势浩大、不同凡响的现场会。

有时马书记也想，这样做是不是有些对不起群众和自己的良心？可这种想法只是稍纵即逝。他觉得即使有些违背自己的良心，可也是没办法的事。因为他如果要进入"公仆街"一号或二号的小楼里，并不是由下面的群众说了算，而是由他的上司决定着他的命运。虽然每次领导上任，都说要崇尚实干，可最后实干者却未必能得到好处。他这样做能取得令人意想不到的效果，至少说明领导是喜欢他这样做的！既然领导喜欢，他为什么又不做呢？他想到自己马上就要进入不惑之年，自己能不能进入"公仆街"一号或二号楼里去，就在这三四年的时间里。按现在副县级干部的提拔标准，过了四十五岁，你就别想了。如果错过了这三四年，自己就是干出了天大的成绩，那也是白搭了。因此保证这次现场会的百分百成功，让县委领导满意，意义就不是一般的了。可是马书记又深深地知道，现实是非常复杂的，即使自己已经对这次会议，做了非常细致、周全的安排，一些关键的环节，比如会议材料、发言人选择、现场布置以及风险防范，都由他亲自把关。包括谢乡长在内的他的搭档和助手，以及全体乡干部，在他的要求和监督下，也像民间所说的，麻子打呵欠——总动圆（员），这半个月里全都在按部就班、孜孜不倦、一丝不苟地工作，其认真负责的态度前所未有。一些环节反复操练，精益求精，可以说已经达到了一种精细化、技术化、万无一失的程度，按说来是可以高枕无忧的了。可是奇怪的是，自己刚一躺到床上，右眼皮便"突突"地跳动起来，身上也像是三伏天吃多了羊肉一样发起热来。他想起了民间"左眼跳财，右眼跳灾"的说法，突然觉得哪儿还有点不对头，生怕明天马失前蹄，一不小心出点毛病就把活动搞砸了，或者给领导留下不好的印象，让自己前功尽弃。越是这样想，眼皮便跳得越凶，越是觉得不放心。最后他坐了起来，撕了一溜纸条，沾湿口水贴到跳着的眼皮上，可没过一会儿纸条便落了下来。他愈加不放心，便把整个活动的细节全翻出来，细细地又想了一遍，还是没有发现有不够严密的地方。马书记这才知道是自己把弦绷得太紧，疑心生暗鬼，自己吓自己。这么一想，便不由得笑了一笑，也不去管眼皮了，重新躺下去，心里默念着"一、二、三……"，强迫自己睡了。

二

马书记起床后，感到两只眼皮发黏，有些不想睁开的样子，便连外面的衣服裤子也没顾得上穿，只穿着睡衣睡裤，跑到外面阳台的洗漱台前，打开自来水龙头，把脖子伸到水柱底下，一边让"哗哗"的水柱淋着自己的颈窝，一边又用双手捧起凉水，直往脸上和两边太阳穴撩。这样过了一会儿，他感觉好多了，这才认真地梳洗起来。洗漱完毕后，回到屋子里穿起衣服来。

他脱了睡衣，先将一件短袖的圆领汗衫穿在里面，接着将一件V字形的羊毛背心穿上去，再在背心外面穿上一件"柒牌"白色衬衣，拿过那根有着黑黄相间的斜纹花格的真丝领带系在脖子上。系好领带以后，他才脱了睡裤，从衣架上拿过那套藏青色纯毛西装，先穿了裤子，将汗衫、背心和衬衣扎进了皮带里，最后才把上衣套在身上。穿好衣服以后，他走到镜子前，对着镜子再次调整了一下领带的松紧，又正了正衬衣的领子，然后拿起梳子，往后面梳了梳昨天才刚理过的头发。做完这一切后，他发现镜子中的中年男子，尽管眼睛里有点血丝，但总的来说，还算得上神采奕奕、仪表堂堂，既不失端庄威严，也不失英俊潇洒，颇有几分美男子的形象。他对着镜子情不自禁地笑了一下，自己给了自己一个奖赏。

他本想出去看看大家起床没有，可看看时间还早，害怕这么早就出去大呼小叫地把同志们赶起床，反倒会让大家觉得自己沉不住气，于是便打消了这个念头。可是他又不知该做什么，想了一想，便又把自己在会上的发言稿拿出来，看了看时间，接着便对着镜子，轻轻地、自言自语地开始念了起来。

本来，他在任何场合下讲话，都是不需要念稿子的，可是这一次却不同。原因是和任何现场会一样，什么时候在什么地方上车，几点几分到达什么地方，在哪儿停留几分几秒，看什么，谁出面，谁发言，发言多少时间，在现场谁流泪、谁欢笑、谁激动、谁带头鼓掌、谁去拉着领导的手说"谢谢党、谢谢政府"之类的话……这些在事先都有严格的安排部署，就像用电脑编了程序一样，一点也不能出岔子。昨天晚上，他担心的正是这些细节，包括自己的发言。具体地说，领导给他的发言时间只有7分钟，不能多，也不能少，因为领导已经把时间卡死了。具体的活动过程是这样定的：开会的车队9点钟从县委大院准时出发，10点钟到达乡政府，10点11分，县信访办工作人员吹哨子集合，进入乡信访接待室参观。10点26分，大会正式开始。主持人（王县长）讲话，时长3分钟。10点29分至10点35分，乡信访接待室牟主任介绍具体做法。10点36至10点42分，上访群众代表介绍自己被乡党委、信访办"四个一"感动因而不再上访的经过。10点43分至10点50分，自己发言。10点51分至10点55分，参会代表（城关镇花园街社区党委书记）做感想和表态性发言。10点56分至10点58分，由县委陈书记向马书记授予"全县信访工作先进乡"的铜牌。10点59分至11点9

分，县信访办廖主任通报上半年全县信访工作情况。11点10分至11点29分，县委分管信访工作的领导（毕副书记）做今后一段时间全县信访工作安排。11点30分，陈书记做重要讲话。

起初，马书记嫌给他7分钟发言时间太短了，要求给他10分钟时间，可县信访办廖主任说："马书记，你看看这时间安排，一环扣一环，丝丝入扣，环环衔接，哪还有多余的？只有这样按时按点，你这个会才开得好！如果你把陈书记和大家耽搁晚了，陈书记和大家肚子唱起《空城计》来了，你的这个会的效果不是也就大打折扣了吗？"

说完又说："不瞒你说，这个时间是陈书记亲自定的！陈书记说会议的时间短，内容多，每个人发言都精练和紧凑一点！所以马书记，你们必须按照这个时间准备，不能多了，也不要少了！"

马书记一听是陈书记定的发言时间，便什么也不说了。现在马书记再次对着镜子演练，不是演练内容，而是时间。

马书记对着镜子把稿子不疾不徐地念了一遍，一边念，一边看着镜子里的表情。念完再看看时间，确实不多不少7分钟，表情也过得去，这才彻底放下了心来。他将稿子收起，咳了一声，脸上板出了仿佛在人民大会堂坐主席台的庄严神情，这才打开门，成竹在胸、志得意满地走了出来。

可是还没容他走上两步，他的两只眼睛往下面乡政府的院子里一瞥，却兀地惊住了。只见他面颊上的肌肉急速地抖动了几下，刚才还阳光明媚的面孔，顿时堆砌上了一层厚厚的乌云，板得比冰块还冷，比生铁还硬。接着从眼里迸射出了一道愤怒的火苗，额角上窜起了一条青筋，突突地跳动着。他咬着牙齿站了一会儿，突然"咚咚"地跑下楼去，冲着办公室王主任的门怒不可遏地吼道："王主任，王主任，这是怎么回事，啊？"

王主任正在屋子里刷牙，听见马书记喊声，急忙打开门跑出来，满嘴还挂着厚厚的牙膏泡沫。看见马书记一副怒气冲冲的样子，立即小心地问："出什么事了，马书记？"

马书记脸上还是挂着那种斧头也砍不透的铁青的颜色，手朝院子里指了一下，继续盯着王主任大声问："你看看院子里，这是怎么回事？"

王主任朝院子里看了一眼，脸上也一下变了颜色。原来昨天下午打扫得干干净净的院子，现在到处都是纸屑、果皮、烂菜叶、女人的卫生巾、婴儿的纸尿裤，以及可乐瓶、石头和瓦块等，像垃圾场一样。王主任鼓着腮帮看了一阵，这才大声说："这肯定是有人搞破坏，从外面扔进来的！"

说着，王主任忙不迭地跑进屋子，连嘴角的牙膏泡沫也顾不得擦，便拖了一把扫帚跑了出来。

这时，乡干部大都起了床，有的正在叠毯理被，有的正在刷牙梳洗，听见马书记喊声，也都纷纷打开门朝外面打探，一眼瞧见满院子垃圾，也都惊住了。又看见马书记动了气，王主任一个人拖了扫帚出来，便不等任何人吩咐，全都拿了工具跑出来。

王主任见这么多同事都来帮忙，像是很感动，便主动过去，一边捂着鼻子，一边伸出手臂，尖着拇指和食指，拈起那张黏有婴儿鸡蛋黄般分泌物的纸尿裤，拿到厕所旁边的垃圾桶里扔了。走过来正要继续去捡那些女人卫生巾的时候，马书记却叫住了他，说："把大门打开看看，外面有人捣乱没有？"

马书记现在脸上的颜色和悦多了，原因是他看见还没等他吩咐，便有这么多同志自觉加入到打扫清洁的行列，假如自己再登高一呼，那响应者岂不是更多！想到这儿，他心里有了点儿暗暗的得意，于是脸上也便开始阴转晴。

王主任听了马书记的话，果然去拿过钥匙，开了乡政府那道铁栅栏的大门，用力推开，走出去朝外面墙上看了一眼，便又叫了起来："墙上的标语被人撕了！"

马书记听了这话，又急忙几步走了出去，抬头一看，果然昨天傍晚时候才挂出去的、一幅写着"热烈欢迎县、兄弟乡领导莅临我乡检查指导工作"的大红标语，被人撕了好几个字，只留下"热烈……领导……乡……查……"几个字，既不成句，也无法理解意思，仿佛像从战场上溃败下来的伤兵，零零落落地不成个样子。被撕下来的纸有的被揉成团，扔在前面的水沟里，有的被撕成碎片，像是被五马分尸了一样。马书记那脸又黑了下来。

王主任见马书记又要生气，便马上说："马书记，这是明显破坏，要不要向派出所报案？"

马书记咬了一会儿嘴唇，这才看着王主任问："报了案又怎么办？"

王主任听了这话，便不吭声了，过了一会儿才小心地问："那……"

马书记没等他说出来，看了看时间，说："时间还来得及，你马上到学校去，叫覃老师重新写一幅来挂上！"

王主任一听这话，不敢迟疑，立即答应了一声，马上便向学校跑去。可没跑几步，马书记又在后面叫住了他，说："顺便叫王老板到我这儿来一下！"

王主任又"哎"了一声，这才跑了。

马书记等王主任跑远了，这才重新走回乡政府大院。这时他脸虽然没刚才板得厉害了，可仍然是蹙着眉头，紧抿着嘴唇，严肃得近乎让人生畏。这时大伙儿已经把垃圾清扫完毕，院子又重新变得像是用水洗过了一般。马书记见众人都用一种畏惧的眼光望着他，突然意识到这有些损害自己的形象，于是便走到厨房门口，用了尽量轻松的口气对里面问："魏师傅，早饭还有多久？"

里面魏师傅答应了一声："叫大家来吧，我正说要敲钟呢！"

听了这话，马书记便立即回过身子，努力放松了脸上的表情，对大家说："好了，同志们，有人扔了点垃圾在乡政府院子里，这没有什么，大家扫了就是嘛！现在大家都去吃早饭，吃了饭各个组的负责人，带领自己的人最后再检查一遍准备工作的情况，确保万无一失！"

说完又说："可不能因为有人对乡政府发泄了一点不满，就影响我们的工作嘛，是不是？"

众人听了这话，回答了一声："是！"说完便拖着扫帚，各自回屋去了。

马书记等大家走了，也准备回楼上拿碗筷下来吃饭，可他才刚刚转过身，那个叫王老板的人就来了。

王老板的大名叫王阳明，五十多岁，个子不高，身材有些干瘦，可一双眼睛滴溜溜的，却很活泼，十分精明和有生气的样子。他是今天在大会上发言的上访群众代表。当初为确定谁来担当这个角色，马书记颇费了一番脑筋。在马书记的意识里，这个人一是要确实到乡上上访过。在这一点上，马书记还是要本着实事求是的精神办事。二是要说得出来，不能笨嘴拙舌，半天说不出句囫囵话。第三，这是最重要的，这个人必须和乡上保持一致，不能半途"烧野火"，画岔墨，往相反的方向说。如果这样，整个现场会就彻底砸了。所以，马书记物色这个人，觉得比组织部门当初物色他来这个乡当党委书记似乎还要难。他想了几个夜晚，最后拍板敲定由街道上的王老板来扮演这一角色。这其中的原因，是王老板开了一个"阳光办公用品店"，乡政府每年要在他那里购买好几万元钱的办公用品，几乎是乡政府办公用品的定点供货商。每到年底，他都要拿着一摞摞发票，到乡政府各个部门来要账，虽然没有明说是上访，可现在要把这说成是上访，也未尝不可。第二，他有着生意人的精明和花言巧语，上台发言虽不敢说是出口成章，但照着稿子念却是绝没有问题。第三，他不敢不和乡政府保持一致，否则，乡政府一旦不到他店里买东西，他那"阳光"便会黯然失色。三个条件都符合马书记的要求，于是马书记便找他来谈。王老板一听，果然十分愿意配合马书记这个活动，说："没问题，马书记，我听你的，你指哪里我打哪里！"

马书记听了这话，也很高兴，果然叫王主任写了稿子，由他亲自把内容审定了，又在几个重要的地方，分别标上了"停顿""语气放缓""语气提高""表情激动"等提示语，才把王老板叫到乡政府来，先叫他拿回去照着稿子练，然后又叫到乡政府来，当着他排练了几遍。直到他觉得没有大的问题了，这才放了心。可是当刚才看见有人往乡政府院子里扔垃圾，和标语被人撕了，心里又突然有些不踏实起来，于是便叫王主任顺路把他喊来，他还要再嘱咐嘱咐。

王老板一见马书记，小眼睛一边眨动，一边朝马书记弯了弯腰，满脸堆着笑，讨好地问了一句："马书记，你找我？"

马书记看了看他，也亲切地笑了笑说："是呀，你准备得怎么样了？一会儿县委领导就要来了，你该不会一上台，腿就开始筛糠吧？"

王老板说："马书记说啥笑话？领导又没有多长一只鼻子眼睛，我筛啥糠？"

马书记说："不筛糠就好，但也不要大意，现在离领导到还有一个多小时的时间，你回去再把稿子熟悉熟悉，不怕一万，就怕万一嘛！"

说完又说："王老板，我还是上回给你谈的那句话，如果你今天讲砸了，乡政府从此连大头针都不到你店里买一根，你可就怪不得人了！"

王老板听了，又急忙对马书记弯了两下腰，说："我明白，我明白，马书记你一万个放心！我回去再把稿子好好读两遍，读两遍！"

马书记听了这话，这才像是放心了，说："那好，你回吧，我就是叫你来问一问！"

王老板听了这话，果然屁颠屁颠地回去了。这儿马书记立即上楼，拿了碗筷到食堂吃饭。

就在马书记吃饭的时候，贺世忠到乡政府来了。

三

　　贺世忠在乡农贸市场后面那个简易车站下车的时候，正碰上退了休的魏副乡长在车站前面的公路上跑步。魏副乡长穿一身黑色运动服，端着两只拳头，在公路上来来回回跑着，虽然头上也呈现出丝丝花白的银发，但仍精神矍铄。也许是好几年没看见过了，故人重逢，有种又惊又喜的感觉；也许是贺世忠想起自己如今落魄的样子，对比之下，心里又泛上几分酸楚的味道。不管怎么说，贺世忠此时心里都有一种说不出的别样滋味。他激动地跑过去，冲魏副乡长喊了一声："魏乡长——"

　　魏乡长听见喊声，急忙停了下来。可身子停了，脚步还是照样在原地踏着，直到认出了贺世忠，这才完全停了下来，跑过来抓住了贺世忠的手说："哎呀，原来是贺支书，真没想到……"

　　贺世忠没等他说完，便说："哎呀，老领导，你快别那样叫我了，那是好多年前的事了！"

　　魏乡长说："可我也没当乡长了！"

　　贺世忠说："你虽然没当乡长了，可还是拿的是乡长级别的退休金，不像我们，那根讨口子棒棒一丢，就啥也不是了！"

　　说着，贺世忠突然觉得鼻头有些发酸，便侧过身去，捏着鼻孔，朝地下擤了一下，却什么也没擤出来。

　　魏副乡长听了贺世忠这话，又仔细地在贺世忠身上打量了一遍，觉得几年不见，贺世忠确实比过去苍老和憔悴了许多，心里也不由得感伤起来，便又对贺世忠说："老贺，快别这样说，我们还是记得你的！"

　　贺世忠说："就是你们记得我又能怎么样？我在城里碰到了李书记，我就在想，过去你们那批老领导，退的退休，调的调走，我们现在就是心里有点话，也都找不到人说了……"

　　说到这里，贺世忠忽然觉得喉头发紧，有些哽塞的样子。魏副乡长见了，急忙说："老贺，你有啥难事，慢慢说，不要激动！"

贺世忠听了这话，便像一个走失的孩子突然见到亲人一般，又去抓紧了魏副乡长的手，说："不瞒老领导说，我现在落魄了，我现在急需钱用，我今天回来就是向乡上讨钱的！"说着，便把老婆子生病住院的事说了一遍。说完又说："那天晚上，你和财政所余所长到我家里来，要我借五万元钱给乡上交农业税，我把我娃儿打工挣的一点钱，全都拿出来了！不晓得老领导还记不记得了……"

话还没说完，魏副乡长急忙说："怎么记不得？你出去打工后，还给我打过电话的！"

贺世忠说："可不是这样！这么多年，乡上也没还我，现在我老婆住院，踩到火石要水浇，老领导可要去给我做证明……"

魏副乡长听了这话，急忙说："做啥证明？借条就是证明！上面盖着乡政府的红巴巴，难道他们敢不认账？"

说完也不等贺世忠答话，又马上说："如果他们不认账，你直接找财政所余所长好了！他现在还在台上，借条上也有他签的字，他总要承认的！"

贺世忠一听这话，便说："余所长还在当财政所长？"

魏副乡长说："可不是！这家伙是个老滑头，哪个当政他都不倒！"

说完突然显出很义愤的样子，提高了声音大声说："要！你一定问他们要！理直气壮地要！别说你是拿自己的钱，来帮乡上完成了国家的任务，支援了国家建设，就是老嫂子现在病了，他们也不能见死不救！"

贺世忠一听，也说："还是老领导关心我们！当初要不是看到老领导的面子，我肯定不会借……"

贺世忠说到这里，魏副乡长马上说："我晓得，我晓得，老贺！"

说完，却又愤愤不平地把话岔开了，说："老贺，你不晓得，现在国家免除了农业税，乡上那几爷子一不下乡催粮，二不收款，计划生育也是敲起马儿跑，好耍得很！要不是窝到屋里打牌，就是出去吃吃喝喝！那个姓马的是个空降干部，农村工作屁都不懂，只晓得拉关系，弄钱，搞花架子！住在城里，上午很晚才开着车来，下午很早就又走了，来了两三年，村民都还不认得他！不像以前我们，天天都在下面跑，别说人，就是狗看见我们，都摇头摆尾地跑来亲热！"

说完又看着贺世忠问："农村干部，农村干部，老贺你说说，不下村还叫啥农村干部？”

　　贺世忠听见魏副乡长这么说，便想起贺端阳包工程的事，于是也说：“可不是这样！现在不收税了，别说乡干部，就是村干部也好当多了。不但工资有保证，事也比过去少了不少！我回来才听说，我们村贺端阳在外面包工程！哪像我们那时，又是催粮，又是催款，变了黄牛还要遭雷打！”

　　魏副乡长说：“所以你的钱，该要就要要，早就该来要了！不但本钱要要，利息也一样要他们还！当时说的是高利，月息三分，这么多年了，利息都要超过本钱了……”

　　听到这里，贺世忠突然有些忐忑地打断了魏副乡长的话：“老领导，你说我这钱要得着吗？”

　　魏副乡长立即说：“你借了钱有凭有据摆在那里，又不是你来骗乡上的钱，怎么要不着？再说白纸黑字，谁还敢抵赖？”

　　说完，魏副乡长马上像是想起了什么似的，接着对贺世忠说：“你今天来要钱这个日子选得好！我跟你说，县上要到乡上来开信访现场会，陈书记要亲自来。姓马的如果不给你的钱，你就不要走，等陈书记来了，你让他再评评理，看姓陈的怎么说？他们不是开的信访现场会吗？你就给他们一个现场办公的机会！”

　　贺世忠听见魏副乡长也这么说，一下信心足了，心情也因此好多了，又和魏副乡长说了一会儿闲话，互相道了一声“保重”，这才往乡政府来。

　　到了乡政府的院子里，看见有两个年轻干部蹲在食堂门口的阶沿上吃饭，一边吃一边说着什么。又听见旁边饭堂里有人说话，知道乡上的人此时全在吃早饭，便径直朝饭堂走去。阶沿上的两个年轻人朝他看了一眼，问了一句：“你找哪个？”

　　贺世忠也没回答，径直走到大门口，将头探进门里。一看里面屋子的人大多不认识，正想问谁是马书记，却一眼见到三个眼熟的人，便高兴地一步跨了进去，大声地朝信访办的牟主任、财政所的余所长、计生办的黄主任叫了起来：“牟领导、余领导、黄领导，你们都在呀？我以为老同志都换完了呢，没想到还有你们三位领导在！”

　　正吃着饭的乡干部一听见这话，一边诧异地打量着贺世忠，一边又忍不住“味味”地笑了起来。牟主任、余所长、黄主任一方面觉得贺世忠的话有点刺耳，一方面又觉得突然，便不约而同地打量着他。过了好一会儿，牟主任才叫出声来，说："哦，原来是贺支书呀，好几年都没见到过你了，你今天怎么来了？"

余所长和黄主任也认出贺世忠了，也说："是呀，贺支书，你今天怎么从天上掉下来了？"

众人听牟主任、余所长、黄主任一口一个"贺支书"，更觉诧异了，又将目光落到贺世忠身上。牟主任看出了众人的疑惑，便对众人解释说："他做过贺家湾村的支部书记，是贺春乾的前任！"

众人听了这话，有的轻轻"哦"了一声，接着埋头吃饭，有的朝贺世忠点了一下头，似乎是说："原来是这么回事！"

牟主任对众人解释完毕，又回头对贺世忠问："贺支书，你这么早到乡上来，有啥事？"

贺世忠说："我来找马书记……"

一语未完，正想问牟主任谁是马书记时，却见众人都朝马书记转过了头去。贺世忠一见，不用再问，便知道坐在中间桌子上那位穿西装、打领带、气度不凡的人，便是马书记了。于是便径直走过去，在马书记的对面坐了下来，说："马书记，你好！"

马书记看了他一眼，似乎有些不太高兴，说："你找我有啥事？"

贺世忠说："不忙，不忙，马书记，俗话说得好，雷都不打吃饭人，你吃完了再说！"

贺世忠毕竟是做过几年支部书记的，说完又不失时机地恭维了一句："马书记这样年轻，怪不得人家说你是一位年富力强的好干部！"

马书记又朝贺世忠看了一眼，没再问贺世忠什么，专心吃起自己的饭来。

没过一时，乡干部们都陆续吃完了饭，到洗碗槽前洗了碗，拿着出去了。马书记也很快将碗里的饭刨到了肚子里，也去洗了碗，拿了碗正要走，却见贺世忠跟在他身边，突然警觉似的站住了，立即又回到刚才吃饭的地方，将碗放到了桌子上，才对贺世忠说："你有什么事，就在这里说吧！"

说完又立即补了一句："简明扼要一点，我还有非常重要的事！"

贺世忠听了这话，一边又在他对面坐下来，一边说："马书记你放心，这事情你快我也快！"

说着，便从一只口袋里掏出老伴儿在县医院的化验单、诊断报告、治疗单等，又从另一只口袋里掏出当年魏副乡长和余所长给自己打的借条，放在马书记面前，这才对马书记说了起来。

马书记还没听贺世忠说上几句，眉头便紧紧地蹙了起来，打断了贺世忠的话说："老同志，我明白了，你这事不是我今天一句话、两句话能够解释清楚的！一会儿县上要来我们乡开现场会，你另外抽个时间来，我再调查调查后答复你！"说完站起来就要往外走。

贺世忠一见，急忙拦住了他，说："马书记，我可以等，等你啥时有空了都行！可我女人的病不能等，她是肾功能衰竭，一入院医生就给她下了《病危通知书》。马书记你说能等就给我写个条子，我拿回去交给医院，看医院批不批准等……"

马书记还没等贺世忠说完，脸便一下黑了下来，大声说了一句："你吓唬我，是不是？"

说着将桌子上的单据往贺世忠面前一扫，继续没好气地说："即使给你解决，也不该我解决呀！这么多年了，你干啥去了，啊？"

贺世忠一听这话，也像是被逼急了似的，憋红了脸说："不该你解决该哪个解决？钱是乡政府借的，我不找乡上找谁？"

说完又对马书记问："你说该找哪个解决，我就去找哪个，你说嘛！"

马书记一听，便黑了脸，没好气地说："哪个借的，你找哪个解决！我又没收你的钱，关我啥事？"说完拿着碗又要走。

贺世忠又再次把他拦住了，说："一个船儿一个舵，艄公换了，船儿还在，我不找你找谁？"

马书记的胸脯一起一伏，鼻孔里扇着粗气，说："你不要再胡搅蛮缠！我再给你说一遍，影响了今天的现场会，你吃不了兜着走……"

贺世忠没等马书记说完，便接了说："马书记你放心，我绝不影响你开会！你开会我就在旁边坐着，等你开完了会把钱给我！"

马书记听了这话，只气得翻白眼，脸青了白，白了又青。正在他不知怎么下台阶的时候，看见门口不时有人把脑袋伸进来看一下，又倏忽离开了，心里不觉更生气，便非常不满地冲大门外喊了一声："叫谢乡长和余所长进来！"

马书记虽然没有看清门外的人是谁，但门外的人听了这话，仍旧急颠急颠地跑去叫谢乡长了。

四

没一时，谢乡长和余所长果然进来了。两人一走进来，马书记便指了贺世忠面前那张借条对余所长问："这是怎么回事，啊？"

余所长把借条拿起来一看，便明白了，于是看了看贺世忠，然后回过头去，看着马书记，将当年借钱的事说了一遍。余所长话刚完，谢乡长又将贺世忠看了一眼，然后也对马书记说："过去这种情况确实存在！农业税没改革前，县上年年要求乡上按时完成当年的税收任务，完不成就交官帽子！可下面农业税又收不起来，就只有四处挪借，认高利！把上面的搞清了，下面却到处是账，这便叫作'上清下不清'！"

谢乡长和马书记不同，他不是"空降"到乡上来的，而是一直在乡上由办事员干到乡长。尽管他过去不在这个乡工作，也不认识贺世忠，贺世忠也不认识他，但对农村的情况比马书记熟悉，因此便如此这般对马书记解释了一通。解释完毕，谢乡长又马上回过头，皱着眉头对贺世忠说："你是怎么搞的？据我所知，过去许多垫了款或借了钱的村干部，在税费改革时，都千方百计把自己的钱挖回去了，你手里怎么还有几万块钱的借条？税费改革时，你怎么不向村上和乡上要？"

贺世忠一听这话，嘴唇瘪了瘪，委屈得又想哭，便又急忙说："我怎么没要？当时免了我的支部书记，我就出去打工了。我几乎天天给村上打电话，又给乡上打电话……"

说到这儿，贺世忠便看着余所长，有点咄咄逼人地对他问："余所长是个活媒子，你摸到良心说，我给你打过电话没有？"

余所长一听这话，有些脸红了，说："你电话是打过，可你也晓得，我们当时也做不了主！我承认钱确实是我和魏副乡长来借的，借来的第二天，就拿到县上交了农业税！我后来反复给伍书记说，想把你的钱从乡上收的农业税中扣出来还你，可伍书记一听说你们村里还欠好几万尾欠款，就不同意，说要想还你这笔款，就让村上先把那几万元尾欠款搞清！书记不同意，我们办事员有啥法……"

马书记一听这话，便马上对余所长问："他们村还欠多少尾欠款？"

余所长说："五六万吧！"

马书记便立即看着贺世忠问："是不是你手里欠的？"

贺世忠一听马书记的话有些不对，便说："哪个村没有尾欠款……"

马书记说："你不要管别的村，我只问你是不是你手里欠的？"

贺世忠说："我手里有，可我的前任贺世海手里也有，怎么说得清……"

马书记立即叫了起来："这就对了，你借了四万多块钱给乡上交农业税，可你们村上还欠乡上五六万，两相抵销后，村上还欠乡上的钱，还有啥理由到乡上来要钱？"

贺世忠一听，正要答话，但马书记挥手把他的话堵回去了，说："即使要钱，你都该回去向村上要！叫贺端阳把那些尾欠款收起来，还你的钱就是……"

贺世忠一听这话，便脸红脖子粗地叫了起来："好，马书记，这话是你说的，但你得给我出个条子，我回去找贺端阳……"

马书记听了，脸也涨成了紫茄子样，说："我给你出啥条子，啊！"

贺世忠说："你不出条子，我今天就赖在乡政府了！"

谢乡长听贺世忠这么说，便急忙说："好了，好了，老同志，马书记刚才那话，也不是真的要你回去找贺端阳要！现在村上债务都锁定了，贺端阳到哪儿去收？不过这事乡上得把贺端阳叫来，共同商量一个办法！我们马上就和贺端阳联系，你先回去吧……"

贺世忠一听这话，又说："我回哪里去？我女人还在县医院，等着钱救命。我既然来了，拿不到钱我哪儿也不去……"

正说着，忽然见马书记拿了碗，趁他和谢乡长说话的当儿往外面走了。贺世忠一见，急忙将桌子上那些单据抓起来，胡乱地往口袋里一塞，大叫了一声："马书记，你别走——"

一边叫，一边追了过去。追到院子里，终于一手抓住了马书记。

马书记一见，脸上的肌肉直哆嗦，盯着贺世忠吼道："干什么？干什么？啊！"

院子里站着很多乡干部，一见，也纷纷围过去，一边拉贺世忠，一边也像马书记一样对他说："干什么，干什么……"

贺世忠见这么多人来拉他，急了，便大声叫道："你们不要来拉我，我是个灯草牌坊，哪个把我绊倒了，吃不了兜着走！"

可众人没管他，继续抓着他的手，让马书记走了。贺世忠还想去追，可众人拦住了他。

贺世忠见乡政府人多势众，并且都护着马书记，自己孤掌难鸣，便突然扯开上衣的扣子，从腰上解下一根早已准备好的尼龙绳子，往旁边那棵洋槐树的枝丫上一挂，打上结，一边做出要上吊的样子，一边喊道："马书记你不给钱算了，反正我老婆没钱治病活不了，我也不想活了，我就死在乡政府算了！"

贺世忠说着便要往上跳，这儿众人一边劝说："老人家，有话好好说，何必呢？"一边过去扯他的绳子。

这时马书记已经走到了楼上，看见贺世忠寻死觅活的样子，便大声对下面的干部说："让他去吊，看他能不能吊死？"

围在贺世忠身边的人一听马书记这话，果真走开了。有人甚至巴不得地对他说："要得，要得，你吊，吊呀！"

贺世忠一见拉他的人都散开了，觉得有些下不了台了，便看着周围的干部大叫起来："你们都是听见了的，这就是共产党的干部说的话！我要是死了，你们都给我做个证明，是马书记逼我去死的！"

贺世忠说着，又一眼看见了人群里的余所长，便又叫了起来："余所长，是你来逼我借的钱，你现在怎么成缩头乌龟了？借钱的时候，你们是怎么说的？抽了鸡巴就不认人，现在不还钱不说，还见死不救是不是？我贺世忠就是死了，变鬼也要找你！"

说完又叫："牟领导、黄领导，你们可不能见死不救呀！当年你们还是乡上的一个小卒子，走到哪个村，那些村支书都不瞅睬你们。可你们走到我贺世忠家里来，我贺世忠虽没有专门杀鸡宰鹅招待你们，可也从没有让你们饿过肚子，你们怎么就不帮我贺世忠说句公道话呀？你们……"说着说着，突然一屁股坐在地上，又"哇"的一声哭了起来。

众人一见贺世忠像小孩子一样哭了，这才又重新围过去。余所长被贺世忠一顿骂，心里也有气，便说："你的钱收不回去，场后头下雨——该（街）背时，只能怪你自己！那么多村干部后来都把借的钱拿回去了，你的钱没拿回去，难道怪得我？"

牟主任、黄主任听了贺世忠一番话，大约都想起了往事，并且不忍听见他的哭声，一时面红耳赤起来，这时便走到人群里面，去劝贺世忠。黄主任拍了拍贺世忠的肩，有些愧疚地说："贺支书，你叫我们说什么呢？连马书记都解决不了的事，你说我们有什么办法？"

牟主任也说："就是，贺支书，不是我们记不得那些年你支持和帮助我们年轻人，也不是不想帮你，确实涉及钱的事，有点难……"

说完便一边去拉贺世忠，一边又说："好了，好了，贺支书，到我屋子里喝杯茶，醒醒气儿，然后再给领导好好反映反映！"

众人听了这话，也都说："对，对，老同志，牟主任就是乡上信访室主任，有什么事你给他说，他再反映给领导，这叫按程序来！"

可贺世忠听了，却甩开了牟主任的手，哽咽着答应了一句，说："我哪儿也不去，就在这儿！"说完，干脆直挺挺地躺了下去，闭上眼，像是死去了一般。

牟主任、黄主任有些生起气来，说："你说我们见死不救，我们来劝你，你又不听我们的，你到底想怎么办嘛？"

众人也说："就是，你到底想干什么嘛？"

贺世忠这时突然睁开了眼，大声说："我啥子也不想干，只要钱救我女人的命！给我钱，我就喊共产党的干部万岁，喊人民政府的干部万岁！不给我钱，我就躺在这儿等陈书记来评评理儿！"说完这话，又把眼睛闭上了。

正在众人面面相觑的时候，谢乡长忽然走了过来，蹲下身去在贺世忠身上拍了一下，说："老同志，你起来！"

贺世忠又倏忽睁开了眼，盯着谢乡长问："干啥？"

谢乡长说："你不是要钱吗？你到我办公室来，乡政府给你钱！"

众人一听这话，都说："这下对了，你去吧！"

贺世忠却露出了不相信的样子，说："那你把钱拿到这儿来……"

谢乡长没等贺世忠说完，有些生气了，说："又不是我私人该你的钱！就是私人该你的钱，也还打个收条呢，何况是公家的钱，多少也得履行一个手续吧！"

众人听了又纷纷说："就是，你跟谢乡长去吧，难道谢乡长还会哄你？"

贺世忠听了这话，这才半信半疑地爬了起来，跟着谢乡长走了。走到谢乡长屋子里，谢乡长先给贺世忠倒了一杯水，招呼他坐下了，这才说："老同志，我巷子里扛竹竿——直来直去了！你借的钱，是历史遗留问题，解决起来确实麻烦。再说，你即使要我们解决，也得等我们和村上通了气，共同找一个合适的办法来解决嘛，怎么说要钱就要钱呢……"

说到这里，见贺世忠又要插话，立即挥了一下手，马上又接着说："不过你的困难，我们确实非常同情！刚才我去和马书记商量了，鉴于你是一个老同志，没有功劳有苦劳，所以从这个角度，乡上决定从两个方面给你解决一下眼前的困难！第一是从生活困难补助方面，准备给你补助五千块钱……"

听到这里，贺世忠张了张嘴唇，他本想说五千块钱太少，但谢乡长似乎看出了他的心思，不等他说出来，又对他挥了一下手，继续说："你先别忙，听我把话说完！第二，鉴于你爱人病情严重，我们再从疾病救助方面，救助你爱人医疗费五千元。一共一万元！我知道一万块钱对救你爱人的命来说，还远远不够，但却是乡上能够给你的最大数字了！你回去问问贺端阳就晓得了，困难补助一般只有三百元。说句不好听的话，每年过年的时候，县上陈书记下来'送温暖'，每户贫困户才三百元呢！大不了再加一瓶油，一袋米，你说那一瓶油和一袋米又值多少钱？现在乡上一解决，就是五千块，不知相当于多少个贫困户了！"

说完又说："疾病救助乡上一般都是五百块，我们现在也给你五千块，这是因为看到你是一个老同志的面上，目前又处在十分困难的时候，乡上才做出这样的决定的！你要接受，我马上叫民政办的同志来给你办手续。你要不接受，继续要在乡上闹，那我说句不客气的话，不管你过去做过什么，乡上马上通知派出所，就暂时委屈你半天……"

一听到这儿，贺世忠心里的气又蹿上来了，便对谢乡长不满地说："谢乡长，你先时说的话，倒是很对，我该感谢你！可是你说叫派出所来抓我，这话吓老百姓可以，我贺世忠多少混过一点世面，山上的麻雀——胆子吓大了，还怕你说这话？我一没有偷，二没有抢，三没有来打砸乡政府，派出所来抓我做啥子？我都活到这个样子了，别说你叫派出所来，就是把军队调来，我又怕啥子？我巴不得派出所来把我们一家人，都抓进监狱里去，好吃一碗闲话呢！"

话音刚落，谢乡长忽地变了脸，在桌子上拍了一下，然后看着贺世忠怒气冲冲地说："我问你会不会听话？我才说一句，你就说了大半天！我告诉你，你别真以为我们怕你！"

说着又稍微放松了一点语气，继续说："我是看在你过去也做过支部书记，是老同志的分儿上，好不容易才到马书记那里，给你争取了一万块钱，你不要不识抬举！"

说完这番话，才突然大声问了一句："我只问你，你接不接受我刚才的解决意见？"

贺世忠本还想多争取一点，可一见谢乡长的态度，便知道没什么指望了，又害怕姓谢的真的翻了脸，把派出所叫来，他嘴上说不怕，可真要把自己抓去关起来，心里还是十分畏惧和害怕的。于是便立即说："我怎么不服从谢乡长的解决呢？我还要感谢谢乡长送温暖呢！我刚才就说过，只要给我钱，我就喊共产党的干部万岁，喊人民政府的干部万岁！我现在就想喊乡长万岁！"

说完不等谢乡长答话，却又马上问："那乡上借我的那四万多块呢？"

谢乡长说："我刚才不是已经说过了吗？这钱只有等以后慢慢来解决！"

说完仿佛害怕贺世忠反悔似的，也不等答话，便说："你既然同意，我马上叫人来给你办手续，你等会儿就可以把钱拿走！"

说完，谢乡长便走到走廊上，朝下面喊了一声。没一会儿，一个三十来岁，身穿紫色紧身风衣，烫着一头鬈发的女人走了上来。谢乡长便指了她对贺世忠说："这是乡民政所唐所长！"

说完，谢乡长也不等贺世忠说什么，便把自己刚才对贺世忠说的话，对唐所长说了一遍。说完又说："你马上去把手续办好，拿上来我和贺老革命签字，并把钱也带上来！"

唐所长却像是要从她私人口袋里掏钱一样，脸上立即露出了不高兴的神色，不但没有马上离开，反而把目光投到贺世忠脸上，像打量什么怪物一样地看着他。

谢乡长见唐所长迟疑着不愿去办的样子，生气了，大声说："去办嘛，这是马书记和我共同定的，还有什么值得怀疑的？"

女人听了这话，这才转身出去了。贺世忠见女人往外走，自己也站了起来。谢乡长见了，又马上朝贺世忠挥了一下手，对他说："你坐下，你坐下，她等会儿会把钱送上来！"

说完又走到门边，对着女人的背影说："唐所长，你上来时，叫你们所里小黄和办公室王主任，一起到我这里来一趟！"说完，又回来坐下了。

果然没过多久，那唐所长手里拿着一沓钱和两张单据，一份给贺世忠签了字，一份给谢乡长签了字，便把手里的一沓钱给了贺世忠。贺世忠正数着钱，一个高个和矮个的年轻人，一前一后走进了谢乡长的办公室，对谢乡长问了一声："谢乡长，你找我们？"

谢乡长说："正是！"说完便看着贺世忠对他们说："这位老革命，我就不多介绍了，刚才你们已知道了他的身份！"说着便指了两个年轻人对贺世忠说："这位是我们民政所的小黄，这位是我们乡党办和政府办的王主任！"

介绍完毕，又回头对两个年轻人说："找你们来是这样一回事：就是贺老革命的老伴儿在县医院住院，按道理说，我和马书记应该亲自去看看！但你们知道今天这个活动，我们实在走不开。所以刚才和马书记商量，决定派你们二位做乡党委、乡政府的全权大使，代表我和马书记，到县医院慰问慰问病人……"

话还没有说完，王、黄二位便互相看了一眼，脸上都露出了不乐意的表情。王主任问了一句："什么时候？"

谢乡长说："还要等什么时候？就是现在，顺便送贺老革命到县医院去！"

贺世忠听谢乡长安排人到县医院看望他老伴儿，心里先还有些感动，可现在一听谢乡长"顺便送贺老革命到县医院"的话，便有些明白了，急忙说："谢乡长，你们放心，即使你不派人监视我，我贺世忠既然接受了你今天的解决，就绝不会半路又杀回来找你们的麻烦……"

谢乡长没等贺世忠说完，便说："老革命想到哪里去了？党委、政府绝没有那个意思！"

说完又对王、黄二人瞪了一眼，说："还不快和贺老革命一起去！"

王、黄二人听了，尽管心里一百个不乐意，将脸拉得很长，但还是随着贺世忠走了。

走到先前下车的地方，过路的公共汽车还没有来，三个人便坐在一张破烂的水泥凳子上等。等了大约二十来分钟，突然一支浩浩荡荡的车队便开了过来。前面是两辆开道的警车，警车后面是一溜小轿车，约有二三十两，再后面是十辆崭新的中巴马，车前的挡风玻璃上，都编了号。一辆接一辆，过了半天才走完。王、黄二人看见车队过完，这才朝贺世忠看了一眼，莫名其妙地伸了一下舌头。

贺世忠知道他们不乐意充当"押送人"和"全权大使"的角色，等车队过完以后，便对他们说："王领导、黄领导，你们回去吧！我晓得，马书记和谢乡长怕我又回去闹，派你来押送我。但你们放心，我贺世忠说话算话，绝对不会回去闹了！"

王、黄二人听了这话，露出了犹豫不定的神色。过了一会儿王主任才说："贺老革命，我们怎么会不相信你？我们跟你一路，是想向你们老同志学习呢！"

姓黄的也说："就是，反正现在回去也没事了！"

又过了半小时的样子，路过的公共汽车才姗姗来迟。贺世忠见他们先前不肯离开，这阵也不再劝他们了，便先跳上了汽车。王、黄二人见了，又互相看了一眼，最后还是有些不放心似的跳了上去。车到县城，刚一停稳，王、黄二人见任务已经完成，这才像是放了心的样子，不等贺世忠下车，便先跳下来，然后对贺世忠说："贺老革命，领导叫我们代表他们来慰问你老伴儿，可也没交代我们买点什么礼品，我们空着手也不好去见病人，就不陪你到医院里去了，你代我们向你老伴儿问声好就是！"

说完这话，也不等贺世忠回答，两个人便急忙钻进旁边一家饭馆去了。

五

尽管贺世忠一走，乡上很快就恢复了平静，也尽管接下来的会议，不但开得很成功，而且在很多地方，比预想的效果还要好。比如王阳明王老板的发言，真让马书记没有料到。也许这家伙天生就是当演员的料，短短几分钟的发言，比唱一出戏还要精彩。讲到自己被乡党委、乡政府比亲人还亲人的"一把椅子让座、一杯热茶暖心、一席好话送行、一张笑脸相迎"的温暖所感动时，语音哽咽，竟然数次掉泪，让坐在主席台上的陈书记和其他县领导，都为之动容，深为感动。陈书记临走的时候，又抓住马书记的手，使劲握着。陈书记虽然没有说什么，但马书记已经从陈书记的目光里，读懂了陈书记心里想说但无法明确表达出来的意思。这是一种只有心有灵犀的人，才能互相理解的心理语言，是领导一种此时无声胜有声的情感表态，因而令马书记十分激动和兴奋。

可是这种激动和兴奋的情绪并没有让马书记持续多久。当陈书记他们一走，乡政府大院重新冷清下来的时候，马书记的心也随之冷却了下来。会议开始以前发生的一系列事件，不由自主地浮现在他的脑海里，又渐渐地变得像是铅块一样，沉甸甸地压在了他的心头。当时事态紧急，他来不及去细想，现在会议开过了，自己也终于松下了一口气来，他便觉得有必要该来反思反思那些事了。比如乡政府院子里那些垃圾，会是哪些人扔进来的？尤其是贺世忠，为什么恰恰在这个时候，像是踩着点儿一样来乡上要钱，是巧合还是背后有人指使？如果有人指使，这人会不会是乡政府的？如果和乡政府的人有关，那这人又是谁……

马书记一想起这些，便觉得心里很乱，于是便去泡了一杯浓茶，为了不让人打扰，又去把门关上，这才在椅子上坐下来，将头仰靠在椅背上，合上双眼，在心里细细地想了起来……

马书记知道，他来这乡上担任一把手时间虽然不长，可有很多人已经对他产生了不满。这不满既有工作上造成的，也有其他方方面面的因素引起的。去年改造乡农贸市场时，他就曾经得罪了乡上过去一批老同志，比如魏副乡长等。这些老同志在自己当政时，利用职权先后在农贸市场周围建了一些门面房。这些门面房有些是自己老婆孩子经营，开着个什么小店，有的出租出去，每月按时收取租金。要对农贸市场进行改造，这些老同志的利益首当其冲地要受到损害。于是那些老同志自己不出面，却唆使他们的家属、亲友，天天来乡政府闹，想让他改变决定。可他马前进又岂是一个遇困难就轻易打退堂鼓的人？既然县委把他派到这里来，给他提供了这样一个锻炼和施展才华的舞台，他为什么不放开手脚大干一场？同时他也明白，在这场和老同志的较量中，优势完全在自己一边。一是他是县委下派下来的有文化、工作能力强、有开拓精神的年轻干部，县委领导支持他。二是改造农贸市场、加强小城镇建设，符合时代发展潮流，道义完全在他这一边。第三，这是最重要的，他在县委党校工作了这么多年，和县上以及县级部门的领导，都建立了很好的人际关系。于是他便不动声色地到县上城建、国土等部门，将规划设计、土地征用、建设立项等手续，全部办了下来。然后他又召开了有着方方面面人士参加的、代表全乡民意的"听证会"。以魏副乡长为代表的老同志，正想组织群众去县上上访，马书记便把他们召集拢来，将手里已经办好的各项建设手续，一一摆在他们面前。又将"听证会"的内容读给他们听。这些老同志一见，便知农贸市场改造已是铁板上钉钉——没有走展的了，这才打消了去县上上访的念头。但人虽然没有去上访，马书记十分清楚地知道，这些老同志心里对他的意见，肯定不会轻易消除！既然没有消除，那么，昨天晚上往乡政府院子里扔垃圾，会不会和那些老同志有关呢？马书记觉得，虽然这事不能完全肯定，但也不能完全否定，现在的事，复杂着呢！

除了这些老同志，还有很多人，包括村上和乡上的干部，对他也有很多的看法。村上和乡上的干部，虽然不敢当面对他说什么，可他却从他们一些犹抱琵琶半遮面的只言片语中，还是隐隐约约地知道一些对他的议论。这些议论归结起来，主要就是说他不务实，喜欢弄些花架子的事，来讨上级喜欢。对这些议论，马书记并不加以否定，但心里却感到有些冤枉。他觉得说这些话的同志，都是站着说话不腰疼，如果换作他们来做"一把手"，说不定比自己还有过之而无不及呢！他虽然从小读书，大学毕业后就直接参加工作，当了领国家工资的干部，可说到底，他还是在农村长大的，是农民的儿子，怎么会不知道农民想些什么？怎么会不想给人民群众多做些实事，好事？可这好事、实事怎么做？现实而今眼目下，你去问问那些受领导重视、下派到基层锻炼的同志，有谁不想在上级给自己提供的这个人生舞台上，千方百计地、尽可能快地干出一番业绩，取得上级的承认和赏识，以便获得进一步的晋升机会？如今竞争是那么激烈，并且又存在着那么多不可预期的偶然因素，在这样的情形下，你说我不管行为决策也好，还是实际工作也好，不选择紧紧跟着上级走这条路，难道叫我选择违背上级意志的路走？有时，马书记心里也并非没有矛盾，比如在去年凭空创造社会综合治理的经验时，心里就曾经犹豫过。他觉得这就是明显做假，和社会上食品、药品造假毫无二致，并且在某种意义上说，比食品、药品造假的危害还要大，与他在党校课堂上讲的格格不入。但他很快就放弃了这种不安，觉得如果自己不这样做，别人也会这样做，自己不把上级跟紧，别人一样要不惜余力地紧跟。一旦让别人这样去做了，跟了，自己在激烈的仕途竞争中，就会败下阵来，眼睁睁地看着别人人模狗样地黄袍加身！他想起前几年有个叫李昌平的镇委书记，他就选择了违背领导意志的路走，结果怎么样？自己卷起被盖卷儿走了人。他觉得李昌平纯粹是个傻×，连趋利避害的基本常识都不懂，还做什么官？所以，马书记想起同志们对他的议论，觉得有几分委屈，好像这并不是他的错，而是其他人的错。同时，他又想他们不在其位，不谋其政，不知其中甘苦，要议论就让他们议论去吧，古往今来的大人物，哪个又没有遭到过非议呢？可他们最终不是都成就了一番伟业吗？

这么一想，马书记心里又平衡了。

让马书记心里深为忧虑的是，他隐隐约约感到乡上这批人，包括他的班子成员在内，有些不像他才来时对他那么忠心耿耿。一些人表面在给他卖力工作，却使的是假力，就像农村俗话说的"尖起指拇使大力"，看似使了力，工作却没效果。还有一些人，甚至有了阳奉阴违的表现。特别是贺世忠今天这事，使他看得明白了。一些人明明知道他和贺世忠在食堂里争吵，在门口晃来晃去，就是不进来帮助解释解释。包括他的搭档谢乡长，如果不是他叫人去喊他，说不定他也会装作不知道。还有向副书记，他分管社会综合治理和上访这一块，按说来这一块做出了成绩他脸上一样有光，可是他今天像是没事人一样。还有杨副乡长、王乡长、张委员、刘委员这些班子成员，看见贺世忠缠他，也没有一个人出来出手相救。更让马书记过后想起脊背冒汗的是，贺世忠要去上吊，他在气头上说了一句"让他去吊"的话，那些先前还在劝说贺世忠的人，听了这话，果然退开了，做出一副真让他去吊的冷眼旁观的表情。当然他知道贺世忠不会真去上吊，可要是贺世忠真去吊了，他不仅成了杀人凶手，还会被说成是阻止别人相救的罪魁祸首。他不知当时那些乡干部究竟是怎么想的？是想看他的笑话，还是落井下石？但不管他们是基于什么目的，他现在想起来都有些担忧和后怕。

当然，人上一百，形形色色，马书记也没要求乡上所有干部都和他一样，事实上每个人所处的位置不同，担负的责任不同，他也不可能按统一的标准去要求他们。来乡上工作将近三年的时间里，马书记基本摸清了他们每个人的情况和心里的想法，他也十分理解他们。就说谢乡长吧，他虽然和自己都为这个乡的主层官，主持着政府工作。但因为他年龄已过四十七岁，按科级干部任职标准，下次换届时，就要像社会上所说的：年龄大了不要怕，不到政协到人大！在这种情况下，你怎么能希望他能够像年轻人那样，为你舍生忘死地卖命？他能够不给自己添麻烦就不错了。事实上，马书记已经看出，谢乡长现在不但没有去想怎样创造政绩，而且在极力维持现状，甚至有了些多一事不如少一事的"混加干"的想法，只等着到人大或政协那一天了。向副书记呢？他和自己一样，也是从县级机关空降到乡上来做副书记的，不过比自己早两年。自己刚来的时候，他跟自己跟得很紧，完成任务也很积极。他知道这是为什么。虽然他也是下派干部，但因为是副职，与上级领导之间，毕竟隔着他这个"一把手"，因此他必须要搞好和他的关系，取得他的信任，获得他的推荐，然后才有升迁的可能。事实上，去年年底县委组织部来乡上考核乡党委、政府班子工作和推荐正科级后备干部人选时，马书记和乡党委也向组织推荐了向副书记。组织部领导经过组织了解、民主推荐、个别谈话几个程序后，也充分肯定了向副书记的工作。大家都以为他在今年会回到县上或到其他乡做个正职干部，还嚷嚷着让向副书记提前请客。可没想到的是，在不久前的干部调整中，向副书记原地没动，而工作成绩一般的米副乡长，既没有通过马书记和乡党委的推荐，也没有经过民主考评这一关，却调到县上做了正科级干部。原来米副乡长是位女的，三十来岁，人很漂亮，又能跳，能唱，能喝，能说，在领导面前又很放得开，因此被提拔了。向副书记经过这一打击，有些想不开，因此工作也便有些消极起来。至于杨副乡长、王副乡长、张委员、刘委员，他们或者年龄偏大，或者知道在当前乡镇一、二把手都是空降的时代背景下，自己无论怎么干也是白搭，顶多干到退休时，文件上加一个"享受正科级待遇"的括号罢了。因此，指望他们怎么卖命，也是不够现实的。还有那些一般干部，各式各样的想法就更多了。

尽管如此，这并不是说他马书记就不能管辖他的这批人了。恰恰相反，他认识他们，也正是为了管理他们。起码迄今为止，在这个院子里还没有一个傻瓜，敢公开站出来说不服他的管理。他在这个乡政府院子里，还是有着极高的权威的，这从今天早上院子里有了垃圾，他一生气，众人都争先恐后地出来打扫，就完全可以看出来。现在他之所以想到这些，是因为他要防微杜渐，把一些不利因素消除在萌发状态，进一步把大家的积极性调动起来，做好各项工作。尤其是当前的信访维稳工作。他知道，这"全县社会综合治理先进乡"和"全县信访工作先进乡"的牌子虽说拿得有些容易，可想保住这两个牌子并非容易之事。从去年魏副乡长准备带领人去县上上访，到今天贺世忠突然来乡上闹的情况来看，全乡影响社会综合治理的潜在矛盾并不少，弄不好随时都会像定时炸弹一样爆炸。一旦有一颗爆炸，就会引起一连串的连环爆炸，产生的后果便不堪设想。而要阻止这种爆炸，当前自然是要未雨绸缪，一要努力调动全体乡村干部的积极性，大家扭成一股绳，心往一处想，劲往一处使，齐心协力，共闯难关。第二是要建立责任制，像陈书记给他们上"紧箍咒"一样，把每个乡干部、村干部，都纳入到信访责任制的目标考核之中，实行严厉奖惩，使他们无法袖手旁观，也不敢、不能袖手旁观，形成一个真正的齐抓共管的场面，把问题调解在基层，把矛盾消灭在萌芽状态。一想到这里，马书记立即做出两点决定：第一，借中秋、国庆即将来临之机，给每位包括村干部在内的全体干部，发一千元慰问金，理由是同志们在这次创建全县信访工作先进乡的活动中辛苦了，乡党委、乡政府感谢大家，希望大家今后继续努力，团结一致，做好全乡的信访维稳工作。他算了一下，全乡为此大约要花出去六万多块钱，只要能调动大家的积极性，他觉得花几万元也值！现实而今眼目下，除了钱，还有什么法宝能调动大家的积极性？第二，立即制定一个详细的、符合本乡实际并具有实际操作意义的《全乡信访工作目标责任书》，将各项任务都分解到各村、乡级部门以及每个乡干部头上，落实责任，分级负责，归口办理、和"谁主管，谁负责"，让信访维稳都成为每个干部头上的达摩克利斯剑，他们自然都不敢懈怠了。

马书记这么想着，有些激动了，仿佛害怕自己的灵感会瞬间消失一样，立即坐端正身子，铺开纸，便有些抑制不住地奋笔疾书了起来。

第四章

一

　　却说贺世忠在县城车站下了车，看见王主任和乡民政所那个姓黄的办事员对他说了几句话，便扔下他径直去了旁边的饭店，心里便骂了起来："龟儿子些，连这点见识都没有，你们哪怕跟我到医院看一眼，回去也好跟马书记、谢乡长交代嘛！"

　　说完又愤愤不平地想："你们去吃饭，带口话也没有一声，你顺口喊我一声，我又不是沙地的萝卜，难道就跟着你们来了？杂种些，生怕我把你们沾惹到了，我沾惹你们有锤子个作用呀？"

　　可想完又想："人家本身就不是来看病人的，跟你到医院里去做啥子？再说，一不是亲，二不是戚，今天早上以前，人家连你贺世忠这个歪瓜裂枣晓都不晓得，凭啥要叫你一声吃饭？"这么一想，贺世忠心态便平衡下来了，于是朝医院走去。

　　大街上仍和往天一样，秋阳普照，人流熙攘，一对对红男绿女，或谈笑风生，或挽臂搭肩，从他身旁款款走过，十分幸福的样子。贺世忠走了一阵，却突然想起今天在乡政府院子里要钱的事，脸上不由得又发起烧来。他在心里问着自己："我真的在乡政府院子里掏出绳子准备上吊吗？真的像死人一样躺在地下了吗？真的哭了吗？真的像泼妇一样大吵大闹了吗？……"他越想越怀疑，真不敢相信这些是他贺世忠做出来的。他想努力弄清楚自己在做这些的时候，脑海里想过什么没有？有没有过犹豫？想到过丢脸不丢脸这些念头没有……可是他想不出来。他想起自己做支部书记时，有时候到村民家里去收农业税、提留统筹款或计划生育罚款，有些拿不出钱的村民被逼急了，也像他今天一样，一哭二闹三上吊，四跪五傻六抹喉，他当时还觉得这些人既可怜又可恨，即使拿不出钱也不能这样丢人现眼嘛！尤其是对那些有大儿大女需要娶进嫁出的人家，他临走时总要狠狠批评他们几句。可没想到，过去在他面前上演"一哭二闹三上吊"这套把戏的，几乎都是由女人来主演。可今天，他这个当过支部书记、曾经教育过别人的人，一个男子汉大丈夫，也在众目睽睽之下，把这一套泼妇耍赖的手法使了起来，而且使得这样得心应手，这真是丢人呀！滥皮呀！不久前在工地上要钱演出的那场戏，他同样觉得丢人，可那次丢人是丢在外面，只要自己不说，没人知道。这次丢人却是丢到家门口，那么近，难保不传回贺家湾。退一步说，即使不传回贺家湾，乡上还有熟人，场镇上还有熟人，以后拿啥脸去见他们？一想到这里，贺世忠便十分懊悔，恨不得狠狠地抽自己几下。可是令他不明白的是，他当时怎么连想也没想一下，就那么做了？难道真的经历了工地上要工钱那场事，就再不把面子当回事了？就习惯成自然了？还是冥冥之中，有只神秘的手在推着自己这样做？

贺世忠一路走，一路这样想着，时而怨，时而悔，时而恨，想不出个缘由来。走到医院住院部大门口要上楼的时候，他摸了摸口袋里要来的厚厚的一沓钱，这才把有些纷乱的心收回来，咬了一下牙齿说："管他丢人不丢人，现在不是救老婆的命要紧吗？我要不丢人，这钱能到我的口袋里来吗？"

说完又想："反正我也没有大的儿小的女需要打整了，老脸一张，早在抹我支书职务时就是丢了的。丢一次是丢，丢十次百次也是丢，哪个要笑就让他们笑去吧！"这么一想，又觉得心安理得了，于是便再也不自责自怨，上楼去了。

刚走出电梯，贺世忠便看见兴涛和兴菊站在病房外面的走廊里，兴菊背靠着墙站着，低下头在"嘤嘤"地抹眼泪，兴涛站在离妹妹不远的地方，抄着手，脸上也带着愠怒的神色。贺世忠一见，以为他们妈妈的病又严重了，便几步走过去，看着他们问："怎么回事？"

说完又说："你们妈怎样了？"

兴涛这个闷葫芦没答话，兴菊看见父亲回来了，鼻子里抽搐了一下，这才抬起头来，背过身，迅速把挂在眼角的眼泪抹去了，看着父亲说了一句："爸爸这么快就回来了？"

贺世忠见兴菊和兴涛都没有回答自己的话，便又提高声音问了一句："我问你们妈怎么样了，你们没听见吗？"

兴菊听了这话，这才说："妈的精神比昨天又好了一些，你走后，她还吃了半碗稀饭……"

贺世忠听说女人吃了半碗稀饭，高兴了，于是没等兴菊说完，便说："那你们在这儿流泪抹眼的做啥子？"

兴菊一听父亲这话，张了张嘴，像是想说什么却没说出来，又把头低了下去。贺世忠又去看兴涛，兴涛也把头扭到了一边。

贺世忠又生起气来，说："究竟有啥子事，不好跟老汉说得？"

问了半天，兴菊才吞吞吐吐地说了出来。原来刚才兴菊的婆婆给兴菊打电话来，说兴菊的女儿蓉蓉昨晚上又是发烧，又是咳嗽，晚饭也没吃，叫兴菊回去一趟。兴菊一听，便把哥哥喊出来商量。没想到兴涛一听，却说："我们家里也是一把抓的活儿，我昨天走的时候，你嫂嫂还在对我发脾气！"

兴菊一听兴涛这话，便明白哥哥是不想让她离开，便说："她发脾气是为了活儿，活儿可以慢慢做嘛，可我是因为蓉蓉病了，你也是晓得的，孩子病了不是小事……"

可兴涛还没等兴菊说完，便没好气地说："她不是还有婆婆带着的吗？小娃儿一个凉寒感冒，叫她抱到万山叔那里买点药，吃了不就完了？你又不是医生，你回去还不是只有抱到万山叔那儿去看！"

兴菊听了哥哥这话，便有些不满起来，说："妈妈现在比才入院时好多了，不但能够起床，生活也基本能够自理了，你一个人在这里，又不是不能照顾，非得把我留下来做啥子？"

兴涛说："那你留下来嘛！"

兴菊一听这话，生气了，说："你说这话是啥意思？你是儿子，我是嫁出去的女，泼出去的水，如果没有你，我倒该留下来哟！"

兴涛一听兴菊这话，便又直杠杠地说："你要是和我争父母的财产，怕又不得说自己是嫁出去女、泼出去的水了呢！"

兴菊听哥哥这样说，就委屈得不行，直冲兴涛说："我和你争了啥财产，啊？和你争了啥财产……"说着说着，便觉得伤心，就低了头哭了起来。

贺世忠听完了以后，心里便生起气来，忍不住便冲着他们骂了起来，说："你们这些狼心狗肺的东西！你妈这才病了多久，你们就不耐烦了，就你推我、我推你，不想服侍了？要是在床上躺个三年五年，你们不是就不得拢来了？"

骂完又余怒未息地吼了一声："你们不怕天打雷劈，就都给我滚，滚得远远的！"

一番话骂得兴涛和兴菊无地自容，也不敢还嘴，只埋着头不吭声。贺世忠看见儿子女儿这副惭愧的样子，心又软了，过了一会儿才放缓语气对兴菊说："娃儿病了，也误不得，该回去就回去吧，哪个也没把你脚捆住！"

说着又对兴涛说："你也一样，有一家人，你要回去也回去，我也不留你。"

说完又说："你们都回去，这儿我留下来把你们妈照看着，然后你兄妹换着来，免得说谁时间耽误多了，谁时间耽误少了！"

兴菊听了贺世忠这话，到底是女儿，心疼娘一些，便马上说："我回去看看蓉蓉，如果病不重，或她奶奶已经抱去看医生了，我就来。"

贺世忠便说："那你先来服侍两天，然后兴涛又来接你吧！"

听了这话，兴涛和兴菊便不说什么了，算是都同意了父亲的安排。过了一会儿，兴菊才又看着父亲问："爸，钱要着了？"

贺世忠说："专门回去要，怎么没要着？"

一听这话，兴涛和兴菊的眼睛都立即放出光来，盯着贺世忠问："真的？"

贺世忠看见儿女高兴的样子，自己倒有些不好意思了，说："要到了一万块……"

话音未落，果然看见兴涛和兴菊眼里光芒都暗淡了下去，只听见兴涛嘟囔似的说了一声："只要到一万……"

贺世忠一听儿子的话，又马上想起自己要钱时上演的那些"一哭二闹三上吊"的事，心里不由得骂了一声："孽障，为这一万块钱老子把祖宗八代的脸都丢尽了，你怕还嫌少？"可他没把这话说出来，却说："要到一万是一万嘛，你以为钱那么好要？就像挤牙膏一样，你挤一点它就出来一点，你不挤它就一点不出来！反正我已经开了头，过几天我又回去要嘛，多要几次，不愁把那点钱要不回来！"

说完这话，似乎像是害怕儿女们继续追问他要钱的经过，便又马上转换了话题问："医生又来说过啥没有？"

兴菊听了这话，便马上说："刚才医生还来问我们给妈换肾的事考虑好没有。我说，我们现在正在四处找钱，等钱找齐了，我们就给他说。"

贺世忠一听女儿这话，便说："就是，等我再回去要两次，只要钱一要齐，就可以告诉医生想法买肾了！"

兴涛、兴菊听了父亲这话，也像是充满了信心，于是便没再和贺世忠说什么，父子三人一起回到了病房里。

听过午饭，兴涛、兴菊果然都回去了，贺世忠扯过一张椅子，靠着田桂霞床边坐了下来。田桂霞中午又吃了半碗稀饭，身子虽然仍很虚弱，可脸上的气色却比贺世忠才看见时有明显好转。中午时候的病房没有过多嘈杂的声音，无论是病人还是病人家属，这时都似乎远离了死亡阴影的笼罩，而归于了安宁与静谧。贺世忠又抓住了老伴儿露在外面的手，像先前一样抚摩起来。而田桂霞微睁双眼，看着头上的天花板，鼻翼轻轻翕动，模样十分安详。要不是手背上还扎着输液的针管，和身上盖着的医院的白被单，看不出像是一个病人。贺世忠除了拉着老伴的手以外，也没说什么，但可以明显看出，夫妻俩都各自沉浸在自己的心思里，都在想着什么。果然，没过一会儿，田桂霞突然歪过头，轻轻地喊了一声，说："他爹，你真的还是把我抬回去吧……"

贺世忠听了这话，才从沉思中回过神来，立即又看了田桂霞说："你又来了，怎么过两天你又说这样的话？"

田桂霞望着丈夫，说："我这一病，不但把自己和儿女家里的几个钱花光了，还把儿女们一天拖到医院里，时间一长，你说让他们烦不烦？"

贺世忠立即说："烦啥？自己的儿女，你一把屎一把尿把他们带大，他们还敢烦？要不，养儿养女做啥？"

说完又说："你放心，兴涛、兴菊这点孝心还是有的！他们要敢有半句怨言，看我不撕烂他们的嘴巴……"

话还没完，田桂霞忽然咧开嘴角苦笑了一下，从贺世忠手里抽出了自己的手，反过来抓住了丈夫，才说："他爹，你不要哄我了！刚才兴菊和兴涛在外面吵架，我都听见了……"

贺世忠听到这里，心里一惊，急忙打断了老伴儿的话说："你听见啥了，啊？你不要疑神疑鬼的，他们啥也没有说！"

田桂霞又笑了一下，说："他爹，你也不要去责怪孩子们。虽说是自己生的，可毕竟长大成人了，各自都有了一个家，这你也是晓得的！久病床头无孝子，让他们长天白日地守在医院里，即使他们不着急，我心里也过意不去！"

说完停了一下，又才看着贺世忠，目光里满是恳求的神色，接着说："把我抬回去，也省得儿女们成天守在医院里。再说，我晓得这病难治，人家那么有钱，公家能报销，都没法治好，像我们这样的人家，还有啥治的？把几家人拖下水了，年轻人今后还怎么活……"说着，忽然两滴泪水从病人的眼角溢了出来。

贺世忠一见，急忙扯起被角去给她揩，一面在心里责备兴涛和兴菊不小心，只顾自己大声小声地发泄，让老伴儿听见了他们吵架的话，一面急忙对田桂霞说："你想那么多做啥子，哪有活人不顾命的？"

说着又紧紧攥住了老伴儿的手，颤抖着说："我这辈子，最对不起的就是你了！你放心，只要我贺世忠还有一口气，能医一天，我就要想法给你医一天，实在医不好，那就是我们的命了……"

话还没说完，贺世忠的喉咙忽然就被哽住了，嘴唇也像风中的树叶一样抖动起来。田桂霞一见，急忙喊了起来，说："他爹，你可别伤心，啊！我都看见你悄悄地流了几回眼泪了，你可别怄倒了，我还要全靠你呢！"

贺世忠听了这话，强忍着泪水没让掉下来，只像哄孩子一样说："那你就别说这些了，啊，别说这些了！"

田桂霞听了，果然不再说话，又把目光盯着天花板。而贺世忠也恢复了先前的神态，一边抚摩着老伴的手，一边沉浸在自己的思绪里。原来，刚才贺世忠正想着下次去要钱的时候，该又采取些什么方式方法。哭、闹、上吊这些方式都用过了，还有没有更好的办法，让自己一不哭，二不闹，更不必用那些抹喉、上吊等丢人现丑的手段，又能把钱要到手呢？正在他冥思苦想的时候，老伴儿的话打断了他的思绪。现在老伴儿不说话了，他便又继续想了起来。

二

　　兴菊是隔了一天才来的。第二天吃过早饭，贺世忠便又乘车回乡上要钱。车开出县城，大约行驶了半个小时便停了下来，原来前面一辆货车横在公路上，正往下卸一种贺世忠没见过的棕黄色的瓦。司机使劲按着喇叭，也没见有人出来把车子移动一下。贺世忠伸出脑袋看了那瓦一眼，便奇怪地回过头，对身边一个穿夹克衣服的白胖的中年男子问："这是啥子瓦？"

　　男子听了贺世忠的话，连眼皮也没抬一下，只把头靠在椅背上，用了一种见怪不怪的、懒洋洋的语气说："啥子瓦？西式瓦都不晓得么？"

　　贺世忠说："这样大一张一张的，有啥用？"

　　身边的男子还没有答话，前面一个三十多岁、面孔黧黑的汉子回头看了贺世忠一眼，说："没看见公路沿线的农房风貌打造，屋顶原来的瓦都换掉了么？"

　　贺世忠已经听贺端阳说过风貌打造的事，那天回乡上去，一来因为时间太早，二来自己心里有事着急，也没来得及细看，现在听前面的汉子一说，便顺着他的手指看去，果然便看见旁边的一些房屋，墙壁涂得雪白，房顶有的已经换上了这种瓦，有的正掀了顶在盖，换了顶和刷了墙壁的房屋，看起来面貌确实焕然一新。贺世忠看着，便又对前面那人问："这瓦比原来盖房子的土瓦耐用么？"

　　那人说："你看那瓦薄薄的，耐用个屁，不过洋盘些，好看么！"

　　说完突然又愤愤地骂了起来，说："龟儿子些，尽做劳民伤财的面子活儿，马屎面面光，里头一包糠！"

　　话刚说完，贺世忠身边那汉子也坐直了，接了前面那汉子的话说："可不是吗！幸好这钱不是农民自己出……"

　　贺世忠听到这里，突然叫了起来："啥，这钱难道是国家出？"

　　身边那汉子说："农民自己出，他吃饱了撑的，花钱来做些面子活儿……"

　　贺世忠听到这儿，便又感叹地说了一句："公路两边这么多房子，国家要花多少钱?"

前边那汉子听了，便说："这有好大一回事，从牛身上拔一根毫毛罢了!"

说完又接着说："国家现在富了，钱多得花不完，要不怎么会来搞这些马屎面面光的活儿?"

贺世忠听了这话，不吭声了，像身边的汉子一样把头仰靠在椅子上沉思起来。他觉得前面那汉子说得对，现在国家的钱太多了，到处都在铺开摊子搞建设，自己先前借给乡上交农业税的几万块钱，对国家来说，真可以说得上是沧海之一粟。从国家的指拇缝里随便漏一点出来，还自己的钱就够了，可国家为什么就不能痛痛快快地还给自己呢? 正在这时，前面货车挪开了，车便继续往前开。贺世忠便把目光移到两边一幢幢从车窗急速闪过的、已经改造过的农房上，这些农房全都一个样。贺世忠便在心里猜测：哪一段工程是贺端阳他们承包的呢?

车到乡上那个简易车站，贺世忠下了车，公路上已没有魏副乡长跑步的身影，因是淡季，来往的车辆也很少。贺世忠便沿着公路，径直往乡政府走去。

来到乡政府门口，情况却跟上次不一样了。首先是乡政府大门旁边，用铁架和铁皮临时焊起了一间传达室，门口椅子上坐着一个干瘦老头。贺世忠看那老头的年纪，大约和自己差不多，脸上又干又皱，像块苦瓜皮，可从小眼睛里，却闪着一种蛮横、警惕和执拗的光芒。那道铁栅门也紧紧地关上，上面挂着一把大铁锁，只留着中间的那道窄窄的小门，但老头的一只脚却搁在小门的门槛上。看见贺世忠走过去了，老头的脚纹丝没动，只把眼睛觑起来看了他一会儿，才冷冷地问了一句："做啥子?"

贺世忠心里说：才这样两天，乡上啥时找人看门了? 便对看门老头说："到乡上办事的。"

老头又上下打量了贺世忠一遍，又问："办啥子事?"

贺世忠心里有些不高兴了，说："你又不是乡上的，你管我办啥事?"

老头一听也不高兴了，"霍"的一下站起来，用身子把那道小门挡得严严实实的，然后说："你瞧不起我是不是? 我跟你说，我原来就是县公安局看门的……"

贺世忠听了这话，不等他说完，便又嘲讽地说："我还以为你给国家主席看过门呢，原来才是给公安局看过门，怎么不继续在公安局看门，回乡上来看门了？"

说完又补了一句："乡上的门有啥看头？"

老头被激红了脸，忽然从怀里掏出一张纸对贺世忠挥着，说："给乡政府看门怎么了？你看看这是啥子？《门卫职责》，领导特别强调了，对到乡政府的人，一定要先问清楚了，才能放进去，不说清楚，就别想进去……"

正僵在这儿的时候，忽然牟主任一手拿着一只文件夹子，一手端着保温杯，从楼上寝室里走了出来。贺世忠一见，便急忙喊了起来："牟领导，牟领导，你来给我说句话，这个老哥子不让我进来！"

牟主任抬头看见了贺世忠，便马上走了过来，隔了栅栏门对贺世忠说："哦，贺支书，你不要生气，这是领导为了维护乡政府正常工作秩序，防止一些人到政府捣乱，才采取的安全保卫措施，老杜同志也是在履行他的职责，啊！"

说完又对贺世忠问："贺支书又有什么事？"

贺世忠听了姓牟的这话，心里仍有些愤愤不平，却不好说出来，于是便说："还能有啥事？还不是为我那钱的事……"

姓牟的一听这话，先是皱了一下眉头，接着便说："乡上不是给你了一万块钱吗？"

贺世忠说："一万块钱哪儿够？你老嫂子换肾，要七八万呢……"

姓牟的没等贺世忠继续说下去，便急忙打断了他的话，说："贺支书，你这事得到我们信访接待室来！现在乡上规范了信访秩序，凡是没经过我们信访室的，乡上领导一概不受理！"

说完停了一下，才接着说："你来得早不如来得巧，乡上实行了领导轮流接待上访群众的包案制度，今天是第一天，由马书记开头，你正好可以把自己的诉求好好给他谈一谈！"

贺世忠一听这话，便马上问："信访接待室在哪儿？"

姓牟的说："你跟我来，我正要去呢！"

说着走出门来，就带了贺世忠朝前面走。贺世忠见了忙问："信访接待室不是乡政府的机构吗？"

姓牟的说："怎么不是乡政府的机构？除了党办以外，还是乡上的重要机构呢！"

贺世忠说："那怎么会设到外面，而不在乡政府里面？"

姓牟的说："贺支书你不知道，过去一直是设在乡政府里的，昨天才刚刚搬出来……"

贺世忠不等姓牟的说完，又马上问："那是为啥子？"

姓牟的迟疑了一下，这才说："贺支书你既然要问，我可就实话实说了，这事还跟你有关……"

贺世忠听了这话，立即站了下来，对姓牟的问："跟我有啥子关系？我又不是乡上领导，难道我能做决定？"

姓牟的说："不是说你能做决定，你那天一来，就直奔马书记，缠着他不放，马书记觉得如果以后有人也像你一样，一进政府就把领导纠缠到起，一哭二闹三上吊，既影响政府的形象，又让领导无法安心工作，使政府的工作秩序和形象都受到影响，于是马书记便做出了把信访接待室搬出来的决定……"

姓牟的还没说完，贺世忠又说："即使搬出来了，可今后仍然有人不到你的信访接待室，还是直接去找他们领导怎么办？"

姓牟的说："那我就不知道了，反正马书记给我们信访办、党办王主任，还有刚才看门的杜老头都约法三章了，要求我们密切注意，加强监控，不得让任何上访的人，上三楼乡领导的办公室！"

说着话，便来到了一幢低矮的建筑前面，姓牟的掏出钥匙开了门，然后才回过身对贺世忠说："贺支书，你先坐着，我去打点开水来给你泡茶！"

说罢也不等贺世忠说什么，姓牟的便放下手里的文件夹子和杯子，从墙角提起两只保温瓶出去了。

贺世忠一看，原来信访接待室设在过去乡农技站卖农药、种子的两间屋子里，不过把两间屋子打通了，又重新布置了一下，倒显得像间办公室的样子。正中一张椭圆形的黑棕色会议桌，围着会议桌大约可以坐十多个人。桌子中间摆着几盆塑料花，虽是假的，看起来却是姹紫嫣红、鲜艳夺目，倒比真的还真。桌子的一边，插着几面小国旗，贺世忠知道，桌子虽然是圆形的，分不出地位和等级，但正是那几面巴掌大的国旗，把人的等级标示出来了。除了桌子两边摆着的套着椅套的软垫椅子外，靠四面墙壁还摆了几张仿红木的硬木椅子。迎着门的正面墙壁上，中间端端正正地挂了一面国旗，国旗两边，一边贴着"立党为公"，另一边贴着"执政为民"几个字。国旗下面便是那四个一句话。其他三面墙上端，也都有标语。和正面墙相对的墙壁上，写的是："努力践行三个代表，做人民群众的贴心人。"标语下面是用玻璃镜框装着的各种制度、责任书等。左右两面墙壁的标语，一边是"说话和气，态度热情，语言诚恳，礼貌待人"；一边是"热情接待，耐心解释，讲究方法，做好服务"。标语下面也挂了一些用玻璃镜框装着的制度，贺世忠依次看过去，分别是《信访办工作人员工作纪律》《信访办工作人员组织纪律》《信访办工作人员岗位纪律》等。然后贺世忠目光又移到镜框挂得最多的那面墙上，便看见了：

黄石岭乡信访工作责任制

为切实解决人民群众最关心、最直接、最现实的信访突出问题，增强党和政府与人民群众的血肉联系，牢固树立立党为公，执政为民的公仆意识，达到维护社会稳定，构建和谐社会的目的，特制定信访工作责任制。

一、全体乡、村干部，都要牢固树立全心全意为人民服务的宗旨和"三个代表"、科学发展观的重要思想，做到权为民所用、情为民所系、利为民所谋，心里时时装着人民群众，行动上处处关心人民群众，做到让人民群众充分满意。

二、乡政府领导实行信访值日制度，村支部和村委会领导实行信访值周制度。为畅通信访渠道，乡党委成员和副科级以上领导，轮流到乡信访室坐班，村支部和村委会领导实行每周星期一、三、五轮流坐班，接待群众来访，批转群众来信，耐心解答群众所反映的问题。

三、严格实行领导包案责任制，并及时调查解决，按期结案，杜绝推诿和踢皮球的现象发生。凡在自己职责范围内能解决的问题而不及时解决，以至造成上访人到上级上访的，严肃追究包案责任人的责任，切实达到一包到底，解决问题为止。

四、乡党委、政府至少半月召开一次矛盾纠纷排查会，各村党支部、村委会至少一个月召开一次矛盾纠纷排查会。信访、司法、综治办等部门要认真汇报情况，并拿出解决问题的具体办法，党委、政府和各村党支部、村委会要积极研究对策，稳控上访对象，把问题调解在基层，把矛盾消灭在萌芽状况。

五、信访办要保证全天候有人值班，接待要热情，说话要和气，听取上访人意见要耐心，解答问题要和风细语，宣传政策和法律法规要有条有理，处理问题要实事求是、公道正派。

贺世忠看毕，目光又移到了下一个镜框上。那镜框里面写的是：

黄石岭乡信访工作奖惩办法

为认真贯彻落实《信访条例》和《中共中央国务院关于进一步加强新时期信访工作的意见》，进一步明确工作责任，强化工作措施，改进工作方式方法，确保信访工作任务落到实处，特根据上级有关文件精神制定本办法。

一、信访责任：各村、街道社区和乡级各部门，都要高度重视信访工作。各村、街道社区支部书记、乡级各单位负责人，为信访工作第一责任人，对信访维稳工作负总责，各村治调主任和乡综治办、信访办负责人，为信访维稳工作直接责任人，具体抓，其他村、社区和乡级各部门干部在信访维稳工作也要具体负责。包村（社区）机关干部为所包村社区连带责任人，负连带责任。乡级各单位负责人为本单位信访维稳工作第一责任人，对本单位信访维稳工作负总责，并且要安排专人具体抓，所安排的专人为直接责任人。

二、奖惩措施

乡党委、政府将各村、街道社区和乡级各单位信访维稳工作，与村、社区干部工资、乡机关干部奖金和单位工作经费挂钩。

（一）凡各自辖区（单位）有人到县上访一批（次），扣村支书、村主任工资100元，扣乡包村干部奖金50元，乡级部门扣单位工作经费500元；到市上访一批（次），扣村支书、村主任工资200元，扣乡包村干部奖金100元，乡级部门扣单位工作经费1000元；到省上访一批（次）扣村支书、村主任工资300元，扣乡包村干部奖金200元，乡级部门扣单位工作经费2000元；到中央上访一批（次），扣村支书、村主任工资500元，扣乡包村干部奖金300元，乡级部门扣单位工作经费3000元。

（二）凡集体（5人以上）到县上上访一批（次），扣村支书、村主任工资300元，扣乡包村干部奖金150元，乡级部门扣单位工作经费1000元；到市上访一批（次），扣村支书、村主任工资500元，扣乡包村干部奖金300元，乡级部门扣单位工作经费2000元；到省上访一批（次），扣村支书、村主任工资1000元，扣乡包村干部奖金500元，乡级部门扣单位工作经费3000元，到中央上访一批（次），扣村支书、村主任工资2000元，扣乡包村干部奖金1000元，乡级部门扣单位工作经费5000元。

（三）对无访村、街道社区主要干部及包村干部实行奖励。凡年度内未到县以上机关上访的村、社区，乡政府年终给予支书、主任一次性奖励各1000元，奖励乡包村干部500元；凡年度内未有人到乡政府上访的村，乡政府年终予村（社区）一次性奖励2000元，奖励乡包村干部400元。

三、责任追究：对于各村（社区）、乡级各部门出现的信访事件，乡将分门别类，交办处置。凡在自己职责范围能解决而长期不予解决而导致矛盾激化，造成非正常上访的，要坚决予以"一票否决"，取消单位和个人评先表模资格。如造成一定社会影响及严重后果的，要追究相关责任人的责任。同时乡党委、乡政府将进行适时跟踪督办，并每月进行一次信访情况通报，凡连续三次信访量在全乡排前三位的村（单位），将实行责任追究，并将信访工作纳入年终社会治安综合治理考核范畴。

四、本办法自发布之日起实施。

贺世忠看完，正准备把目光移到下一个镜框上去，姓牟的提着两瓶开水进来了。一见贺世忠盯着墙壁上的镜框看，便说："贺支书怎么不坐呢？"

贺世忠听了，便回过头来，也没坐，手却把到椅背上问："你说马书记要来，怎么没来呢？"

姓牟的说："快了，快了！你晓得马书记原来在县委党校工作，家在城里，要吃了早饭才得往乡上来！"

说完，一边去拿杯子泡茶，一边又像是安慰贺世忠似的说："好先生不在忙上，贺支书你就再稍等一会儿！"说着便将一杯茶放到贺世忠面前了。

贺世忠见了，只好在椅子上坐了下来。

三

姓牟的刚把一杯热茶放到贺世忠面前，便听得外面一阵脚步声响。姓牟的便马上朝外面跑去，一边跑一边又回头对贺世忠说："来了，来了，马书记来了！"

贺世忠一听，也站了起来。可进来的却不是马书记，而是那天给办理困难补助的民政所唐所长，还有那天和办公室王主任一道"押解"他回城的黄办事员。还有两个人，其中那个瘦高个子，贺世忠认出他是医院注射室那个叫陈一民的，因为针打得好，大家都叫他"陈一针"。另外一个小伙子，人十分年轻，一张微微发胖的、圆嘟嘟的脸，鼻梁上架着一副眼镜，一进屋子目光便在贺世忠脸上转着，贺世忠也好奇地看着他和"陈一针"。姓牟的大概看出了贺世忠的疑惑，便指了戴眼镜的年轻人对贺世忠介绍说："这是我们乡上司法所兼综治办的小毛所长、小毛主任！"

贺世忠听了这话，立即问："牟领导过去不是在干司法吗？"

姓牟的说："早就不干了，先在维稳办干了一段时间，现在又到这里来了！"

说完又笑了起来，一边笑一边自嘲地说："我是革命一块砖，哪里需要哪里搬！"

说完见众人都没有笑，似乎觉得有些奇怪似的，便又指了陈一针对贺世忠说："这是陈同志，乡上的维稳信息员，也是我们信访办的……"

贺世忠不等他说完，便马上对陈一针说："认识，认识，你原来不是在乡医院打针吗？我这屁股还遭你锥了好几次呢！"

姓陈的听了这话，脸像大姑娘似的红了起来，姓牟的一见，立即把话岔到了一边，对姓陈的问道："马书记还没回来？"

姓陈的像是回过了神，马上对姓牟的说："回来了，上楼放东西去了！"

姓牟的一听这话，像是有些慌了手脚似的，立即说："那就快来了，大家坐好，快坐好！"说着，便带着唐所长、小毛所长、黄干事、陈一针往插着小国旗一边的会议桌走去了。到了那里，姓牟的留出中间一个位置，自己和唐所长在这个位置两边坐下来，然后小毛所长、黄干事、陈一针等，分别在他们两边坐下，像是早就排好了似的。贺世忠一见，觉得不像是信访接待，倒有些像三堂会审的样子，不过他没把自己的想法说出来。

几个人的屁股刚刚落到椅子上，忽听得门外又传来"笃笃"的脚步声，众人便知道这是马书记来了，于是便又马上从座位上站了起来，满脸带笑，十分恭敬地看着门外。果然是马书记进来了。马书记今天仍然穿着西装，领带打得一丝不苟，头发往后梳着，手里拿着一本厚厚的硬壳精装笔记本，步履稳健，表情凝重，满脸庄严神色。众人一见，都齐声叫了起来："马书记！"

马书记也没答，目光也没有看着众人，径直朝中间那个空着的位置走去。但就在他转身要落座的一瞬间，忽然看见了坐在对面的贺世忠，脸上立即像是被蚊虫叮了一下似的，不由自主地皱了起来。可只是在一瞬间便舒展开了，并向贺世忠笑了一下，接着又点了一下头，一边往椅子上落座，一边像是没想到似的对贺世忠说开了："哦，又是你呀？"

说完不等贺世忠回答，又马上问："又是为你借钱的事，是不是？"

贺世忠一听这话，便马上苦了脸说："可不是吗，马书记！我老伴儿等着拿钱换肾，医院催了好多次了呢！"

说完也不等马书记说什么，又接着说："要不是这样，马书记，我可不会一次又一次地来为难你了！"

马书记认真地听完贺世忠的话，不但没像上次那样生起气来，却笑着对贺世忠说："这就好了嘛，老同志！有什么话我们就这样心平气和地坐下来说，天下没解决不了的问题，是不是？像你上次那样，不是我批评你，那可不好……"

说到这里，马上又转换了口气说："不过我也该向老同志检讨，那天我的方法粗暴了一点，还请你原谅，啊！"

一听这话，贺世忠倒有些愣住了，憋了一会儿才说："我那也是急的，请马书记大人大量……"

贺世忠还要说，马书记急忙挥手打断了他的话，说："我们都不说那些了，梁山泊的好汉，不打不相识嘛，是不是？"

说完，马书记又转过头对身边姓牟的问："你们把情况都记下了？"

姓牟的立即红了脸，说："我们都等着你呢……"

姓牟的话没说完，马书记脸上立即浮现出了一丝不愉快的表情，立即沉下脸对姓牟的说："他的情况和要求我都知道了，还等我做什么？"

说完又说："你们通知贺端阳没有？"

姓牟的一听这话，更像是误了事一般，迟疑地说："还没有呢。"

马书记像是更不满了，说："你们反应怎么这么迟钝？这事明明牵涉贺家湾村委会，怎么不通知村上干部来？"

说完，马书记又立即大声对姓牟的命令道："还不快通知贺端阳到乡政府来！"

那姓牟的一听，只答应了一声："是！"便立即掏出手机，跑出去给贺端阳打电话去了。

贺世忠一见，便说："马书记，我这钱是乡上借的，跟村上没有关系……"

话还没说完，马书记便说："怎么没关系，村上不是还欠着乡上几万块农业税尾欠款吗？"

说完，似乎害怕贺世忠又会节外生枝似的，马上换了一副笑脸，继续和颜悦色地对贺世忠说："老同志，你放心，关于你那点借款，等会儿我们乡、村两级共同召开一个联合会议，保证今天给你一个满意的答复！"

贺世忠一听这话，一时倒有些感动起来。心里本来还有许多话想说，但马书记既然这样说了，自己再说倒成了画蛇添足。二又怕自己言语不慎，伤了马书记，倒不如不说好了。这样一想，便急忙站起来感激地说："那就多谢马书记了！只要能给我贺世忠一个满意的答复，我贺世忠一家人都对你感激不尽！"

贺世忠一边说，一边双手抱拳，便对马书记打起拱来。

马书记一见，急忙挥手说："不用，不用，你先坐下！"

说完又对身边的几个人问了一句："你们几位的意见呢……"

唐所长、小毛所长兼小毛主任、黄干事以及陈一针，没等马书记的话音落下去，便纷纷说："马书记你这是快刀斩乱麻，好样的！"

"就是，这才叫高效率！"

马书记听了这些奉承话，脸上也没露出一点得意的样子来，只说："那就这样吧！陈一民同志留下来，该做好信访记录的，做好信访记录，其余同志等贺支书来了，一起到我办公室来开会，啊!"

说完，马书记便又拿起桌上的笔记本，站起身来。唐所长、小毛所长兼小毛主任、黄干事一听，立即像获得大赦似的，也急忙拿起面前准备记录的本子，随马书记往外面走去。

马书记走到门边，看着就要出门了，却像想起什么，又绕过几步去抓住了贺世忠的手握了握，又拍了一下贺世忠的手背，再次说："老革命，就这样了，今天一定会让你满意，啊!"

说完，这才在唐所长、小毛所长和黄干事等的簇拥下走了。

屋子里现在便只剩下了陈一针和贺世忠。

陈一针和贺世忠在乡政府的信访接待室，各自履行完信访接待的一套手续。没过多久，贺家湾村的支书兼村主任贺端阳便坐着摩托车来到了乡上。陈一针在信访接待室里，已把贺世忠的话记录完毕，这时便将记录本夹在胳膊底下，也去马书记办公室参加会议去了。

现在，信访接待室里只剩下了贺世忠。此时，贺世忠也没心思去看墙壁镜框里那些制度什么的了，心里只想着马书记刚才对他说的会让他满意的话。也不知马书记说的满意，究竟指的什么？是把全部的钱都给他，还是给他一部分？是百分之百让他满意，还是让他部分满意？贺世忠当然希望马书记能把钱全部给他，让他彻底满意！当然，退一万步说，即使马书记给他一半的钱，他也会感激他。因为他毕竟没像上次那样，在众目睽睽之下又哭又闹，又打算上吊什么的，把一张老脸都丢尽了。现在既保住了老脸，又要到了钱，不管多少，这都是好的。这么一想，尽管还不晓得结果，但贺世忠还是高兴起来。精神一放松，加之昨天晚上，贺世忠想着今天要钱的事，没睡好觉，坐了一会儿，便觉得眼皮有点沉重起来，于是便又扯过一张椅子，脱了鞋子，把脚跷在椅子上，打起瞌睡来，后来便渐渐睡过去了。

这样不知过了多久，他忽然被一阵重重的脚步声惊醒，急忙睁眼一看，原来是贺端阳和那个姓牟的，一齐走进了信访接待室。贺端阳一见贺世忠在打瞌睡，便叫道："老叔果然好福气，这点时间都睡了一觉!"

贺世忠觉得有点不好意思，急忙坐端正了，又把脚伸进鞋子里，这才说："啥福分？老叔才刚刚眯着!"

说完这话，便马上盯着他们问："会开完了，怎么样？"

贺端阳还没回答，姓牟的急忙说："贺支书不要这么着急嘛，好消息，绝对是好消息……"

贺世忠一听这话，一双眼睛马上熠熠生辉，不由得又叫了起来："给我多少钱？是全部给我还是……"

话还没说完，姓牟的突然打断了他的话，说："哪有这么快就给钱了……"

同样没等姓牟的说下去，贺世忠眼里光芒突然黯淡了下去，嘴张成半圆形半天没放下来。过了一会儿才像是喃喃自语地说："没有这么快，那不是说今天还拿不到钱哟……"

贺端阳见了，又急忙说："老叔别着急，你听我慢慢说，但总的来说是有希望，大有希望……"

贺世忠像是有些忍不住了，便插话说："有啥子希望，你说就是了！"

贺端阳这才在贺世忠对面坐下来，说："是这样的，老叔，马书记叫我和牟主任下来征求一下你的意见，如果你同意，这事就这么定了！"

说完见贺世忠又要插话，便接着说了下去："这事呢，马书记说你也是知道的，是历史遗留问题，水都过几滩了。不管是村上还是乡上，人都换几批了，我们大家都可以不理，但他绝不搞新官不理旧事这一套！不过你也是晓得的，现在乡上是靠国家转移支付过日子，如果全乡只有老叔一个人有这种情况，那还好，可是据不完全统计，当时好多村民也借过钱给乡上或村上交过农业税提留统筹款，像我们村上就还有贺世财、贺世绪、贺美奎等好几家，如果都来找乡上还钱，乡政府就是把那几间办公的房子卖了，也还不起……"

说到这里，又急忙对贺世忠眨眼睛。眨了一阵，又接着说："这还不说，更麻烦的是村上又欠乡上几万块农业税和'三提两统'的尾欠款，而且这钱大多数是在你任支部书记期间欠下的，形成了一个三角债务。所以过去伍书记想用你借的这笔钱，来充村上的尾欠款！但现在马书记呢，老叔你是晓得的，他从县上下来，政策水平高，又十分关心人民群众，所以他刚才表了态，不搞抵债那一套！你借的四万多块钱，以村上还款为主，乡上协助，尽快想办法还……"

听到这里，贺世忠实在忍不住了，马上脸红筋胀地大声叫了起来："村上为主？村上用啥子还……"

贺世忠话还没完，姓牟的便说："贺支书不要这样激动嘛！话虽是这样说，但还款还是得靠乡上……"

贺世忠同样没等他说完，便仍气鼓鼓地说："那何必脱了裤子打屁——多一道麻烦？直接说乡上还不好吗？"

姓牟的说："贺支书这就不晓得了？如果全乡借款的都来找乡上还，乡上用啥子还？国家又不准乡干部卖屁眼，如果允许，乡干部倒说卖屁眼来还哟……"

贺世忠一听这话，便又补了一句："那村干部就可以卖屁眼了哟？"

姓牟的被贺世忠问住了，马上像大人物一样正了脸色说："各村不是都有尾欠款吗？种田纳税，天经地义，谁叫村里没收起来？现在当然该各村自己消化！"

贺世忠一听，便看着贺端阳说："那好，大偍儿你就给我钱吧！"

贺端阳马上苦了脸说："老叔，村上如果有钱，还用你跑这么多路？马书记的意思是，村上和乡上共同想办法……"

贺世忠马上问："想啥子办法？"

贺端阳看了姓牟的一眼，犹豫了一下，才说："真佛面前不烧假香，我就给老叔说句实话吧，马书记说，乡上、村上没有钱，但可以想办法去争取国家转移支付。只要争取到了国家的钱，还老叔这点钱就不成问题了……"

贺世忠又没让贺端阳说下去，便没好气地说："你们想把我贺世忠当傻瓜耍，是不是？国家转移支付这，转移支付那，但会为我这点私人借款，专门给我转移支付？我贺世忠又不是皇帝老儿的爹，有那样大的面子？我没有吃过猪肉还没看见过猪跑……"

姓牟的见贺世忠脸又红了起来，怕他又在信访接待室撒泼，便急忙打断他的话说："贺支书你别那样冲动，听我给你解释解释！用还账的名义当然要不到国家的转移支付！可活人还会被尿憋死？办法总是人想出来的嘛！明给你说，只要想套国家的钱，哪会没有门路？现在不是有很多惠农政策和扶持农业产业的项目吗？只要村和乡齐了心，随便编个什么项目，比如建果园呀、农田改造呀、修路呀、修水利设施呀、办养殖呀什么的，向上面打个报告，上面只要把钱批下来了，不就可以还你那点钱了？退一万步说，即使这条路走不通，可条条大路通罗马，也还有其他路子可以走嘛！比如老天爷每年都要闹个什么灾呀害的，国家不是每年都要给点救灾款什么的吗？到时村上向乡上打个报告，乡上再给县上打个报告，以救灾的名义请求国家支援，只要国家把钱一拨下来，不是就把你那点钱还了？"

说完又对贺端阳问了一句："贺支书贺主任你说是不是这样？"

贺端阳便说："怎么不是这样！牟领导在乡上搞了这么多年，没吃过猪肉，还没见过猪跑？"

可贺世忠却说："说得轻巧，吃根灯草，老天爷又不是你养起的，你说要灾就来灾了？万一老天爷没有灾呢……"

牟主任忙说："怎么不会有灾呢？全乡这么大，这儿不受点灾，那儿都要受点灾，是不是？夏天不受点风灾、雹灾，冬天都要受点雪灾、霜冻啥的！十天半月不下雨，难道不可以说成旱灾？接连下了几天雨，那不是涝灾又是什么？"

说完这话，像是很满意自己的解释，用力地挥了一下手，对贺世忠说："贺支书你放心，要取名有的是！"

贺世忠听完这话，便不吭声了。牟主任又马上接着说："贺支书，不是我替你高兴，你今天运气太好了，遇到了马书记首日接待！这事马书记接待后，就要把你的问题负责到底，直到彻底解决了才算完事，这便叫作领导包案责任制。你想想，如果不是马书记，哪个领导敢这样来给你拍板？既然马书记现在说了这话，你还愁那点钱兑不到现么？实话告诉你，虽然马书记把还款的责任定在村里，可如今是他负责包你这个案，你就不用担心了！如果马书记不表这样的态，就是打死我，我也不敢来跟你说这话！"

说完又说："所以我劝贺支书一句话，这么多年都等了，你就再安心等个一年半载的，不愁那点钱不给你！"

贺世忠听完姓牟的一番话，忽然捧了头，半晌才带着哭腔说："可我老婆子还在医院里等着钱救命呢……"

听了这话，姓牟的又马上说："贺支书，我说句不该说的话，这恐怕是最好的解决办法了！另外，马书记说了，为了让你放心，只要你同意了，乡上、村上就和你共同签一份协商协议，乡上作为第三方在协议上盖章，以后就按协商的办！马书记说了，乡上虽然是作为第三方，但只要在协议上一盖章，实际上也是一种承诺，到时候一定要兑现的！你呢，既然村上和马书记都给你承诺了，你就放心，也不要再到乡上来闹了！"

姓牟的说完，又停了一会儿才接着说："至于说老嫂子急需钱治病的事，我建议贺支书还是向亲戚朋友，能借的借点。反正这钱，就像发财人的早饭，虽然晚一点，晚得稳当，到时把钱拿到了，还他们不就行了么？"

贺世忠听了这话，心里苦笑了一声，说："要是借得到又好了哟！你能不能借点钱给我嘛？"可话到嘴边却没有说出声，只是仍然捧着头看着地下。

姓牟的见了，又说："还要告诉贺支书一件好事：马书记知道老嫂子这个病，即使好了也会影响到家里的生活，所以刚才指示民政所唐所长，立即想法挤出一个低保指标来，到民政局给老嫂子办一个低保！老叔你是晓得的，这农村低保每个月虽然只有几十块钱，可也不是啥人都可以享受的！再说，像老嫂子这样的情况，不是享受一年两年，只要她活着，就可以长期享受。这也是马书记看到你是老同志的面子上，才这样做的，所以贺支书今天一定要想好，可不要把机会错过了！"

贺世忠听后，仍然没吭声，却看着贺端阳。贺端阳却把头扭到了一边，半天才说："老叔，你要想好！过了这个村，就没那个店了，行与不行，你自己决定！"

贺世忠听了姓牟的和贺端阳的话，心里确实有些作难起来。他想不答应，又怕姓马的一翻脸，就真的过了这个村，没有那个店了！再说，即使不答应，现在继续去向姓马的要钱，可姓马的又躲开了，乡政府大门口又有门卫守着，他连进去都很困难，还怎么要得到钱？想了一阵，才下定决心似的对贺端阳和姓牟的说："那还是要在协议书上定个具体的还款日期，不然我怎么晓得你们啥时候给我钱？"

姓牟的一听，高兴了，说："这样说，你是同意了！那好，那好，你等着，我们过一会儿就把协议书拿来你签字！"

说完，便和贺端阳一起急急地走了。

没一时，姓牟的果然拿了三张打印好、贺端阳和乡政府已经签字盖章的协议书，又到信访接待室来了。贺世忠接过一看，内容倒是和贺端阳说的一样，只是没有还款的具体时间，贺世忠便说："怎么还是没有还款日期？"

姓牟的听了这话，便说："我的贺支书呢，上面的项目、工程啥的，谁晓得它啥时下来？老天爷的事，更说不准了，这怎么能有具体时间？只要马书记承诺了还你的钱，乡政府又盖了大红戳子，你就放心吧！"

贺世忠见生米已经煮成了熟饭，自己再说什么也是白搭了。于是便拿过姓牟的手里的笔，什么也没说，便在协议书上写上了自己的名字。然后拿过一张，折叠起来，揣进怀里，仍像别人欠了他什么一样，气冲冲地走出了屋子。

四

贺世忠回到县医院住院部时，已是下午了，兴菊一见父亲黑着脸，耷拉着头，像是不高兴的样子，便迎着他问："爸，怎么了？"

贺世忠闷着头没吭声。兴菊又问："爸，你吃午饭没有？"

贺世忠这才闷声闷气地说："老子这肚子又不是铁打的，不吃饭让它饿呀？"

说完看了一眼床上的病人，见田桂霞已经眯着眼睡着了，于是便又轻声对女儿说了一声："你跟我出去一下！"

兴菊听了父亲这话，愣了一下，然后才像是有些不明白地眨了眨眼，果然跟在贺世忠后面，来到了外面走廊里，这才扑闪着一对大眼睛对贺世忠问："爸，啥事？"

贺世忠靠着墙壁站了下来，对兴菊说："你去找医生问问，妈这种病，除了换肾以外，还有其他治疗的方法没有？"

兴菊听了这话，有些疑惑地看着父亲，过了一会儿才迟疑地对贺世忠问："爸，你这话是啥意思？"

贺世忠一听有些生气了，说："叫你去问就去问嘛，多啥话！"

兴菊见父亲生了气，果然不再说什么，转身就走。可没走几步，贺世忠又叫住了她，紧走了几步到兴菊身边，又对她说："你还问问医生，像妈这个样子，能不能出院了？"

兴菊似乎明白了过来，说："爸……"

贺世忠没等女儿把话说出来，便对她说："先去问问吧，我在这儿等你，啊！"

兴菊站了一会儿，像是没法似的转过身子，咬着嘴唇去了。没过一会儿，便走了回来，抬眼望了望父亲，忍了一会儿才说："爸，我问了，医生说，除了换肾，就只有靠药物和透析了！"

说完马上又补充说："医生说，关键是坚持定期来透析！"

听了这话，贺世忠沉默了一会儿，才又问："那出院的事呢，医生怎么说？"

兴菊又回答说："医生就是我刚才说的那句话，说不管出院不出院，主要就是要坚持吃药和定期来医院透析……"

贺世忠一听这话，没等女儿继续往下说，便说："那你明天一早回去，喊你哥再叫上一个人，来把你妈抬回去吧……"

兴菊一下明白了，忽然抬起头，望着父亲问："爸，是不是你……没有要到钱？"

贺世忠见女儿紧紧地看着自己，过了一会儿才说："是你老汉没出息！说没有要到钱呢，他们又给我说了一个格格，说要到钱了呢，手头又没有一分钱……"

兴菊听父亲这样说，有些糊涂了，又马上问："爸，这是怎么回事？"

贺世忠见女儿不明白的样子，便从口袋里掏出了那张盖有乡政府大印的协议书，递给了兴菊说："怎么回事，你自己看看就明白了！"

说完，不等兴菊说什么，便又像是自言自语地说了起来："这都怪老汉，我出来坐到车子上才想起，今天老汉中了姓马的软套子了！要是姓马的说不给钱，老汉像上次一样寻死觅活，赖着他不走，他多少也要给些钱！可他这回满口答应给钱，还怕口说无凭，又给我立了这个协议，又给妈办了一个低保，我开头没想明白，就稀里糊涂在协议上签了字。出来一想才明白这是姓马的耍的手段，我拿着这样一张纸条，不晓得啥时才拿得到钱，反而还不好去找得姓马的了！你说，你老汉这不是犯糊涂了吗？"

说着，贺世忠突然伸出巴掌，像是悔恨莫及地在自己脸上抽了一下。

兴菊一见，心里既为母亲着急，同时又为父亲难受，过了好一会儿才说："爸，妈后天又该做透析了，那就等做了透析再出院吧！"

贺世忠说："该怎么办，你兄妹俩看着办吧……"

贺世忠话音没落，兴菊却皱了眉头说："爸，这话怎么好去给妈说？"

贺世忠想了一想，然后说："你们不好说，让我去给你妈说，以后有啥，就让她埋怨我好了。"

兴菊听了父亲这话，便不吭声了，父女俩于是又朝病房走去。回到病房，却见田桂霞已经圆睁着眼睛看着天花板，不知什么时候早醒了。看见父女俩一前一后走进来，便歪过头，看着他们怀疑地问："你们两爷子有啥话，要到外面去说？"

兴菊一听这话便红了脸，急忙将头扭到了一边，说："妈，没说啥话，我们去问问护士啥时来给你抽血检查。"

田桂霞说："啥时抽血检查，医生还不晓得，要你们去问？"

贺世忠一见，知道田桂霞心里什么都明白，于是便又走到她床边坐下，抓住了她的手说："老婆子，你那天说得对，把年轻人长期套在医院里，也不是个办法！刚才我们去问了医生，医生说这病在医院里治，也是打针吃药和做透析，不如把药拿回家里，按时吃按时找人来打针，到了该透析的时候，再到城里来透析就是了！这比住在医院里，不仅节约很多钱，还让年轻人把各自的家照顾到了！所以我打算叫兴涛找人来把你抬回去，不晓得你愿不愿意……"

田桂霞一听到这里，眼睛立即亮了起来，说："我早就说了回去让贺万山给我开点中药，让我慢慢将养，你们不相信，这下相信了哟！"

说完又马上说："我有啥不愿意的？兴菊还不快回去，叫你哥明天就带人来把我抬回去！"

兴菊听了这话，还是没看母亲，却说："妈，忙啥？即使回去，也要等后天透析了才回去嘛！"

田桂霞说："还透析个啥？"

兴菊说："怎么不透析，就是回去了，隔段时间也要抬到医院里来透析一次呢！难道明天把你抬回去，后天又把你抬来？"

田桂霞听了女儿这话，这才不说什么了。第二天一早，兴菊果然就回贺家湾去，对兴涛说了母亲出院的事。兴涛做了安排过后，又和兴菊一起赶到医院里。第二天田桂霞做了透析，又在医院里住了一个晚上。第三天上午，兴涛请来抬母亲的人便来到了医院里，兴菊和兴涛去办了出院手续，医生又给田桂霞开了一个星期的药，田桂霞便出院了。

却说田桂霞一回到贺家湾，就像变了一个人一样，脸色也好了，精神也好了，要不是躺在担架上，丝毫看不出像是病人。一回到屋子里躺下，便要王芳把贺阳给她叫过来，可贺阳还没放学。又叫兴菊回去，给她把蓉蓉带过来。兴菊知道母亲十多天没见过外孙女儿，心里想念，果然便跑回郑家塝，将女儿带了过来。这时贺阳也放学了，田桂霞一见，便一手拉了一个，"心肝""宝贝"地叫个不停，又将他们往床上拉。两个孩子十多天没见老人，也十分舍不得，干脆脱了鞋就跳到床上，直往田桂霞的身上拱。兴菊和兴涛见了，直叫他们下来，可田桂霞拉着他们哪儿肯放？两个孩子在床上玩了一会儿，直到没兴致了，这才跳下来。可吃了晚饭，两个孩子又要争着和田桂霞睡，一个说"是我的奶奶"，一个说"是我的外婆"，互不相让，王芳和兴菊费了很多口舌，这才把他们拉走。

第二天吃过早饭，兴菊、兴涛和王芳又来看她，田桂霞便对他们说："我病了，湾里那么多人为我跑上跑下，要不是他们把我送医院，我恐怕早就没命了！还有那么多三亲六戚，听到信后，也到医院来看我！现在我回来了，你们爹是个不爱操这份心的人，你们兄妹就合计合计，家里米也有、面也有，就只是差点肉，你们该去买的就买，买回来办上几桌，把湾里所有帮过忙的和那些亲戚朋友都请来吃一顿饭，别叫人家说我们连这点规矩都不懂……"

兴菊还没听完，便说："妈，忙啥，你才回来，等过段日子你的病好些了，我们再请客也不迟嘛！"

王芳也说："就是，妈，许多亲戚朋友和湾里的人，都说要等你回来后，他们才来看你。就等他们来看了你以后，我们才知道有多少客人，该办多少桌……"

王芳的话还没说完，田桂霞便说："你不请客，别人怎么晓得我回来了？"

说完又说："你们也不要先等人家来送人情了！你们就跟所有亲朋好友和湾里的人说，你们妈这回大难不死，凡是想来看看、说说话的，都来，也不要他们送人情了！"

王芳和兴菊听了母亲这话，也不好反对，便看着兴涛。兴涛想了想，说："反正迟早都是要招呼一次客的，那就按妈的意见办吧！"

王芳和兴菊听了，不再说什么，便出来和父亲商量，确定了第二天兴涛到街上采买所需物品，王芳和兴菊在家里准备，贺世忠分别去通知亲友和贺家湾里的邻里乡亲。

请客这天，很多亲友和乡亲，不管是先前随了礼的，或没来得及随礼的都来了。就连贺端阳，也随了100块钱的礼，和李正秀一起，先是进里面屋子，去拉着田桂霞的手说了一会儿话，然后也留下来吃了一顿饭。临走时，贺端阳忽然掏出一张银行卡递给贺世忠，说是田桂霞的低保卡，以后民政的钱，每月都按时打在卡上，让贺世忠想什么时候取，就什么时候去取好了。贺世忠谢过了。

　　却说请过客的第二天，田桂霞便对贺世忠说："他爹，我们井湾那块地，上半年我只种了一季花生，花生挖了过后就一直空在那里，现在草恐怕都长满了。我没病的时候，就想去把它挖过来，等立了冬，不说种小麦，就是栽点油菜，等明年收点油菜籽，自己也榨点油吃嘛！"

　　说完又说："他爹现在闲着也没事，要不先去把草铲一铲，怎么样？"

　　贺世忠说："那我过去把王芳叫过来陪你……"

　　田桂霞一听，急忙拉住了他说："我现在又不要吃，又不要喝，要他们陪啥？他们难道没有自己的事？"

　　说完又说："他爹你要是不放心，早点回来就是嘛！"

　　贺世忠听了这话，便说："那好嘛，这么多年没摸锄把了，我也正想活动活动呢！"说完真的扛着锄头就走了。

　　到了那块地前一看，果见一地的杂草，贺世忠虽然从当了村上干部，就很少下地劳动。不当支书后，又出去打工了，但他毕竟是个农民，一见满地杂草，便觉十分心疼。于是便把锄头挖到一边，弯下身子，想将地里的草拔干净。可拔了一阵，便觉腰酸背痛，手腕发木，有些不灵活起来。于是又拿过锄头锄起来。这下腰背倒是觉得好了一些，但没有铲到多远，又觉得胳膊酸痛了起来，手腕更是像要脱臼一般，身子也有些乏力。贺世忠知道是自己久了没干过农活的缘故，便甩了甩胳膊，想休息一会儿后再接着干，于是便把锄头横在地上，靠着旁边一棵油桐树的树身坐了下来。刚坐下来，他就忽然打起了瞌睡来。恍惚之中，他看见老伴儿朝他走了过来。田桂霞仍然穿着她那件天蓝色的上衣，浅青色的裤子，头发梳得整整齐齐。看见她走近了，贺世忠急忙问道："老婆子，你来干啥？"

　　田桂霞说："他爹，我来跟你说几句话儿！"

　　贺世忠忙问："说啥话儿？"

　　田桂霞说："他爹，我要走了，把你赶出来，不是我不要你送，是怕你看见我难受，让我走不了……"

贺世忠一听这话，有些摸不着头脑了，便说："老婆子，你说的啥话？啥走得了走不了？"

田桂霞说："他爹，我知道我的病治不好，再怎么治也是白花钱，你们也没有那么多的钱给我治，何必要把儿女们全都拖穷呢？我从今以后，再也不会连累你们了！"

说完不等贺世忠答话，又马上说："他爹，你放心，我走得很满意！我回来，孙子也看见了，外孙女也看见了，三亲六戚、湾里的乡亲都见了面，该说的话也说了，我走得很安心！我走了你也不要难过，叫兴涛、兴菊也好好过日子，也不要难过，人百岁都有一死，早死早安生呗！只是有一点我不放心，就是老头子你今后的日子，要过得冷清了……"

贺世忠一听这话，便大声说："老婆子，看你说些啥？你要走也不等着我……"

田桂霞说："他爹，不是我要忍心丢下你，这是命！"

说完马上又补了一句："他爹，阎王派来接我的小鬼在催我，我不能再跟你说话了！我走了，他爹——"

说完转身，正要走，忽然又回头道："他爹，我的样子很难看，你等会儿可别吓着了，啊！"

说完，田桂霞这才回过身子，疾步如飞，像有人追赶似的，一个劲朝前面跑去了。

贺世忠看着老伴儿的背影，大叫一声："老婆子……"

一语未了，贺世忠忽地醒来，只觉得一股凉风，阴飕飕地从头顶吹过。他不禁打了个寒战，还没等他完全清醒过来时，忽听得儿媳妇在远处扯开喉咙，像是天塌下来般喊道："爸、爸，快回来呀，妈喝农药了……"

贺世忠一听这话，头脑里像打炸雷般地响了一声，顿时起了一身鸡皮疙瘩，连锄头也顾不得拿，便跌跌撞撞地往家里跑去了。

五

跑回家一看，果然见田桂霞已经口僵眼闭，嘴角不断有带着血丝的泡沫溢出来，面目铁青，狰狞可怕，在床上抽搐成一团，屋子里弥漫着一股十分刺鼻的农药味道。兴涛也回来了，两口子慌做一团，像瞎驴一样在屋子里乱转。王芳一见父亲回来了，突然一下瘫到地上，双手往身上一拍，喊了一声："我的妈呀……"接着向贺世忠哭诉起来，"我看见你们屋子里半天没有声响，过来看看，就看见妈已经在床上板命了……"

贺世忠没等儿媳妇说下去，也早已是像被抽了筋骨一般，身子软得像棉花条，可意识还十分清楚，看见兴涛在屋子里像无头苍蝇一样转来转去，便不由得怒气冲冲地喝道："瞎转你妈个啥？还不快去叫你万山叔来！"

兴涛一听，明白了过来，立即撒腿便跑出去请村医贺万山了。

这儿兴菊和湾里贺善怀的女人董秀莲、贺毅的女人池玉玲，以及贺长军、贺勇等湾里的男人，还有郑家塝兴菊的堂大伯哥郑全福和堂小叔子郑全兴，听到王芳的喊声，也都跑来了。兴菊一来，便扑上去抱住母亲，"哇"的一声便"妈呀、娘呀"地号啕起来，董秀莲、池玉玲等女人，也陪着抹泪。倒是男人们沉得住气一些，长军、郑全兴等过去摸了一下田桂霞的鼻息，发觉还有微弱的呼吸，便说："还有点气，还有点气，快灌肥皂水！"于是女人们回过了神，又七手八脚地去找盆子和准备肥皂水。正在这时，兴涛一下扑进了屋子里，上气不接下气地说了一声："万、万山叔没、没在家里……"

一语未了，郑全福明白了过来，说："灌啥肥皂水了？赶快抬到乡上医院洗胃！"

众人一听这话，觉得在理，于是又纷纷说："对，对，送医院稳当些！"

贺世忠也一下明白了过来，便急忙带着哭腔对众人央求说："大侄子们，我贺世忠就请各位帮忙了……"

话音未落，众人都说："这还有啥说的，你不说难道我们就见死不救了？"

说着，大家便七手八脚地去绑担架，没一时，担架绑好了，兴涛去把母亲抱出来放到担架上，兴菊去抱出一床棉被盖在田桂霞身上，这儿贺长军、贺勇像是有当仁不让的责任和义务一样，不等贺世忠招呼，过去抬起担架就往前跑了。兴涛、兴菊、王芳一见，马上跟了上去。董秀莲、池玉玲两个女人，见刚才兴菊和王芳哭得要背过气的样子，有些不放心，于是喊了一声："兴菊、王芳，你们等着我们！"一边喊一边追了过去。郑全福兄弟俩犹豫了一会儿，见贺家湾的爷们和娘们都去了，碍于亲戚的情面，不去不好意思，便也跟着去了。贺世忠等他们都走了以后，才一下明白过来，进屋提了一只保温水瓶，连门也顾不得锁，也一路追了过去。可他的两只脚像是踩在棉花团上，忽而高一脚，忽而低一步，身子晃晃悠悠，有种腾云驾雾的不踏实的感觉。自己仿佛使了很大的力，想追上他们，可步子总是迈不快，不但没追上，距离反而越拉越远了。正着急间，前面郑全福兄弟俩回头看见了，便冲他说："贺老伯，你不要着急，我们抬着病人先走，你后面慢慢来！"说着，兄弟俩像是不过意，过去接了贺长军和贺勇肩上的担架，撒开双腿，比先前跑得更快了。

贺世忠知道自己赶不上，便真的放慢了脚步，让他们抬着田桂霞先去了。

等贺世忠拖着两只像是灌了铅的双腿，深一脚、浅一脚地来到乡卫生院时，刚进大门，便听见里面急救室里兴菊、王芳的一片哭声。贺世忠双腿立即像是麻木了，站在走廊里有些不知所措，过了一会儿，才跌跌撞撞地朝哭声方向走去。一走进急救室的大门，只见女儿和儿媳妇扑在担架上，已经哭成了泪人儿一般，董秀莲和池玉玲一人拉一个，却怎么也把她们拉不起来。贺兴涛也在一旁抽抽搭搭，一副泣不成声的样子。贺长军、贺勇和郑氏兄弟俩，围着两个穿白大褂的医生站着，那医生脸上也是一副无可奈何的、遭霜打了的神情。贺世忠一见，嘴唇立即像风中的树叶一样颤抖起来，却没发出声音。过了一会儿，贺长安似乎清楚他要问什么，才同样哆嗦地说了一句："老叔，婶子已经……走了，还没抬拢就走了……"说完便垂下了眼睑。

贺世忠听了贺长军的话，不但嘴唇又剧烈地颤抖起来，而且眼睛也像是进了沙子一样眨动不停，众人以为他就要哭出来了。可是他却没有哭，只是手里的保温水瓶"哐"地一下掉在地上，里面的瓶胆碎了，但因为有外面的塑料壳护着，玻璃碴一点没掉出来。郑氏兄弟见了，急忙端过一把椅子，对他说："贺家老伯，人去都去了，你可要节哀！先坐一会儿，我们就回去，啊……"

可是贺世忠并没有坐，两只眼睛越过众人的头顶，空洞地望着窗户外面，嘴唇仍是像飞蛾扇翅般抖动着，似乎痴傻了一样。贺长军、贺勇和郑氏兄弟见了贺世忠这副模样，都有些害怕起来。贺长军急忙对兴涛说："兴涛，你还不快去把你爹照看到，只顾自己抹眼掉泪做啥？"

兴涛听了这话，果然走过来，正要拉他时，忽听得贺世忠石破天惊地吼了两句："是姓马的和乡政府杀了她，我要找姓马的算账！"

众人听了这话，忽的一惊，有些面面相觑的样子。贺世忠说完，像是突然把心中的闸门打开了，一屁股坐在椅子上，歪过身子，把脸埋在椅背上，"嗡嗡"地哭了起来。一边哭，一边捶打着胸膛说："怪我呀！怪我呀！要是姓马的早给我钱，老婆子你怎么会死呀！"

说完又说："我糊涂呀，我该把钱要到呀！老婆子，我对不起你呀……"

贺长军、贺勇和郑氏兄弟听了贺世忠的哭诉，像是明白了一点，可又不完全明白，于是便盯着兴涛，问是怎么一回事。兴涛现在也清醒过来了，觉得父亲说得在理，要不是乡政府拖着父亲的钱不还，母亲在医院里，怎么会喝农药？于是便把父亲做支部书记时，如何借钱给乡上交农业税，这次回来，如何到乡上去讨钱给母亲治病的经过，给贺长军、贺勇和郑氏兄弟等人说了一遍。兴菊听见长军、贺勇和堂大伯、小叔子问，一下不像刚才那样哭了，也站起来，一边抹泪，一边做些补充。贺长军、贺勇和郑氏兄弟以及董秀莲、池玉玲等人，虽然知道贺世忠当过那么多年支部书记，人前人后吆五喝六地风光过，却不知道背后他借出去了那么多钱，现在还没收回来，便为他抱不平起来，于是便都愤愤地说："原来乡上几爷子是见死不救……"

话还没说完，贺世忠又一边"嗡嗡"地哭，一边涕泪俱下地说："我要找乡政府算账！找姓马的算账！人不能这么死了就算了，大侄儿们要帮帮我，帮帮我……"

贺勇和郑氏兄弟以及董秀莲、池玉玲等人一听贺世忠这话，便说："胳膊肘不能往外拐，帮就帮呗，有多大一回事？"

说完又说："乡上几爷子也确实讨厌！那些年老百姓欠国家一点钱，就组织些敢死队来，又是扒房子、拣家产，又是牵猪牵羊的，现在他们欠老百姓的钱，就一推二拖三耍赖，这太不公平了！大路不平旁人铲，老叔要是觉得当过干部不好出面，这事就交给兴涛……"

贺世忠一听众人这话，便止住了哭声，说："人都死了，我还有啥不好出面的？大侄子们给我把死人抬到乡政府去……"一语未了，又掩面而泣。

贺长军、贺勇和郑氏兄弟一听，互相看了一眼，立即侠肝义胆似的，马上过去，各抬住一根担架杆，喊叫一声，抬了田桂霞的尸体就往外走。兴涛、兴菊、王芳也都认为母亲的死，乡政府脱不了干系，况又处在悲痛之中，也来不及细想，加上又是父亲叫把母亲的尸体往乡政府抬，就更加不好说什么了。见长军、贺勇、郑氏兄弟来抬，兴菊和王芳早就让开了，让他们抬着担架在前面走，自己哭哭啼啼地跟在后面。董秀莲、池玉玲二人，本是不放心兴菊、王芳才跟来的，现在见兴菊、王芳跟着田桂霞的尸体去了，也不说什么，马上一边抹泪，一边也跟了过去。于是一行人便朝乡政府去了。

可是到了乡政府大门口一看，不但铁栅栏门关上了，连中间的小门也上了锁。原来，乡上的人正在吃饭，看守大门的陈老头怕有人趁自己吃饭的时候，撞到乡政府来，便把中间的小门锁上了。贺长军、贺勇、郑氏兄弟等人一看，便一齐亮开嗓子叫了起来："乡政府开门，你们把人逼死了，不能就这么算了！"

兴菊、王芳、董秀莲、池玉玲几个女人，不等长军、贺勇、郑氏兄弟叫喊完毕，也像是约好似的，一齐大放悲声，号啕起来。

却说这日乡政府的干部职工，都在参加由马书记亲自主持的政治学习。自从马书记来乡上任职以后，便规定了每十天一次政治学习，雷打不动。作为党校理论教员出身的马书记，自然知道政治学习不但对提高干部理论素质有很大作用，而且对加强乡干部的组织纪律性，克服软、懒、散的毛病，也有很大帮助。更重要的是马书记已经习惯成自然，隔一段时间，他如果不像在党校上课那样，做一次演讲或报告，他就觉得心里像失落了什么，有些寝食难安。因此，每逢政治学习，马书记便会结合上级文件精神、《人民日报》社论、评论员文章什么的，或马列主义经典著作，或党和国家领导人新近指示等，大发感想和议论。马书记的口才又好，又经过了在党校的长期锻炼，因此只要一打开话匣子，便会口若悬河，一泻千里，不到吃饭的时候是绝对打不住的。这天也是一样，马书记一连讲了三个多小时，大家先还在往本子上记着，可慢慢地就变得心不在焉了，不是不断地往自己手腕上的表瞅着，就是掏出手机不住地按。马书记也往自己的手表盘上瞅了一眼，这才发现十二点已经过了，于是便说了一句："怎么这样快？"说完才宣布散会，下午接着学习。

尽管马书记用了一大上午的理论武装大家的头脑，可终究敌不过肚子已经饿了的事实，因此，马书记宣布散会的话音还没落，众人早已站了起来，会议室里打呵欠和伸胳膊的声音响成一片，然后便各自散去，回屋拿起碗筷，直奔乡政府的食堂去了。

此时，包括马书记、谢乡长在内的乡上干部，正吃得津津有味，一听见外面的叫喊和哭声，便都端了碗跑到院子里，一见外面停着一具女人尸体，面目青黑，龇牙暴眼，十分可怕。又见几个女人伏在尸体上恸哭，先还不明白是怎么回事，便纷纷打问，后来一眼看到了贺世忠，心里有些明白了。马书记便立即黑了脸，走过来问："干什么？干什么，啊……"

贺长军、贺勇、郑氏兄弟不等马书记话完，便一齐愤怒地叫："你们把人逼死了，还问干什么？开门，快开门！"

一边叫，一边用脚把那铁栅栏门踢得哐当哐当响。

马书记的脸色更是气得和担架上死人的脸色一样，又大声道："我们什么时候逼死人了，啊……"

贺长军、贺勇、郑氏兄弟一听，仍然还是没等他说完，也跟着叫喊："不是你们逼死的，也是见死不救！开门……"

说完，又抓住铁栅栏门使劲摇晃。那铁栅栏门只是哐当哐当响，却没法摇开。兴涛、兴菊、王芳一见，也从母亲的尸体上爬了起来，一边哭，一边像疯了一样，帮着去摇大门。贺世忠、董秀莲、池玉玲犹豫了片刻，也同样抓住门摇了起来。

马书记一见，顿时大叫了起来："反了！反了！"

说完，马书记便一边往乡政府办公室跑，一边不知对什么人说："还不快给派出所打电话！还不快给派出所打电话！"

说着，还没等别人跑到办公室，自己倒先抓住电话，胸脯一边起伏，一边拨起号码来。一连拨了两遍，才将乡派出所王所长的电话号码按正确。打完王所长

的电话后，马书记又想起了什么，又拨了贺端阳的电话，令他马上赶到乡政
府来。

<h1 style="text-align:center">六</h1>

没一时，派出所王所长果然带着一个民警赶了过来，一见这个情况，便马上
板起了脸问："怎么回事？怎么回事？谁叫你们这么干的……"

话音没落，兴菊、王芳、董秀莲、池玉玲几个女人，像是要先入为主般，又
扑到田桂霞的尸体上，一声长、一声短地号啕起来。贺长军、贺勇、郑氏兄弟几
个男人，便围着王所长，你一言我一语地说了起来。王所长也是三年前从其他乡
调来的，和贺世忠并不认识，但对贺家湾的人，却多少有些了解。听了半天，总
算大致听明白了事情的经过，王所长的眉头便不由得皱了起来，回头看了贺世忠
一眼，却说："那也不能这样！"

说着，王所长便叫乡政府的人过来把门开了，贺长军、贺勇、郑氏兄弟一见
陈老头拿着钥匙走了过来，便又将担架抬起来等着，一副随时要冲进去的样子。
陈老头便连门也不敢开了。王所长一看，有些生气了，便回头喝道："干什么？
干什么？啊！"

说完，王所长又对一同来的民警说："小蒋你在这儿守着，谁也不能放
进来！"

叫小蒋的民警一听，果然挤进去用身子挡住了门。陈老头这才将小门的锁开
了，将王所长放了进去，然后又锁上了。这儿贺长军、贺勇和郑氏兄弟见了，只
好又将担架放了下来。

没过一会儿，王所长便走到铁栅栏门前，喊了一句："贺世忠，贺世忠一个
人进来，其他人都不准动！"

贺世忠一听，便走到前面，那民警让开，陈老头又掏出钥匙开了门，让贺世
忠进去了。

贺世忠一进去，突然就像疯了一样大喊起来："不活了，不活了，没法

活了!"

一面喊,一面朝楼上跑去。乡上的干部以为他是到上面去纠缠马书记,便都朝站在二楼上的马书记喊:"马书记,你避一避,避一避!"一边叫,一边又跟在贺世忠后面追。

贺世忠却并没有去抓马书记,他径直跑上三楼,一把抓住栏杆,突然又朝栅栏外面的兴涛、兴菊大声喊了起来:"兴涛、兴菊,三月清明七月半,记住给老子烧纸哟!"

说完又补充了一句:"老子跟你妈一起去了……"

说罢,双手握住栏杆,就要往下跳。

铁栅门外面的兴涛、兴菊、王芳和贺长军、贺勇、郑氏兄弟及董秀莲、池玉玲等人,听了贺世忠的话,早吓得一片惊叫。而乡上一伙干部见状,也先是惊叫一声,随后便瞠目结舌地说不出话来了。说时迟那时快,只见王主任、小毛所长、陈一针几个跟着贺世忠跑上楼的年轻干部,没等贺世忠翻过栏杆,早已猛虎扑食般,一下扑过去抱住了贺世忠的两条大腿,用力一拖,将他拖到了走廊上,众人才喘过一口气来。

这时王所长也气喘吁吁地到了贺世忠面前,他显得非常生气的样子,瞪了贺世忠半天,才说:"搞什么名堂,啊?你吓唬谁呀?找你进来,就是和你协商解决办法的,你寻什么死,啊?"

说完又沉了脸说:"你究竟想做什么,起来好好说!"

贺世忠躺在走廊上,半天才哭着说:"人都死了,还有啥说的?"

王所长听了这话,又吼了一句:"没啥说的,那你究竟想怎么办?"

说完又说:"哪个给你女人吃的农药,你尽管到法院去告好了,你把死人抬到乡政府来做什么?"

贺世忠一听王所长这话,一下语塞了。过了一会儿,王所长才又说:"起来,起来,有啥话到乡政府办公室谈,你要再寻死觅活,我就先把你抓起来!"

乡政府的王主任、小毛所长、陈一针,以及随后赶上来的信访室牟主任、财政所余所长、计生办黄主任等贺世忠先前的熟人,也纷纷过去,一边劝,一边把他拉了起来,随着王所长往乡政府办公室去了。

走到那儿,马书记、谢乡长等乡上领导和民政办的唐所长,早等在那儿了。

王所长走进去后，叫人扯过一条板凳，让贺世忠坐下了，这才对他说："说吧，你究竟有什么要求，都一一提出来，大家协商解决！"

王所长的话一完，办公室所有的人，脸上都带着一种和贺世忠有深仇大恨的神色，目光全都愤愤不平地落到贺世忠身上。贺世忠只低下头，像是不好意思似的。过了一会儿，才突然说："把我借的钱还给我……"

可话还没说完，马书记便斩钉截铁地说了一句："绝不可能！"

说完又接着说："除非国家给我们把那笔款拨来了，我们就马上还你，否则不可能……"

贺世忠听到这里，便又怒气冲冲地说："那我就把死人抬进来……"

马书记一听这话，又勃然大怒："随你的便！"

说完见贺世忠不答话了，便稍微放缓了一下语气说："你要不说这样的话，讲理讲法，乡政府看在你是老同志的分上，从人道主义出发，还可以补助你一点丧葬费，要是像现在这个样子，一点门也没有……"

贺世忠一听马书记这话，分明他有些让步了的意思，于是没等他说完，竟然脱口而出，立即问了一句："乡上打算给我好多丧葬费？"

马书记听后，便朝谢乡长看了一眼，说："三千块，这已经是乡上的最高限额了！"

贺世忠一听这话，马上想起了上次乡政府给困难和疾病补助时，乡政府给的一万元，当时也说是最高限额，马上说："一个人才值三千块钱？上次你们给困难补助，还给了一万块钱呢！"

说完又说："反正我的人，是因为你们欠我的钱不给，没钱医才寻短路的。你们愿理就理，不理我们就把死人往县上抬，往省上抬，总要找到一个说理的地方！"

说完这话，贺世忠马上就像要付诸行动似的，从凳子上一下站起身，就往外面走去。

这儿众人又立即将他拉住，重新按到了凳子上，说："老同志，你那样冲动干什么？"

又说："你走到哪里，反正都是回到乡政府解决！"

贺世忠只好又气鼓鼓地在凳子上坐了下来，可嘴里仍十分不服气，说："反正三千块钱，打死我也是绝不会干的!"

王所长这时又朝马书记、谢乡长等乡领导看了看，见他们眼里似有松动之意，于是便挥了一下手，大声说："那好，那好，既然这样，我就来做个和事佬儿! 乡政府就看在老贺同志过去为革命做的贡献上，现在年龄也大了，老伴儿又不幸去世了，就看在家庭困难上，再增加两千块，一共五千元，一分也不再增加，可一分也不能少了! 但有个前提条件，尸体要先抬走后，乡上才能付钱!"

说完又对马书记、谢乡长等问："你们看怎么样?"

马书记、谢乡长等乡上领导还没答话，却听见贺世忠马上接了王所长的话说："那不行，一万块，先把钱给我了，我们自然会把死人抬走……"

可还没等贺世忠话完，马书记又掷地有声地吐了两句话："那不行，五千块，你必须先把尸体抬回去安葬了，才能来乡上领钱……"

同样没等马书记继续说下去，贺世忠又冲动地站了起来，说："那我们这个生意做不成!"

说完这话，又掷地有声地说了一句："没有一万块，今天说到明天，也别想我们把死人埋了!"

一时办公室的气氛又紧张起来，王所长一见，似乎有些为难了，便说："你们一个要只整坛子，一个要只整南瓜，并且互相都信不过，怎么办?"

说完目光又落到马书记、谢乡长身上，说："为了买平安，我再来和一回稀泥，就给他一万块，怎么样?"

说完不等马书记、谢乡长回答，又说："把一万块钱给我拿着，掩埋了，把钱给他，不掩埋，就一分钱也得不到，你们该会信得过我吧……"

但马书记没等王所长话完，仍黑着脸说："就五千块钱，多一分也没有!"

王所长一听这话，一下僵在了那里。

正在僵持不下的时候，贺端阳急匆匆地来了。贺端阳走到乡政府门口一看，便知道是怎么回事了，进来听了马书记的情况介绍后，什么也没说，便将贺世忠一边往门外推，一边说："老叔，老叔，你给侄儿一个面子，先出去站一会儿，让我和领导说几句悄悄话!"

贺世忠一听这话，马上梗着脖子说："有啥话不能当到说? 我不出去!"

贺端阳一听，做出生气的样子，却悄悄对他眨了一下眼睛，说："你怎么越老越糊涂了？我有事给领导汇报，你回避一下有啥不可以的？"

说着，贺端阳用力将贺世忠一推，便将他推到门外，然后反身将门一关，还没等马书记问，便压低了声音，做出了一副十分严肃的神情说："各位领导，不得了了！贺世忠老伴儿死的事，全湾都晓得了！你们晓得贺家湾人，都是些蛮子性格，我来的时候，便听见好多人说，要来乡政府讨公道！要是来了，那是好几百人，如果加上田桂霞娘屋的人，那更不得了！他们要是只在乡上闹一下还好，要是真的将尸体往县上抬，闹大了，怎么收场？请领导及时做好防范……"

话没说完，马书记脸上的肌肉一边颤抖，一边盯了贺端阳说："你是想吓我，是不是？"

贺端阳一听，立即做出一副苦脸说："哎呀，领导，你说这话就太冤枉我了！我只不过给你们汇报一个我了解到的情况，信不信由你们！如果领导不信，就算我没说好了！"

话音刚落，王所长说："贺支书说的情况，不是没可能！死者为大，挟尸要挟，不是没有！守土有责，如果真出现这种情况，我这个派出所所长有责任，乡上更有责任！"

说完又对马书记和谢乡长问了一句，说："你们看怎么办？"

马书记黑着脸没有回答，过了一会儿，谢乡长才看着贺端阳问："如果乡上给贺世忠一万块钱，你能不能把工作做下来？"

贺端阳说："我哪敢担保？不过领导放心，我肯定是站在领导一边！只是请领导一定要抢在贺家湾人的前面，不然到时几百人来了，人多嘴杂，别说一万元，就是几个一万元，也恐怕解决不到问题！"

谢乡长和王所长听了这话，便同时对贺端阳问："贺支书有什么好办法？"

贺端阳道："我能有啥好办法？主意还得领导拿！"

说完却说："不过，我倒可以先出去，给大门边那几个人把招呼打了，免得他们这样吵吵闹闹和哭哭啼啼的讨人嫌！"

说着，也不等屋子里人说什么，贺端阳果然便开了门走了出去。来到门口，贺端阳将一张脸黑得像是锅底般，先对贺长军、贺勇两个人大声数落了起来，说："好哇，贺长军、贺勇，你两个吃饭都不长了，竟然做这样的事？姆子喝了农药，老叔叫你们帮忙，你们帮的啥忙，啊？不往好处帮，却帮起倒忙来了，不说对不起老叔，就是死去的人，你们对不对得起？老叔现在虽说落魄了，可好歹也当过那么些年的干部，在乡政府这块地盘上，也算得上是场面的人，你们说是不是？你们让他到乡政府来又是哭又是闹，又是要跳楼，晓得的人，说他是因为婶子去了世，悲伤过度，糊涂了！不晓得的人，还说他故意泼皮耍赖，你让老叔他今后还怎么见人？退一万步说，即使老叔不顾这张老脸了，可还有我兴涛老哥和兴菊妹妹，他们还年轻，难道也不怕别人戳脊梁骨？你们摸到良心想一想，这样做对不对？"

说完这话，又悄声对贺长军、贺勇两个人说了一句："我已为老叔争取到了一万块钱，你们见好就收，等会儿我叫你们抬起走，你们就抬起走，啊！"

说完这话，不等贺长军、贺勇回答，又马上转身对董秀莲和池玉玲说了起来："你们两位嫂子，不是我今天也批评你们，叫你们来，本是要多劝一劝兴菊大妹子和王芳嫂子的，可你们怎么劝的，倒添乱来了！更是头发长、见识短是不是？都给我住声，要哭回去哭，不许再哭哭啼啼的了！在政府门口哭哭啼啼的，像啥，啊……"

董秀莲和池玉玲一听，果然不像刚才那样哭了。

贺端阳把外面一伙人镇住以后，又才走进乡政府办公室，对马书记和谢乡长、王所长说："领导，我刚才那番夹枪带棒的话，你们也听得出来，表面说的是贺长军和贺勇，实际上数落的是贺世忠这个老糊涂虫！我只能这样旁敲侧击，把话说到这个份儿上，我想贺世忠也是懂得起的！剩下的，就看领导怎么处理了。"

谢乡长听了这话，又看了看马书记和王所长，才说："贺支书你辛苦了！我个人的意见就按王所长刚才说的办，一万元就一万元，拿钱买平安，但条件是要他把尸体马上抬回去安葬了！贺支书你把贺世忠喊进来，看他愿意不愿意？"

贺端阳一听谢乡长这话，果然便去把贺世忠喊了进来，将乡上的处理意见告诉他。贺世忠一听，便说："先要把一万块给我了再说……"

马书记、谢乡长一听这话，又马上露出了怀疑的神色，说："先把钱给你了，你不把尸体抬走怎么办？"

贺端阳一听，急忙说："这个事情很好办！把钱交给我，我要是没有办好，你们双方都拿我是问，怎么样？"

王所长一听，便连声说："好哇！好哇！这个办法最好！"

说完又回头对贺世忠问："贺老革命，你说怎么样？"

贺端阳不等贺世忠答话，便又对他说："老叔你放心，我贺端阳跑不了的，我即使跑了，跑得了和尚还跑得了庙？"

贺世忠听了这话，嚅了嚅嘴唇，半天才说："我没说不相信大侄儿呀！"

贺端阳一听，马上一锤定音，说："好，那就这样了！"

说着，又跑到铁栅栏门前，对贺长军、贺勇说："还不快把婶的尸体抬回去，事情都解决了，还等啥？"

说完又像赶苍蝇似的，对贺长军他们直挥手说："快走，快走，啊！"

贺长军、贺勇一听，像得到命令似的，也不等贺世忠出来发话，果然抬起担架就先跑了。这儿兴涛、兴菊、王芳和郑氏兄弟虽然还在犹豫，董秀莲、池玉玲一见，马上过来拉了兴菊、王芳的手，说："走吧，走吧，你们不回去开门，难道把你们妈停在露天坝坝里呀？"

兴菊、王芳没法，只好又哭着喊了一声："妈……"然后朝着田桂霞的担架追去了。剩下兴涛、郑氏兄弟，在铁栅门前又站了一会儿，等贺世忠和贺端阳出来后，也一起回去了不提。

走到路上，贺端阳才对贺世忠说："叔，要不是我谎称贺家湾人要到乡上来替你打抱不平，他们怎么舍得加五千块钱？"

贺世忠没有吭声，过了半天才瓮声瓮气地说："我晓得，大侄儿，老叔谢你了！"

说完却像噎住了似的，抽搐了一下，才接着说："可你婶子……已经去了……"

一语未了，贺世忠便哽咽了起来。

第五章

一

按下田桂霞的丧事不表，却说贺世忠本来就是一张狭长脸，埋葬了老伴儿过后，下巴又拉长了许多，看上去不但比过去黑了，也更瘦了，脸颊上的颧骨，像两座耸立的山峰。背也没过去直了，走路时佝偻着腰，眼睛老看着地面，像丢了什么东西，现在要找回来一样。偶尔抬起头看一下人，眼睛红红的，充满悲伤和绝望的目光。

兴菊知道父亲心里的痛苦，这天牵了女儿蓉蓉过来，对他说："爸，你把门锁上，把家里的东西该收拾的收拾，该给人的给人，然后到我们家里去住！"

贺世忠说："到你们家里去住做啥？"

兴菊说："你一个人冷锅冷灶的，难得烧火做饭，再说，一个人煮得到多少饭？煮一碗饭也要去烧一次火！过来和我们一起吃，我们每顿也只多加一把米就是！"

说完又说："再说，过去你和妈生活惯了，现在突然冷清下来，也没有人和你说句话。还有，像那些洗洗缝缝的事，你过去也没有做过，让你一个人住，我们怎么放心？"

贺世忠等她说完，沉默了半晌，才突然吐出两个硬邦邦的字，说："不来！"

兴菊愣了一下，才问："爸，为啥不来？"

贺世忠说："你有你的一家人，我来做啥？"

兴菊说："又不是外人！"

贺世忠说："各家门，各家户，怎么不是外人？"

说完又说："我到你家来了，你哥哥嫂嫂会怎么想……"

兴菊不等他说完，便红了眼圈说："我就是看见妈死了这么多天了，哥哥嫂子也没有说一句让你去和他们一起住的话，我才来叫你的！他们怎么想，我管不着，我只晓得妈不在了，你一个人冷冷清清，才来叫你跟我们过……"

兴菊说着有些伤心起来，哽咽了一下，便推了一下怀里的女儿说："蓉蓉，叫外公去跟我们住！"

那小女孩七岁，一张红扑扑、圆圆的脸，大大的眼睛，头上扎着两根小辫子，绑了蝴蝶结，十分可爱。听了母亲的话，果然就扑到贺世忠怀里，搂了他的脖子说："外公，外公，到我们家里去住，我和你睡！"

贺世忠一见小女孩这样，心里立即就像蜜糖化了一样，马上搂了她，用胡子在外孙女脸上扎了一下，心里这才酸酸地说："我不来，乖外孙，这屋里有你外婆的影子，我要守着你外婆……"

话还没说完，兴菊就哭了起来，说："爸，我是一片好心……"

贺世忠说："我晓得你是一片好心，可是我不能来！"

说完这才对她解释说："你哥哥嫂子再不孝，可也是我的儿子。我有儿子儿媳妇，断没有跟着女儿过的道理！我去跟着你住，倒是可以吃一碗现成的饭，可湾里的人会怎样看待你哥哥嫂子？不是明摆着把你哥哥嫂子置于不仁不义不孝的境地吗？再说，你的公公婆婆也还在，两个老人都够你服侍的，还添上我，一屋里的老年人，你是想开敬老院不成？"

说完又说："我要是和你公公婆婆合得来还好，要是合不来，你是站在公公婆婆一边，还是站在老子这一边？不管是站在哪一边，你里外都不好做人！"

兴菊听了父亲这话，想了想说："爸，怎么会合不来呢？我一碗水端平就是了！"

贺世忠听罢，先叹了一口气，然后才像是开导小孩似的说："女呀，你还年轻，没经多少世事，不晓得人心隔肚皮，复杂着呢！你来接我和你们一起住，心是好的，但蓉蓉她爸、她爷爷奶奶究竟是怎么想的，你怎么晓得……"

兴菊听到这里，马上说："爸，我和他们商量过了，他们都同意！"

贺世忠说："才开头嘛，他们怎么不同意？可住久了，他们还会同意？"

说完又说："这人老了，就小气，要是为一丁点小事，和蓉蓉她爸、她爷爷奶奶闹了矛盾，弄得亲戚不像亲戚，倒不如就像现在的好！"

说完，见女儿还要说什么的样子，贺世忠又马上说："再说，你们去年才修了房子，还欠着十多万块钱的账，你们不赶快到外面挣钱，来把账还了，还要背到啥子时候？我不来，你把蓉蓉交给她爷爷奶奶，还可以出去挣几年钱。我一来，一屋子的老年人，你还怎么出去打工……"

话还没说完，兴菊便流起泪来了，说："可爸，你一个人过，我、我们实在不放心……"

贺世忠也不等她说完，便说："爸现在还能动，有啥不放心的？有些活儿过去没做过，现在慢慢学嘛！一个人做来一个人吃，哪儿就饿着了？你尽管回去做你自己的！"

兴菊见实在劝不过父亲，没办法，只好对贺世忠叮嘱了又叮嘱，然后才牵着女儿回去了。

晚上，王芳知道兴菊下午来接过父亲去跟他们过，也唯恐落后了似的，马上走了过来，对贺世忠大声说："爸，明天开始，你把锅儿碗筷都搬到我们那边来，这边不要再烧火了！"

贺世忠知道儿媳妇的意思，却故意不明白地说："我不烧火，吃生的呀？"

王芳说："一锅费柴，两锅费米，还有缝补浆洗，你都不会，过来和我们一起住算了！"

说完又说："你想一个人睡，吃了晚饭过来睡就是。你要不想一个人睡，就和阳阳睡，晚上也有人给你煨脚！"

贺世忠听了儿媳妇的话，却生起了气来，说："你是腊月三十天的磨子——想转了，这时候才想起叫我跟你们一起住！"

他本想说："要不是兴菊今下午来叫了我，你会叫我跟你们一起住吗？"可怕儿媳妇听了这话不高兴，便忍住了没说。

王芳一听，却还是不高兴地叫了起来，说："爸，你别狗咬吕洞宾，不识好人心，啊！妈死了才好久嘛，人家气都没有怄完，你就嫌迟了？我们可是好心好意，来请你一起住的，你可别摆架子，还不想来，啊！"

贺世忠想：儿媳妇毕竟不是女儿，还是不得罪她好了！于是便说："你们住你们的，我哪个也不跟，就一个人住，想吃干的，就吃点干的，想吃稀的，就吃点稀的，想睡到啥时起来，就睡到啥时起来！"

又说："晚上一个睡到冷，我把脚包热和些，要哪个煨脚……"

话还没完，王芳就做出非常生气的样子，唯恐左邻右舍不知道似的大叫了起来："爸，这可是你自己不愿来跟到我们，到时可不要说我们又没有孝心，不想养你哟！"

说着更把声音提高了几度，接着说："爸，明说，妈生病和办丧事，我们还贴了一万多块钱在里面，这钱都是借的，你要一个人过，我们可没有零花钱给你！妈的低保卡在你那里，每月有几十块钱，你就自己打零杂用，我们既不向你要一分钱，也没有钱给你，我们早点把话说明白！"

贺世忠一听王芳这话，心里就狠狠地骂了几句："狗东西，我就晓得你来叫跟你们一起住是假，不想养我是真，问客杀鸡——假仁假义！"

可他又不想和儿媳妇一般见识，于是便说："你们不给我算了，我现在还能动，挣得到钱就用，挣不到钱出去讨口，讨得到就讨，讨不到饿死就算了！"

王芳听了，便接口说："那就好嘛！"

说完又怕真背个不孝的名声，马上又说："你挣不到钱的时候，别人出多少，我们就出多少，保证不少你一分！"

贺世忠一听儿媳妇这话，便又知道她所谓的"别人"，又是指兴菊无疑，于是朝地下"呸"了一声，心里又愤愤骂了一句道："狗东西，硬是多生了你们！"一边骂，一边黑着脸，进里屋躺下了。

睡在床上，贺世忠想起女儿和王芳对他说的话，心里仍忍不住有些感动起来。尽管王芳是狗戴帽子，故意做出人见识让别人看的，但总的来说，他们的心都还是好的。想着想着，突然在心里觉得有些对不起儿女来。想起儿女小时，他成天东颠西跑，对兴涛、兴菊关心得太少，特别是对他们的学习，基本上没有管过，以至于初中毕业以后，兄妹俩都没能继续升学。当了那么多年村支部书记，不但没给他们带来任何好处，反把他们辛辛苦苦打工挣来的一点钱，给借了出去，孩子们回来后，也没责怪过自己。自己赌气出去打工以后，把他们妈扔在家里，也是他们照顾。一想起这些，贺世忠就在心里深深责怪起自己来，觉得是自己没有当好父亲，孩子有时怨恨自己，那也是应该的。这样一想，贺世忠心里对儿媳妇也没有气了。

第二天，贺世忠便过去对兴涛说："你妈走了，住院和办丧事一共花了多少钱，你们究竟垫了多少钱，也没有算账。中午时候，你把兴菊喊过来，当到我一起把账算一下！"

兴涛听了父亲这话，过了一会儿才红着脸说："用都用了，还有啥算的……"

话还没说完，王芳便不满地瞪了兴涛一眼，说："怎么没有算的？亲兄弟，明算账，当到算起给爸听一下嘛！"

贺世忠听儿媳妇这样，也不满地瞪了她一下，却说："就是，用多用少，老子心里也有个数嘛！"

说完又说："不然今后又说这也不公平、那也不公平！"

兴涛知道父亲有些不满意王芳爱说小话的毛病，听了这话，便立即说："好，好，我马上就给兴菊说！"说完就给兴菊打电话，说是爸要求算账。

兴菊听了这话，果然中午时候就来了。兴涛便把医院所有的发票和办丧事所有的花销都搬出来，有发票的就叫兴菊一张一张念，没有发票的，自己按照账本上的记载念，然后叫兴菊和父亲回忆，回忆一笔就在账本勾一笔。除了田桂霞才入院时，兴涛和兴菊交的 30000 块钱外，以后的每笔开支，贺世忠都能回忆得起来。算了半天，终于将他们母亲在县医院的住院费、抢救费、医疗费以及零杂开销，算了出来，一共用去了 47842 元；办理丧事一共花去了 31485 元，除去贺世忠打工挣回的 35000 元和向乡政府要的 20000 元外，其中兴菊出了 7230 元，剩下的 16000 多元，则全是兴涛出的。

贺世忠一听花出去这么多钱，心里一惊，随后又想："幸好自己用一哭二闹三上吊的手段，从乡政府要了 20000 块钱回来，否则，他们还要多背 20000 块钱的债！"这样一想，便说："你们把自己出的钱都记好，老子今后一一还给你们！"

兴菊听了父亲的话，马上便说："爸，你说那些，都是我们的责任，谁要你还……"

可是还没说完，王芳立即接过了话去，说："要是爸有钱呢……"

兴菊看了看嫂子，张了张嘴正要说什么，没想到贺阳像是想起什么，马上从桌子上跳了下来，跑到贺世忠身边，扑在了贺世忠身上，说："爷爷，你说的给我钱买玩具，还没给我呢，你啥时候把钱给我呢？"

贺世忠刚才听了王芳那句"要是爸有钱"的话，心里便有些不畅快起来，这阵见孙儿又缠着自己要钱，更有些生气了，想："真是有啥样的娘，便有啥样的后人！"这样想着，便不由得将贺阳用力一推，沉了脸吼道："你怎么不想到别的，就是想到钱、钱、钱，有钱给你就高兴，没钱给你，你的脸就垮下来了，是不是……"

话还没有说完，王芳一张脸果然就黑了下来，也气呼呼地对儿子吼道："贺阳你过来！你哪里那样没出息？你总是到哪儿都牵着你娘的衣襟角角来的嘛，你爷爷有再多的钱，你难道用得成？"

话音一落，兴菊的脸色也变了，像是也要发作，却忍住了。这儿贺阳受了爷爷冷落，又被母亲一顿呵斥，不知错在了哪儿，小嘴唇一瘪，眼泪就吧嗒吧嗒地直往下掉。贺世忠看见孙子哭了，心又软了下来，想起是自己亲口许的愿，没有兑现，错不在孩子，而是自己，见贺阳擦泪抹涕地正要离开，于是又一把抓住他，将他揽在怀里，一边撩起衣襟给他擦泪，一边哄着他说："阳阳放心，等爷爷有了钱，一定要给我孙子，啊！"

又说："我孙子好好读书，听话，啊！"

王芳听了这话，脸色才好了一些，这才又对儿子说了一句："阳阳过来，爷爷跟你爸爸和姑姑说正事，你去缠着做啥子？"

贺阳听了，这才又到一边去了。贺世忠等孙子走后，才又看着兴涛、兴菊说："老汉在医院里曾经给你们说过，不管是你们妈住院和以后其他开支，只要我还有一口气，都由我来还，不要你们背账，我说过的话就要算数的！"

兴菊听了贺世忠这话，知道父亲手里没钱，唯一的钱就是那笔过去借出去的款，于是便说："爸，你用啥子来还？我和哥都晓得，你手里只有那笔借出去的钱了，可还不晓得猴年马月能收得回来？即使那笔钱收回来了，难道你手里真的就不留一点钱养老？"

可兴菊的话刚完，王芳又顶了一句，说："兴菊这话是啥意思？难道爸今后真的动不了了，我们就不会养了？"

兴菊没管王芳的话，只顺着自己刚才的话说了下去："算了，爸，妈住院和办丧事这笔钱，除了你拿出的五万多块钱外，剩下的我和哥平摊，我出得少些，算我欠哥的，差多少我给哥打欠条……"

兴菊的话还没说完，贺世忠见王芳又露出了满脸不高兴的神色，便马上打断了她的话，说："你们放心，我说过不要你们摊账，就绝不要你们摊账！"

说着停了一会儿，才继续说："我反正是吃了秤砣铁了心，一定要去把这笔钱要回来！管他们是一次给我，还是像挤牙膏一样，去要一次又挤一点给我，反正我只要还有一口气，就一定是要去要的！不把钱给我，我过不到安生日子，他们也别想过安生日子！"

说完又看了兴涛、兴菊一眼，又继续说："再说这笔钱，也是你们过去在外面打工挣的，被老汉抓来借给了他们，老汉觉得怪对不起你们的，如果收回来了，还你们也是应该的！"

兴涛、兴菊、王芳听了这话，都没有吭声，过了一会儿，贺世忠才说了一句："那就这样吧，各人该干啥就去干啥吧！"说完，就站起身来，走出了兴涛的屋子，回去了。

兴菊见父亲走了，自己站起来也要回去，王芳见了，故意做出生气的样子说："都到吃午饭的时候了，兴菊你看不起当哥哥嫂子的，以后就别来了！"

兴菊知道嫂子并没有安心留她，要安心留她和爸爸吃午饭，刚才他们兄妹算账的时候，她就不该在这儿鸡一嘴、鸭一嘴的，而应该在灶屋里生火做饭才是。现在父亲都走了，自己留下来吃他们一顿，还有什么意思？于是便也笑着说："嫂子说这些！一个湾里住着，不过隔一条沟罢了！以后嫂子有啥好吃的了，煮好了，站在岩畔喊一声，我就过来了，还怕我吃不到你的？"

说完这话，兴菊便出门，过来看了一下贺世忠，见父亲已经在生火做饭，于是将身子倚靠在门框上，和父亲说了几句，便也回去了。

二

白驹过隙、光阴荏苒，不知不觉，田桂霞已经死去四个多月，冬尽春至，转眼年关已经来临。一些留在家里的农人，养有过年猪的，开始请人杀猪，没养年猪的，也开始提篮携筐，去市场上大购小买。小孩子站在地上，拍着冻红的小手不断唱道："要过年了，要过年了！"天地间突然多了一种喜庆气氛。在这几个月里，贺世忠也渐渐习惯了没有老伴儿的冷清生活。田桂霞才去世的那段日子，他确实不习惯，觉得非常痛苦。这也不奇怪，因为在过去几十年里，家里有孩子哭闹嬉戏，有鸡鸣狗吠，有猪撞栏、牛碰圈。即使是孩子大了，各奔东西，可家里也从来没缺少过生气。在他做村支书那些年里，不管自己回来得多晚，总有一碗热菜热饭等着他，也总有那么几句唠叨和埋怨中又带着关切与温暖的话语迎接着他。晚上，又总有那么一具温热的身子陪伴着他。可现在不同了，他不亲自动手，即使只少烧了一把火，米也不会自动变成熟饭。而他过去饭来张口、衣来伸手惯了，现在老了，做什么都是笨手笨脚，显得好笑。如果不是兴涛、王芳、贺阳或兴菊等不时来问候他一下，或在做饭、洗衣或扫地时不小心，偶尔弄出一点声音以外，家里便冷清得像是坟墓。尤其是晚上，夜凉如水，一个人躺在冷冰冰的被窝里，两只脚睡到半夜也温暖不过来。四周静极，觉又少，翻过来睡不着，翻过去仍然睡不着，辗转反侧间，听见老鼠迈着轻快的脚步，从屋梁上跑过，从床前的地上跑过，窸窸窣窣，如亡人的碎步一般。在这种时候，他便会情不自禁地怀念起老伴儿来。这时，就像地上奔跑的老鼠钻进了他的身子里，并且正在用它们那尖利的牙齿，啃咬着他的心脏一样，一种说不出的痛苦的感觉，立即像水一样浸漫了他的全身。但时间是疗伤的最好良药，现在他即使偶尔想起老伴儿，也没有先前那种刻骨铭心的痛楚的感觉了。他也学会了做饭、洗衣和料理家务。晚上睡觉，虽然脚那面仍然很冷，可兴菊给他买了一只热水袋，睡觉前灌上一袋开水，放在两只脚中间，那脚也就很快暖和了起来。觉也睡得好了，别说老鼠在房梁上和地下轻手轻脚地奔跑，就是偶尔发生内讧，厮打得你死我活，他也因为熟睡而不知道。总之一句话，贺世忠失去老伴儿的伤痛已经慢慢抚平，生活在逐渐走上正轨。

这一日，兴涛忽然从外面走进来，对贺世忠说："爸，我听别人说，村里又要重新审议明年吃低保的对象了！"

贺世忠问："怎么要重新审议？"

兴涛说："吃低保的本来就是一年要审议一次嘛……"

贺世忠不等儿子说完，便不以为然地说："他们审他们的嘛，关我啥事？"

兴涛一听父亲这话，便马上说："爸，你忘了，妈已经不在了，妈那个低保指标……"

一听这话，贺世忠这才有些紧张了，说："你是说村上要把你妈那个低保指标取消了？"

兴涛说："如果你不去争取，肯定是要取消了！"

说完又看着贺世忠说："你想想，人都不在了，每月还领几十块钱，道理上也说不过去，别人怎么不会取消？"

贺世忠一听就着急了，说："那你说该怎么办？"

兴涛说："爸，虽说每月几十块钱不多，可糠壳不肥田也能松下脚！再说，已经得到的好处，怎么能轻易丧失了？所以，爸你去找找贺端阳，妈虽然不在了，可你还在，你也是为村里做出过贡献的，再说现在年老体衰，也不能怎么劳动了，又是一个人住，要说困难，肯定也说得上！你就叫贺端阳把妈那个低保指标，转到你的名下，好歹你一个月也领几十块钱，够你称盐打油了嘛！"

贺世忠听完儿子这番话，怔怔地看着他，过了半天才说："你给老子明说，这又是不是王芳的主意？"

兴涛一听这话，就有些急了，说："爸，你不要开口也怪王芳，闭口也怪王芳，王芳不过是心直口快，说话有些不注意方式方法罢了，其实她心眼还是很好的！"

贺世忠听了这话，突然笑了一笑，说："老子就晓得你要帮到她说话！老子也没说她心眼不好！不过她心里的小九九不说老子也晓得！她是怕我没了这几十块钱，要打点零杂开支，就会向你们要钱，才使起哑巴打大锤，让你过来说这番话的，是不是？"

兴涛一听这话，脸就红了，过了半天才说："爸，反正我们是一片好心，去不去要在于你……"

贺世忠没等他说完，便正了脸色说："老子怎么会不去要？每个月白白地得几十块钱，哪个不想？"

说完便把话题岔开了，看着兴涛问："今年过年你打算怎么过？"

兴涛没明白父亲的意思，愣了半晌，才说："爸，啥怎么过？你肯定是和我们一起团年嘛！不和我们一起团年，难道你到兴菊那里团年？"

贺世忠说："光是团个年就算了，老子又吃得到多少？明跟你说，兴菊都给我买了十斤猪肉熏成腊肉，我养了你一场，难道你还当不到兴菊？都这个时候来了，还没有听见你婆娘口子啥响动，硬是当没有我这个老东西了，是不是？"

兴涛一听是这事，便笑了一下说："爸，原来还是这事，我还以为是其他啥子呢！不过是几斤猪肉嘛！你都晓得的，我们那年猪还没杀，等杀了，兴菊给你割的十斤肉，我们给你多割几斤，行了吧？"

贺世忠一听这话，便说："你大话别说早了，到时婆娘眼睛一瞪，脸一垮，你倒怕多割几斤……"

兴涛一听，又急忙打断父亲的话说："爸，你又来了，其实王芳不是那样的人！你放心，爸，到时兑不了现，儿子见人磕个头！"

贺世忠听了这话才说："那好吧！我也不要你们多割几斤，我一个人吃得到好多？你给老子割几斤肉，癞儿梳头往理边过，然后王芳灌香肠时，一打鼓、二拜年，顺便给我灌两三斤香肠就是了！你也是晓得的，老子一个人，难得去灌！"

兴涛一听了这话，便说："好，爸，我给王芳说！"

说完便转身往外走，走到门边突然又转身对父亲说："爸，低保的事，你可要抓紧给贺端阳说哟！"

贺世忠见兴涛婆婆妈妈的，便说："老子几十岁了，还要你教？咸吃萝卜淡操心！"

兴涛听了父亲这话，果然不再说什么，回身走了。

贺世忠说兴涛咸吃萝卜淡操心，可是等儿子一走，他就坐不住了，立即站起来，准备去找贺端阳。他觉得儿媳妇说得对，吃到嘴里的肉再吐出去，确实有些不合算，并且不论从哪个方面说，他也完全有理由每月花国家这几十元钱。不花白不花，为啥不去争取呢？这样想着，他便锁了门，朝贺端阳家里去了。

到了贺端阳家里，大门开着，屋子里却没有人。贺世忠一边将头伸进屋里，探头探脑地看着，一边用手指重重地叩着门，喊着："大侄子！大侄子……"

还要喊时，王娇便从里面屋子里袅袅娜娜地走了出来，王娇还是打扮得像个城里人，只是脸上没有涂那些脂粉。一见贺世忠，便道："是老叔呀，你又有啥事？"

贺世忠说："我还是找端阳大侄子！"

王娇说:"他挑水去了,老叔进屋坐吧!"

贺世忠一听,便进屋坐下,又朝屋子四处看了看,便又问:"你妈也没在家里?"

王娇说:"接明祖去了!"

贺世忠"哦"了一声,便再无话可说了。王娇像是看出了贺世忠的窘态,便找话对贺世忠说:"老叔,年货都准备得差不多了?"

贺世忠一听这话,便说:"我一个人,准备啥?再说,你老叔现在落难,手头拮据,想准备也心有余而力不足!"

说完伸出脑袋,看了看他们一家挂在灶屋屋梁上正在熏的一排腊肉,又说:"哪能和大侄子媳妇你们比?"

话音刚落,王娇却说:"老叔还说手头拮据?你不是从乡政府要到两万块钱吗?"

说完不等贺世忠说什么,便又说:"老叔你真会要钱……"

贺世忠一听王娇说他"会要钱",觉得这是在讽刺他,于是便有些不高兴地说:"我怎么是会要呢?乡政府本来就欠我四万多块钱,这么多年了,利息都和本钱一样多了,我才要到两万块,戴起草帽亲嘴,还差老长一截呢!"

王娇一听,却说:"可是你要的这两万块钱,并没有包括在你那四万多块钱内呀,这不是会要是啥子呢?"

贺世忠一听这话,心里说了一句:"这是乡上愿意这样给呀!"可话还没有说出口,却听见王娇又在继续说:"老叔在乡上一闹,就得到两万块钱,相当于我们在外面打一年工了,你说是不是?"

贺世忠听出王娇的话里有忌妒和不平的意思,更有些不高兴了,心里说:"我要了点钱,你们是不是就眼红了?我过去当支部书记时,成天跑上跑下,催粮催款,刮宫引产,跑得脚板翻,又得罪人,每月才几十块工资,还要年终完成了农业税和提留统筹款任务,才能兑到现!贺端阳现在的工作,能和我们那时比吗?可凭啥你现在每个月就拿七八百块工资,还要利用职权去包工程,明的暗的都来,也不知挣了多少钱。"

这么一想,贺世忠心里似乎比王娇更愤愤不平起来,觉得和现在当支书的比起来,他那时不知吃了多少亏。别说两万,就是再给几万,也恐怕补不回来!正想拿这话回答王娇时，贺端阳却挑着水回来了，贺世忠也便把话咽了回去。

贺端阳看见贺世忠来了，把水倒进缸里后，便走了出来问："老叔，你又有啥事？"

贺世忠来时，心里还有些别扭，思忖着该怎样对贺端阳说才恰当，可现在脑子里有吃了亏的思想，一下觉得自己又有些理直气壮了，于是便毫不掩饰地说："大侄儿，你既然这样问我，我也就月亮坝坝里要刀——明砍了……"

贺端阳看着他，不等他说完，便插话说："你直接说事情好了，老叔，我这个人也喜欢直来直去！"

贺世忠见贺端阳打断了他的话，有点不高兴了，停了一会儿才说："那你莫打岔，听我长话短说好了。就是关于你婶子那份低保的事，我请大侄儿把她那份低保，转到我的名下！"说完便把两眼紧紧落在贺端阳脸上。

贺端阳一听，习惯性地将眉头皱了一下，嚅了嚅嘴唇，似乎有点为难的样子。贺世忠一见，还是觉得刚才的话太硬和太直一点，便又马上说："大侄儿你也是晓得的，我过去没有功劳，也还有点苦劳！现在年老力气衰，屙尿打湿鞋，外出打工没人要，种庄稼又挑不动粪桶、干不了重活，你说这日子能好到哪里去？再说，你婶子那份低保，我一直都是领着的，现在转到我名下，也没有给你添啥麻烦，不过就改个名字而已！"

说完这话，见贺端阳还是一副抿嘴皱眉的样子，以为他不想答应，心里便有了几分不高兴，便又马上语气很硬地说："能行不能行，大侄儿今天给我一句话，别做出我欠了你啥子那个样子！"

贺端阳等贺世忠说完，这才说："老叔，真佛面前不烧假香，当侄儿的也是袖子里揣棒槌——直来直去，给你说句实话：你说的这件事，我可真还给你做不到……"

话还没有说完，贺世忠一下跳了起来，盯着贺端阳便气咻咻地质问道："怎么做不到，啊？"

贺端阳一见，急忙对他挥了挥手，说道："老叔，你先别那样大的火气，坐下来听我慢慢给你说！"

贺世忠鼻孔里喷着粗气，站了一会儿，果然又重新坐了下去。贺端阳才又接着说："老叔你是晓得的，婶子那个低保指标，是乡上直接给的，并没有在村里的指标内，村里只管乡上拨给我们的指标。所以老叔要想把那个指标转到你的名下，得直接去找乡上！"

说完这话，才又看着贺世忠问："村上管不了乡上的事，老叔现在明白了吧？"

贺世忠一听原来是这样，便说："找乡上就找乡上，这有啥大不了的！"

可说完却又看着贺端阳问："我去找乡上，要不要村里给我出个证明？"

贺端阳说："那倒不必要，不过老叔你自己倒要写一份申请，村上在申请上给你盖个章，证明情况属实就行了！"

贺世忠一听这话，便看着贺端阳问："那这个章，大侄儿要给我盖吧？"

听了这话，贺端阳还没回答，旁边王娇却不高兴起来，说："老叔说这话，好像我们端阳和你有仇，要故意卡你似的！一个章他怎么不给你盖？"

可说完这话又说："乡上一条牛都去了，还舍不得一根牛尾巴？其实要不要端阳盖这个章，老叔还把一个低保指标要不下来？"

贺世忠一听这话十分刺耳，可又不好说什么，便站起来只对贺端阳说了一句："那好，我回去把申请写好了，再来找大侄儿吧！"说完便回去了。

回到家里，贺世忠连饭也顾不上做，便找出纸和笔，伏在桌上写起申请来。尽管他做过那么多年的村支部书记，可三天不摸手生，短短的一页申请，他写了撕，撕了再写，一连写了好几遍，才将一份申请写好：

申请书

尊敬的马书记、谢乡长：

领导好！

我叫贺世忠，男，现年63岁，家住贺家湾村，家庭人口一人。

我于19××年至200×年担任贺家湾村支部书记，在200×年将儿女打工的42000块钱，借给乡政府上交农业税，帮助乡政府完成了当年国家下达的税收任务，有力地支援国家建设，使我们的国家越来越富强，但此款乡政府至今未还，造成了我个人家庭长期生活困难。今年我女人田桂霞不幸患上了肾功能衰竭症，因没有钱得不到及时医治，无奈之下，只好喝农药自杀。

现在我一人孤苦伶仃，年老力衰，又患有胃病、风湿病、高血压等多种老年人慢性病，丧失劳动能力。因此，特请求领导看在我曾为党做出过一定贡献的分上，将我妻子田桂霞享受的低保指标，转到我的名下，以给老同志一点安慰。

申请人：贺世忠

写完以后，贺世忠又看了一遍，觉得满意，正打算折叠起来的时候，贺阳突然一头撞了进来，口里喊着："爷爷，爷爷——"

贺世忠一惊，立即对他呵斥道："放了学不赶快回去，像有人撵起来了一样，大惊小怪做啥子？"

那孩子不但没生贺世忠的气，反而跑过来抱住了他，直说："爷爷，爷爷，过年你给我发多少压岁钱？"

贺世忠一听这话，发了一会儿愣，便说："过年还有这么早，我晓得给你发多少压岁钱？"

可孩子却表现出不依不饶的样子，抱住贺世忠的脖子直摇晃说："不嘛，不嘛，我要你说嘛！"

说完又说："贺明祖说他奶奶要给他两百块，你给我多少嘛？"

贺世忠一听，便知道年还没到，孩子们便在攀比压岁钱了。不过这也不奇怪，孩子们盼过年，盼的就是压岁钱嘛！想到这里，贺世忠心里泛起一股说不清楚的滋味，便一边摩挲着孙子的头，一边对他说："阳阳放心，爷爷也一定要给我孙子压岁钱！"

那孩子缠了半天，也没从爷爷嘴里讨出一个准确的数字，便从贺世忠身上跳下来，噘着嘴跑开了。

贺阳一走，贺世忠又陷入了沉思。觉得自己在外面打了这么多年工，这是回家过的第一个年，确实应该多给孙儿和外孙女儿一个厚点的、有分量的红包，让孩子们高兴高兴！其实这不是一个钱的事，而是长辈对后辈的一份关心，一份慈爱，一份祝福，也是一份对家庭和睦、团结的希望。况且自己回家时，也没给孩子们买任何礼物，自己许诺给贺阳的礼物，到现在也没兑现，更应该一并给孩子补上了。可是一想到钱，贺世忠又有些发愁了，因为他手里并没有钱！即使他把田桂霞那张低保卡上的钱全部取出来，孙子和外孙女儿每人手里也不过几十块钱，不但不能让孩子们在小伙伴面前去炫耀，自己也不好意思出手。想了半天，干脆一不做、二不休，重新打开写好的申请书，又在下面添了几句话：

　　　　另外，春节临近，因家庭困难，尚无柴米过年，再求上级领导解决三千元困难补助，以体现党的温暖以及社会主义制度的优越性！

　　加上这段话后，贺世忠这才满意了，便将申请叠起来，揣在怀里，趁中午时候，找贺端阳盖章去了。

三

　　第二天乡上逢集，贺世忠很早便揣着申请书到乡上去了。去了一看，乡政府还冷冷清清的没几个人。贺世忠方知道自己来早了——现在的乡干部，大多数都在县城买了房子，属于老百姓说的"走读干部"，要吃了早饭才慢悠悠地从县城坐公共汽车回乡上上班，包括马书记也是这样。贺世忠在乡政府的铁栅门前转了两圈，觉得无聊，便往街上走去了。

　　小场的街道经过马书记的整修，虽然平了，却仍然很窄，幸好时间还早，赶集的人不是很多，因而还显得清静。贺世忠正溜达着，忽然听得一个声音喊他："贺支书——"

　　贺世忠急忙停下脚步，朝四周一看，原来是魏副乡长，正坐在旁边的"隆兴茶馆"里，两只脚呈八字形张开，跷在一条长板凳上，面前摆了一杯茶。贺世忠看见，就忙走了过去，说："老领导今天早上没有锻炼呀？"

　　魏副乡长见贺世忠进去了，急忙把脚放了下来，将身子坐正了，让出板凳让贺世忠坐。一边让一边说："这都啥时候了，那几圈早就跑完了！"

　　贺世忠没有在魏副乡长搁过脚的凳子上落座，却在旁边一条凳子上坐了下来，说："怪不得老领导看上去精力还这么好，原来是天天坚持锻炼呢！"

说完又问："老领导在这儿做啥子？"

魏副乡长说："还能做啥子？打点小麻将，吃点麻辣烫，过小康生活嘛！"

说完见贺世忠有点不明白的样子，才又认真说："没事干，等两个熟人来凑搭子，打点小牌混时间呗！"

贺世忠这一听，明白了，说："原来是这样一回事，还是老领导你们好哇！"

魏副乡长一听贺世忠这话，便有些不满地说："这就好哇？你还没有看见现在乡上那几爷子，没事就把饭堂的大门一关，躲到里面打麻将。打饿了让炊事员去把酒菜买回来，吃了挂到招待费里就是，那才好呢！"

贺世忠听了这话，没有回答。魏副乡长看了贺世忠一眼，突然想起了似的，说："不是我说你的话，贺支书，那天你真不该把你老婆子的尸体抬走，你不抬走，他们拿你一点办法也没有……"

贺世忠一听这话，脸便有些红了，急忙岔开说："老领导也晓得这事了？"

魏副乡长说："这样一个尿包场儿，场头摔跟头，场尾捡草帽，有啥不晓得的？"

说完又看着贺世忠问："他们一共还了你多少钱？"

贺世忠说："一分钱也没还，是用困难补助的名义给的！"

魏副乡长听了急忙说："你晓得他们为啥宁愿用困难补助的名义给你钱，却不愿意还你的款？"

说完不等贺世忠回答，便又自我回答地说："全乡类似的情况太多，他们怕一旦开了头，就没法收场！"

贺世忠说："我知道。管他们用啥子方式，我只认钱！我还是那句话，只要拿钱给我，我就喊共产党的干部万岁，就算摆平了。大不了，别人说我连老脸也不顾了吧，说就让别人说吧，人反正是那样一回事！"

可说完，又像是给自己找理由似的补了一句："不管怎么说，我也算给党做出过贡献的，是不是？"

魏副乡长听了这话，忙说："谁说不是呢？没有功劳有苦劳，没有苦劳也有疲劳嘛，该维护自己权利的时候，那就得维护！"

说完又对贺世忠问："那你今天来又有啥事？"

贺世忠见屋子里也没外人，便把低保的事对魏副乡长说了一遍，却隐瞒了要困难补助的事。魏副乡长一听，便又马上说："要，一个低保指标算啥事，坚决去向他们要！"

说完又像是给贺世忠打气说："现在的事，你不去要，没人会把好处给你送上门！你不去逼他们，他们就不得往后退，还会说你是傻瓜！"

说完又悄声对贺世忠说："现在上面强调维稳，他们最怕的就是上访，你抓住他们的心理，该要啥就去要，他们也不敢把你怎么样！现在国家的惠农政策很多，这是一个机会，你最好让他们把你纳入特困户！只要一纳入特困户，不但吃低保，以后上面有啥救济、补助，自然就有你的份了。这就像一些地方向国家争取贫困县是一样的……"

听到这里，贺世忠正想问魏副乡长怎么才能争取到特困户，却突然走进两个人来，打断了魏副乡长的话。贺世忠一看，原来也是他做支部书记时，在乡上担任领导的陈委员和李主任。他们退了休，也是住在小场上，贺世忠同样好几年都没见过他们了，几个人一见，拉着手又互相说了一阵亲热和怀旧的话。贺世忠一是怕他们像魏副乡长一样，问他那天把田桂霞的尸体抬到乡政府的事，二是知道他们要打牌，几句话说完以后，便告辞他们，往乡政府去了。

这时赶集的人逐渐到达了高峰，不但街上的人多了起来，到乡政府办事的人也同样多了起来，院子里人来人往，从每间办公室都传来鼎沸的人声，像是另一个集市一样。走到那道铁栅门前，贺世忠以为看门的陈老头又会把他拦住，可老头却没有，只抬起眼睛将贺世忠看了一眼，便把他放进去。贺世忠得了便宜还卖乖，故意对陈老头问："今天你怎么不盘问了？"

陈老头像是和贺世忠有仇一样，狠狠地瞪了他一眼，然后才气咻咻地说："我盘问不盘问，关你啥事，南天门的土地——管得宽呀……"

话音没落，旁边一个人突然对贺世忠说："他倒想盘问，可刚才被马书记狠狠熊了一顿，心里的气怕还没有消呢！"

贺世忠一听这话，突然觉得有趣，便又对那人问："马书记怎么要熊他呢？"

那人说："当场日子，又是快过年了，到乡上来办事的人很多，外面排起长队，可他却把着门，非要一个个问清找谁，要办什么事，不说清楚不让人家进！外面的人不耐烦了，就吼了起来，说乡政府鸡巴那样大一个衙门，请啥看门狗？还是人民政府呢！你那么怕老百姓，干脆把老百姓全部消灭掉好了！那话越骂越难听，马书记就出来，黑起一张脸把他狠狠熊了一顿，熊得他端起麦子无面换，干脆啥人也不拦了！"

贺世忠一听这话，不觉一下乐了，便冲着那老头又说了一句："活该！"说完这才走了。

没走几步，突然一眼看见马书记，正站在乡党政办门前和王主任说话，像是给王主任交代工作，王主任一边听一边点头。贺世忠正想走过去，马书记突然一抬头，也看见了贺世忠，只见马书记的眼睛像进了虫子似的眨了一下，脸色马上变了下来，转身便朝一边走去。贺世忠一见马书记明摆着是想躲开他的样子，突然急了，不由得大喊了一声："马书记——"一边喊，一边奔了过去。

院子里有很多人，一听他喊，便都把目光转过来看着他，然后又落到马书记身上，马书记知道躲不开了，也只好站下来。等贺世忠跑到面前后，才板着脸问："你又有啥事？"

说完不等贺世忠回答，又没好气地说："上访到信访接待室去……"

贺世忠一听这话，生怕马书记会躲开，于是不等他说完，便也大声说："我今天不是来上访的……"

马书记的眼珠子转了转，落到贺世忠脸上，打断他的话，又问："那你找我干什么？"

贺世忠毕竟当过支部书记，灵机一动，便说："我是来给乡上工作提建议的！"

马书记似乎有些不相信，又看了贺世忠一阵，才说："什么建议，你就在这里说嘛！"

贺世忠朝周围看了一下，故意做出为难的样子，说："马书记，还是到你办公室里说吧！"

马书记没法，只好带着贺世忠走了。

到了乡领导办公的三楼，马书记掏出钥匙开了门，进去在椅子上坐了，又指了指旁边一张条椅，让贺世忠也坐了，然后才右腿跷到左腿上，看着贺世忠说："说吧，什么建议？"

贺世忠说："这个建议嘛，就是关于领导要多关心老同志的事！"说着，便从口袋里掏出了那份申请书，打开，站起来，"啪"的一下放到了马书记面前。

马书记一见，觉得受了捉弄，脸马上涨成了一副猪肝的颜色，大声地叫了起来："你还说不是上访，这不是上访是什么，啊……"

贺世忠没等马书记说完，便挤出一张苦脸说："马书记，我这哪是上访嘛？我明明只是给领导提点要求嘛……"

马书记气得鼻孔里直出粗气，说："这不是上访，那什么才是上访？"

说完又说："提要求也到信访接待室去，啊！乡上有规定，不经过信访接待室，领导概不受理！"说完站起身，便要去叫人的样子。

贺世忠也马上站起来拦住了他，说："别、别，马书记，你千万不要叫人来拉我！场街大市的，闹起来了，对我不好，对你影响也不好！再说，我是老同志了，你又是我那个案件的包案人，就不能通融一点？话说回来，即使通过了信访接待室，最后还不是要你拍板！难道信访接待室几个放牛的，还敢私自把牛拿去卖了不成？"

马书记一听这话，又回到椅子上坐了下来，半天才说："贺老革命，我就叫你一声贺老革命，你还有完没完？"

贺世忠说："马书记，这点事，对你来说，不就是小事一碟吗……"

马书记不等贺世忠说完，便不耐烦地把他的话打断了，说："再是小事，那也要大家通通气，研究一下嘛！"

停顿一下说："老实说乡上不是我一个说了算……"

贺世忠听到这里，似乎不想给马书记任何退路，也立即说："那马书记你就把他们叫来，就现场研究研究，这也不是很为难的事！马书记，我今天可是不吵不闹，来找你解决问题的！我知道这点小事，马书记迟早都要给我解决，迟解决不如早解决，为这点子事，让我天天来找马书记，也不值得！你说是不是这样，马书记？"

马书记气得面色铁青，咬了半天嘴唇，最后才对贺世忠说："那你下去叫民政所的唐所长，到我办公室来一趟吧！"

贺世忠一听这话，马上站起来，说："这就对了，马书记，我今天就给你当一次差，你指哪里我打哪里！"

说完就要走，可忽然想起这要是马书记使的金蝉脱壳的计策怎么办。这么一想，又一屁股在椅子上坐下了，说："马书记，这不对！我是啥人？我去喊她，她要是不来怎么办？还是马书记你喊她吧！"

马书记没法，只好出来，站在走廊下，朝下喊了几声。

没一时，那个唐所长果然就上来了。进门一眼瞅到了贺世忠，心里便有些明白，脸就沉了下来，却对马书记问："马书记，有什么事？"

马书记朝贺世忠看了看，过了一会儿才对他说："你先出去一下，好不好？"

贺世忠一听，知道他们要商量自己的事，便答应一声，果然走了出去。

贺世忠一走，马书记便叫唐所长把门关上，然后把贺世忠的申请书往唐所长面前一推，说："你看这个怎么办？"

唐所长把贺世忠的申请书一看，眉头便皱到了一起，对马书记说："马书记，这个人没完没了，已经用了乡上两万块困难补助和救济款，再也不能给他一分钱了……"

话没说完，马书记便看着她问："不给他怎么办？"

唐所长沉思了一会儿，说："那个低保指标，虽然是他女人的名字，反正他都是领到的，转到他名下，倒没什么！可全乡就那么一点困难补助和救济款，他都用了差不多一半！马书记，你不是不晓得，现在老百姓聪明得很，自从国家有低保政策和困难补助以后，不管困难不困难，都到我那里来闹，不信你到我办公室去看，哭的、闹的，什么样的人都有，你叫我怎么去应付？像这个人，仗着当过支部书记，你越是答应他，他越是觉得和我们是可以讨价还价的。我们退一步，他就进一尺，你越妥协，他就越逼你，这样下去，什么时候才有完？"

马书记耐着性子听完下属的一番话，急忙站起来对唐所长打了一拱，说："我的姑奶奶，我怎么不晓得这些？可你站在我的角度想，我又有什么办法？现在上面讲和谐、讲稳定，抓信访抓得这样紧，县上每月一通报，排名靠后的点名批评，一票否决！我们又好不容易争了一个信访先进乡，这个人又当过村上干部，又借了几万块给乡上，现在有乡上的借条在他手里，并且前两次他到乡上来闹，你又不是没看见他那副胡搅蛮缠、死摔烂打的样子，不拿点钱来把他摆平，你说还有什么办法？"

说完停了一下又说："上次他老婆死了，我还真担心他把尸体往县上抬呢！如果他真把尸体往县上一抬，那我还有什么政治生命了？我的姑奶奶，你说我容易吗？"

马书记为什么在他下属面前这样客气？原来这唐所长也是有来历的！县上分管民政工作的余副县长是她的亲舅舅，要不然她怎么会从一个办事员调到这个乡当民政所所长？不久前，马书记到县上开会，余副县长还特别给他打招呼，要他关照他这个外甥女呢！所以，马书记不但对这个下属特别客气，而且也很尊重她的意见。

唐所长听完马书记的话后，想了一想，便说："那最多只能给他五百块钱的困难补助，多一分也不行！"

说完又说："下面等着要困难补助的人，多得很呢！"

马书记听了这话，过了一会儿才说："再加一点吧，我的姑奶奶！少了我怕把他打发不走，缠着我们怎么办？"

唐所长又想了半天，终于开口了，说："最多一千块，这是上限了！"

马书记一听，算是默认了唐所长的意见，便说："你看着办吧，反正早点把他打发走就行！"

唐所长听后，便去开门。刚把门打开，贺世忠便一下拱了进来，看着唐所长和马书记问："你们研究得怎么样了？"

马书记说："你跟着唐所长去，她具体给你办理！"

唐所长于是便对贺世忠说："你爱人那个低保指标，我们倒是可以转到你的名下，可困难补助的事，我们最多只能给你解决一千块钱……"

贺世忠一听到这里，便叫了起来："一千块，够啥子花……"

话还没完，唐所长便没有好脸色地对贺世忠说："要够花哟？把中国人民银行搬到你家里来，那就够你花了！"

说完不等贺世忠答话，便又满脸严肃地说："要不是看到你是老干部面上，别说一千，就是一百块钱也没门！你要不嫌少就跟我来领，嫌少就拉倒！"说完这话，唐所长便不再理贺世忠，出门径直走了。

贺世忠一见，急了，忙冲唐所长喊："那你把我定为特困户……"一边说，一边朝唐所长追去了。

到了唐所长办公室，唐所长拿出了几张表格，对他说："把这表拿回去，交给贺主任填好，报上来！"

贺世忠一看，正是"低保申请表"，便说："上次没填这个表呀！"

唐所长板着一张冰冷的脸，说：“上次是上次，上次是特事特办，这次要填了！”

贺世忠听了这话，便不再吭声了。唐所长又拿出一份表格，在上面写了名字和数字，让贺世忠签了字和摁了手印，便数了一千块钱给他。贺世忠揣了钱和表格，正想走，忽然又想起了特困户的事，便又对唐所长说：“我刚才说的特困户的事，你还没答复我！”

唐所长一听，才从牙齿缝里迸出了几个冷冰冰的字：“找村上！”

贺世忠做出有些不明白的样子，说：“为啥要找村上？”

唐所长把脸板得像石板一样，狠狠瞪了贺世忠一眼，才说：“村上才晓得情况，为啥不找村上？”

贺世忠一见唐所长这副把他当仇人的表情，想骂她几句，可想起“好男不跟女斗”的古话，只得把气忍下来，回去了。

四

回到贺家湾，贺世忠连家也没回，便径直去了贺端阳家里。见到贺端阳，贺世忠便把唐所长交给他的表给了他，说：“大侄儿，乡上那个唐所长叫我把这几张表交给你，叫你填好以后交到乡上去。”

贺端阳接过表看了一看，说：“老叔，你真的把婶子那个低保名额给要到了你名下？”

贺世忠听了这话还没来得及回答，却听见王娇一旁说：“我说的乡上一头牛都舍得了，还舍不得一根牛尾巴，可不是实现了？只要老叔出面要，有啥要不着的？”

贺世忠知道王娇的话里带有一种眼红和讽刺的意思，却不好说什么，便只对着贺端阳说：“那好，大侄儿，你就帮老叔办了！”

贺端阳说：“老叔放心，我一定给你办好！按说来，这享受低保的事，还要开一个村民代表会评议，还要把大家的发言都记到上面。不过你是从上面争取来的，村民代表同意不同意，反正这指标都是你的，就不脱了裤子放屁——多一道手续了，我给你编几个人的发言，写到上头就是！"

说完这话，却忽然又想起似的，看着贺世忠问："老叔，困难补助款的事，他们给你了多少？"

贺世忠一听这话，看了看王娇，可一想起贺端阳迟早都会知道这事，便说："癫儿梳头往理边过，像打发讨口子一样，给了一千块钱……"

话还没说完，王娇果然便在一旁叫了起来："老叔，一千块钱还是打发讨口子呀？啥人这么大方，打发讨口子出手就是一千块？"

贺世忠更不舒服起来，心里说："关你啥事？"但却不好把话说出口，又和贺端阳说了一句："那就这样，大侄儿，我回去了！"

说完，贺世忠便转过身子，往外走去。可没走两步，又突然回过身子，对贺端阳说："大侄儿，我叫乡上给我定个特困户，乡上说要回来找村上，你看这事怎么办？"

贺端阳一听这话，便说："老叔要个啥特困户？特困户也要开村民代表会评。我就给你定个特困户，可老叔一个人，上面即使有点补助、救济的，能给你多少？倒白担了特困户的名……"

话还没完，贺世忠便不满地说了起来："我怎么才一个人？虽说你兴涛哥他们另开门、另立灶，是分了家的，可户口还没拨开，都在我的户头上，难道不算一家人？"

贺端阳听了，马上又说道："如果这样说来，那更不够特困户的条件了！你想想，兴涛哥两口子年轻力壮，就养一个儿子，即使加上你不能劳动，也够不上特困户标准！"

说完又说："所谓特困户，是指那些老弱病残、鳏寡孤独户，完全丧失了劳动能力的，你叫我怎么给大伙解释？"

贺世忠一听贺端阳这话，便也不再说特困户的话，又转身往回走。刚走到墙角边，却听见王娇在屋子里对贺端阳说："吃了五谷想六谷，才得了低保指标和救济款，又想要特困户，脸厚不挨饿！"

贺世忠听了这话，脸上一阵发烧，想回去问王娇他脸哪儿厚了？可想起人家是两口子摆龙门阵，也没指到他鼻子说，回去问反倒是不好了。这样一想，便什么也没说，回去了。

刚回到屋里坐下，兴涛便过来对他说："爸，到我们家里来吃饭！"

贺世忠一听，便问："到你们家里来吃饭做啥子？"

兴涛说："阳阳的外公来了，吃了午饭好帮我们把过年猪儿杀了！"

贺世忠一听是这么回事，便说："那好，你先回去到，我马上就过来！"

兴涛一听父亲这话，果然回去了。这儿贺世忠看了看自己的衣服，皱皱巴巴的，胸前还有几处污渍，想起是亲家相见，便去找出干净衣服换了，这才往儿子那边走去。

过去一看，亲家果然来了，正逗阳阳玩耍。那王芳的父亲年龄比贺世忠要小七八岁，个子不高，却很结实，满面红光，神采奕奕。两亲家一见面，互相打了招呼，问了好，便各自在凳子上坐下。王芳在灶屋里忙着，一见贺世忠来了，便伸出脑袋问："爸，你回来了？妈那份低保划到你名下了？"

当着亲家的面，贺世忠多少也有一点打肿脸充胖子的意思，于是便说："这样一点小事，乡上哪有不答应的？我把自己的要求一说，马书记和民政所唐所长二话没说，就把表给了我，让我拿回来给贺端阳，让他填好拿上去！"

说到这里，他本来还想把要到一千元困难补助款的事也说一说，但想了一想，没有说出来。

亲家一听，果然说："我听王芳刚才说了，亲家到底是当过干部的人，一张纸画个人脑壳，面子是比我们平头老百姓大！要是我们，乡上的人怕瞅都不瞅一眼呢！"

贺世忠听了这话，正要回答，却又听得王芳在灶屋里说："爸，早晓得是这样，要一把米是要，要一斗米也是要，你该把我们的名字都写上去，反正我们的户口都在一起。要不到就算了，要是要到了，也多两个低保指标，糠壳不肥田，也总要松下脚！"

贺世忠一听这话，心头忽然一亮，也急忙失悔不迭地说："是呀，是呀，我当时怎么也没有想到呢……"

贺世忠还没说完，王芳又说："你一个人那点低保，值多少钱？几十块钱！你借给他们的四万多块钱，不说高利贷，就是存在银行，利息都不够呢！"

说完又说："如果要得到几个人的低保加起来，那倒差不多！"

那亲家也说："就是，如果要得到，还是该多要几个，反正不要白不要，要了也是白要！"

贺世忠听了儿媳妇和亲家一席话，心里更有些动了，便说："这都怪我没有想到！"

说完又说："慢慢来吧，等过了年，我又再去找他们磨！一回不行，还有二回，二回不行，三回又去嘛！"

听了这话，王芳才不说什么了。贺世忠正想和亲家摆点龙门阵，贺阳却忽然又跑了过来，又搂住贺世忠的脖子说："爷爷，爷爷，外公说也要给我两百块压岁钱，你给我多少？"

贺世忠一听这话，一是因为有了今天的一千块钱压底，二也是想在亲家面前充一回大方，他本想把具体数字说出来，话到嘴边却变成了："阳阳放心，爷爷今年一定给我孙子一个大红包！"

贺阳一听这话，又歪着小脑袋盯着贺世忠问："爷爷，多大个红包？"

贺世忠比画了一下，说："这样大一个！"

贺阳仍是不懂，又问："这样大是多大？"

贺世忠不比画了，却说："反正是爷爷从来没有给过你的那么多钱！"

说完，贺世忠怕贺阳继续缠着自己，又说："我孙子好好去读书，三十晚上，你背一篇课文，爷爷就奖励你一块钱！"

贺阳听了却说："一块钱，我不干！"

贺世忠说："一块钱少了，爷爷又增加嘛！反正你背一篇，爷爷奖励一次！"

贺阳一听这话，果然从贺世忠身上爬下来，去拿起书读课文了。

闲话少说，转眼间就到了大年三十。吃过晚饭，贺兴涛早早就去打开了电视机，准备看中央电视台的春节联欢晚会，王芳在灶屋里收拾碗筷。贺阳惦记着压岁钱，便跑到贺世忠身边来，悄悄地问："爷爷，你啥时候给我压岁钱？"

贺世忠说："等一会儿嘛，你看电视里还没开始跳舞，等电视里开始跳舞的时候，爷爷就给你！"

贺阳一听，眼睛就盯着电视屏幕，巴不得现在里面就跳起舞来的样子。没过多久，电视里春节联欢晚会果然就开始了，贺阳就又跑到贺世忠身边来。贺世忠坐到椅子上，便从口袋里掏出五只红包来，荡着满脸的皱纹问贺阳道："我孙子看看这是几个红包?"

贺阳瞥了一眼,答道:"五个!"

说完又问:"都是给我的呀!"

贺世忠说:"都是!"

贺阳一听,便扑过来抢。贺世忠忙把手举得高高的,说:"你忙啥?听爷爷把政策宣布清楚!爷爷今年给你五百块钱压岁钱……"

话还没说完,贺阳伸出舌头,一下惊叫起来:"啊,五百呀……"

叫声未落,连王芳也从灶屋里伸出头来了。兴涛忙说:"爸,细娃儿就是那样一个意思,给那么多钱做啥子?"

话音才落,王芳却说:"爷爷今年这样大方呀!"

说完又马上对贺阳说:"阳阳,你还不快谢谢爷爷!"

贺阳一听,果然说了一句:"谢谢爷爷!"

贺世忠说:"你先不忙谢,爷爷还有政策要交代!五百块给你,你要陪爷爷坐岁,一直坐到明年……"

贺阳一听这话,便又叫了起来:"要坐到明年呀,坐那么久,我不干,我不干!"

一听这话,兴涛和王芳都忍不住笑了起来,王芳在灶屋门口说:"瓜娃儿,从现在起到明年,只有几个钟头了,你就陪爷爷坐!"

贺阳听母亲这样说,也就马上答应了,说:"要得,要得,我陪爷爷坐!"

贺世忠便说:"那好,你看清楚了,现在是 8 点钟,爷爷给你一封红包,里面是一百块钱!等到了 9 点钟,爷爷再给你一封!然后 10 点、11 点、12 点,爷爷又分别给你一封!给完了,就是明年了!你要是睡了,你就得不成爷爷的红包了!"

贺阳一听,又连声说:"要得,要得,我不睡!"

贺世忠听了,果然将一封红包给了贺阳,并说:"不睡就好,爷爷现在就给你第一封!"

贺阳接过红包,打开看了一看,果然是一百块钱,高兴得满脸开花,转身就往灶屋里跑。

贺世忠一见,又喊住了他,说:"回来,回来,阳阳你回来!"

贺阳站住了，回过头问："爷爷，啥事？"

贺世忠说："拿起红包就跑了，连谢谢都不说一声，过来给爷爷磕一个头！"

兴涛一听，也对儿子说："就是，给爷爷磕一个头！"

贺阳果然过来跪下，两只手趴在地上，给贺世忠磕了一个头，然后爬起来，才往灶屋跑去了。

可还没过十分钟，贺阳便又跑到贺世忠身边去，问："爷爷，爷爷，9点钟到没到？"

贺世忠说："哪里这样快，还早着呢！"

贺阳一听这话，眼里立即露出了一种失望的情绪。贺世忠见了，想起奖励贺阳背课文的事，便说："现在你给爷爷背课文，背一篇爷爷奖励一块钱！"

贺阳听说，却又连声叫了起来："一块钱，不干，不干！"

贺世忠本意是想逗孙子玩，一看贺阳不高兴的样子，便问："那你要多少钱才干？"

贺阳骨碌碌转了一会儿眼睛，却拿不定主意的样子，就急忙跑到他母亲身边，娘儿俩悄悄说了几句话后，贺阳才挺起小胸脯大声叫道："五块！"

贺世忠只想让孩子高兴，当然也是让儿子、儿媳妇以及自己在这大过年的时间里，一家人快快乐乐，于是想也没想，便回答说："五块就五块，你背吧！"

贺阳听了这话，果然走到屋子中间，还把手背在背上。这时，不但贺世忠，连他父母都把目光从电视里那些红男绿女身上移过来，投到了贺阳身上。可是贺阳憋了半天，却没憋出句子，一张小脸涨得通红。过了好一阵，才突然吼出几句：

白日依山尽，黄河入海流。

欲穷千里目，更上一层楼！

背完，便扑过来让贺世忠拿钱。贺世忠果然拿出了五块钱给他，让他又去背。那孩子又过去站住，却还是没有背出来，最后仍把刚才那诗背了一遍。贺世忠一听，便说："这是怎么搞的？读了半年书，只背得这一篇课文呀？"

王芳也说："没出息的东西，看到钱得不到了吧？"一种恨铁不成钢的语气。

那孩子本来就着急，一听爷爷和妈妈的话，突然一下就哭了起来，说："我背得的嘛，我背得的嘛……"

贺世忠一见，急忙起身把他拉到了自己怀里，说："背得就好，大过年的，可不准哭！来，来，爷爷提前把红包给你！"说完就递过一封红包去。

那小子一见红包，立即破涕为笑，从贺世忠手里接过去，又一溜烟地跑到他母亲那儿去了。

没过一会儿，那小子又过来扑到贺世忠的膝盖上，却说："爷爷，爷爷，我妈妈说，明年你到乡上给我们家里要两个低保名额，我就不要你这么多红包了！"

贺世忠一听这话，便摸着那小子的圆脑瓜子说："好，好，爷爷过了年就去给你们要！"

那小子听了，却又突然翻到贺世忠身上，搂了他的脖子，把一张小嘴巴贴到贺世忠的耳边轻声问："爷爷，爷爷，你给蓉蓉多少压岁钱？"

贺世忠一听这话，忽然警惕了，便盯着贺阳问："爷爷给多少，关你啥事？"

说完又说了一句："爷爷想给多少就给多少嘛！"

贺阳一听这话，却不高兴了，嘟了嘴唇说："反正你不能给她和我一样多！"

贺世忠听完，又盯着孙子问："为啥不能和你一样多？"

阳阳说："她是郑家的人，我才是贺家的人……"

贺世忠一听这话，知道如果不是他妈教他，小孩子是说不出这样的话来的，于是心里一下不高兴起来。他原本想在这个团圆的日子里，和儿孙们多享受一点天伦之乐，却没想到从孙子嘴里说出这样两句话来。手心手背都是肉，什么郑家、贺家的人，他从来没有这样区分过，可在儿媳妇的眼里，却是有了区别，他一下感到索然无味起来。他想吼孙子几句，又担心大过年的，闹得一家人气气鼓鼓的，也不好，于是便黑着脸，什么也不说，心里却是越想越没意思。即使是电视里那种热闹的气氛，也不能把他的心情扭转过来。坐了一会儿，贺世忠便借口说瞌睡来了，把手里剩下的红包全部给了贺阳，回屋睡去了。

五

正月一过，进入农历二月，留在家里的庄稼人，就在开始育秧苗，准备春耕了。这一日兴涛又走了过来，对贺世忠说："爸，你答应过年后到乡上再要两个低保指标的事，眼看活儿就要出来了，你就到乡上去试试吧！"

贺世忠还记着大年三十晚上，儿媳妇唆使贺阳问他给蓉蓉多少压岁钱时说的那两句话，于是便说："又是你婆娘叫你来说的吧？"

兴涛一听，脸又红了，立即嗫嚅着说："爸，你怎么怪她？是你亲口当着她爹答应过的呢！你许了愿的，她怎么不记得？"

贺世忠便说："我就晓得你两口子心里是怎么想的，巴不得啥好处都让你们占！"

兴涛一听这话，有些急了，说："爸，你怎么这么说？要说我们也没占到你们啥好处？你也是晓得的，给妈治病，我们向别人借了一万多块钱，这些钱有的是认的高利贷！你虽然说过要还我们，可不晓得啥时候才还得了。只那利息，我们每月也要付好几十块！再说，王芳也说得对，你当干部借给乡政府的几万块钱，这么多年了，连本带利，恐怕要翻好几番了！现在一个低保指标就把你打发了，也太不公平。不要白不要，如果要得到，管他多少，总能够小帮小补一下……"

贺世忠没等儿子说完，便说："老子说了不去要的话吗？老子只是还没想好该怎样去要！"

说完又说："你婆娘口子以为要钱就那么容易？不动点脑筋，想点办法，人家又不是你大的儿、小的女，就乖乖把钱孝敬你了？"

兴涛一听这话，便说："那好，爸，你想好以后就去！"说完便回去了。

儿子一走，贺世忠便翻出年前写的那份申请书的底稿，开始修改起来。其实，这份申请书在贺世忠的肚子里，已经修改很多遍了。修改完毕后，贺世忠又找纸重新抄了一遍。

现在这份申请书是这样的：

申请书

尊敬的马书记、谢乡长：

领导好！

我叫贺世忠，男，现年63岁，家住黄石岭乡贺家湾村，家庭人口六人。

我在担任贺家湾村支部书记期间，曾将儿女打工的42000块钱，借给乡政府上交农业税，至今乡上都没归还，仅利息损失都达数万元。我女人田桂霞患肾功能衰竭症，因无钱医治喝农药自杀。现家庭债台高筑，一家人生活十分困难。我借钱给乡政府完成国家税收的行为，是牺牲自我利益，顾全大局，支援国家建设，体现了一个共产党员的责任和高风亮节！现在国家繁荣富强，不应该忘记老同志过去的默默奉献！现特请求领导看在我曾为党和国家做出过的贡献和家庭生活十分困难的分上，将我儿子贺兴涛、儿媳妇王芳二人，纳入农村低保对象，以体现党对老同志的一点安慰。

申请人：贺世忠

抄写完毕，贺世忠又折叠起来，揣在怀里，看看时间还不到晌午，眼下又没什么活儿，天气也好，虽说不上三春锦绣，却也是风和日丽、柳丝绽绿、桃李吐蕾，于是就当春游一般，背着手向乡上去了。

来到乡上，却是冷庙一座。原来这天不逢集，乡上干部或者没来，或者吃了午饭，各自关在房内午睡。或者虽然来了，也没午睡，却躲到哪儿打麻将去了，反正只有少数几间办公室才开着门，其余的皆是关门闭户。即使是那几间开着门窗的，一看见贺世忠来了，也便像是故意躲避似的，一下又将门窗关上，躲进小屋成一统去了。贺世忠一见，也不说什么，径直往三楼走。到了三楼，见所有领导的房门都关着，便一一去敲门。敲了半天，也没人开门。贺世忠在走廊上站了一会儿，心里有些愤愤然，于是便又只好下楼来。

刚走到一楼，忽然看见民政所唐所长办公室的门开着，贺世忠心里马上就想："领导找不着，找唐所长也行！"于是便急忙踅了过去。

走到唐所长门前，贺世忠站在外面喊了两声："唐领导，唐领导……"喊完，也不等里面答应，便一头钻了进去。

唐所长果然在屋子里，睡眼惺忪，头发也是乱蓬蓬的，像是刚睡了午觉的样子。一见贺世忠，脸立即沉了下来，没好气问："你又干什么来了？"样子像是见到瘟神一般。

贺世忠也不避讳，大大方方地在椅子上坐了下来，像是到了亲戚家里一样，然后才说："无事不登三宝殿，我来找马书记，马书记的门关着，我也不晓得他到哪里去了，只有来找唐领导了！"

说着，贺世忠便从口袋里掏出申请书，打开，像年前在马书记办公室一样，也不等唐所长说什么，"啪"的一声往她面前一放，这才说："我找唐领导再给我两个低保名额！"话说得十分理直气壮。

唐所长眼睛顿时瞪得比铜铃还大，在贺世忠脸上瞪了一会儿才说："你还有完没完？"

贺世忠说："你先别问我，你先看看我的申请书，有没有道理再说！"

唐所长一听贺世忠的话，果然将他的申请书看了一遍。看完也不说什么，便打开抽屉翻起来。贺世忠也不知道她找什么，过了一会儿，才看见她把自己上次写的那份申请给找了出来，然后往桌子上一放，便叫了起来说："你看看，你自己看看！你在这份申请书上，还说家庭人口一人，现在又突然冒出六口人了，这几口人是怎么回事？"

贺世忠说："我本来家里就是六口人嘛！难道我儿子、儿媳妇、孙子、女儿，不算我的人？"

唐所长一听，又盯着贺世忠问："你儿子还没有分家？女儿还没嫁人？"

贺世忠说："分了，女儿也嫁了……"

唐所长没等他说完，便说："既然分了，也嫁了人，怎么还算是一家人？"

贺世忠说："可他们的户口并没有分开，要不你到派出所去查！既然户口没有分开，难道不算一家人？"

说着见唐所长又要插话的样子，贺世忠又忙说："再说，我在申请上已经说明了，我借给乡政府的钱，是儿女们多年打工的钱！你们现在没还我，这么多年了，已经给他们造成了生活困难，难道不该享受低保……"

话没说完，唐所长像是实在忍不住了，便大声说："不管你怎么说，我可以告诉你一句话：别说两个，就是半个，你也别想了！"

说完，那女人也不等贺世忠答话，又马上说："乡上的低保指标早已用完了，哪来的指标给你？去年给你那一个，都是硬挤出来的，你以为还有那样的好事，来闹一次就满足你一次！你尝到甜头了，想把这事当生意做，是不是？"

贺世忠一听这话，脸也憋红了，便看着唐所长，语气有些威胁地问："你是不想给我办，是不是？"

唐所长说："我就不给你办，你又想怎么样？"说着便往外走。

贺世忠见唐所长往外走，一边将牙齿咬得"咯吱咯吱"响，一边跟了过去。唐所长一见，立即站住了，回头恶狠狠地瞪着贺世忠说："我去上厕所，有种的你就来！"

贺世忠一听这话，便立即站住了。可就在这时，马书记却突然从乡党办的屋子里走了出来，后边还跟着派出所王所长。马书记一见贺世忠，想折身返回去却又已经来不及了，因为贺世忠已经跑了过来。马书记于是便站下来问："你又干什么来了？"

贺世忠还没回答，旁边唐所长便气咻咻地回答了一句："干什么来了？又要低保来了！"

马书记一听这话，便说："年前才给你解决了，你又给谁要？"

仍然没等贺世忠答话，唐所长又十分气愤地说："给谁要？给他儿子儿媳妇要！上次他才说了只有自己一个人，现在家里又突然冒出了几个人！"

说完又愤愤不平地说："我说的，你让了他一寸，他就会进一尺，没完没了地来找乡上的麻烦……"

贺世忠听了唐所长的话，胸脯起伏着，似乎要发作的样子，却没发作出来，只对马书记说："我户口本上，本来就是六口人，不信王所长在这儿，你们可以去派出所查呀！"

说完，急忙把手里的申请书递了过去，说："马书记，马书记，你看看申请……"

谁知马书记没有听完，也勃然大怒起来了，说："不看！你以为你借了点钱交农业税，就是理由，就可以一而再、再而三地来纠缠乡政府？谁向你借的，你找谁去，我不晓得！"

说完又非常气愤地说："再说，你当时也是村支书，到现在还欠乡政府几万元的尾欠款，你就没有责任？你在干啥工作？你那支书是怎么当的？现在还有脸说没有功劳有苦劳的话，亏你茅坑边捡根帕子——也好开（揩）得口！乡上已经照顾你了，你还想得寸进尺，现在我跟你把话说死，没门了！"说完这话，便和王所长一道往外面走去。

贺世忠一见，急忙过去一把抓住了马书记的衣服，说："马书记，我怎么得寸进尺了，怎么没有功劳了……"

话还没说完，派出所王所长突然走过来，一把将贺世忠的手抓住，并沉了脸说："干什么，啊？明跟你说，马书记和我要去办一件十分重要的案子，你敢阻挠公务，我现在就把你铐起来！"说着，真的一下从皮带上解下手铐，在贺世忠面前晃着。

贺世忠也不知道王所长说的是不是真的，但一见王所长手里的银光锃亮的铐子，抓住马书记的手便不由自主地松了。马书记便头也不回，气昂昂地走了出去。王所长等马书记出了铁栅门后，这才松开贺世忠的手，朝马书记追了出去。

这儿贺世忠一个人，满脸通红站在乡政府的院子里，像是受了奇耻大辱一般，鼻孔里喷着粗气，眼睛里闪着怒火，一副恨不得将乡政府砸烂的样子。可是他面对一座像是没有人迹、冷清清庙堂一样的建筑，却又毫无办法。他即使想像前两次那样一哭二闹三上吊，可连观众也没有一个，他也便没有了表演的兴趣。可是他又不甘心就这样算了。站了一会儿，他突然想起那天魏副乡长对他说的话："现在上面强调维稳，他们最怕的就是上访，你抓住他们的心理，该要啥就去要，他们也不敢把你怎么样！"一下有了主意。于是便在心里大声叫喊起来，说："好，姓马的，你听着，你不给我办，也别怪我贺世忠对你也不客气了！我光脚的难道还怕了你穿鞋的不成？"叫完又在心里愤愤地想：反正我这张脸已经是丢了的，不值钱，骑驴看唱本——我们走着瞧！贺世忠又朝着马书记的办公室啐了一口，然后才余怒未息地回去了。

刚回到家里，王芳便像早就等着似的，过来打听消息了，问："爸，怎么样，乡上答没答应给我们低保指标？"

贺世忠一见儿媳妇问，又不愿把今天在乡政府受挫的事告诉她，便说："答不答应，哪有这样快。老汉说了的话，反正算数，慢慢地去跟你们磨就是了嘛！只要功夫深，铁棒还能磨成绣花针呢，两个低保指标算啥子？"

王芳一听这话，心里踏实了，于是便说："爸，你辛苦了，今晚上过来和我们一起吃晚饭吧！"说完就走了。

第六章

一

第二天一大早，贺世忠便过兴涛那边去，把钥匙交给兴涛，然后对他说："我今天到城里去一趟，你帮我把家里照看一下！"

又说："那只麻翅膀母鸡有蛋，我把它关到鸡窝里的，它下了蛋后你把它放出来！"

兴涛问："爸，你到城里做啥？"

贺世忠不好对儿子说自己是去上访，便说："你管老子进城做啥？从你妈出院回来后，我就没有进过城了，老子要进城去看看！"

兴涛一听不吭声了，过了一会儿才说："我今上午要做秧田，还打算叫你一起来做的呢……"

贺世忠一听这话，便有些不高兴了，说："老子又不是你请的伙计，离了我你就不吃饭了？"

兴涛本身就是个木讷人，听了父亲这话，有些噎住了的样子，想说什么却没有说出来。这时王芳一边扣衣服，一边从里面屋子里出来了。她显然已经听见了父亲和丈夫的话，一见贺世忠就说："爸，这么早你就进城，吃饭了没？"

贺世忠说："吃啥饭？我一个人，进了城随便在哪个饭馆里喝一碗稀饭不就行了？"

王芳听了，又将贺世忠上下看了一遍，说："爸，你走哪儿也该把衣裳换一换嘛！看你这一身，乌扯扯、皱巴巴的，像从泡菜缸里扯出来的一样！别人看了，嘴上不说，心里都要说你怎么落魄到这个样子了。"

贺世忠一听儿媳妇这话，心里说：你晓得个屁！老子今天去当上访户，难道还要穿绫罗绸缎？

可贺世忠同样不好对儿媳妇说自己是去上访，便对她说："你老汉一大把年纪，也不像年轻人那样爱好了，哪个要说，就让他们说去吧！他们说是说我，也丢不到你们的脸！"说完转身便走了。

一走出来，贺世忠想起儿媳妇刚才的话，朝自己身上看了看，脸上也感到有些不好意思起来。今天，他上身穿了一件已经褪了色的卡其中山装，这衣服还是他二十多年前当村民小组长时做的，虽然没有补丁，可袖子、口袋和下摆，全都毛了边。从他当支书后，就没有再穿过了。他以为田桂霞早已把它扔了或给了别人，但昨天晚上一翻箱底，竟然还在那里，散发着一股霉味。下身穿的是一条深青色裤子，也洗得掉了色，脚边也脱了线，皱皱巴巴的像别人丢了的裹脚布。头上戴一顶泛白的帽子，原先是呢子的，现在表层的呢料已经脱落，露出了里面的麻布，帽檐耷拉下来，遮住了额头。脚下是一双破旧的黄胶鞋，是他从打工的工地上带回来的。他想，要不是去当上访户，他也决不会穿这身衣服的。尽管他没有当过上访户，也没亲眼看见过人上访，但他知道当上访户不是什么光荣的事，就像你要上街头乞讨，还需要西装革履吗？当然，这样难免有些丢人现眼。但贺世忠又一想，反正自己的脸已经是丢了的，还有什么可怕的？这样一想，他便心里很坦然了。

没走多远，突然看见贺凤山挎着一只脏兮兮的人造革挎包，在急急忙忙往前走。贺世忠一见，突然想起几个月前老伴儿在县医院住院的时候，他曾经去找他给田桂霞算了一卦，当时没有钱，说第二天给他，但第二天一到医院，他便把这事忘了。现在一想起来，他便马上大叫了起来，道："老哥子，老哥子，凤山老哥子——"

贺凤山听见身后有人叫他，立即站住，然后笨拙地转过身来，觑起眼睛，朝他望着。贺凤山年纪比贺世忠大了八九岁，不但脸皱得像核桃壳，眼睛也有些不好使起来。等贺世忠跑到面前了，他又瞅了半天，这才认出来，说："哦，是世忠老弟呀！"

说完不等贺世忠说什么，便直诉起苦来："我这背时眼睛呀，麻到一片，不走拢硬是认不出人来！"

贺世忠一听，便和贺凤山开玩笑说："你老哥子眼睛也麻到一片呀？你不是通神仙吗？叫神仙开个后门，保佑你一下嘛！"

贺凤山一听这话，立即说："神仙也不行，这是人的运数！别说人，就是天也有运数！夫天运，三十岁一小变，百年一中变，五百年一大变。三大变一纪，三纪而大备，此其大数也……"

贺凤山摇头晃脑地还要说，贺世忠忙打断他的话说："行了，行了，老哥子！我说人，你怎么扯到老天爷那里去了？老天爷关我们啥事？"

贺凤山也忙说："怎么不关我们的事？天和人是一样的！天有日月，人有两目。天有风雨，人有喜怒。天有雷电，人有音律。天有四时，人有四肢。天有五音，人有五脏。天有六律，人有六腑……"

贺世忠见他越说越远，也知道他说得有一定道理，可这道理十分深奥，他一时半会儿弄不懂，于是便从口袋里掏出五块钱来，递到他面前说："算了，老哥子，你这道理以后再给我说！我该还你的钱，你还记不记得？"

贺凤山一听，果然住了口，看着贺世忠说："不是那天晚上，你来找我给兄弟媳妇算了一卦么？"

贺世忠一听，忙说："你还记得哟？后来我忙，搞忘了，现在看见你才记起来，对不起哟！"

贺凤山接了钱，又觑起眼睛将贺世忠重新打量了一遍，这才问："大兄弟这是要到哪里去？"

贺世忠说："我出去走一走！"

贺世忠说完正要走，却突然想起来，马上又站了下来，对贺凤山说："老哥子，你干脆再给我算一算，我今天出门吉不吉利？"

贺凤山一听这话，便笑嘻嘻地对贺世忠问："大兄弟，兄弟媳妇已经不在了，敢问大兄弟今天出门，是求婚、求官还是求财？"

贺世忠一听这话，扑哧一声笑了起来，说："老哥子开啥子玩笑？七老八十的了，还求啥子婚？别说莫得婆娘跟到我，就是来个二十多岁的小姐，那东西也怕只是棉花条了!"

贺凤山也扑哧笑了,说:"怎么会成棉花条,姜太公八十多岁,还抱老幺儿呢!"

说完,贺凤山又对贺世忠问:"那就是求官了?"

贺世忠说:"你看我还像当官的样子吗?"

贺凤山说:"那是啥子,求财?"

贺世忠想了一想,说:"也算是求财吧!"

贺凤山又问:"到哪个方向?"

贺世忠说:"县城。"

贺凤山说:"那就是北方了!"

说完,贺凤山便说:"那我就又来给大兄弟算一算吧!"

说着,贺凤山便走到路旁的一块石头上坐下,从那只人造革挎包里,掏出一个红布包,打开,取出两块一元钱的崭新硬币,拿到手里说:"大兄弟看着,我给你卜一卦!"

贺世忠说:"人民币也灵呀?"

贺凤山说:"怎么不灵?你不是出门求财吗,灵得很呢!"

说毕,贺凤山口里轻念咒语,一边念,一边将两只硬币轻轻往上一抛,那两只硬币便一阴一阳地落到了红布上。贺凤山趴到地下,觑起眼睛看了一阵,然后拾起来,又重新抛了两遍,脸色突然黑了下来,抬起头对贺世忠问:"大兄弟,你昨天晚上做了啥梦,你说给我听听?"

贺世忠一听这话,有些糊涂了,一边做出努力思考的样子,一边说:"做啥梦?我,我记不清楚了……"

贺凤山问:"一点都记不得了?"

贺世忠又想了半天,突然想起来了,说:"哦,我想起来了,我梦见你兄弟媳妇给我洗衣裳,洗了半天,水越洗越浑,衣服却怎么也洗不干净!我于是就骂她:你怎么越老越没出息,连衣服也洗不干净了?她一听就哭了起来……"

贺凤山没等他说完,便急忙挥手说:"老弟别说了,我劝你回去,今天别去了!"

一边说,一边将地上的东西收起来,又装进了那只脏兮兮的人造革挎包里。

贺世忠一听，急忙问："为啥不去了？"

贺凤山说："你今天走北方不太吉利！"说着背起人造革挎包就走。

贺世忠一见，忙叫："哎，老哥子，还没给你钱呢！"

贺凤山一听这话，急忙回过头，一边对贺世忠挥手，一边说："今天这一卦，老哥子我就不收你的钱了！"说罢便走了。

贺世忠立即有些糊涂了。一方面，他不知道贺凤山究竟算得准不准；另一方面，回去又怕儿子儿媳妇问他为啥又回来了。想了一会儿，最后才在心里说："管他那么多，即使不吉利，要不到低保指标，我也不损失啥，就权当进城赶了一回场吧！"这么一想，就横下了一条心，往城里去了。

到了县城，贺世忠方才有些着急起来。原来，贺世忠尽管当过那么多年的支部书记，可一直都是和乡政府打交道，对县上究竟有多少衙门，哪些衙门是做什么的，该怎么和他们打交道，心里并不清楚。他虽然知道县上有个专门管上访的衙门，叫"信访办"，可他连信访办的大门朝哪个方向开都不知道。何况上访需要些什么材料，要找到哪座庙里的和尚才管用，这些他统统心里无数，便糊里糊涂地跑来了。怪不得贺凤山说今天他不适合走这一方，劝他回去，原来才是这样的。这时候，贺世忠心里十分懊悔，刚才该在乡上停一会儿，找老领导魏副乡长给指点指点迷津就好了！可是现在来都来了，又怎么办？总不能像无头苍蝇一样到处乱撞吧？

正这么想着，心里忽然一亮，忽然想到了老领导顶头上司——过去的李书记，他不是在县人大做副主任吗？不是又正好兼着县人大信访办主任吗？并且更重要的是，那天他看见他，并没有露出忘了他的样子。不但没忘，还对他说进城赶集啥的，就到他办公室去坐坐。并且，自己这事也与他当年有关！姓马的昨天不是说谁向他借的，就叫他找谁去，这不正好去找他吗？不看僧面看佛面，他或许看在当年我为他鞍前马后跑腿的分儿上，就帮我一把呢！这么一想，贺世忠顿觉眼前一片明亮，于是一边问，一边往县人大去了。

二

　　贺世忠一路问一路来到了县人大的大门口，往里一看，却是一个园子，当门有一个水池，池子里有钟乳石假山，假山上有藤蔓缠绕，可惜现在那些藤蔓还没长叶，看上去全是枯藤。水池两边靠墙边，有几棵树，矮矮的，枝丫很多，贺世忠知道那肯定是风景树。可眼下也和那假山上的藤蔓一样，既没长叶，更没开花，看上去也全是老树。可是那水池后面的一幢高大的楼房，却是簇新的，外面全安了玻璃，闪闪发光，耀得人有些睁不开眼。楼房顶上，插了一面国旗，现在没有风，旗子耷拉着，像是在思考什么的样子。正面玻璃墙当中，挂了一颗国徽，鲜红鲜红的，十分耀眼。

　　贺世忠在大门外站了一会儿，正准备进去，突然一个穿制服的保安从旁边小屋里走了出来，对他喝了一声："干什么的？"接着目光便上上下下地在贺世忠身上打量起来。

　　贺世忠被他看得有些不好意思了，便回答说："找人。"

　　那人马上又问了一句："找谁？"

　　贺世忠说："找人大办公室的李主任！"

　　说完，贺世忠又仿佛害怕那人不相信似的补了一句："他是我的老上级。"

　　那人又将贺世忠重新打量了一遍，才说："你叫什么名字，过来登记！"

　　贺世忠一听，便说："还要登记呀？"

　　那人不耐烦地说："又不是猪儿市场，不登记随便什么人都进呀！"

　　贺世忠便只好跟那人去了。

　　到了小屋门口，那人进去便在一个本子上，记了贺世忠名字，然后又对贺世忠说："身份证！"

　　贺世忠说："还要身份证？"

　　那人又白了贺世忠一眼说："不要身份证我知道你是什么人？"

贺世忠一听，便说："幸好我今天带着身份证！"一边说，一边掏出身份证递了过来。

那人接过去，在本子上登记了，把身份证还给了贺世忠，这才对他说："进去吧，进大门转拐，对直走，左边第一间屋子！"

贺世忠把身份证接过来，揣好，这才往前面走去。经过水池边时，看见水池里有几条金鱼，在水里懒洋洋地一动也不动。贺世忠觉得金鱼们那外凸的、圆鼓鼓的眼睛，似乎也在不怀好意地盯着他看。他于是愤愤地朝池里吐了一口口水，走过去了。

过了水池，登上几级大理石的台阶，贺世忠进入大门，便按照那保安给他说的，朝左拐了一个弯，直往前走。走到左边第一个办公室门口，果然一眼就看到了李主任。李主任今天没穿西装了，只穿着一套深灰色的休闲装，大约是春天来了的缘故，贺世忠觉得他脸色比秋天那次看见的还要红润。李主任一见贺世忠，像是没有想到的样子，一下子从椅子上站了起来，对贺世忠说："哟，老贺，你怎么来了？快来坐，快来坐！"

贺世忠一听，立即觉得像是久别的孩子见到亲人一般，鼻子有些酸酸地痒了起来，说："老领导叫我赶集啥的就来坐坐，我便成了沙地的萝卜——一带就来了！"

李主任一听，立即说："应该的，应该的，我给你倒杯水喝！"

说着果然去给贺世忠倒了一杯水来。

贺世忠在靠边一张长藤椅子上坐下，这才说："老领导的办公室，怎么在这旮旯里？要不是保安说，我还要到楼上去找呢！"

姓李的说："哪个单位的信访室，不是在旮旯角落里？楼上是领导的办公室呢！"

贺世忠一听，明白了，说："那也是！就像我们乡上的信访接待室，原来在乡政府里面，后来就搬到农技站卖农药种子的屋子里去了！"

说完，贺世忠又对姓李的说："老领导你是晓得卖种子农药那地方的……"

李主任还没等贺世忠说完，便说："我怎么不晓得，当时农技站要地方卖种子农药，还是我定的地方！"

说完这话，李主任才忽然盯着贺世忠问："你老婆子的病，怎么样了？"

贺世忠一听这话，鼻头一酸，眼泪就要掉下来了，说："老领导，不哄你说，你那老嫂子死了好几个月了，要不是冬天，坟头的草都怕有半人深了……"

李主任一听这话，便立即做出了没想到的样子，痛心疾首地叫了起来："什么，老嫂子死了？这是怎么回事？"

贺世忠垂下了眼睑，说："老领导，还不是没钱治的缘故！"

说着，贺世忠便迫不及待地把医院叫给田桂霞换肾，他回去向乡政府要当年自己借给他们的钱，乡上又如何不给，田桂霞又如何要出院，回去又怎样喝了农药的事，给昔日的老上级详细地说了一遍。但他却隐去了乡政府两次给他困难补助的事。说到伤心处，贺世忠哽咽着，停了几次才将话说完。

李主任听完，眉头皱到一起，也像是无限伤心和气愤的样子，说："姓马的怎么能这样？怎么能这样？这不是救人的事吗，怎么能见死不救？乡政府连几万块钱都没有？"

说完又站着说话不腰疼地补了几句："现在的年轻干部太不像话了，太不以人为本了！要是我，就是砸锅卖铁，也要想办法把这点钱拿出来，救人嘛，还有啥比救人重要？成天'三个代表'挂到嘴上，一到关键时候就忘了？"

贺世忠一听这话，顿时倍感温暖，立即说："是呀，老领导，有你这句话，我贺世忠就是今天死了，也值得了！"

说完又马上接着说："老领导你不晓得，我现在心里就有满肚子委屈，连说的地方都没有……"说着，似乎真的伤心至极，突然抹起眼泪来。

李主任一见，急忙说："老贺，你喝一口水，有话慢慢说，不要着急！"

说完，李主任像是有意岔开话题一样，又对贺世忠说："你今天有什么事？看你这身穿戴，活像一个上访的，你总不是来上访的吧？"

贺世忠一听这话，立即把眼泪止住了，说："老领导还真说对了，我今天就是来上访的，可是我不晓得该怎样上访，我就找老领导来了！"

说完不等李主任说话，便又说："我晓得上访不好，要给领导添麻烦，本来也不想来上访的，可马书记逼我来上访！他说：当年是哪个向我借的钱，你就找哪个去，我又没有跟你借钱！又说：当时你们这些干部是怎么当的？全国这么多乡的税收都能完成任务，唯独这个乡完不成任务，要到处借钱来交，这乡上领导是怎么当的？还说我现在去向他们要钱，是茅坑边捡根帕子——怎么好开（揩）

口……"

一听到这里，李主任的脸色便很不好看了，立即打断了贺世忠的话，气咻咻地说："龟儿子马前进太不仗义了，我帮了他那么多忙，他倒不认人了，嫌我靠边站了是不是？铁打的衙门流水的官，你他妈在那个位置上了，难道不该你解决？说我当时没当好，老子离开乡上都十多年了，有我的尿事了呀？不错，当年是我叫乡上的干部向你们借的钱，可那能怪我？一个时期一个政策，那时'上清下不清'，哪儿都是一样，我们还不是被逼的！借来的钱，一分一厘都是上交了国库的，我姓李的也没有贪污一分，我这乡上领导怎么当得不好？换了他，说不定比我更不如呢！"

贺世忠见李主任很生气，便没去打断他的话，直到他说完了后才说："可不是这样吗，老领导！所以我今天就大起胆子，找老领导来了！不看僧面看佛面，就看在过去的分上，老领导可一定要帮帮我！"

一听这话，姓李的这才像是想起什么似的，看着贺世忠问："你今天究竟有什么事？"

贺世忠听见姓李的这么问，便马上做出了一副愁眉苦脸的样子说："老领导，不就是为两个低保指标的事吗？"

说着，贺世忠便把昨天去乡上要低保指标的事，给姓李的说了一遍。当然，他也没把和儿子儿媳妇已经分家的事说出来。

姓李的一听，立即将身子往后一仰，靠在了椅子背上说："我以为是什么事呀，原来才是这么鸡巴一点小事！"

然后李主任又向前倾了一下身子，看着贺世忠，接着说："不就两个低保指标吗，有什么了不起的？我告诉你，中央现在正对农村低保加大力度，要做到对生活困难的群众应保尽保，不能漏过一户……"

贺世忠还没等姓李的说完，便叫了起来："哎呀，中央还有这么好的政策，可姓马的和那个姓唐的女人，却说得牛×生了缝似的！"一激动，粗话也就随口而出。说完，贺世忠才感到有点不好意思。

可李主任却没对他的粗话计较，因为在乡上，这些老下级们的粗话他听得太多了，现在听起来，倒还觉得有点亲切，于是便又对贺世忠说："他不说没有，难道说有呀？我告诉你，他们手里都攥得有低保指标，可就是不会轻易拿出来。

他们要留在那里准备应急……"

听到这里，贺世忠有些不明白了，便马上打断李主任的话问："应啥急？"

李主任说："应啥急？就跟你去找他们要钱一样，他拿不出钱，又想哄到你不吵不闹，于是便给你一个低保指标，就把你摆平了，你心里还感激不尽呢！这些鬼名堂，他哄得到你，还能哄到我？"

贺世忠一听，立即明白了，便说："原来是这样呀！我说他们怎么那么容易就给了我一个低保呀！"

李主任听完，立即把话拉了回来，说："好，你也不用到哪儿去上访了！这件事姓马的不解决，看在过去一起战斗的分上，我来帮你解决！"

说完不等贺世忠答话，又接着说："你回去写个申请交到我这里，我用人大信访办的名义转到民政局，他姓马的门缝里瞧人，别把人看扁了，我不相信两个低保指标弄不来！"

一听这话，贺世忠立即站了起来，一边对李主任打拱，一边感激涕零地说："老领导，老领导，我今天出门真是遇贵人了！谢谢你，谢谢你，你真是我的大恩人了，大恩人了！"

说罢，贺世忠也不等李主任再说什么，忙不迭地从口袋里掏出昨天给乡上那份申请，双手捧到李主任的面前说："老领导，这是我昨天给姓马的写的申请，你看这申请行不行？"

李主任瞥了贺世忠一眼，从他手里将申请接过来，目光落在了上面。看完，李主任突然叫了起来："好，写得好！"

说完又说："要写上访申请书，就要这样写！我在这里当了两年多信访办主任，一看到有的上访户手里一大沓材料，脑壳就疼！那些材料颠来倒去，说半天也没说明白是怎么回事，我只有把它甩到一边了，哪个有耐心看？就要这样，言简意赅、一目了然，又有理有据，有情有义，要求也不是很高，道义的高度也有了，让领导看了也不好不解决！"

说完，李主任又看着贺世忠问："是哪个给你写的？"

贺世忠一听这话，有些不好意思了，便红着脸说："是我琢磨来、琢磨去，琢磨出来的。"

李主任一听，又看了看贺世忠，然后便表扬地说："哦，还没想到你有这份

183

能耐，那几年支部书记，看来没有白做！"

说完又说："不过这上面的称呼要改一下……"

贺世忠一听，立即说："我重新抄写一遍……"

李主任说："抄它干什么？把上面马书记、谢乡长几个字，涂了就是嘛！"

贺世忠迟疑地问："那……行吗？"

李主任说："有什么不行的？给不给你解决，他哪里在看那上面的称呼！"

贺世忠听了这话，果然把那份申请拿过来，就用李主任的笔，把"马书记、谢乡长"几个字，重重地涂掉了。李主任一见，便从抽屉里取出一张印有《信访处理笺》的纸，在纸上的表格里写了贺世忠的姓名、年龄、家庭住址、上访事由，然后在底下一个大框内，又用签字笔写了"请民政局酌处"的几个又粗又黑的字，盖了县人大信访办的大红圆戳子，又用一根别针，和贺世忠的申请书别在了一起，然后交给了贺世忠说："本来这材料该由我们办公室转到民政局去的，不过你今天来了，我就破个例，你亲自拿去找民政局吧！"

贺世忠忙双手接过自己的申请和李主任的《信访处理笺》，犹如接圣旨一般，手指微微颤抖着，嘴里连声说："谢谢，谢谢老领导了！"

说完，贺世忠正要将手里的材料往怀里揣时，李主任忽然又像想起什么似的，说："哦，我差一点忘了提醒你！民政局的局长姓戴，你可千万不要喊他戴局长，啊……"

贺世忠一听，又有些不明白了，忙问："怎么不能喊他戴局长？"

李主任说："他虽然姓戴，但是正局长，不是代局长，你喊他戴局长，他以为你认为他是代局长，便会不高兴！我跟你说，就是我们平时看见他，都只喊他局长或局座，从不在前面把他姓加上的。如果你开口闭口都戴局长长、戴局长短地叫，谨防他不高兴了，不给你办，你就没法了！"

贺世忠一听，伸了伸舌头，说："哎呀，原来还这么复杂呀？幸亏老领导提醒了我！"

说完，贺世忠便要告辞李主任到民政局去，可刚要开口说话，李主任又说："别忙，别忙……"

贺世忠见了，又问："老领导还有啥子事？"

李主任说："龟儿子马前进不仁，也别怪我不义，我还是要登记一下！别的我拿他没办法，总要给他增加一个上访案件！"

说罢，李主任便从墙上取下一本《人民来访登记簿》，打开，又从贺世忠手里拿过他的申请，便在上面登记了起来。登记完毕，又才将材料还给贺世忠。贺世忠接过材料，再次对姓李的说了一通千恩万谢的话，这才出来往民政局去了。

三

从县人大出来，贺世忠又向路人打听民政局在什么地方。原来县民政局却在县政府大院内。来到县政府，铁栅门门口也有两个保安值班。贺世忠以为两个保安要把他拦住，可保安只朝他看了一眼，没拦，一副多一事不如少一事的样子。政府大院里停了许多小车，密密匝匝的，像是办车展一般。贺世忠在小车的缝隙里穿来穿去，终于找到了民政局所在的那幢大楼。民政局倒不难找，就在四楼。贺世忠走上去，却不知该找哪个科室了。迎头看见一间屋子的门楣上面，挂着一块"办公室"字样的牌子，于是便径直走了过去，站在门口问道："喂，同志，请问……"那"戴"字刚要出口，猛然想起了李主任的提醒，便马上改了口，道："局长在哪个办公室？"

那办公室一共有好几个"同志"，都很年轻，有的在看材料，有的伏在桌上写着什么，还有两个人，因为背对着贺世忠，贺世忠看见他们正在和电脑打扑克。一听贺世忠这话，都一齐抬起头来看着他。其中一个年纪三十来岁、穿夹克休闲衫、个子很高、肌肉很发达的"同志"，看了贺世忠一阵才问："你找我们局长做什么？"

贺世忠将口袋里的申请和李主任签有"请民政局酌处"的信访处理笺取出来，拿在了手里，这才对问他的那个"同志"说："办低保！"

那几个"同志"一听这话，眼睛瞪得灯笼似的看着贺世忠，像是打量天外来客一样。过了一会儿，先前那"同志"才说："办低保找村上和乡上，局长又不直接管低保的事，来找局长干什么？"

说着，那人就像驱赶苍蝇似的，急忙对贺世忠挥手说："回去，回去，回去找村上和乡上……"

贺世忠手握李主任的批示，便以为有了尚方宝剑，没等他说完，便将手里的材料扬了一下，说："是人大办公室叫我来的……"

那人一听这话，有些愣住了的样子，过了半天才没好脸色地问："人大办公室？人大办公室谁叫你来的？"

说完又说："你把手里的东西给我看看！"

贺世忠听了，果然便把手里的申请和李主任的批示递了过去。那人接过去一看，立即气咻咻地说："什么人大办公室？人大信访室，这算什么？"

说完，又将手里的东西还给了贺世忠，说："去，去旁边的信访室！"

贺世忠一听，有些不明白了，说："怎么要去信访室？"

那人说："叫你去就去嘛，我怎么知道为什么要去信访室？"

贺世忠还愣着，这时一个和电脑打扑克的人回过头说："这事该信访室管！"

贺世忠一听这话，果然又往信访室去了。到了那里，又有"同志"把贺世忠的申请和李主任的批示接过去，登记了，又拿出一张表，贺世忠一看，又是一张和李主任写"请民政局酌处"一模一样的《信访处理笺》，也在上面填了贺世忠的姓名、年龄、家庭住址、上访事由等，然后又在那个大方框内，写了"转低保股处"几个字，才又交给贺世忠说："到低保股去！"

贺世忠又持了自己的申请和两张公文处理笺，到了民政局的低保股。那低保股也有五六个人，却像是比办公室忙碌得多，每个人面前都堆着一尺多高的表格和文件袋。贺世忠走到门前，叩了一下门，又故意咳了一声，然后才问："办低保是不是在这里？"

听见这话，和办公室一样，所有的人都抬头朝他看了一眼，但都没有吭声，又马上把头埋到桌子上，各自处理各自的事去了。过了半天，靠近门边桌子上一个年纪约四十多岁的人才问："办什么低保？"

贺世忠说："就是低保嘛！"说着，便将手里的申请和两张公文处理笺递了过去。

那人的目光在两份公文处理笺上瞥了一眼，接着又浏览了一下贺世忠的申请，便生气地叫了起来："乱弹琴！申请低保必须由村和乡上一级一级地来，怎么直接到这儿来要低保了……"

贺世忠一听，急忙说："可是……"

那人没等贺世忠说下去，便打断了他的话，目光里流露出了十分严厉的神色，斩钉截铁地说："不管是谁叫你来的，那都不行！要是随便哪个部门盖个章，都能到我们这儿来领低保，那不全乱套了……"

话还没说完，贺世忠也有些不服气起来，说："你可要看清楚了，这可是人大盖的章……"

贺世忠虽然只做过几年村支部书记，但他却十分清楚：县委、人大、政府、政协，被称为县上"四大班子"，还排在县政府前面，那可是和县委一样大的，所以他便这么说。

谁知这话不说犹可，一说，那人更勃然大怒了，说："什么人大？一个人大信访室就能代表人大？你休想拿人大来压我们，我们也不是木偶，什么人想来指挥我们，就来指挥我们！"

说着，停了一下，那人才接着说："就算是人大盖的章，人大更应该带头遵守国家法律法规，岂能动不动就要我们这样、要我们那样？"说着，将手里的材料又一把塞给贺世忠，说："不管你找谁，我们这儿都不会直接给你办，各人回去找村上、乡上……"

那人正说着，忽然一个四十开外的男子，走着方步，胳膊底下夹着一只包走了进来。这人身体很胖，挺着一个啤酒肚，头顶秃了一大半，头皮闪闪发亮，但两边没秃的头发却修理得很整齐。眼睛里透着一种沉思的神色，下巴也许刚刚刮过，皮肤泛着一层黯淡的青色，目不斜视，给人一种十分威严的感觉。众人一见，立即全都站了起来，喊道："局长来了……"

贺世忠一见，便知道这就是戴局长，心里不由得高兴起来，正想喊叫时，忽见那局长也没看他，只朝着办公室里的人，慢条斯理地问："什么事？"

话音没落，刚才训贺世忠那人便不满地说了起来："来局里要低保，还拿人大来压我们……"

听了这话，贺世忠便急忙说："我没拿人大来压你们，我只是说……"一边说，一边拿眼睛去看着戴局长。

可是戴局长压根儿没有看他，也没听他说话，只对着先前教训贺世忠那人说："颜股长，你给安排两个同志，陪我下乡一趟！"

颜股长一听，立即说："那我跟局长一起去嘛！"

说完又朝办公室里看了一眼，然后又说："小赵、小钱也去嘛！"

话音一落，几个人便马上收拾起东西来。戴局长一见，也没说什么，转身便朝外面走。贺世忠一见，慌了，一时也忘了老领导李主任的嘱咐，脱口便喊道："戴局长……"

喊完，贺世忠才记起李主任的话，可这时已经晚了。因为他喊的声音很大，整层楼的人大概都听见了，他看见很多人都从办公室里伸出脑袋来朝他看着。同时他也看见戴局长听见喊声，像是被雷击中似的站了一下，接着回过头来狠狠瞪了他一眼，然后便朝楼下走去了。

贺世忠知道戴局长不高兴了，可是他已经顾不得了，看见戴局长往楼下走，便追了过去，一边追一边又高声喊："戴局长！戴局长……"

追了没几步，从办公室里便冲出几个汉子，一把抱住了贺世忠，说："你想干什么，啊，想干什么？"

贺世忠在他们怀里挣扎着，气得大叫："我找戴局长！我找戴局长——"

那些人抱住贺世忠不放，说："局长要下乡检查工作，你想妨碍公务是不是？"

贺世忠不管他们，还是只管挣扎，一边挣扎，一边大叫："放开我，放开我，我找戴局长解决问题！"

可是无论贺世忠怎么叫和怎么挣扎，那些人只是抱住不放。过了大约十分钟，那些人估计局长已经上了车，才放了贺世忠，对他说："各人回去，再在这儿闹，我们就打110了！"

贺世忠哪听这些？他们一放开，他便朝楼下冲去，一边沿着楼梯跑，一边继续大叫："戴局长！戴局长——"

追到楼下停车的院子里，戴局长大约刚才因什么事耽搁了一下，这时正在上车，一见贺世忠追下来了，便急忙钻进车里。可是贺世忠这时也扑了过来，拉了几下车门没拉开，便张开双臂，一下扑在车头上。

戴局长在车里一看，早气得脸上的肌肉哆嗦了起来。也不知他对车里人说了什么，跟随戴局长一起下来的颜股长、小赵、小钱以及司机，打开车门走了出来，叉了腰，对贺世忠一齐义正词严地吼道："你让不让开，不让开可别怪我们不客气了!"

贺世忠听了这话,以为是吓唬他,仍趴在车头上没有动。那几个人见了,立即过来,掀手的掀手,搋脚的搋脚,抬起贺世忠,就往地下一摞。贺世忠一见,便直挺挺地躺在地上,手脚像小孩子一样乱蹬乱舞,口内叫道:"打人呀!打人呀!干部打人呀……"

又喊:"青天大老爷呀,青天大老爷为老百姓申冤呀……"

叫喊声立即把来政府办事的人和一些干部给吸引了过来,很快周围就围了一大群人。那戴局长大约是怕影响不好,便摇下玻璃窗,对外面几个人说:"小赵小钱你们就不要去了,把他拖到县信访办去!"

小赵、小钱两个年轻人一听,果然过来拖着贺世忠便走。贺世忠的背擦着地,脚仍然乱蹬,没拖多远,小赵、小钱便拖不动了。这时又过来几个保安,一起将贺世忠半拖半架地拖到了县信访办。

四

信访办就在县政府进门的大门边。屋子不大,里面已经满满当当地坐了一屋人,有人正涕泪横流地诉说着什么。几个人把贺世忠拖到角落里,手一松,贺世忠便像条癞皮狗似的,在屋子里躺下了,嘴里仍直是叫:"打人哟!打死人了哟!你们把我打死了算了,我也不想活了……"只是声音比刚才小了许多。

信访办廖主任是个女人,三十八九岁的样子,一张扁平脸,却画了很浓的妆,一见,立即挥手让正一把鼻涕一把泪哭着什么的男人停了下来,走过来问:"怎么回事?"

民政局的小赵、小钱立即说:"到局里来闹事的!"

廖主任一听,立即又问:"哪里的人?"

小赵和小钱互相看了一眼,却回答不上来。廖主任一见,便蹲下身对贺世忠问:"你叫什么名字?是哪里的人?有什么事?"

贺世忠只闭着眼睛,嘴里哼哼着,直挺挺地躺在地上装死,一点也不回答廖主任的话。

廖主任一看，生气了，便盯着小赵小钱说："你们民政局是怎么搞的？连人都不知道是哪里的，就拖到信访办来，把我们信访办当收容所了，是不是？"

小赵、小钱一听，脸上有些挂不住了。过了一会儿，小赵突然想起来了，说："他到我们信访室登记过了，我去把登记册拿来看看！"

说着果然跑回去，拿了《信访登记册》来，叫道："果然登记了！"

廖主任接过民政局信访室的《信访登记册》，一看，便做出了生气的样子，说："这个马前进是怎么搞的？才授给了他全县信访工作先进乡的称号不久，便有人来上访了？"

说完这话，廖主任便立即对自己一个年轻部下说："小宋，通知黄石岭乡马书记和他村上的干部，马上来县上接人！"

说完又补了一句："看他来了怎么说！"

说完，廖主任也不管贺世忠，又回去坐下了。那个叫小宋的办事员，也果然忙不迭去打电话传达领导的命令了！

却说昨天晚上马书记回到家里，洗澡时，把手机忘在了桌子上，他老婆便把手机拿过来，原来是随意翻翻，却看见了马书记手机里还有两条没有删去的、内容有些暧昧的短信，马书记的老婆便一下吃起醋来。等马书记洗完澡出来，便要马书记坦白从宽。那马书记只说自己没有那些事，两口儿便闹起矛盾来。闹到半夜，马书记又是发誓，又是赌咒，说自己只爱她一人。老婆听了，似乎相信了马书记的清白，这才不闹了，却又要马书记"交作业"。马书记本无心思做那事，可为了证明自己没有外遇，只得勉强爬到老婆肚子上做了一回"作业"，老婆这才放过了他。不想因为疲倦，马书记一觉就睡过了头。醒来见时间晚了，本不想到乡上去了，因为眼皮子老跳，又担心乡上出事，便出去随便找了点饭吃，然后开着车到乡上去了。

他刚刚在乡政府把车停稳，县信访办的电话便打来了。一听说贺世忠到县上上访，现在还躺在县信访办的屋子里，马书记的脸一下气白了，牙齿咬得"吱吱"直响。急忙把乡信访接待室牟主任喊了来，对他说："赶快打电话把贺端阳喊来，和我们一起到县信访办接人！"

牟主任一听，眼睛也瞪大了，说："啥，贺世忠到县上上访了？"

马主任一肚子的气没处发泄，便瞪着牟主任说："没上访我叫你通知贺端阳干啥，吃饱了撑的是不是？"

牟主任一听，知道马书记心里不好受，便不再多话，马上就去给贺端阳打电话。电话是打过了，却回来对马书记说："贺端阳的电话无法接通，也不知他到哪儿去了。"说着便望着马书记。

马书记一听，又咬了一会儿牙齿，这才对牟主任说："打不通不等他了，你和我马上到城里接人去！"

牟主任问："需要带啥东西不？"

马书记说："接个人要带啥东西，啥都不要带了，现在就跟我走！"

牟主任一听，果然不再说什么，便往马书记的车旁走。可刚走到车旁，马书记又像想起了什么似的，突然对牟主任问："身上有钱没有？"

牟主任听了，有些不明白似的，说："钱？要钱干啥子？"

马书记瞪着他说："干啥子？你说干啥子？不想法让信访办把案销了，难道等着上面通报不成？"

牟主任一下明白了，便看着马书记问："要多少钱？"

马书记想了想，才说："你先准备一万五千块，另外还给我准备一个信封！"

牟主任一听这话，便马上又跑到办公室去，按马书记的吩咐，拿了一万五千块钱和一只信封来。两个人钻进车里，马书记让牟主任数出五千块钱装进信封里，交给了他。牟主任知道马书记这是准备给信访办的人送礼，心里便很不平衡，像这是花的他私人的钱一样，于是便对马书记说："马书记，你说这是怎么回事？上上下下都要我们拿钱去摆平，乡上哪来的这么多钱？"

马书记一边开车，眼睛盯着前面，一边慢慢地回答说："这有啥法？不是有两句话，一句叫作'花钱买平安'，一句叫作'人民内部矛盾用人民币解决'吗？我们不花点钱，让信访办把案销了，打破了乡上零上访记录是小事，年终要是来个一票否决，到时你们拿不到年终奖金，就不要怪我了！"

牟主任听了这话，心里还是愤愤不平，说："县上专门设个信访办，解决问题没本事，就只晓得通报个信访量，排个名次，说透了，恐怕就是想用这种方法，等着人去给他们送礼呢！"

说完见马书记没回答，便又说："还有，一有人上访，便通知乡上去领人，信访办怎么不改成收容遣返站？"

马书记刚才在避让路上一个坑洼，没来得及回答，现在才回答说："这话你可不能在信访办的人面前说呀！要是他们知道了，你想送礼也会送不出去，就等着挨通报吧！"

牟主任听了这话，急忙说："我怎么会当着他们说，我只是跟你说一说呢！"说完便不再说什么了。

到了县城，正是将要下班的时候，马书记和牟主任下了车，到信访办一看，屋子里还有几个上访的人，却单单没有了贺世忠。马书记对廖主任问："哎，人呢？"

廖主任抬起头来看了一遍，也问："哎，人怎么没在了？"说着目光落在了屋子里她的部下们身上。

那几个信访办的工作人员也互相看了看，说："我们在专心听他们反映情况，没注意，到哪去了呢？"

说完，一个五十多岁、有些干瘦的人又接着说："半个小时前我上厕所，他好像还在这里，恐怕是见没人理他，自己爬起来走了！"

先前那个给马书记打电话的信访干部小宋也说："对，对，恐怕是走了！"

廖主任一听，便说："走了就算了！"

说完又对屋子里几个上访的人说："下班了，下班了，我们要去吃饭，你们也各人去找饭吃，还要反映啥情况的，下午又来！"

那几个上访的人磨蹭了一会儿，才十分不情愿地走了出去。

等上访的人一走，廖主任便板起了面孔，对马书记说："马书记，你这个信访工作先进乡是怎么搞的，也整出上访的人来了？"

马书记一听这话，一改车上那种严肃、恼怒的神情，马上双手抱拳，满脸带笑地对廖主任直打拱说："对不起，对不起，是我们工作没有做好，小弟给廖大姐做检讨……"

那女人也没等马书记说完，仍是板着脸说："跟我做检讨管什么用？这事要是县委陈书记知道了，你说会是什么后果？"

马书记等廖主任说完，仍是嬉皮笑脸地打着拱说："我知道，我知道，所以希望大姐和信访办各位大爷，都放兄弟一把！"

说罢不等姓廖的再说什么，又马上说："这样，今天中午兄弟请大姐和各位大爷吃饭，怎么样……"

可话还没说完，廖主任又一下正了脸色，说："少来这一套！以为请吃了饭，就不通报了？没门！"

马书记一听，又急忙说："怎么不通报了？通报！通报！通报是对我们工作的监督，该通报就通报，我们热烈欢迎！"

可姓廖的仍然说："不去！我们有工作纪律，不能接受上访人和上访单位的吃请！"

马书记一听，露出了一点尴尬的样子。正要说什么时，跟着来的牟主任突然笑嘻嘻地说："廖主任说的不假！可我这个小信访室主任，今天来上级信访办办事，正碰上吃饭时间，我们不请你们，你这个大信访办主任请一下我这个小信访室主任，该可以吧？"

说完又说："廖主任好歹亲一下民吧！"

这一说，姓廖的女人突然扑哧一声笑了起来，露出了雪白的牙齿说："这倒差不多！"

说完便对办公室里的人说："那大家就都去吧！"

接着又对牟主任问："在哪儿？"

牟主任一听，便回头看着马书记。马书记想了一下，便说："那就'皇冠'吧！"

说完便对牟主任说："牟主任你带着大家先走，到'皇冠'订一个包间，我和廖主任后面慢慢来！"

牟主任一听，果然朝屋子里的人挥了一下手，带着大家先走了。这儿姓廖的女人提出自己的包，锁了门，便也跟着马书记一道走了。走到街上，马书记便故意开玩笑地对姓廖的女人说："廖主任，我给你当回跟班，你把包拿给我提，行不行？"

姓廖的女人说："怎么敢劳书记的大驾？"

马书记一听，便做出了一副不依不饶的样子，说："廖主任，你要这么说，我这个当弟的今天就非要给姐提一回包不可了！"

说完又看着女人问："包里没贵重东西吧？是不是不放心给我提？"

姓廖的女人听了这话，也做出了赌气的样子，说："有啥贵重的？你要提就提吧，那姐今天就劳驾你了！"说着便把包递给了马书记。

马书记接过包，没走多远，趁姓廖的女人回头看他的时候，从口袋里掏出那只早就准备好的信封，直往包里塞。姓廖的女人一见，马上又把头扭了过去，装作什么也没有看见的样子。马书记把钱塞到廖主任的包里后，也不说什么，两个人只管默默地向前走去。

闲话少述，且说一伙人在县城那个最豪华的"皇冠大酒店"吃完了饭，马书记又对大家说："中午时候，大家反正没事，各位愿意洗脚的洗脚，愿意按摩的按摩，各随其便，啊！"

说完又看着廖主任说："廖主任是按摩还是洗脚？我陪你！"

廖主任听了，也没回答马书记，却看着自己那个叫小宋的年轻下属问："小宋，上午马书记他们乡上那个上访案件，还没登记吧？"

小宋说："还没来得及！"

姓廖的女人听后，便说："没登记就不用登记了！"

小宋答应了一声。廖主任又说："如果民政局把今天这事作为一个信访量报到我们这里来了，也把它们注销了！"

说完，似乎又怕引起下属们的怀疑似的，又马上补充了几句："我们倒不是看马书记的面子，我们是看县委陈书记的面子！他那个乡，一直是零上访记录，所以陈书记才到他那儿抓的点，如果通报出去了，让别人怎么看陈书记？"

话一说完，大家都像明白了似的，说："是的，是的，不能通报出去，这怎么能通报出去？"

马书记一听，心里一下踏实了，便又满脸是笑地朝大家打了一拱，接着就陪他们洗脚或按摩去了。

五

正如县信访办的人所说的那样，贺世忠那天是一个人悄悄地回去了。他先躺在县信访接待室的角落里装死，可躺了半天，见屋子里的人只管说自己的事，也没人来理他，好像他压根儿就不存在似的，心里便慢慢地觉得没趣起来。加上他一进城来，就只想去找老领导说事，也没顾得上吃早饭，这时肚子又饿起来，"咕咕"地直叫，像是对他提抗议似的。更重要的，是他听见那个女干部叫那个年轻干部打电话，通知马书记和村上干部来接他。贺世忠心里并不惧怕马书记，可是他却有点怕贺端阳，原因是和贺端阳住在一个湾。让马书记看见他像条死狗一样躺在地上，他不觉得有多难为情，可如果让贺端阳一个晚辈看见了，他却觉得有些丢脸。要是贺端阳回贺家湾一说，那他就更会让人笑话了。退一万步说，即使自己不要这张老脸，可兴涛、兴菊还在湾里生活，别人在背后一议论，也会让他们脸上不好过！这么一想，贺世忠感到有些待不住了。于是他就从地上爬起来，靠着墙壁坐了一会儿，见仍然没人管他，加上肚子更饿得不行，于是便站起来，顺着墙壁溜了出去，找一家饮食店吃了一碗面条后，便回贺家湾了。

真应了跌倒不痛爬起来痛的古话，贺世忠在往家里走的时候，还没觉得什么。可当他回到家里换衣服的时候，发现那衣服和裤子上，拖得到处是泥，便想起了自己当时像一条死狗一样，被人拖的情景。尽管县政府大院里并没有人认识他，可仍然觉得这次丢的丑太大了，心里实在气愤难平。再一想，自己羊肉没吃到，反惹一身骚，这事不能这样算了！要是就这样算了，乡上姓马的、姓唐的女人，以及贺端阳知道这事后，就会更看不起自己了。再说，老领导不是说了，中央正加大农村低保力度，要做到应保尽保，自己要的钱，又不是哪个私人掏腰包，为啥不给我？这样一想，便想起贺凤山给他算命说的话，于是心里又想：也许贺凤山真给算准了，这人各有各的运气，贺凤山不是说了，连天都有运数，何况人呢？也许我的运数真的不宜在这天出行！如果换个日子，说不定事情就办成了，心里这么想着，过了几天，便又往贺凤山家里去了。

凤山一见贺世忠，像是早就知道似的，笑眯眯地对他问："怎么样，大兄弟那天进城事情办得如何？"

贺世忠一听这话，脸上便露出了几分不好意思的神情，说："不哄老哥说，我那天只是随便说说，也没有真想办啥子事……"

贺凤山没等贺世忠说完，便说："大兄弟别说假话了，你那天的事情肯定没有办成！"

说完又说："不但事情没有办成，恐怕还受了一点羞辱……"

一听这话，贺世忠立即看着贺凤山的眼睛，有些大惊失色地说："你是怎么晓得的？"

贺凤山说："我怎么会不晓得？那卦象本来就不好，你又说梦见兄弟媳妇洗衣服越洗水越脏，我就晓得了！"

说完见贺世忠一副目瞪口呆的样子，便解释说："那天晚上你做的梦如果相反，大兄弟媳妇洗衣服水越洗越清，那便是吉利了，可越洗水越脏，那便是要受点羞辱了……"

贺世忠听得一惊一乍的，忙问："老哥子，你快给老弟说说，这到底是怎么一回事？"

贺凤山一听，急忙摆手说："天机不可泄露，你也别再问了！"

贺世忠见贺凤山不肯说，过了一会儿，才又对贺凤山说："那老哥子再给我算一卦，看我啥时候往北方走才吉利？"

贺凤山听了贺世忠这话，说："那我就再给大兄弟算一算吧！"

说着拿出卦——这次不是硬币，而是一副乌龟壳的——卜了两卦，便对贺世忠说："我连第三卦也不卜了！大兄弟后天往北方走，保证大吉大利！"

贺世忠一听这话，急忙对贺凤山拱着手说："那好，那好，大兄弟谢你了！"

说着，贺世忠掏出了五块钱递过去。这次贺凤山不但没有推辞，反而说："大兄弟这一卦，怕要给我十块钱才行！"

贺世忠一听，便急忙说："那行，那行，只要灵验，别说十块钱，就是二十块，兄弟也给！"一边说，一边又掏出了五块钱，递给了贺凤山，这才放心地回去了。

过了一天，贺世忠果然又进城去了。

到了城里，贺世忠又先往他过去的老领导、人大信访室的李主任那儿去了。李主任一见他，便叫了起来："老贺，你怎么又来了？"

说完也不等贺世忠回答，又问："低保办到了？"

贺世忠一听，嘴唇瘪了瘪，就像要哭起来了的样子，说："办到个啥……"

话没说完，声音便颤抖起来，于是便打住话，不再往下说了。

李主任一见贺世忠这副样子，便知道事情没有办成，于是便皱了眉头对贺世忠问："怎么回事？怎么回事？你倒好好说说，啊！"

196

贺世忠在椅子上坐下来，平息了一会儿，这才慢慢地把那天的事，像一个受了委屈的孩子在亲人面前一样，给李主任说了一遍。

李主任一听完，一边还是紧紧皱着眉头，一边看着贺世忠带着责备的口气说："唉，你看你，我那天少说了一句话，你怎么和他们吵起来了嘛，啊……"

贺世忠望着过去的老领导，仍然十分委屈的样子，张了张嘴正要说话，忽然又听见李主任嘴里"喳"了一声，接着又说："叫你不要称呼他戴局长，你怎么还是戴局长、戴局长地叫呢……"

贺世忠听后，急忙也有些懊悔地说："我一急，就忘了！"

可说完又像很不服气地说："他本来就是姓戴，我就是喊了他戴局长，也没得罪他嘛……"

话还没说完，李主任说："你知道什么？有的人他忌讳这一点！"

说完像是给贺世忠解释似的，马上又说："我们县上有个局，原来的局长姓傅，但他却是名副其实的正局长。起初大家也是傅局长、傅局长地叫，他也没放在心上，心想自己姓傅，爹娘给的，又是局长，人家不叫傅局长，还叫什么？因此就让大家这样叫。可是没过多久，单位出了点事，他受了处分，降职到另一局做了副局长。这时有人告诉他，正因为大家傅局长长、傅局长短的，叫坏了，所以才做了真正的副局长！因此戴局长一听有人叫他戴局长，他就不高兴，全县机关单位好多人都晓得这一点！"

说完又说："你别小看了称呼，其实里面也是有很多学问的！要不然，现在为什么有很多人都要改名字呢？"

贺世忠听了李主任这番话，才说："哎呀，老领导，我哪里懂这些？我心想，名字都是让人叫的！再说，一着急，便把你的话忘到九霄云外了！"

李主任听了，还是绷着脸，继续嗔怪地对贺世忠说："还有，谁叫你去拦他的车？你这是去求人解决问题呢，还是强迫别人给你解决问题？真是，一点方式方法都没有……"

贺世忠一听这话，又急忙说："是的，老领导，过后我也觉得不应该，可当时急了，只想把他拦住，把低保指标给我！再说，我一个挖月儿子锄头的，也不晓得啥子方式方法……"

李主任马上打断贺世忠的话说："你不晓得什么方式方法，难道连求人的基本知识都不知道？我给你说吧，你想要别人给你解决问题，除了自己占住理由，也就是占住道义的最高点以外，方式方法就非常重要！我再说具体一点，我在这里当信访办主任，接触了很多来上访的人！说句实话，对那些和我讲狠、来硬的人，就像你拦戴局长车这一类的上访户，我一点都不怕！怎么呢？现在上面强调稳定和依法治国，你要跟我讲狠，我也给你讲狠，你要跟我来硬的，我也跟你来硬的！你难道狠得过、硬得过我？我是代表政府，你说什么人能够狠得过、硬得过政府？到头来这些人的问题不但得不到解决，吃亏的还是他……"

贺世忠听到这里，便急忙问："那老领导最怕的是啥样的人呀？"

李主任顿了一下，才接着说："最怕的是什么？最怕的就是像你那天一来，还没开始说话，就做出一副哭兮兮的神情，眼泪鼻涕就要往外流的样子！或者一到你面前，两只膝盖往地下一跪，就给你哭呀、磕头呀，说自己如何如何困难呀……遇到这样的人，那才叫你没有办法呢！知道为什么吗？这叫作软绳能套猛虎！他跟你一来软的，讲感情，政府不是人民的政府吗，人民政府你难道不管人民了？所以，他跟政府讲感情，政府也只得跟他讲感情，是不是？讲什么感情？就是该解决不该解决的，都给人家解决，不然还叫什么人民政府？"

一听到这里，贺世忠立即有种茅塞顿开的感觉，便说："哎呀，老领导真是说得太好了，可不是这样吗……"

李主任没等贺世忠说完，便又说："我今天也是对你，要是对其他人，我才不会跟他说这些的！这叫'踩线不越线'！这话怎样理解？就是你既要靠到政策边边走，又不要越过了政策！你来上访，别人本来就烦你，要是你还想跟人家使狠，来硬的，稍微越了一点线，人家不弄死你才怪呢！"

贺世忠听完老领导的一肚子"真经"，真的为那天的行为有些后悔起来，便又对那姓李的虚心地问："老领导，你说我已经得罪了戴局长一次了，现在该怎么办？"

姓李的一听，又突然变得有些愤愤然起来，说："龟儿子姓戴的，他妈的也是狗眼看人低！过去我在县委'新农办'做主任时，他还是个副局长，知道我和县委吴书记关系好，就屁颠屁颠地来巴结我。现在见我到了这个闲位置上，又快退休了，就一根眉毛扯下来，盖住了眼睛，不买我的账了……"

说着那脸便涨得红了起来，好像是自己受了天大的侮辱一样。气愤了一会儿，才突然对贺世忠说："帮忙帮到底，送佛送到西天，他姓戴的不买我的账，我不相信连黄主任的账他也不买了……"

贺世忠一听，忙问："哪个黄主任？"

李主任说："还有哪个黄主任？我们人大黄主任嘛！"

说完又马上看着贺世忠问："你那个申请带上没有？"

贺世忠立即忙不迭地说："带着呢，带着呢，我随时都带着的呢！"

说完，贺世忠便又马上从口袋掏出上次那份申请，交给了李主任。

姓李的接到手里看了看，便对贺世忠说："两个低保指标，算个啥屌事？我现在就去让黄主任批一下，看他姓戴的敢不敢顶着不办！"说完，便拿着贺世忠的申请上楼去了。

没一时，李主任便又拿着贺世忠的申请回来了，脸上露出了一种得意的神气，说："黄主任批示了，你现在再去找姓戴的，看他还有什么话说？"

说着，李主任便把手里的申请递给了贺世忠。

贺世忠接过来一看，只见自己那申请书的右上角，黄主任写了这么两句话："此人为农村基层工作做出过贡献，请戴文国同志予以解决！"下面落着他的大名和年月日。

贺世忠见上面写的不是"酌处"，而是"予以解决"，一下高兴了，立即又对姓李的鞠了一躬，说了几声"谢谢"，转过身子要走。这时李主任又喊住了他，说："可要汲取教训，不要和人家吵，和人家闹了，好好儿地不要越线，啊！如果再闹僵了，我可没法帮你了，啊！"

贺世忠一听，又回头答应了几声："是！是！从今往后，我都记住老领导的话了！"说完，这才走了。

六

贺世忠拿了人大黄主任的批示，又往县政府院子里来。一路走一路想着老领导对他说的话，越想越觉得有道理，便在心里反复叮嘱着自己，一定要控制好情绪，不和他们争吵了。到了民政局楼上，他正想又去办公室打听一下戴局长的办公室在哪儿。可想了一下，马上又改变了主意。因为上次他也是去向办公室打听戴局长，可人家不但没告诉他，反把他支到了信访室。上次他还没和他们吵架，人家对局长的行踪都保密，这次他明明已经得罪过戴局长了，人家还不更对他高度防范呀？这样一想，他便不准备去办公室问了，看见过道里有很多人拿着文件或报告，在各个办公室之间走来走去，于是也便一个办公室一个办公室地看起来。每间屋子的门框上方，都挂着一个长方形的、比书本大不了多少的牌子，上面写着办公室的名称。什么"办公室""监察室""政工股""优抚股""救济股""副局长室""副书记室"……他都看见了，可就没有看见局长办公室的牌子。有几间屋门上没挂牌子，但门关着，他也不知里面有人没人，也不好贸然就去敲门。一些在各个办公室穿进穿出的人，看见他不断地往每间办公室的门上瞅，便警惕起来，马上停住脚步盯着他问："看什么看什么，啊？这儿又不是农贸市场，有啥好看的？"

还有上次拉过他的小赵、小钱，一下认出他来了，便没好气地吼着他说："你又来干什么？你不要认为凭着死缠烂打，我们就可以给你办！明告诉你，不符合政策，任你怎样上访，我们也不会给你办！"

贺世忠一听这话，心里又有些不高兴起来了，想回答两个年轻人几句，可他想起了李主任对他说的话，便又忍住了，只说："你们不给办算了，我也不是来上访的！"

小赵、小钱听了，便又说："不来上访又到这里来做什么？"

贺世忠一听，本来想说找戴局长，可怕他们一听，又把他赶了出去，于是便马上说："不做什么，我只是看看！"

说完，生怕他们再盘问似的，便急急地往一边去了。

走到上楼的楼梯口，贺世忠忽然想，我与其这样瞎撞瞎碰，让别人像小偷一样怀疑自己，倒不如在这里坐下来等。他想，既然戴局长是民政局的局长，他总得来上班。不管他上班还是下班，总不能飞着来飞着去，总得经过这里。再说，他只要来民政局上班，他就得上厕所，只要他一出来上厕所，他就能够看见他。只要看见了他，他就跑上去喊住他，把黄主任的批示给他，他也就不会和任何人吵架了。他觉得自己这守株待兔的想法很好，不吵不闹，符合老领导告诫他的

"踩线不越线"原则，自己的要求最后也可能得到解决。这样一想，贺世忠便不管上上下下的人对他投来的白眼，就靠着梯口边的墙壁，席地坐了下来。为了不影响别人过路，他特地将两腿蜷缩拢来，尽量减少自己占用的空间。可那两只眼睛，却滴溜溜地在民政局两边屋子上转着。

这样坐了一会儿，他忽然发现了一个秘密：他看见隔一会儿，便有人拿着文件或别的什么，走到他对面左边第三间没挂牌子，又紧闭着门的屋子前敲门。敲了几下，他便看见有人将那门打开半边，敲门的人便走进去。过了一会儿，进去的人又拿着东西出来了。这样看了一会儿，他便又看出了那些敲门人敲门的诀窍：先是敲得很轻，一般敲到两下，见门还没开，第三下慢慢加重。每敲一下，中间停顿大约三四秒钟，似乎十分小心，敲到第四或第五下时，门便会开了。贺世忠发现这一规律后，十分高兴。他立即推断出那屋子里的人，一定是戴局长，否则，不会有人拿着文件什么的去找他，也不会那么神秘。可是贺世忠高兴归高兴，还是没有贸然去找他，因为他怕自己贸然去敲门，假如又惹得他不高兴了，自己的功夫不是又全白费了？他还是想在这里等，心想：既然知道了戴局长在局里上班，那就放心了！纵然你不出来上厕所，那你下班总得回家！反正我得等到你！这样一想，就又换了一个姿势坐下来。

可是还没坐多久，贺世忠又有些坐不住了。因为他发现往来的人，都用一种打量怪物似的、愤愤的眼光看着他，似乎他在这儿坐着，就像在豪华宴会厅里坐着一个乞丐、会影响了他们食欲一样。贺世忠一看见他们的目光，突然有些担心他们会来把自己赶走，心里便有些着急起来。他估摸着离下班时间还早，又不知戴局长一时半会会不会出来上厕所，于是心里便给自己打了一下气，说："罢了，我又不是偷，又不是抢，别人敲得门，我为啥子敲不得门？我这里饿老鸹守死鱼鳅，万一下班的时候，他又有事不理我怎么办？"

想到这里，贺世忠便决定自己也去敲戴局长的门。于是他便从地上站了起来，可是他的脚因为蜷得太久，刚要动步，却酥麻了起来。贺世忠又只好靠着墙站了一会儿，又交替着踢了踢两只脚，见走廊里没了人，便像做贼似的，急忙几步走到了那扇门边。可是抬起手，正准备敲门时，却又有些胆怯了，那手指头也像抽风似的"簌簌"地颤抖了起来。他一见，十分恼恨起自己来。咬了咬牙，心一狠，手指才颤抖得不那么厉害了，于是这才敲起门来。他努力回忆着刚才其他人敲门的样子，第一声敲得很轻，他自己也感觉到了，第二下稍稍重了一点。敲完以后便像倾听里面动静似的，把耳朵贴在门板上听了听，没听见里面动静，于是又敲了第三下，这一下和第二下的轻重差不多，敲完便停了下来，隔了大约两三秒钟，又敲了第四下，这次又稍重了一点。敲完再把耳朵贴在门板上，仍然没听到里面动静。正以为自己哪儿没敲对时，那门却忽然"吱"的一声，像先前一样打开了半边。

贺世忠一见，心突然"咚咚"地跳了起来，也没看清屋子里的情况，便马上将半边身子跨进了屋内。可还没等他将身子完全挤进屋子里，一双大手忽然将他挡住了，说："怎么是你？你又来干什么？"

贺世忠一看，正是那天给戴局长开车的司机，原来这司机还兼着戴局长的秘书。贺世忠一见那司机把他拦住了，急了，他本想说："我来找戴局长的！"可话到嘴边，立即又响起了老领导叮嘱他的话，于是立即改口说："是人大黄主任叫我来找你们局长的！"

说着，贺世忠马上掏出了有着黄主任批示的申请，递到了那司机面前。

那司机从贺世忠手里接过了他的申请，看了看，又上上下下朝贺世忠打量了一遍，口气变得有些柔和了，却仍然没放他进去，说："你到外面等着，我马上就给领导！"

贺世忠一听，却有些犹疑了，说："这……"

司机一见，又露出了不高兴的样子，说："就在外面等一会儿，我又不跑，这什么嘛？"

贺世忠一见司机又生起气来的样子，怕又和他吵了起来，于是便只好说了一声："那好嘛，我就在门口等着。"

说完，贺世忠便将半边身子从屋子里退了出去。

司机便又"砰"的一声，将门关上了。果然没过一会儿，司机便又将门打开，手里拿着他的申请走了出来，见贺世忠真的还在门口站着，便说："你跟我来！"

说着，司机便带了贺世忠，往那天他去过的低保股走去。

进了低保股的办公室，司机径直走到姓颜的股长面前，把贺世忠的申请往他桌子上一放，交代说："颜股长，领导叫把这事办一办！"说话的口气很冲，像是布置工作似的。

那颜股长把贺世忠的申请看了一看，又抬起头将贺世忠打量了一遍，脸上立即露出了一种惊诧的样子，说："原来还是你哟！"

办公室的人一听他们股长这话，也抬起头来看着贺世忠，刚才才吼过贺世忠的小赵、小钱，这时脸上都露出了一丝不自然的色彩，只掠了贺世忠一眼，急忙又将眼睛落到面前的材料上了。贺世忠知道大家都在看他，又故意把身子挺得很直，眼睛落到前面的墙壁上，做出一副目不斜视的样子。

颜股长见了，也不说什么了，从抽屉里拿出一张表册，在上面写了什么，又把贺世忠的申请贴在了表册的背后，然后才对贺世忠说："好了，你回去找你们乡上唐所长吧！"

贺世忠一听这话，有些像是不相信似的，急忙问："就这样了？"

颜股长说："不这样还想怎么样？"

说完又说："不是跟你说明白了，回去找你们唐所长？"

贺世忠却仍然怀疑，又说："要是唐所长不给我办呢？"

颜股长还没答话，送贺世忠过来的司机说："领导都签了字的，唐所长怎么会不给你办……"

可贺世忠还是不放心，又对颜股长说："可唐所长要是不相信呢？要不，你们给我一个东西吧……"

话还没说完，颜股长有些不高兴起来了，盯了贺世忠说："给你什么东西？叫你回去找她就回去找她嘛，她有什么不相信的？"

说完，见贺世忠还磨磨蹭蹭不肯离开的样子，颜股长又补了一句："我们会马上通知她的！"

尽管这样，贺世忠仍然有些疑惑，本来还想要那姓颜的当着自己的面，给乡上姓唐的打电话，但又怕把他惹恼了，站了一会儿，这才半信半疑地离开了民政局，回去了。

回到乡上，贺世忠便直奔民政所唐所长的办公室。那唐所长一见贺世忠，脸上便浮现出一种阴阳怪气的笑，说："看不出，你真有本事，啊！"

贺世忠一听这话，便知道民政局那姓颜的果然给姓唐的打了电话，一时心里高兴起来。想起这女人那天像训斥大儿子一样训他，说"别说两个，就是半个，你也别想了"的话，于是便连讽带刺地说："唐所长真是太抬举我了，我有啥子本事？只不过上面的青天大老爷关心人民群众疾苦，不像有的人，官虽然不大，却不管人民群众死活！"

唐所长一听，脸一下黑了下来，也不说什么，只气呼呼地从抽屉里又拿出两份《农村低保申请表》来，重重地往桌子上一放，没好气地说："拿回去叫贺端阳召开村民代表会讨论通过了，填好交来！"

贺世忠一听，以为是姓唐的故意刁难他，便说："领导都签字了，还要啥村民代表通过？"

唐所长说："就是天王老子签了字，也要村民代表会讨论通过，这是规矩！"

说完又说："领导签了字又怎么样？领导只给我说叫我办，没叫我不按规矩办嘛！"

贺世忠一听，知道自己刚才那话不应该说，心里便又懊悔起来。可是覆水难收，只得也满脸怒容地把表收起来，心里说："找贺端阳就找贺端阳，我不相信贺端阳会一根眉毛扯下来盖住眼睛，不给我办！"说罢便怒气冲冲地回去了。

回到贺家湾，贺世忠便又去找贺端阳。贺端阳因为前次贺世忠到县里上访，已经吃了马书记的批评，现在见贺世忠又去搞了两个低保名额回来，真正像王娇说的是吃油了嘴，已经不像先前那样，对他有些同情了。相反，见他没完没了找他，心里对他有些不满起来。可是低头不见抬头见，都一个村子里住着，好歹又喊"叔"，怕得罪了人，知道开村民代表会，那些代表会在会上七嘴八舌地说些什么，便也不召开村民代表会议，在表上胡乱写了几个村民的名字，冒充村民代表填上去。然后盖了村民委员会的公章，便交到了唐所长那里。没过多久，那贺兴涛和王芳的低保卡，果然便下来了。

第七章

一

却说春节一过，贺兴菊和丈夫便出去打工了。清明时，兴菊想着这是母亲去世后的第一个清明，说什么也得回家给母亲烧把纸，磕几个头，于是便和丈夫商量后，一个人回来了。回到家里，就听说了父亲给哥哥嫂子办了低保的事。清明这天，兴菊买了香蜡纸烛、爆竹供果，又提了在城里给父亲买的礼物，先到母亲坟前，摆了供果，点了蜡烛，烧了纸，跪下磕了几个头。想起母亲生前种种事情，又忍不住大放悲声，一声娘一声妈地哭了一阵，洒了不少泪水，这才起身，提着礼物看望父亲来了。

贺世忠一见女儿眼圈红红的，脸上还挂着泪痕，便知道她去给她妈上过坟了，便问她："你啥时候回来的？"

兴菊说："昨天晚上才到家里。"

贺世忠说："还是女儿好，昨天我叫你哥和你嫂子，提前去给你妈烧把纸，你嫂子烧完纸回来，脸上泪星子都莫得一点……"

说完又看着兴菊说："你买的些啥给我提来？"

兴菊说："两罐中老年人补钙的奶粉……"

贺世忠没等女儿说完，便急忙说："你怎样那么没事，花这钱做啥子？我都这把年龄了，喝啥奶粉？拿回去给蓉蓉喝！"

兴菊说："蓉蓉都那么大了，哪里还需要喝奶粉？再说，这是专门给中老年人的配方奶粉，补钙的，喝了预防骨质疏松，不怕跌跟斗！"

一边说，一边从包里把两罐奶粉取出来，又一一告诉了贺世忠每次舀几勺子奶粉，兑多少开水等事项。贺世忠一边听，心里一边想："真像外人所说的，现在确实是女儿比儿子孝顺！兴涛这东西，住得这么近，就想不起给老子买点啥东西，连狗戴帽子——做点人见识，都做不来！"这样一想，心里就十分感动。于是等兴菊给他说完以后，便又看着她问："你啥时候走？"

兴菊说："后天。"

贺世忠说："怎么后天就走？回来了一趟，还是多在家里住几天嘛！"

兴菊说："我是专门回来给妈烧香的！"

说完这话，兴菊眼睛突然落在父亲脸上，盯着他问："爸，听说你给哥哥嫂子，到城里去给他们要了两个低保指标回来？"

贺世忠说："你耳朵还是长嘛！"

说完又说："倒是有这么一回事，不过也没有几个钱……"

兴菊一听，泪水便涌上了眼眶，嘴皮也哆嗦起来，突然打断了父亲的话，说："爸，你也太偏心了……"

一语未了，兴菊的泪水便扑簌簌地掉落下来。

贺世忠知道兴菊问他这话的意思，心里本来就有点歉疚了，现在见女儿一哭，更有些觉得对不起她，可嘴上却说："老子怎么偏心了？今年过年，我到乡上要到一千块钱的困难补助，打发压岁钱，阳阳五百元，蓉蓉不也是五百元吗？如果说我偏心了，我可以把心掏出来让你们看……"

可兴菊没让他说下去，仍是一边抽泣，一边说："我没有说打发压岁钱的事！没偏心你怎么一下子就给他们要了两个低保指标，为啥不给我也要一个？"

说完不等贺世忠说什么，便又一把鼻涕一把泪地说了下去："你借出去那几万块钱，你口口声声说是我们两兄妹打工挣来的，可你摸到良心说，哥哥那时候到底给家里寄了多少钱回来？他一个男娃儿，工作不踏实，今天这个厂，明天那个厂，还学会了抽烟喝酒的坏毛病，三个四个的，有时还要出去打点平伙，挣点钱连自己都不够用，你难道就忘了吗？退一万步说，即使他挣了一点钱给家里寄回来，可后来你又是给他修新房，又是给他娶亲，他那点钱还在吗……"

贺世忠听到这里，觉得女儿虽然说的是事实，可心里却感到有些不太高兴，便打断了兴菊的话说："给他修新房、娶亲，那是你老子的责任，也是完全应该的嘛！"

说完又说："如果不给他修房子、娶亲，让他打光棍，别人不骂死你老汉呀？"

兴菊哽咽了一下，又接着说："该是应该的，我也没有说不应该！我是说，这个家到底谁做的贡献大？我十五岁不到，就出去打工，有一分钱，就寄一分钱回来，从没有乱花过，连衣服都很少买。你们那时说得好，凡是我寄的钱回来，都给我存到那儿，等我结婚的时候，要么给我办嫁妆，要么给我。可最后呢？我结婚你们给我办了啥子？像打发叫花子一样，就把我打发了，更不说给我一分钱了……"

说到这里，兴菊更觉伤心，一下子竟"呜呜"地伏到桌子上，哭出了声。

贺世忠心里也痛苦得不行，觉得女儿的话，句句都扎在了他的心上，又见兴菊哭得如此伤心，更恨不得自己死了去，于是便抱了头，也带了哭腔说："是的，兴菊，老汉对不起你！当时我和你妈都说过那话，不用你寄回来的一分钱，可后来……这都怪我……"

说着，贺世忠便狠狠地拍了自己的脑袋几下。

兴菊虽然听见了父亲的话，却并没有停止对父亲的"控诉"，大约这些话在她心里憋得实在太久了。哭了一会儿，又抬起头来，继续泪眼蒙眬地对父亲说："再说，虽然这回哥哥为妈的事，多花了几千块钱，可他们家里不欠账！我们家里还背着十多万块的账，你说这日子好过吗？"

说完又说："幸好我是嫁了郑全荣这样一个老实人，要是嫁了别人，我在婆家还抬得起头吗……"

说着，兴菊慢慢地止住了眼泪，停了一会儿又突然说："你现在一下子给哥哥嫂子把低保全办了，可你就没有想到也给我们办一个？这事即使我不说，蓉蓉的爸爸晓得了，他又怎么看？还有蓉蓉的爷爷奶奶，他们又会怎么想？他们难道不会说：你看你爸爸，心里就只装得有儿子，哪有你这个女儿……"

说到这里，贺世忠急忙插话说："兴菊，我想也没这样想！要是我有这样的念头，我都……"

兴菊流了一通眼泪后，心情大约好一些了，听到这里，便打断了父亲的话，说："坛子口好封，人口难封，你没这样想，但外人要这样想，说你一碗水没有端平，我有啥子法？"

贺世忠一听这话，又难过地捧住了头，过了一会儿才说："这有啥法，你哥哥嫂子虽然分了家，可谁叫他们的户口，还和老汉在一起呢……"

兴菊一听这话，马上又说："爸，他们的户口和你在一起，难道我的户口没和你在一起？当初我结婚，因为都是一个村，我也没有把户口迁走呀！"

贺世忠听了这话，便又捧了头。想了半天，突然抬起头对兴菊说："兴菊，这要怪爸，确实爸没有考虑周到！不过你放心，饭一口一口地吃，路一步一步地走！如果我先给你要了，别人也会说我顾女儿不顾儿子。尤其是你嫂子那张嘴，你不是不晓得，到时候爸也会觉得作难！你说是不是？"

说完，不等兴菊回答，马上又说："不过原来在乡上当过书记的那个李叔叔，也就是爸的老上级，他说中央现在正在加大农村低保的力度，对生活有困难的家庭，要做到应保尽保！照我看来，如果上面有人，这要低保的事也并不难，只一句话就解决了！你今天一说，爸爸也觉得有些对不起你，爸爸就再厚起脸皮，慢慢又去给你要嘛！"

兴菊听了这话，揩了一把脸上的泪水，说："我倒不是看到那几十块钱，而是爸以后不管做啥子，总要一碗水端平才对！"

贺世忠听后，忙说："爸怎么不会一碗水端平呢？你们两个，都是我生的，手心手背都是肉，我犯得着要亲一个、疏一个吗？"

兴菊一听这话，便不说什么了，进灶屋打了一盆水，洗了一帕脸，再出来时，脸色便平静了。便到里面父亲睡的屋子看了看，发现父亲床上还是冬天盖的被子，被套脏兮兮的，散发着一股汗臭和霉味，便说："都这个时候了，嫂子也不把被子拆下来洗一洗？"

贺世忠说："才到清明，晚上还要盖，洗啥？"

兴菊说："再是要盖呢，这么好的天气，洗一下花多大的事？"

说完又说："要是来个人看见，像啥子？"

说着，也不等贺世忠说什么，便三下五除二地将被单拆了下来，和床单一起抱出去洗了。

贺世忠见女儿去给他洗被子，便要去做午饭。兴菊一见，又说："爸，你做啥子午饭？昨天晚上回来，蓉蓉都睡了，今早上起来，还没和我说到两句话，就又上学去了。中午回去，还要好好看看蓉蓉呢！"

贺世忠听了这话，也知道一个做娘的心，便不说留女儿吃午饭的话了。兴菊把父亲的被套和毯子洗出来，晾晒在绳子上，又告诫了父亲几句保重身体的话，这才回去了。

二

兴菊一走，贺世忠回忆起女儿的话，越想越觉得自己欠兴菊太多，又想起兴菊的种种孝顺之处，心里越发不好受起来。于是便想，如果兴菊嫁得远，倒还罢了，偏偏兴菊又嫁到郑家塝，和贺家湾只隔那么一条小沟，站着岩畔上喊都喊得答应，给儿子儿媳妇做了一点事，哪有不传到亲家、亲家母耳朵里去的？兴菊说得对，即使她不说什么，那亲家、亲家母心里会怎么想？女婿会怎么想？还有郑氏族人又会怎么想？这确实是关乎父母一碗水是否端平了的事！又一想，罢了，反正向政府要一个低保指标是脸厚，要两个指标还是一个脸厚，大不了别人背后说一说。说了算啥？就像风一样，吹过就吹过了，可给儿女们要到一个低保名额，就是一份实实在在的好处！再说，政府反正还欠自己的钱没还，那钱就是放在银行里，也还要生利息呢！又想起昨年冬天在公路沿线看见的把房子外墙涂白、将屋顶翻新的所谓"风貌打造"，想起国家到处造房子、修大厦，又想起现在各种惠农政策……这一切都说明国家确实是太有钱了，要没有钱，怎么会这样花？一想到这里，不但又想到了自己借出去的钱，而且还想到了过去催粮催款所受的冤枉气，觉得国家今天的繁荣，和他们过去所付出的劳动，是紧紧联系在一起的。如此种种想法混在一起，便觉得政府不还自己的钱，不补偿自己过去的付出，靠自己去向政府要几个低保指标，不仅完全应该，而且太便宜了政府呢！反正国家这么多钱，贪官们可以明里暗里往自己口袋里搂，小老百姓为啥又不能凭着脸皮厚，想法往自己胯下捞一点呢？这么一想，贺世忠的身上便产生了一种十分强大的力量，推动着他又去为女儿争取低保名额，以达到自己对儿女的公平。

贺世忠在脑子里打了整整一天的架，把该找的理由也找齐了，该想的办法也想了，晚上，他又找出了上次为给兴涛和王芳要低保指标的申请书底稿修改起来：

申请书

尊敬的领导好！

我叫贺世忠，男，现年63岁，家住黄石乡贺家湾村，家庭人口六人。

我在担任贺家湾村支部书记期间，曾将女儿交我保管的、在外打工挣回的四万二千多块血汗钱，借给乡政府交了农业税，支援了国家建设，使今天我们国家越来越强大！可乡政府至今未归还我的借款，仅利息损失都高达上万元。我女人田桂霞患肾功能衰竭症，因无钱医治喝农药自杀。现不但我债台高筑，而且女儿家庭欠债高达十多万元，一家人生活十分困难。现在国家繁荣富强，是和老同志当初努力工作、默默奉献分不开的！我知道上级领导都是党的好干部，十分尊重老同志，关心人民疾苦，现特请求领导看在我曾为党做出过的贡献，和女儿家庭生活十分困难的情况上，将我借给乡政府的钱，按当初借款时的承诺，连本带息归还给我，并将我女儿贺兴菊、女婿郑全荣两人，纳入农村低保对象，以体现党和国家的关怀。

申请人：贺世忠

他原打算只写兴菊一个人的，因为只有兴菊的户口才和他在一起，但后来一想，一头牛是放，两头牛也是放，何况他们也并不会来查户口，因此便又把女婿的名字写上了。而且，他现在把自己借给乡政府的钱，全写成是女儿的，他想这便叫作到了哪山便唱哪山的歌，会更有说服力一些。他想起老领导曾经夸过他申请写得好，心想如果老领导知道了他这么一改，说不定更会夸他呢！改完后，他又认真抄写了一遍，然后才睡去了。

第二天，他便揣了申请，又走上去县城的路。他知道乡上不管是姓马的，还是姓唐的，上次都没给他搞，这次即使是找他们，也是七月十四烧笋壳——没指

（纸）望。何况他们已经知道，他一共已经有了三个吃低保的人了，更不会给他搞了。于是他便决定绕过乡上那几爷子，只要在县上要到名额了，他们便不会不给他办，不办他就更有了理由上访。走到通往贺凤山家的岔路口，他突然站住了，又想去找贺凤山给算算这次的运气。可又一想，什么运气不运气，这些事，谁也不能保证一次就能成功，权当投石问路呢！等把情况摸清楚了，今天要不着，以后再去不就行了？这就像生意越做越精一样！这么一想，贺世忠便在心里打消了找贺凤山算的念头，折身往前大步走了。他也没到乡上去坐公共汽车，觉得天气这样好，赶路何尝又不是一种享受？于是便从小路走了。

正是仲春时节，天空春阳高照，身边莺飞燕舞，触目桃红柳绿，真所谓春光无限好！贺世忠行走在春天优美的景色中，心情也变得愉快起来，觉得这样好的天气，应该是个好兆头。心里一愉快，感觉那脚下的步子也轻了许多，原说不慌不忙慢慢走，可没过多久，便到了县城。走到入城的口子上，看见原来机械厂厂房的墙上贴了一块巴掌大的红纸，上面用黑墨水写了几句话，道是："小儿夜哭，请君念读。小儿不哭，谢君万福。"旁边是哪个促狭鬼又用笔加了两个字："哭死。"贺世忠由于今天心情特别好，也想像雷锋那样做点好事不留名，心里便骂了一声："缺德！"一边骂，一边拾起一块泥土，把那两个字给涂掉了。然后自己又把那纸上的十多个字，一连念了两遍，这才进城去了。

贺世忠一到县城，便又径直找他的老领导李主任去了。

可是李主任这次见到他，却有些不高兴了，问："你怎么又来了？难道上次黄主任亲自批示了，姓戴的还没给你办吗？"

贺世忠听了这话，急忙说："办了，办了，老领导！那天我急急忙忙回去了，没来给老领导汇报，是我不对，我特向老领导检讨！"

李主任一听贺世忠这样说，便又看着他问："那你今天又来干什么？"

贺世忠一听姓李的这话，像是瞬间又遭到了打击一样，脸上立即呈现出了悲苦和愁容，眼睛看着姓李的，嘴唇嚅了嚅，没有马上发出声音，像是有些不好启齿似的。过了一会儿才说："哎呀，这话我都不好意思向老领导开口了！不过老领导不是外人，我说得对就对，说得不对，沙坝里写字——哈了就是……"

李主任听了贺世忠这话，有些摸不着头脑的样子，说："有什么事你就直接说好了，用不着转弯抹角的！"

贺世忠一听这话，嘴唇又往下撇了下去，并且拉长了，脸上的皱纹也绷紧起来，仿佛很痛苦的样子，只是没差哭出声了，然后才说："老领导，你既然这么说，我就直说了！老领导这次帮我要了两个低保指标，我心里万分感谢！可是老领导你晓得，我那丫头，你是见过的，那时还是个小姑娘，不过现在出嫁了。她晓得我给她哥哥嫂子都要到了低保，却没给她要，回来便在我面前又哭又闹，说我一碗水没有端平，何况我那时借给乡政府的钱，都是她打工挣的！她现在家里也困难，欠十多万元的账，所以……所以我又来求老领导，再帮我一次忙……"

李主任一下明白了，不等贺世忠说完，便马上回答说："那怎么行？你已经有了两个吃低保的，怎么还要……"

贺世忠一听这话，脸上的皱纹更像怕冷似的，使劲往一起挤着，马上又打断了姓李的话说："老领导，老领导，我家里的情况特殊嘛，你又不是不晓得……"

可李主任也没等贺世忠说完，便说："哪个家里情况不特殊？"

说完又立即大声说："不行，看在过去一起工作过的情分上，我帮了你一次忙，已是大人情了，你不能吊颈鬼缠熟人，老来找我……"

贺世忠一听，突然抬起干瘦的脑袋，脑门上皱出几条很深的皱纹，眼睛看着姓李的，流露出哀求的神色，说："老领导，老领导，我求求你，求求你，这次帮了忙，我再不会来麻烦你了！"一边说，一边连连向姓李的打起拱来。

可姓李的脸上还是一副无动于衷的表情，说："别说一次，就是半次也不行了！"

贺世忠听姓李的这么说，突然就跪下了，一边对姓李的磕头，一边说："老领导，老领导，我给你跪下了！我给你磕头了！请你再帮我一次……"

贺世忠一边磕头作揖，一边在心里想："这可是你教我的，我现在跟你讲感情了，看你怎么办？"

可李主任却仍然是一副铁石心肠的样子，也不去拉贺世忠，也不说什么，装作什么都没看见，只让他在地上捣头磕脑去。贺世忠磕了半天头，也没听见姓李的说什么，才不磕了，将头抬了起来。这时李主任才像是没办法地说："老贺呀，别说你给我磕头作揖，就是把我喊八辈祖宗，我也没办法了！民政局也不是我私人开的，姓戴的也不是我的大娃小崽，我想要他们怎么办就怎么办！你也是看见的，我第一次签过去，人家不但不给你办，还把你赶出来了嘛……"

贺世忠还趴在地上没起来，听到这里，便急忙说："老领导，你那次签的是'酌处'，要是你也签个'予以办理'，人家就办了嘛……"

李主任一听贺世忠这话，突然觉得又好气又好笑，说："胡说，我能写那几个字吗？我都写了那几个字，领导写什么，啊？我要那么写，岂不是月亮坝坝里看鸡巴——自己把自己看大了！我给你写了'酌处'两个字，都不错了！"

贺世忠听李主任这么说，又对姓李的磕了一个头，说："那就求老领导出面，再找找你们黄主任，让他再给我写一次'予以办理'几个字……"

话还没说完，姓李的突然叫了起来，说："你想也别想了！"

贺世忠一听这话，吃了一惊，马上又望着姓李的问："怎么了？"

李主任顿了一下才说："你以为领导那几个字，是那么好写的？实话跟你说，上次我去找领导，领导心里就十分不情愿。我也是为了争个面子，跟黄主任解释了半天，还把我们过去的关系都摆出来了，领导这才勉强给了我这个人情，但最后再三对我说下不为例了，下不为例了！你以为我又好意思去麻烦领导了么？"

说完，李主任又对贺世忠说："对不起，老贺，我要到楼上开会，不能陪你了……"

贺世忠一听这话，便从地上跳了起来。看见姓李的果真从桌子上拿起一个本子，做出了要走的样子。贺世忠急了，急忙伸手去拉他，可是姓李的往旁边一跳，贺世忠没拉住，姓李的又急忙闪到了门外，这才盯着贺世忠，鼻子里哼了一声，气冲冲地吼了起来，说："干什么？干什么？帮了你的忙，你倒把我当敌人了，是不是？不看到在一起工作过的分上，我马上就叫人来把你拉出去了，你还想来缠我不是？"

贺世忠听姓李的这么说，知道再指望他帮忙，是没希望了，于是便带着哭腔说："老领导，我哪里想缠你嘛？我只希望你看在过去的分上，能给我指条路！"

说完，目光便可怜地看着姓李的，又打了一拱，才接着说："请问老领导，我现在该去找谁……"

姓李的一听，仍没好气地说："我怎么知道你该去找谁？"

可说完这话，李主任仿佛又担心贺世忠会赖在这里不走似的，于是马上又说："你不是来上访的吗？你到县信访办去好了……"

贺世忠说："信访办？信访办可管这事不……"

姓李的只图把贺世忠打发走，便说："怎么不管？不管县上设个信访办做什么？你把自己的情况和要求给信访办说了，信访办自然要和民政局联系，能办不能办，膏药一张，就看你自己的熬炼了！"

贺世忠一听这话，一是没有其他的路可走，二也想去试试，于是心一横，便说："信访办就信访办，我不信信访办就不是人去的地方！"

说着，贺世忠便从姓李的屋子里走了出来。因为姓李的拒绝再给他帮忙，心里对他也有了气，便没和李主任打招呼，只顾气冲冲地往前走去。走了十多步，回头看去，却发现姓李的并没有往楼上去开会，便知道刚才姓李的话，只是要赶自己走的借口罢了，心里有种受了骗的感觉。于是便想回去奚落姓李的几句，又害怕把他激怒了，真叫人来把自己拉出去，到时候就像俗话说的：割卵子敬神，神也玷污了，人也得罪了，也得不到啥好处！于是便又打消了这个念头。但他心里毕竟还憋着一口气，不吐出来有点儿难受，便对着李主任的办公室狠狠地啐了一口，同时心里说："龟儿子，你也不是啥子好东西！当初要不是你逼着，我怎么借几万块给乡政府？老子那钱如果要不到，打酒只问提壶人，你看老子会不会像蚂蟥缠到鹭鸶脚那样，把你缠住不放呢！"

说完这话，贺世忠觉得心情好了一些，这才朝外面走去了。

三

贺世忠来到县政府大门外，就看见县信访办前面的树荫下和花台上，有一二十个人，三三两两地或蹲、或坐、或站，有的也在交头接耳，仿佛是在互相交流着什么。信访办大门两边，有两个保安坐着，像是把门的将军一样。贺世忠弄不明白发生了什么事，便走进去，正要往里面屋子里进时，被两个保安拦住了。其中一个保安对他问："干什么，干什么，啊？"

贺世忠胸脯一挺，做出十分有理的样子，说："上访，找领导解决问题！"

保安正眼也没瞧他一下，手像赶蚊子似的挥了挥，便问："登记了没有？"

话音没落，贺世忠便叫了起来，说："还要登记呀？"

保安说："不登记，大家都到屋子里吵成一片，领导听谁的？"

贺世忠一听这话，便问："到哪儿登记？"

那人又抬起手，朝前边指了一下，显出了有些不耐烦的样子，说："没看见那儿挂得有牌子吗？"

贺世忠朝他手指的方向看去，果然在进大门旁边又有一间小屋子，门口挂着一个牌子，上面写着："信访登记室"。贺世忠便朝那儿去了。

走过去一看，屋子里坐着一个三十岁左右的女人，一张圆脸庞，头发半黑半黄，嘴唇涂抹得红艳艳的，像是才生吃了人肉，眉毛也画得很浓，正低头玩着手机。一见贺世忠，便放下了手机，对他问："干什么？"

贺世忠说："不是要登记么？"

女人说："是要登记！你是不是上访的？"

贺世忠说："不上访到你这儿来登啥子记？"

女人一听这话，脸上有些不高兴了，也不说什么，便拿出一个本子，才像审判官似的，厉声对贺世忠问："叫什么名字？"贺世忠回答了，那女子在本子上记了下来，又问是哪儿的人？多大年纪？贺世忠答完后，那女人又问贺世忠上访有什么事？贺世忠想三言两语说不清楚，便从口袋里掏出了自己的申请，递给了那女人。女人接过去看了，便不再问贺世忠，只把他申请上的话，摘录了几句记在了本子上，然后对贺世忠说："到外面等到，你是 25 号，等叫到你了，你就进去！"

贺世忠一听，明白了，便说："哦，原来外面的人还是在排队呀！"

说完又对那女人问："哎，同志，我问一下现在叫到好多号来了？我 25 号要等多久？"

女人乜斜了贺世忠一眼，便没好气地说："我怎么知道你要等好久？你愿等就等，不等就拉倒！"说完便又拿起手机玩了起来。

贺世忠一见，心里骂了一句："土地爷放屁——有啥神气的？"

骂完，贺世忠才愤愤地走出屋子，朝着外面那些三三两两的人群走了过去。走到一个花台边时，忽然听见有人在问他："喂，你好多号？"

贺世忠立即站住，回头朝那人看去，只见那人蹲在花台上，五十多岁的样子，身子胖胖的，蓄了一个小分头，梳得很光生，脸色白白的，眼神温和中透出一股锐利的光芒，似乎洞察一切似的。贺世忠听见他问，便回答道："25号。"

那人"哦"了一声，像是感慨地说了一句："都25号了？"

说完，那人便不再说什么了。贺世忠见那人衣着整齐，一点也不像上访的，便踅过去也在他身边蹲了下来，问："老弟你也是来上访的呀？"

那人说："不上访到这儿蹲着做啥子？"

贺世忠一听，便又有些好奇地对那人问："今天怎么和往天有点不一样？不但要登记排队，还有保安把着门不让进去？"

那人等贺世忠说完，便说："老哥子这点都不明白？县上不是也实行了四大班子的领导轮流接待上访群众的制度吗？今天就轮到了涂县长！县长接待上访群众，电视台要摄像，记者要拍照片，还有相关部门的负责人要参加，不排队，大家都拥进去，成了猪儿市场，记者还怎么摄像？县长又听谁的？再说那屋子也挤不下呀！"

贺世忠一听，这才明白了，说："原来是这样，我说今天怎么和往天不一样呀！"

那人没回答贺世忠，却说："老哥子今天来，算你运气好！"

贺世忠一听这话，又有些不明白了起来，又看着那人问："为啥运气好？"

那人说："这你还不明白？县长亲自接访，问题就容易得到解决呀！没听说过吗，老大难，老大难，老大出面就不难！县长只要一句话，哪个部门敢顶着不办？"

说完，那人又像想起什么似的，目光又落在贺世忠脸上扫了扫，才突然问："哎，老哥子，我还没有问你是啥子冤屈，要来上访呢？"

贺世忠朝周围看了看，停了一会儿才说："要说冤屈，也没有太大的冤屈，要说不是冤屈，又总是冤屈……"

那人一听贺世忠的绕口令，又问："那究竟是为啥子？"

贺世忠又朝旁边的人看了看，那人看出了贺世忠的心思，便说："老哥子不要怕，都是上访的人，大家半斤八两的，说出来也不丢啥人，有啥不好说的？"

贺世忠一听这话，便说："那好，我就给老弟说一说，看老弟能不能给我拿个好主意！"

贺世忠说完，便把自己当支部书记、借钱给乡政府交农业税、外出打工、老婆自杀以及要低保的事，一一地对那人说了一遍。

那人一听，立即叫了起来，说："哦，又是一个为债务来上访的呀！"

贺世忠一听这话，便说："怎么，还有人也像我一样，把钱借出去收不回来，便来上访的呀？"

那人说："怎么没有呢？我敢说，就是今天来上访的人里面，十个里面，起码也有四五个人和你一样！在国家税费改革前，村干部和乡干部为了完成上面下达的农业税和'三提五统'任务，向农民借高利贷。可国家免除农业税后，村上、乡上都没法偿还农民的借款，借钱的农民哪个甘心自己的钱，丢到水里连泡也不鼓一个？不上访怎么办？也只有靠上访来逼村上或乡上还钱……"

贺世忠还没等那人说完，便高兴得叫了起来，说："可不是这样吗，大兄弟，你的句句话都说到我心里去了！不瞒你说，我们村上，不但我把钱借给了乡政府，我还亲自出面，向好几家村民借了钱。我下了台后，村上现在也没还他们……"

说到这里，贺世忠又补了一句："不过他们没有来上访！"

那人听了，又说："我给你说，老哥子，好多人为这样的债务纠纷，不但到县上上访，还到市里、省里、北京都去上访过！"

说完，那人又突然对贺世忠说："不哄你老哥子说，我现在正在帮几个农民，打这样的债务官司呢。我也正是为这事来上访的！"

贺世忠一听这话，又马上叫了起来，说："啥，打官司？老弟真的在帮人打官司？"

那人见贺世忠疑惑的样子，便又看着他说："怎么，老哥子不相信我在帮人打官司？我实话告诉你，我是个'赤脚律师'，帮人打过不少官司，而且好多官司我都打赢了！"

贺世忠一听，惊得瞪圆了眼睛，急忙拉了那人的手说："哎呀，真是人不可貌相，老哥我今天可是遇见高人了……"

那人不等贺世忠说完，便又接着说："没想到是不是？我给你明说，我最初就在乡上的法律服务所干！法律服务所，你知道吗？"

贺世忠急忙点头，说："我怎么不晓得？好像还是庄稼到户不久，我们乡上也成立过……"

那人马上又打断贺世忠的话说："87年，1987年，司法部颁布了一个《关于乡镇法律服务所的暂行规定》，各地就开始成立乡镇法律服务所！"

贺世忠听到这儿，便又急忙问："你现在还在里面？"

那人忙说："还在里面个屁！早就不在里面干了，我现在自己干，不然怎么会成为'赤脚律师'呢……"

贺世忠听到这儿，又有些糊涂了，于是又打断他的话问："那是为啥？"

那人说："为啥？为他妈……"

说到这儿，那人却停了下来，想了想才愤愤不平地说："啥也不为，就为他妈不公平！他妈的法律服务所才成立时，像后来所说的'三农'危机还没有出现，但农村的一些经济纠纷，随着经济活动的开展却多了起来。比如那时信用社、农机站、粮站、个体工商户，以及农民要开展经济活动，都需要法律服务，所以那时法律服务所生意很好，真说得上是欣欣向荣。县上见乡法律服务所有钱可赚，有利可图，便起了歪主意。官老爷们在完善管理的名义下，把所有乡的法律服务所，都收到县司法局统一管理，我们的工资也由县司法局发！当时我们还很高兴的，虽然也是招聘的，但由司法局发工资，毕竟比乡上招聘高了一簸片儿！可没过两年，乡法律服务所便一年不如一年，到最后大多数法律服务所都赚不到钱了。为啥赚不到钱了呢？因为法律服务市场遭到了分割。一是那时正式律师多了起来。除了正式律师外，还有'赤脚律师'帮人讨债、从事代理业务等，二是各个部门都有了自己的专业执法队伍，比如林管站就林权上的纠纷可以进行执法；土管所就宅基地纠纷也可以进行处理；经管站对农民的土地承包纠纷，也有处理权；更不用说派出所了……县上的官老爷们见我们法律服务所不能给他们赚钱了，便又把我们甩到乡上，还美其名曰叫啥子'脱钩改制'！乡上这时又把我们当成了包袱，根本不愿接我们，叫我们自找出路！我见他们把我们当皮球一样踢来踢去，心里一横，便想：去你娘的×！离了你这法律服务所，难道老子就不活人了？赌气之下，于是便对草鞋作揖——拜拜了，便出来干起了这'赤脚律师'……"

贺世忠听了那人一席话，急忙说："原来老弟是从法律服务所出来的，怪不得能帮人打官司，原来是内行呢！"

那人听了贺世忠的话，又说："我这人别的没啥，就是喜欢学习钻研和琢磨！

不瞒老哥子说，我现在比我们乡上党委书记、乡长还要吃香呢！方圆几十里，我随便走到哪个村子里，都会有人请我吃饭，那党委书记、乡长能行吗？"

贺世忠一听这话，便又由衷地说："这是肯定的嘛！你帮老百姓打官司，老百姓怎么会不拥护你？"

说到这里，贺世忠突然想起他刚才说的正在帮几个农民打债务官司，于是便又马上问："你这次帮那几个农民打的债务官司，究竟是怎么回事？"

那人看着贺世忠，正准备回答，没想到信访办门口的两个保安，突然对了院子里那些等着上访的人大声叫了起来："下班了，下班了，没有接访完的，下午上班再来！"

院子里的人一听，也一下叫了起来，说："怎么这么快就下班了？这么快就下班了？"

保安说："还快吗？你们看看什么时候了，还让领导吃饭不，啊……"

话还没说完，就见那涂县长，四十七八岁，个子不高，白白胖胖的，挺着大肚皮，像是里面装了一个大西瓜一样，在一大群部下的簇拥下，从屋子里走了出来。几个在外面等候的人一见，急忙一边高叫："涂县长，涂县长，申冤呀，你给我们申冤——"一边扑了过去。可还没等他们跑到涂县长身边，早被几个保安和他的部下，一齐把他们推开了。

贺世忠一见，便说："兄弟，看来我们只有等到下午了！"

说完又看着那人说："兄弟中午到哪儿吃饭？你的龙门阵还没有摆完，我们一块儿去吃，一边吃一边摆！我难得遇到高人，老哥子还有事情请教你呢！如果兄弟不嫌弃，老哥子今天做东！"

那人听后笑了一笑，然后才说："一起去吃倒是可以的，但都是来上访的人，也不是哪里的大款，要老哥子请啥客？各吃各就行了！"说着便站了起来。

贺世忠一见，也站了起来，一边拍打着屁股，一边又对那人说："兄弟既然这样客气，那老哥也就依你了！"说完，便和那人一起往外面走去了。

四

贺世忠和那人走出县政府大门，对面不远正好有一家小馆子，里面吃饭的人也不多。那人一见，便对贺世忠说："我们就到那里去吃，吃了好早点过来等！"

贺世忠一听，便也说了一句："行！"

于是二人一齐走进去，那人点了一碗牛肉面。贺世忠见他只点了一碗面条，便说："老弟还是大律师，这么节约呀？"

那人说："我这个土律师不比城里的洋律师，城里的洋律师打一次官司，开口就是万儿八千的！我呀，农民兄弟给多给少，全随他们的便！吃啥不都是要变成屎拉出来吗？"

贺世忠急忙笑着说："那是，那是！"

说完，贺世忠也像那人那样，要了一碗牛肉面条。在等面条的当儿，贺世忠便又对那人问："刚才我问兄弟帮那几个农民打债务官司的事，兄弟还没有跟我说呢！"

那人一听贺世忠这话，便说："就和你一样，这几个农民是我老表村里的。也是农民负担最重那几年，村里向我老表他们几户农民借了钱，去交农业税和提留统筹款。当时村里还承诺按三分的标准，付给我老表他们的利息。那几户农民，有的借了一万，有的借了两万。我老表当时的一万五千块钱存在银行里的，听说村里借钱三分的利息，就去银行把钱取了出来，借给了村上。可没想到后来国家税费一改革，锁定了农村债务，又不准向农民收款了，村里别说利息，连本钱也没法还给我老表他们了！老表他们向村上要了好几年，都要不回，老表这时便来找到我，要我帮他们打官司……"

贺世忠听到这里，便又急忙问："官司打赢没有？"

那人说："你别忙，我慢慢地给你摆起来嘛！"

说完便接着说："我去把情况一了解，嗨，那案情真像是马尾做琴弦——不

220

值一谈（弹），因为村上借钱，也是给我老表他们打了借条的，有凭有据，这官司还有啥子打不赢的？于是我就答应下来，并且帮他们把诉状也写好了！可就在这时，他们乡上知道了这事，书记和乡长便找到我，把我请到他们乡最好的饭店，点了满满一桌子菜，对我说：'张大哥，听说你在帮几户农民打官司，是不是？'我说：'是呀！'书记说：'张大哥，我劝你不要当他们的代理人了！'我说：'为啥？'乡长说：'为啥你还不明白？这样的案子，全县多如牛毛，即使你要打，法院也不敢立案！'说完他又补了一句：'法院如果立案的话，累死他们还不晓得是怎样死的！'我一听这话，心里冷笑了一声，想：'我打了这么多官司，法院立不立案我还不清楚？'于是我便说：'法院立不立案是法院的事，官司我还得打！'为啥我要这么说，因为我是一根筋，不能因为他们请我吃了一回饭，我就放弃了！书记听了我的话，把脸沉下来了，对我没好气地说：'好，你愿打就打吧，不过我话说到前头，你要明白，法院不是听你一个土律师的，而是听县委、县政府的！'说完又说：'我们是好心提醒你，你不要把我们的好心当成驴肝肺了！'说完他们就走了……"

听到这儿，贺世忠又急忙问："后来呢？"

那人说："我不信邪，当然还是向法院交了诉状。可过了几天，法院却对我说，诉讼的主体不对，说村委会不是法人代表，它只是一个村民自治组织，不能告村委会。我一听，马上将村委会改成了村主任的名字，因为当时村上向我老表他们几户人借钱，正是村委会主任出面的。村委会主任也在借条借款人后面写了自己的名字，并且那村委会主任，现在还是村委会主任！我这样一改，心想：'这没啥子问题了吧？'便又把诉状交了上去。可我一等二等，等不来立案的通知。后来我到立案庭去打听，原来立案庭果然没有立案！我问为啥子不立案？因为我帮人打了许多官司，立案庭也有我的朋友了，其中一个朋友这才告诉我的原因……"

正讲到这里，面条端上来了，那人便住了嘴。贺世忠像听评书一样，正听得津津有味，却忽然被打断了，心下十分遗憾，却也只得作罢，便对那人说："好，老弟，吃了面你再接着讲！"说完，两人便端着面条吃了起来。

一碗面吃下去，贺世忠将嘴角一抹，便又催促那人说："老弟，你接着讲下去，法院是啥子原因不立案？"

那人扯了一团餐巾纸，将嘴角擦了，这才对贺世忠说："我那朋友给我拿出了一份法院写给县委、县政府的请示，这请示我叫朋友悄悄复印了一份给我，你现在自己看看吧！"说完，果然从口袋里掏出了一张纸来，交给了贺世忠。贺世忠接过来一看，只见上面写着：

二○××年×月×日，三溪乡徐家湾村村民赵二虎等五人以委托代理的形式，具状向县法院起诉该村村主任徐某。据调查，徐某当年曾用高利息的方式，向赵二虎等五户农民借得人民币 55000 元，用于上交村上的农业税和"三提五统"款，后因村上无钱，该款一直没有归还。现五户农民要求法院依法判决徐某和村委会归还所借之钱。法院认为，此案案情重大，事关全县大局，特向县委、县政府做如下汇报：第一，此案属法律规定的受理范围，理应立案。从现有材料看，立案裁判，徐某和村委会败诉无疑。而当年此类行为甚多，并非一乡一村所有，法院如依法判决徐某和村委会还钱，恐产生连锁反应，影响全县稳定。第二，此案如不立案，又会剥夺当事人依法享有的诉权，如当事人不服，向上一级法院上诉，或者越级上访，造成不安定的因素，不仅法院要承担责任，更会影响县里的工作，其社会影响无法估量。是否立案，特请示县委、县政府……

看到这里，贺世忠又忙抬起头对那人问："县委、县政府答复没有？"

那人说："要是答复了就好了，可到现在还是蚊子滚岩——没有一点响动呢！县上没答复，法院就拖着不立案，所以我听说今天是涂县长接访，才赶过来排了一个号。我要亲自问问涂县长，究竟他对这个官司是个啥态度？如果是他坚持不立案，那我就要走另外一条路了……"

话还没说完，贺世忠急忙问："另外一条啥路？"

那人说："叫我老表他们几户农民，去市里、省里或者北京上访呗！"

贺世忠一听这话，也说："看来也只好这样了！"

说完又突然对那人说："张老弟，你是高手，你帮我看看我的上访申请书写得如何？"

那人一听这话，像是很乐意帮忙的样子，立即满口答应，说："行嘛！

行嘛！"

贺世忠一见他答应了，立即掏出了那份申请书递过去。那人接过看了一遍，便说："倒是可以，不过在我看来，还是简单了一点！"

但说完马上又说："不过，人家给你解不解决，也不在材料多少！老哥子在申请里面，把要求还钱和要低保两件事写在了一起，倒是不太合适……"

话还没说完，贺世忠便道："怎么不合适？"

那人便说："你要求归还你的钱，这事儿就像我刚才说的打官司一样，牵涉太多，也很复杂敏感，领导也不好答复你！要低保这事，就简单多了！因此我倒劝老哥子改一改，先把要求还钱的事放到一边，只说要低保的事。两个低保指标，领导一看，这要求也不太高，说不定马上就给你解决了！等把低保要到了手，你再来上访，要求还你的钱！到时说不定钱还你了，低保也吃上了，岂不是两头都得到了吗？"

说完又说："你把两件事混到一起，领导一看麻烦，说不定一件也不跟你解决！"

贺世忠一听，突然恍然大悟，说："哎呀，我原来不也是这样想的吗？上次我就没有写要求还钱的事，你看我真是糊涂了！"

说着，贺世忠便急忙对那人拱手，说："谢谢老弟指点！谢谢老弟指点！"

那人像是得到了鼓励，又接着说："像老哥子这样的事，倒不一定非要到信访办来上访不可！信访办接了你的案子，又要拐许多弯儿，才把材料转到民政局。民政局接了材料，办与不办，又全凭他们高兴不高兴了。他们不办，信访办也没办法……"

一听到这儿，贺世忠有些急了，又忙问："不到信访办，那又该怎么办？"

那人说："如果在县上找得到关系，直接找管得到民政的领导签个字，民政局一见有领导签字，还敢不办吗？这比你到信访来上访，方便多了！"

贺世忠听完，又一拍大腿叫了起来："哎呀，老弟，可不是这样的吗？"

说着，贺世忠就想把上次给兴涛、王芳要低保的事，对他说出来，可想了想又压下了，做出了一副愁眉苦脸的样子，说："可是我没有熟人，怎样才能找到领导呢？"

那人见了，又说："要说找领导，也不是那么难，就看老哥子有没有那份耐心了!"

贺世忠一听,忙说:"有耐心,有耐心,我又不忙活儿了,怎么会没有耐心?"

那人听了,便马上说:"有耐心就好,我给说两个法儿!第一,你就潜伏在领导的办公室门口,等领导出来上厕所或上下班时,过去拦住他!一般来讲,拦一次两次,他可能还不得理你,但你多拦他几次,把他搞烦了,你又没吵没闹,没犯法,他也把你没办法,最后他烦不过,便会给你办了……"

贺世忠一边听,一边点头,听到这里,便插了一句:"对,对,这叫踩线不越线!"

那人一听这话,也马上叫了起来,说:"踩线不越线,这话说得太他妈巴适了,看来老哥子也是倒拐子长毛——老手了!"

贺世忠一听这话,像是有些不好意思似的,说:"和老弟比起来,那可差远了!"

说完又问:"那第二个办法呢?"

那人便又说:"这第二个办法也简单,还是一个潜伏!不过这不是潜伏在领导的办公室门口。因为领导的办公室,一般都有保安守卫,不是一般人能去的。这第二个潜伏,就比第一个容易些!"

说完便对着贺世忠问:"看见院子里的车了吗?"

贺世忠说:"怎么没看见!"

那人说:"这就对了!那领导也不能光坐在办公室里,他不是还要下乡检查工作、还要到上面开会、还要出去办事吗?你就潜伏在院子里,看见领导出来上车,或领导从外面回来下车的时候,你就冲过去,喊:'青天大老爷!'领导一听,不晓得为啥子事,只要他一站住,你就往他面前一跪。他肯定会问你有啥事?你把你的事情一说,他见你的要求也不高,就给你解决了……"

贺世忠听到这里,倒觉得是个办法,便说:"院子里那么多车,我晓得哪些车才是领导的?"

那人说:"我再教你认领导车的办法!领导的车都是豪华车,停在院子的最里面。还有,你从车牌号上去认领导的车,是最好认了!譬如陈书记的车,车牌号是 Y00001,人大黄主任的车,车牌号是 Y00002,涂县长的车,车牌号是

Y00003……分管民政工作的余副县长，他的车牌号是 Y00013……"

贺世忠听到这儿，又叫了起来："余副县长都排到十三位了呀?"

那人说："他算啥子? 他前面还有政协主席、县委副书记、常务副县长，还有几个县委常委，他排到十三位，也就不错了嘛!"

说完又说："你只要找到了他们几个其中任何一个，问题就解决了!"

贺世忠听完，便由衷地说："老弟真是见多识广!"

说完又问："老弟你只帮人打官司，又怎么晓得这些的?"

那人便说："不哄你说，这都是我那些当事人告诉我的! 我那些当事人，为了自己的事情得到解决，或多或少都去上访过，积累了不少经验。见上访实在不能解决了，又才回头找我打官司的!"

贺世忠听了，又连连说："怪不得，怪不得，我说老弟怎么这样有经验呀!"

那人说："你多上访几次，也有经验了!"

说完，那人便站了起来，对贺世忠说："我们过去得了!"

贺世忠听了，也跟着站了起来，正想跟他走，却想起什么，便对他说："老弟先走一步，我去买几张纸，把我的申请就按老弟说的，重新抄一遍!"

那人听了，便说："那好，我就先走一步了!"说着便走了。

贺世忠果然到街上的文具店，买了一本十行纸和一支笔，又回到吃饭的小馆子里，伏在桌子上，把那份申请重新抄了一遍，又折叠起来揣进怀里，这才往县政府去了。

可是进了县政府的大院一看，信访办外面的树荫和花台上已经没有人了，而信访办的屋子里吵成了一片，门口也没了保安。贺世忠不知发生了什么事，便也急忙跑进了信访办的屋子里。一看，原来那屋子里没有了涂县长，也没有了上午那么多部门的头头脑脑，更没有了摄像的记者，只有几个信访办干部，众人在围着他们纷纷质问："涂县长为什么不来了? 为什么不来了?"

那信访办的女主任涨红着脸，也大声说："领导要开会，为什么!"

说完又说："难道领导的会还没有你们的事重要?"

可众人并不管她，仍只顾大声叫道："我们的事，就是冲着涂县长接访才来的，他不来了，说给你们听有屁用呀?"

贺世忠看见包括那个帮人打官司的土律师，也在这么叫着。

信访办女主任像是受了耻辱一般，又脸红筋胀地说："你们嫌说给我们没用，愿等领导的，就等领导下次接访时再来，愿说给我们听的，就留下来！"

众人一听这话，又闹了一会儿，就有好几个人，包括那个土律师在内，果然便往外面走去了，屋子里便只剩下了贺世忠等几个人。

女主任便一一问大家有什么事，问到贺世忠时，贺世忠说："我家庭生活困难，请求县上解决我女儿女婿吃低保的事！"说着便把手里的申请递了过去。

女主任接过申请看了一遍，又将贺世忠上下打量了一遍，似乎记起了上次的事，便看着他问："你上次是不是到我们办公室来过？"

贺世忠说："领导的记性真好！那次我找民政局戴局长，戴局长不解决……"

女主任不等他说完，又问："你真的只要求解决两个低保？"

贺世忠说："可不是吗？"

女主任想了一会儿，便对身边一个五十多岁、脸色发黄、像是有病一样的半老头子说："打电话叫民政局的来！"

那人一听，果然就拨起桌上的电话来。没一时，便从外面闯进一个人来。贺世忠一见，才是民政局姓颜的股长。那颜股长一进门，也没朝旁边的人看一眼，只对那女主任问："廖主任，有啥事？"

廖主任说："这里有个上访户，说家庭生活困难，要求吃低保，你们民政局给他答复一下！"说着，就朝贺世忠指了一下。

姓颜的这才看见贺世忠，说："哦，又是你呀！"

说着，姓颜的便回头对姓廖的气咻咻地说："他不久前才到民政局来要了两个低保名额，加上乡上原来给了他一个，他一家人就有三个人吃低保了，还要办什么低保？"

说完又气愤地加了一句："他是无理取闹，廖主任不要理他！叫他乡上的人来把他领回去，好好看管！"

说完，姓颜的便转过身子，又气冲冲地走了。

这儿廖主任一听，果然又扭过头对贺世忠说："你家里都有三个吃低保的人了，还想怎么样，啊？下次你再来上访，就把你轰出去！"

说完，廖主任果然又叫刚才那人，给马书记打电话，叫他又来接人。

可巧这天马书记没到乡上去，一接到电话开着车就赶过来了。一见贺世忠，那脸色黑得像是雷雨前的天空，大声叫道："你又为什么事来了？"

贺世忠见姓马的没有好脸色，便说："我的事情乡上不解决，是你们逼我来上访的！"

姓马的一听，气得脸上的肉直哆嗦，说："你的什么事乡上没解决？"

贺世忠听了这话，也不答，廖主任才把贺世忠的申请推到马书记面前。马书记一看，更是气得面色铁青，擂着桌子叫了起来："你家里都有三个人吃低保了，还想怎么样？"

说完又说："你要再上来闹，我把你原来三个名额的低保都取消了！"

贺世忠知道姓马的是吓唬他的，便说："你取消呀！你取消了我又不是没长脚，难道市上、省上我走不去？"

说完又像挑战似的对马书记说："我现在这点低保款就多了？我借给你们的钱，这么多年了，连利息都不够呢！你着啥子急，我慢慢地来要嘛！"

说完，便像是马书记和信访办的人都欠他的一样，看也没再看他们一眼，只顾自己昂首挺胸地出去了。

那马书记像是被贺世忠打败了一样，站在信访办的屋子里，半天没有回过神来。

五

回到家里，贺世忠想起那个姓张的赤脚律师的话，觉得他说得非常不错！现实而今眼目下，社会确实就是这样一回事：不管什么法律、制度，都赶不上领导的一个命令、签字来得更有效力！比如他帮他老表几个农民打的官司，法院本该立案，可领导一句话，法院也不敢立案了。还有自己上回给兴涛和王芳要的两个低保名额，姓李的用人大信访室的名义，把他的申请转到民政局去，民政局不但没给办，还把他赶了出来。后来黄主任在他的申请上一签字，那民政局姓戴的就忙不迭地给他办了。看来，自己要想给女儿和女婿要到低保，还非得找到县上领导不可，别的真还没有什么路可走！只要县上领导在他的申请上签上"同意"两个字，别说姓颜的一个小小股长算不了个啥，就是姓戴的，也得屁颠屁颠地马上办！这么一想，贺世忠便决定过几天就进城，按照那赤脚律师说的办法，去守候县上领导。他想：领导你再防卫森严、深居简出，但只要你还活着，就像那赤脚律师说的，你总得出来下乡、开会什么的。反正我们老百姓有的是时间，我就长期地和你来个以逸待劳、守株待兔，没什么把你候不着的！这样想着，贺世忠也便觉得信心又足了起来。

可是还没等到他动身往城里去，第二天贺端阳便找到了他，对他说："老叔，我求求你了，你不要再到县上去闹了！"

贺世忠说："大侄儿呀，我的问题没有解决，怎么不到县上去呢？再说，我到县上也不是闹，是上访……"

贺世忠还没说完，贺端阳便说："老叔呀，上访和闹是一回事！老叔你给点面子好不好？我最初是同情老叔的，所以才给你出主意，可现在你一而再，再而三地跑到县上去闹，乡上姓马的对我已经有看法了，好像是我怂恿老叔这样！老叔你就不看僧面看佛面，不要把侄儿往死里逼了……"

话还没说完，贺世忠便说："大侄儿好没意思，我逼了你啥？"

贺端阳一听贺世忠这话，便马上说："老叔你怎么没有逼我？你难道不晓得现在上访是一票否决吗？过去姓马的想收拾我，可没抓到我啥小辫子，他没法下手。现在你接二连三到乡上、县上上访，他一不高兴，就用这个理由，一句话就把我支书和村主任免了，这不是把我往死里逼吗？"

说完不等贺世忠回答，贺端阳又接着说："实话跟老叔说，如果因为你上访，马书记把我免了，我也不会给你好果子吃！"

贺世忠听完贺端阳一番话，也不高兴地说："姓马的要怎么样，我怎么管得着？我只晓得自己的问题没解决，难道不该到上面去找青天大老爷？难道为了你，我就放弃自己的利益？"

贺端阳说："老叔还有啥子问题没有解决？你借给乡上的钱，马书记已经答复了，一旦争取到了国家转移支付，他们就要还你。婶子过世后，你要把她的低保名额转到你名下，乡上也给你办了的。还有，你说你生活困难，乡上也好几次给你困难补助。后来你又到县上，给兴涛哥和王芳嫂子要了两个低保，村上和乡上也给你办了。现在你家里有三个人吃低保，你还想怎么样？"

贺世忠一听这话，便说："乡上给困难补助，那是他们不还钱，想拿点补助把我哄到别闹！三个人吃低保就多了？加起来每月不过两百来块，我借给他们的四万二千块钱，月息三分，你算算，每月该多少利息？再说，我辛辛苦苦干了那么多年革命工作，一点好处没落到，谁给我补偿？"

说完停了一下，贺世忠又说："还有，你婶子是因为他们不还我钱，没钱医治，才喝农药自杀的，你们谁赔我人……"

听到这里，贺端阳便显出了一副无可奈何的样子，说："老叔要这么说，那我也没有办法了！"

贺世忠见了，心里还是有了一点内疚，便说："我上访是冲乡政府的，也不是冲你……"

贺端阳说："你是没冲我，可现在已经威胁到我了！上次你到县上拦戴局长的车，马书记为了让信访办把这事销了，还专门到县上请客……"

一听到这里，贺世忠便马上愤愤地说："他龟儿子有钱去请客，为啥不把钱还我……"

话还没说完，贺端阳便知道自己说漏了口，便立即岔开话题说："老叔，这是两码事，两码事，我们不说这些了！"

说完又看着贺世忠问："老叔，前次你把兴涛哥和王芳嫂子的《低保申请表》交给我，你知道我为啥子不敢开村民代表会讨论吗？"

贺世忠已经猜出了一些，却说："你开不开村民代表会，关我啥子事？我只晓得姓唐的叫我把表交给你，我就交给你！"

贺端阳心里其实也是知道贺世忠是揣着明白装糊涂，便干脆挑穿了说："老叔你是晓得的，兴涛哥两口子年纪轻轻的两个劳动力，养活一个娃儿，并且明明又是和你分了家的。现在他们要吃低保，拿出来讨论，大伙不但通不过，恐怕还会说些不好听的话，所以为了老叔的面子，我才没有拿出来讨论！但坛子口好封，人口难封，现在外面还是晓得了，说，到底是脸皮厚不挨饿……"

贺世忠听到这里，便有些强词夺理地黑着脸说："脸皮厚就脸皮厚，这指标是我从上面要来的，又没有占贺家湾哪个人半点便宜，谁愿意说就让他们说去吧！"

说完，又突然气冲冲地补了几句："他们越是要这样说，我越是要这样做，又看他们怎么办！"

贺端阳见说不通贺世忠，也有些灰心了，于是便说："我是一番好心来劝老叔，老叔愿听就听，不愿听就算了！不过我还是要再对老叔说一句，你都这样大的年纪了，不要为两个低保指标，就三番五次到县上去……"

说到这里，贺端阳停住了，他本来想说"丢人现眼"几个字，但又怕说出来刺激了贺世忠，于是便改成了："领那些气受了！"说完便走了。

贺端阳一走，贺世忠便朝地下啐了一口，心里愤愤地说："呸！你龟儿子现在轻轻松松拿一份工资，还在外面包工程，却想来劝我不要上访！我上访受不受气关你屁事？啥子面子？老子面子早就被你们几爷子给我拿去了，现在我只要里子！只要给我钱，啥面子不面子？"这样一想，反而更坚定了上访的信心。

贺世忠怕夜长梦多，第二天就背了一只烂挎包，往城里去了。可是刚走到乡上那个小车站，乡信访接待室的牟主任、陈一针，和司法所那个小毛所长，还有一个年轻人，贺世忠并不认识，后来才知道他是贺家湾村的包村干部薛干事——都在那个小车站，似乎早就在等着他一样。贺世忠刚刚走进去，姓牟的便走到他面前，皮笑肉不笑地问："贺支书，你这是到哪儿去呀？"

贺世忠看着他们，说："到这儿来赶车，牟领导说还能到哪儿去？"

说完又对他们问："牟领导你们这是到县上开会？"

姓牟的看着贺世忠，没回答他的话，却又继续问："贺支书你这又是打算到县上上访，是不是？"

贺世忠一听这话，愣了一下，这才说："我脸上又没刻'上访'两个字，你们怎么晓得我就是去上访？"

姓牟的说："贺支书你就别跟我们兜圈子了！看在我们老朋友的分儿上，我就跟你说实话吧，我们是来接你到乡上去的，你就跟我们走吧……"

贺世忠一听这话，便知道他们这是专门来拦阻自己的，不由得生了气，便大声说："我凭啥子要跟你们走？难道我是犯人，被你们管起来了？"

姓牟的听了，急忙说："贺支书你可不要多心，我们可没那个意思，啊！明说吧，我们是奉马书记的命令，接你到乡上去解决问题的……"

贺世忠没等他说完，便又大声说："我不要他解决问题！"

说完又说："他能解决我啥子问题，啊？我晓得，他这是不想让我去上访，狐狸装猫叫——没安好心……"

正说着,一辆过路的公共汽车开过来了,贺世忠还没等车门完全打开,就往车上跳。可是还没等他的脚跨进车门,早被小毛所长、薛干事、陈一针三个人,一把抓住肩头,把他拉了回来。贺世忠一边伸手去抓车门,一边扭着身子大叫:"放开我,放开我,我到县城赶场,你们把我抓住干啥子……"

可是不管贺世忠怎么叫唤和挣扎,三个年轻人的大手还是紧紧抓住贺世忠的肩膀不放。牟主任却绕到驾驶台的车窗前,跟司机说了几句什么,那司机便也不管贺世忠,马上关了车门,猛踩了一下油门,便把车子开走了。

贺世忠一见,便又大叫:"你们限制我的人身自由,我要告你们,我要告你们!"

小毛所长三人见汽车开远了,这才把贺世忠放开。姓牟的又走过来对贺世忠说:"贺支书,马书记真的是请你到乡上解决问题,你可不要把马书记的好心当成驴心肝了!"

贺世忠一看现在这个样子,知道如果不去乡上,他们也肯定不会放自己走,于是便气昂昂地说:"去就去,我不相信姓马的会把我吃了!"

贺世忠一边说,一边转过身子,大踏步地往前去了。

到了乡上,姓牟的直接把贺世忠带到了马书记的办公室。贺世忠进去一看,姓马的果然在等着他,连民政所那个姓唐的女人,也在马书记的办公室里。他们显然才商量过事情,一见贺世忠,马书记阴沉着一张脸,对贺世忠直打拱,说:"姓贺的,我喊你老人家先人老子,行不行?我只求你不要再到县上去闹了,行不行……"

贺世忠一听,故意把头抬起来,做出一副不愿意搭理他的样子,只在鼻孔里扇着粗气,挥舞着双手,又把刚才对牟主任他们说过的话,重新说了一遍:"你们限制我的人身自由,是非法的,我一定要去告你们!"

马书记听了,也没生气,又说:"先人老子,我算是怕你了!我给你说好话,行不行?不就是两个低保指标吗,你把申请拿出来,我给你解决了,行不行……"

一听这话,贺世忠倒有些愣住了,不知道姓马的说的是真是假。过了一会儿才说:"拿出来就拿出来!你就是给我撕了,那几句话我背都背得了,只要我手不断，我又写就是了！"

说着，贺世忠果然掏出申请，递了过去。

马书记把贺世忠递过来的申请拿到手里，看也没看，却说："我撕你的申请做什么？你放心，我说了解决，就是要给你解决的……"

贺世忠听到这里，见姓马的不像说假话，不禁疑惑起来，便又看着马书记问："你们真的给我解决？"

马书记听了这话，还没来得及回答，那唐所长便接过了话去，说："一个堂堂党委书记，难道还跟你说假话？"

贺世忠一听这话，便一屁股在旁边的长椅子上坐了下来，说："那你们就解决吧！"

可马书记听了这话，却说："我们解决是给解决，可你也要答应我们一个条件……"

贺世忠听到这里，心里一紧，便又看着马书记问："啥子条件？"

马书记说："保证不再到县上去上访了！"

贺世忠一听，原来是这样，心里便想："保证就保证，先把女儿女婿两个低保指标要到再说吧！以后的事，哪个又晓得是什么样的。"

想到这里，贺世忠便马上对马书记说："保证就保证，只要你们把我女儿女婿两个低保指标解决了！"

马书记等贺世忠说完，又看着贺世忠问："你真的不去上面上访了？"

贺世忠说："我都向你保证了，还去上访干啥子？"

马书记一听贺世忠这话，马上将面前的一个本子往贺世忠面前一推，又掏出一支笔递过去，说："口说无凭，你给我写个保证书！"

贺世忠听了这话，又将马书记看了看，似乎想要弄明白，这其中是否有诈的样子。过了一会儿才说："那你们就给我先把低保指标办了，我就给你们写……"

话还没说完，唐所长便显出了不耐烦的样子，说："难道我们一级政府，说了话还不算数？要是我们真的说了话不算数，即使当着你的面，把表给你填了，到时不给你报到民政局去，你还是没有办法！"

贺世忠一听，觉得确实也是这样，于是便说："那好，我就先写吧！反正到时不兑现，我也是要来找你们的！"

说着，贺世忠便抓过纸和笔，伏在桌子上写了起来：

保证书

保证人：贺世忠，男，63岁，家住黄石岭子乡，全家六口人。

我在担任贺家湾村支部书记期间，曾将家里的四万二千块钱，借给乡政府完成国家税收任务，乡政府曾允诺月息三分，至今未还，造成了我家庭生活十分困难。在党和政府的关怀下，乡上和县上已解决了我本人、儿子贺兴涛、儿媳妇王芳三人的农村低保。现要求乡上再解决女儿贺兴菊、女婿郑全荣两人低保。乡上解决以后，本人向乡党委、乡政府郑重保证：绝不再到县上上访，也不再到乡上找马书记的麻烦。君子一言，驷马难追，特此保证！

写完以后，便说："马书记你看看，这样写，行不行？"

一边说，一边便把本子递给了马书记。

马书记接过去看了一遍，说："大致差不多，不过，假如我们给了你低保指标，你又不守信用，又去上访怎么办？"

贺世忠一听这话，心里便说："我不守信用，难道你们就守信用了？"可是为了得到眼下的两个低保名额，他想了想便说："那我也不晓得该怎么办。要不，我就给你发个誓吧：如果再去上访，天打雷劈，行了吧？"

马书记听后，又沉思了一会儿，才说："我们共产党人，是不相信迷信的。假如你不讲信用，我们就把低保指标收回来！"

贺世忠心里又说："你收回来了，我又去上访，你再给我，反正都一样！"于是便又说："那也可以，不过哪时我生活困难了，肯定又要来找马书记，马书记可不要嫌麻烦哟！"

马书记听了贺世忠这话，有些像是陷入了一个怪圈中的样子，急忙说："我不过是这么说说，但既然你都发了誓，我就相信你一次！"

说完又说："你把刚才的誓言也写在后面，把名字和年月日也落上，摁个手印！"一边说，一边又把本子给贺世忠递了过去。

贺世忠说："还摁手印呀？"

马书记说："当然要摁，这是自己对自己负责嘛！"

贺世忠一听这话，便说："摁就摁吧，白纸黑字，我自己写的，难道你们还怕我今后不承认？"

说着，贺世忠果然又在保证书后面，加上了刚才自己那句话，并写上了自己的名字和年月日，然后摁了手印，这才交给马书记。

马书记将贺世忠的保证书又看了一遍，然后收了起来，才对他说："那就这样了，你回去吧，可不准出尔反尔哟！"

贺世忠却没有马上起来离开，而是看着唐所长问："我女儿和女婿的低保，啥时候办得下来？"

唐所长说："我怎么知道？我反正抓紧给你办就是了！"

贺世忠听了这话，便口气很硬地说："我给你们一个月时间，要是到时候不把低保卡拿给我，就别怪我不客气了！"

贺世忠以为姓唐的听了这话会生气，可她却没有生气，反而说："不用一个月，我保证二十天内，就把低保卡送到你手里！"

贺世忠听了这话，便说了一句："那好，我就等着你们的低保卡！可要抓紧点，啊！"

说完，贺世忠这才从马书记的办公室出来，回去了。

果然二十天不到，贺端阳便将贺兴菊、郑全荣的两张低保卡，给贺世忠拿来了。

第八章

一

　　贺端阳在给贺世忠低保卡时，对贺世忠说："老叔，真有你的！你现在一家人，就有五个人吃低保了，每个人虽然只有几十块钱，可加起来，差不多就是我一个月的工资了……"

　　贺世忠一听这话，心里很不舒服，说："你现在的工作，一不催粮催款，二不刮宫引产，比我当支部书记的时候，轻松多了！我们那时工作又苦又累，又得罪人，工资每月只有几十块，年终还兑不到现，现在哪个来给我一点补偿？"

　　贺端阳一听贺世忠的话，便知道他心里不平衡，于是立即改变话题，问了贺世忠一句，说："老叔，现在兴菊妹子两口子的低保卡也办了，下一步，你还有啥打算？"

　　贺世忠一听这话，立即警惕地看了贺端阳一眼，说："事情都给解决了，我还有啥打算了呢？从今往后，我就在家里种好自己那点地就行了，这就是我的打算！"

　　贺端阳一听贺世忠的话，似乎十分高兴的样子，说："对，老叔，你现在一家有五个人吃低保了，我可以说，全乡像你这种情况，再也找不出第二户来，所以确实像老话说的，吃饱了要晓得放碗！听老侄一句话，从此以后就安分守己，安享自己的晚年，不要再这里那儿地去跑了！"

贺世忠知道他话里的意思，鼻孔里哼了一声，心里说："婆婆生儿还要媳妇来教？老子跑不跑，你管得着？"可嘴里却说："我不跑了，绝对不跑了！人心不足蛇吞象，难道我吃了饭不消化，跑起那么好看呀？"

贺端阳一听这话，便说："好，好，老叔，你既然这么说，我就放心了！"

说完这话，贺端阳朝贺世忠拱了一下手，便回去了。

这儿贺世忠立即锁了门，将低保卡揣在怀里，上郑家塝亲家家里去了。

亲家叫郑家华，比贺世忠小五岁，一个矮胖的小老头儿，酒糟鼻，脸随时都是红彤彤的，像是喝了酒一样。小眼睛，嵌在满是皱褶的眼眶里，因为眼睛不大，便显得特别有神的样子，给人一种非常精神的感觉。一见贺世忠手里的低保卡，两只小眼睛便放出熠熠的光彩来，叫着说："哎呀，亲家，你真给兴菊和全荣把低保卡办下来了？"

说罢，也不等贺世忠答话，便急忙对老婆子说："快，快，去抓只鸡来杀了，今天我们可要好好犒劳犒劳亲家！"

贺世忠说："杀啥子鸡哟，又不是外人。"

可亲家还是说："再不是外人，你可给我们家做了一件大事，怎么不该犒劳犒劳？"

说完，又大声对女人说："你还在磨蹭啥？快去把鸡抓回来呀！"

老婆子听了，果然就去抓鸡，可是她既不把鸡唤进屋子里，也不抓把粮食把鸡逗到一起，却满院子去追。鸡一被追急了，便纷纷扑到院子外面去了。那老婆子追了半天，鸡没抓到，自己却累得满头大汗、气喘吁吁，回来对老头子喘着气说："我到处撵，都抓不着，要不老头子你去抓吧！"

亲家一听，便做出对老婆子有气的样子说："你都抓不着，我怎么抓得着，啊？"

贺世忠知道亲家、亲家母这老两口子，是有名的铁鸡公，很抠。亲家叫老婆子去抓鸡，实际上并不是真想杀鸡招待他，而只是在他面前做做样子。再一想，老两口儿也只有女婿一个儿子，当初他同意兴菊嫁给郑全荣，也是看到这一点。如今他们抠，挣下的家产也是给女儿女婿他们的，何况女儿女婿去年修新房还欠十多万元的债，做父母的抠一点也是应该的。想到这里，于是便说："算了，亲家，老亲老戚的，踩不断的铁板桥，只要情义在，吃口水也甜，非得杀啥子鸡嘛?"

郑家华一听贺世忠这话,便立即对老伴儿改口说:"亲家既然这样说了,那就算了。不过你可得看看家里有啥好吃的,都弄出来,我今天一定得和亲家好好喝一杯!"

那老伴儿听了这话,便立即"哎"了一声,果然去了。

这儿那亲家才回过头,小眼睛直眨着,满脸是笑地看着贺世忠说:"那天兴菊回来告诉我,说你要去给她和全荣要低保,我还不敢相信,说:'你爸那是安慰你,你以为那低保是那么好要的吗?'哎呀,亲家,没想到你说到做到,真的要来了,这可太难为你了……"

贺世忠听了这话,忙说:"这有啥难为的!明给亲家说,兴菊和全荣这两个低保,我倒没怎么费力,有点像是白捡的一样……"

贺世忠还没说完,亲家的两只眼睛便瞪圆了,看着贺世忠有些不明白地问:"哎呀,亲家,这是怎么一回事,怎么会像是白捡一样呢?"

贺世忠想了一会儿,这才说:"亲家不是外人,我也不想瞒你,这事怎么不像白捡一样呢?"

说完这话,贺世忠才把自己到县上上访,怎样遇见那个赤脚律师,自己又怎样打算去县上候领导,又如何被乡上几个人拦住,乡上马书记又如何给了这两个低保名额的事,对亲家详详细细说了一遍。说完才说:"你看,连我自己也没想到,姓马的就这么容易给了我两个低保名额!我先还以为他要刁难我,把我怎么样呢,却是把两个低保名额,像送一样给了我!"

亲家一听贺世忠讲完,也心悦诚服地说了起来:"可不是吗,亲家,真像是送一样呢!"

说完,亲家又接着说:"或者是姓马的,看在亲家当过支书的分上,给亲家的面子,要不怎么会这么容易,就给你两个低保指标呢?"

贺世忠说:"哎呀,亲家,你要这样想,那就大错特错了!"

亲家又露出了疑惑的样子,看着贺世忠说:"那他到底是为啥子呢?"

贺世忠说:"他是害怕我又到县上去上访,影响了他升官!要不是我答应不去上访,他才不会这样心甘情愿地把两个低保指标给我呢!"

说到这里,贺世忠停了一下,他本来还想说:"所以说一千,道一万,这都是上访带来的实实在在的好处！"可想了想，上访毕竟不是很光彩的事，才把这话咽了回去。

亲家听了贺世忠这话，像是想起了什么，又突然看着贺世忠问："亲家，我听别人摆龙门阵，说上访要受很多气，有时还要给别人下跪、磕头这些，是不是这样的？"

贺世忠一听这话，一下愣住了，这几次上访中所经历的事，一下也浮现在了脑海里。他确实感到了屈辱、卑下，就像谎言被当面揭穿了一样，面孔立即发起烧来。可是他很快就镇静了下来，本想对亲家说："是的，上访之路确实很不平坦，处处充满艰辛！"可话到嘴边却变成了："事倒是有这些事，就看你怎么去认识了！别的不说，我打个比喻：你去向三亲六戚借钱，不是还要赔个笑脸么？何况这还是从国家口袋里，白白掏出钱来，你想有那么容易吗？"

说着又看着亲家问："比起实实在在的利益来，你说受点气算得了啥子？"

亲家一听这话，也觉得有理，便立即说："就是，就是，亲家这话说得对！"

贺世忠听了这话，又怕自己被亲家小看了，于是便又说："别人上访，倒是要受很多白眼、呵斥，甚至给人下跪、磕头作揖的，可我从来不这样！我有道理，我是据理力争！我的道理就是我当支部书记期间，借了几万块钱给乡上交农业税，到现在还没还我！我借钱是支援国家建设，为国家做了贡献，才造成家庭生活困难的。现在国家富强了，你不能丢下老同志不管呀！我这么一给他们说，他们就没有话回答我了。加上我又不和他们吵，不和他们闹，踩线不越线，他们便拿我没法，所以哪怕我三番五次去找他们，他们不但不烦我，还忙不迭地给我办了！"

说到这里，贺世忠本来想告诉亲家，说自己从表面上看，他确实也受过别人很多白眼、呵斥，也给人下过跪，甚至还像死狗一样被人拖来拖去，但从每次上访的结果来看，他都是胜利者。那些当官的，表面上掌握着主动权和占着上风，可实际上掌握主动权和占上风的，不是他们，而是他贺世忠。原因就是他贺世忠每进一步，马书记、戴局长以及那个颜股长这些官老爷们，先是气势汹汹，样子像是不可一世，可最后，没有一个人不向他妥协后退。要不然，这几个低保名额，怎么会到了他手里呢？他们要是有能耐，就不要妥协退让嘛！他们既然退让，我为啥又不向前向前再向前呢？钱又不咬人，谁会跟钱过不去？同时，他也

238

想对亲家说一说，那天在马书记的办公室里，对姓马的和姓唐的说话时的感受。他觉得那天，自己完全是用一种命令的口气在对姓唐和姓马的说话。他限定姓唐的在一个月之内给他把低保卡办好，姓唐的不但不敢反对，还答应在二十天之内就给他办好。他觉得在那时，他丝毫不认为自己是个上访者，而像是一个打了胜仗的将军，有种将姓马的、姓唐的想怎么玩，就怎么玩的感觉！他还想告诉亲家，经过几次上访，他感到上访并不那么丢人，而是充满着快乐、自豪和幸福，尤其是像现在这样拿到低保卡的时候。既然上访有快乐、自豪和幸福，既然他进一步，那些官老爷便会退一步，甚至两步，那么，他为什么会不继续和他们讨价还价呢？但他觉得这些道理有些深奥，亲家他没有经历过，几句话也不容易说明白，因此便没把这些话说出来。

那亲家听了贺世忠的话，小眼睛里闪出的光更加明亮，也更加充满钦佩之情，便又看着贺世忠说："哎呀亲家，我说亲家怎么有这样大的本事呀，原来还是这样！"

说完，那亲家又深信不疑地说："那是，那是，有理走遍天下，无理寸步难行，亲家就坚持给他们讲道理，这是对的……"

听到这里，贺世忠忽然看着亲家，压低了声音说："不瞒亲家说，我们家里，不是还有蓉蓉和阳阳没吃上低保吗？我还要进城去，给蓉蓉和阳阳也要两个低保回来，这样一家人就全吃上了！"

一听完这话，亲家又瞪圆了眼睛，看着贺世忠又叫了起来："亲家，这可是真的？"

贺世忠说："这话亲家晓得就行了，可不要到外面去说！实话告诉你，我把申请都写好了，就等着兴菊和全荣他们的低保卡下来！现在他们的低保卡已经下来，我也放了心，所以现在就可以开始行动了……"

郑家华听到这里，却有些怀疑起来，又看着贺世忠说："可、可你刚才不是说，自己给乡政府写了保证书吗……"

话音没落，贺世忠便笑了起来，说："哎呀，亲家，你怎么把那个东西当回事呢？我是写了保证不假，可那些当官的，你看他们，在台子上讲话的时候，哪个不是把胸脯拍得当当响，又是承诺又是保证的。可一下来，哪个把自己的话当了真的？再说，我在保证书上，说的是不到县上去上访，我这是去找领导解决困难，又不到信访办去，算啥子上访？还有，我说过再不到乡上找马书记的麻烦，可我没有说不到县上找领导嘛……"

亲家还没听完，便又马上说："对，对，亲家说的，条条都是道理，都是道理……"

正说着，蓉蓉放学回来了，一见外公来了，连书包都来不及放下，就扑到了他怀里，嘴里喊着："外公！外公……"

贺世忠一见外孙女儿圆圆的脸庞，大大的眼睛，嘴角翘翘的，和兴菊小时候一模一样，不差分毫，那心都仿佛要融化了。于是急忙将小女孩儿揽在怀里，用胡子去扎她的小脸蛋。小女孩儿一边咯咯地笑，一边往贺世忠身上爬。旁边她爷爷一见，便对她说："下来，下来，你往外公身上爬做啥子？"

说完又对小女孩儿说："蓉蓉，你晓不晓得，你外公要去给你要低保了！"

小女孩一听，却扑闪着一对亮晶晶的大眼睛，对她爷爷问："爷爷，爷爷，啥叫低保？"

郑老头儿有些愣住了，过了一会儿才对孙女解释说："低保就是……就是相当于每个月，你外公给了你几十块钱，让你买笔买本子，好好读书！"

小女孩儿一听这话，便马上转过头来，对贺世忠问："外公，外公，是不是真的？"

说着，小女孩便把小手伸到贺世忠面前，说："那你现在就把钱给我嘛！"

贺世忠一见，便拿开小女孩的手，对她说："外公哪里是给你现钱？是给你要到低保过后，我蓉蓉每个月就能从银行里领到几十块钱，到那时你想买啥子本子，就可以买啥子本子！"

说完，贺世忠像是想起了什么，便又抬起头，看着亲家认真地说："这钱真要着了，就用到孩子学习上，亲家可要记着了！"

亲家一听这话，马上便说："亲家你放心，你说了我绝对照办！我还巴不得这样呢！"

话音刚落，亲家母出来招呼吃饭了。郑家华便停止了说话，站起来招呼贺世忠入座。贺世忠和亲家说了一大上午话，肚子也早饿了，于是也不推辞，牵着外孙女儿，过去在朝着大门方向的板凳上坐下了。

二

贺世忠说到做到，第二天鸡才开始叫二遍，他就起了床。洗漱完毕，趁着众人还在熟睡和遍地月光，就开始往城里走。自从上次在乡上那个小车站被牟主任等人拦住以后，贺世忠便一直在心里怀疑，乡上姓马的或村里贺端阳等人，在自己身边安插了线人，时时在盯着他的行动。要不，那天他到乡上赶车，乡政府并没有人知道，也没人看见他，姓牟的几个人，怎么就在车站等着他了呢？可他不知道这线人会是谁。因为他那天走的时候，正值早上上工，好多人都看见了他，并问他到哪儿去。他虽然没回答他们自己是去上访，却回答了他们是到县上赶集。他怀疑线人就在这些人当中，在他走后悄悄给贺端阳或直接给乡上打了电话，因此乡上便派人到车站守着他了。他贺世忠当支部书记时，为了监视那些想偷偷生孩子的超生户，也在那些人身边安插过线人，以便获取情报。所以，现在一想起乡上或贺端阳在自己身边安排"耳报神"，便不由得感到好笑，心里说："龟儿子些，真是门缝里瞧人，把我贺世忠看扁了！你们有七算，难道我就没有八算？你们有长萝荚，难道我就没有翘扁担？老贼娃子了，还怕你这些！"可话是这么说，他还是觉得应该提高警惕。因为那线人额头上又没有刻字，他没法弄清楚谁是线人，所以就不得不时时处处防着。他也没往乡上去赶车，而是从小路往城里走。一是因为时间这么早，班车还没来，二是害怕又碰到乡上的人。而走小路，即使线人知道报告了乡政府，乡上要派人来追，也不那么容易。何况现在天还没亮，等线人发现他不在了的时候，他恐怕早就到城里了！

贺世忠估计得一点也不错，直到他走到城里，也没人来把他拦住。这时太阳已从东边天际，露出了红彤彤的面孔，像大姑娘害羞的脸一样。贺世忠害怕等会儿在县政府的大院守候领导，没时间吃饭，便决定先去把肚子填饱，于是便去找了一家小饭馆，一口气吃了三根油条、两碗稀饭，直吃得嗝声连连，这才作罢。然后，贺世忠将嘴一抹，便不慌不忙、优哉游哉地往县政府院子来了。

县上上班实行的"朝九晚五"，贺世忠到达县政府大院的时候，离上班时间尚早，所以十分清静。贺世忠走到大门口，保安便拦住了他，上上下下把他打量了一遍，便对他问："这么早，你找哪个？"

贺世忠现在已经有足够的上访经验了，立即说："我找信访办的廖主任。"

说完又补充："是信访办廖主任叫我今天来的！"

上次他在信访办，贺世忠不但已经知道那个扁平脸的女人姓廖，还知道她是信访办的头儿了。

保安一听，便说："廖主任还没来上班，在外面等着！"

贺世忠说："我到里面院子的树脑壳下面等她，难道不可以？"

保安又把贺世忠看了看，终于不说什么，放他进去了。

贺世忠走进院子里，见保安的目光不断逡巡着他，便果然走到信访办前面那棵黄葛树的树根上蹲了下来，并且把双手抱在怀里，把下颏支在膝盖上，做出一副等人的样子。可眼角的余光却不断偷偷地也斜着门口的保安。保安见贺世忠在树下蹲得规规矩矩的，似乎放心了，目光便不在贺世忠身上扫来扫去了。

又过了一会儿，保安终于进旁边的屋子去了。贺世忠便站了起来，仍然把手抱在怀里，装作漫不经心的样子，开始在院子里那一排排汽车间走动起来。他牢记着那个赤脚律师告诉他的话，目光先在外面几排汽车的牌照上扫了几眼后，便直奔院子最里面的几排车而去。到了里面一看，贺世忠的眼睛突然一下亮了。原来，那里面停的车，贺世忠虽然叫不出名字，可从外形上看，果然要比外面那些车子豪华得多！更重要的是，贺世忠一眼就看到了那赤脚律师告诉他的那个Y00003的车牌号。顿时，贺世忠的脸上，立时像充了血似的红了起来。他眼睛睁大了，放出了明亮的光彩，身子像遭到电击似的哆嗦了几下。然后，他的目光又依次看过去，又看到了那个Y00013的车牌号。这时他更高兴了！他想："既然车都在这儿，那就说明不管是涂县长，还是管民政的余副县长，他们都没有外出！只要他们没有外出就好，我在这儿等，迟早会等着他们！"这么一想，贺世忠又庆幸今天歪打正着，赶上了没上班的时间，让他从领导的坐骑上，掌握了领导在与不在的动向，这实在是太好了。如果他像上两次那样，晌午时间才赶到县上，他怎么能知道领导在与不在呢？这样想着，贺世忠握紧了拳头，真想对着天空大喊几声。

可就在这时，那个保安又走出了屋子，看见贺世忠站在领导的车子旁，便又大声喊了起来："喂，你到处乱窜什么，啊？"

贺世忠一听，立即又把手袖了起来，一边往外面走，一边说："我脚蹲麻了，站起来走走。"

保安说："你在树脑壳脚下走不得，要到处窜？"

贺世忠听了，也不和那保安争辩，只是说："对不起，对不起，我只是想看看这些车子！"

说着，贺世忠便又到那棵黄葛树下蹲下了。那保安于是又不说什么了。

可是就在这时，贺世忠兜里的手机突然响了。那次从工地的吊塔上掉下来摔坏以后，他本来不打算再用手机了，可兴菊说："爸，你不用手机，我们有个啥事，怎么和你联系？"说完便把郑全荣的一个旧手机给了他。现在听见手机铃响，还以为是兴涛或兴菊打来的。可掏出来一看，却不是，于是急忙打开，贴到耳朵上，刚"喂"了一声，便听见里面急急忙忙地说："老叔，老叔，你现在在哪儿？"

贺世忠立马听出了是贺端阳的声音，心里一下更肯定了自己对线人的判断。于是便没好气地说："你管我在哪儿，反正我没有到美国！"

贺端阳语气里带上了一种哀求和着急的成分，说："老叔，老叔，我求求你，你真的在哪儿，告诉我一声！"

贺世忠本想说："我就不告诉你，你又怎么办？"可一种恶作剧的念头突然涌了上来，心里说："好，你小子要派线人监视我，可也别怪我不客气了！"于是便说："我在擂鼓山白石坡挖地，有啥事呀，大侄儿？"

贺端阳一听，马上说："真的呀，老叔，你不是哄我的吧？"

贺世忠说："大侄儿，我哄你做啥子？你要不信就到白石坡来吧！"

贺端阳果然在电话里回答说："好，老叔，我来看看！"说罢便挂了电话。

贺世忠一听，嘴角不由自主地浮现了一种得意的微笑，心里说："你杂种不怕走路，你就去看吧！"

想着，贺世忠怕贺端阳等会儿找不着他，又给他打电话来，想了一想，便把电话关机了。

这时已到了上班时间，大门口和院子里不但人多了起来，车也多了起来。大部分人都挟了包，匆匆忙忙地往那幢最高最大的建筑走去。也有少数一些年轻人，挺着胸脯，显得有些趾高气扬，往大楼旁边的一幢白色小楼走去。贺世忠知道那幢小楼，便是县长们办公的地方，老百姓私下里把它叫作"白宫"。这些样子不可一世的年轻人，大多是领导的秘书或身边的其他工作人员。而县长们上班，都是不必经过县政府大门的，因为他们就住在"白宫"后面的那幢楼房里，他们从楼上下来，便可以直接从小楼的后门进入"白宫"办公，这样就避免了在上下班路上被人拦截的麻烦。现在因为院子里进进出出的人和车都多了，保安在大门口忙个不停，已经没时间来管贺世忠了，贺世忠便把蹲的位置，从黄葛树下移到了院子中间的花台上。他觑着眼睛，计算着从涂县长停车的位置，到他蹲着的位置，大约有八九丈远，而涂县长假若从"白宫"出来，再到他上车的地方，中间要经过"白宫"前面一个直径大约三丈来长的小院子，还要下两级台阶，再往前走大约十来步，才能到达他停车的位置。他想，如果看见涂县长走出"白宫"就向他冲过去，势必引起他的秘书或身边其他工作人员，以及小院子里保安的注意，也许不等他冲到涂县长身边，就被他们拦住了。可要是冲过去晚了，涂县长上了车，即使他拦住了车，涂县长也不一定会下车解决他的问题，而会让工作人员来把他拖开，像上次他拦戴局长的车一样。怎样才能在涂县长正要上车的时候，不早不晚地冲到他面前，这一点令贺世忠颇费思量了。他在心里盘算了好几遍，这才决定等涂县长开始下小院子那两步台阶时，他才冲过去。他想，尽管从小院子的台阶到Y00003的小车边，只有十多步远，可涂县长很胖，他那天曾经看见他走路，有些像是鸭子一样一拐一拐的，走得不是很快。何况他知道领导坐车，一般都是由秘书或司机给他开车门，最后他才钻进去，这中间又有一二十秒钟的时间。而从他这里到Y00003小车那里，尽管有八九丈远，但他的腿脚还算灵活，如果自己做好了准备，以百米冲刺的速度跑过去，完全可以抢在涂县长上车那一瞬间，赶到他的面前，把申请交给他的。

　　贺世忠将行动方案考虑好了以后，便真的觉得涂县长就要出来了，于是将身子微微前倾，两只眼睛像鹞鹰的目光一样，死死地盯着小楼的大门口，接着又探照灯一样移到Y00003小车那儿。那小车停放的位置，他闭着眼睛也能想出来了。而这时，上班的高峰已过，进出大门的干部虽然少了，可陆续又有了一些上访群众到信访办来。这些人一来，也像上次贺世忠经历过的一样，先去了登记室登记，然后一些人便又散落到院子里的树荫下和花台上，等待起来。贺世忠的身边，自然也有上访的人来蹲着，这就恰到好处地掩护了他。现在，贺世忠再也不必担心大门口那个保安用异样的眼光来看着自己了。贺世忠的心情也变得轻松起来。为了防备涂县长出来时，自己的脚蹲麻了，影响奔跑的速度，他又调整了一下自己的姿势，干脆一屁股坐在了花台的水泥台边上。虽然才坐下去的时候，他感到屁股底下一阵冰凉，水泥台子又把骨头硌得生疼，有些不舒服。但他想，不舒服尽管不舒服，可这样不管坐多久，脚也不会麻了。于是一咬牙就坚持了下去。没过多久，屁股便慢慢适应了坚硬的水泥台子，感觉不像才坐下去那么难受了。

可这样坐了很久，也没看见涂县长出来，从车身和车玻璃反射过来的太阳光，把他的眼睛刺得又痛又胀，像是针扎一样。他便低下头去，用手揉了揉眼眶，又像进了蚊虫一样使劲眨了几下，这才感到好受一些，可眼睛还是火辣火烧地难受。但他不敢把眼睛埋到地下埋得太久，因为他害怕就在这当儿，涂县长出来上车了，所以埋了一会儿，又马上抬了起来。这时，他看见从"白宫"里面出来了几个人，走到Y00003那排小车前，发动了一辆车，坐上去走了，却不是涂县长，也不是分管民政的余副县长。贺世忠知道，不是他们分管的事，即使他找着了他们，他们也管不着。他看着他们的车屁股上冒着烟，从他前面还远的车道上，像乌龟般驶了出去，心里直叫着说："涂县长呀，涂县长，你怎么不出来呢？"

正这么想着，忽然又从"白宫"的玻璃大门里，走出了一个三十来岁，矮小精瘦的年轻人，手里端了一只茶杯，朝Y00003那排小车的位置走去了。贺世忠一见，使劲眨了一下眼，目光便落到了他的身上，心里暗暗叫着："是到涂县长的车上去的吗？是到涂县长的车上去的吗？"

正这么祈祷时，果然那人走到了涂县长的车旁，开了车门，把茶杯放了进去。贺世忠立即把心提到嗓子眼上去了，马上抬头朝"白宫"门口看去。果见涂县长挺着大肚皮，旁边跟着一个提包的秘书，像那天一样，有些蹒跚地出现在了院子里。贺世忠一见，立即像一个蛰伏已久的猎人看见猎物一样，脸上挂着狂喜和紧张交叉的神色。刹那之间，他将身子向前倾成了60度的角，脚尖落到地上，整个姿势完全和田径运动员起跑前一样。尤其是那两只眼睛，犹如两只灯笼，亮得出奇。他听见了自己的心跳，可他努力抑制住了。他看见涂县长一步、两步……走到了院子边沿，开始下台阶了。这时，贺世忠突然像一只射出去的球，猫着腰猛地向前冲了出去。大约跑了三四丈路时，他才一边扬手，一边对涂县长大叫："涂县长，青天大老爷——"

涂县长离车前还有一两步远的距离，猛然听得这一声大叫，突然站住了。可是还没等他弄清是怎么回事时，贺世忠已经箭一般跑到了面前，挡住了他的去路，接着便"扑通"一声朝他跪了下去，双手举着自己那份申请，口里仍然叫着："涂县长，涂县长，我请你给我解决两个低保……"

涂县长一下明白了过来，脸顿时黑了，十分生气地说："这是怎么回事？这是怎么回事？你有什么要求？怎么不到信访办说，怎么跑到这里来了？信访办是怎么搞的，怎么让上访人员到处乱跑……"

话还没说完，秘书、司机和"白宫"门口的保安，早过来拉贺世忠了，说："你这是干什么，干什么，啊？起来，起来，有事到信访办去，不能在这里拦领导的车，啊……"

贺世忠见这么多人来拉他，用力挣脱了，又大声对涂县长说："涂县长，涂县长，都说你是青天大老爷，你不看僧面看佛面，就看在我也当了那么多年的支部书记面子上，你解决不解决我不怪你，我只求你看看我的申请，你看了申请我就马上起来走！"

涂县长听了贺世忠这话，果然对那几个拉贺世忠的下属挥了挥手，于是那几个人便停止了拉贺世忠。那个秘书样的人，从贺世忠手里拿过他的申请，交给了涂县长。贺世忠见状，也便站了起来。

涂县长的目光在贺世忠的申请上浏览了一遍，半晌才阴沉着脸对贺世忠问："你真的当过村支书？"

贺世忠立即说："涂县长，我向你发誓，如果我有半句假话，你马上把我抓到监狱里去，我莫得半句怨言！"

涂县长听了贺世忠这话，又过了一会儿，才突然说了一句："乱弹琴！乱弹琴！"也不知他这话是什么意思，只见他一边说，一边从口袋里掏出笔，在贺世忠的申请上写了几个字，交给了贺世忠，然后又愤愤地重复了刚才那三个字，说完才又对那秘书模样的人说："通知信访办廖主任，下午到我办公室来一趟！"说完又自言自语将"乱弹琴"三个字，又说了好几遍。

贺世忠接过申请，本想看看涂县长在上面写的什么，可又觉得这样不好，便急忙折起来揣在了怀里。又对涂县长鞠了一躬，这才让到了一边。那司机去发动了汽车，秘书打开车门，让涂县长先上了车，自己从另一面钻进车里，那车便缓缓地朝外面开了去。等车开走以后，贺世忠才掏出涂县长的批示看。只见涂县长写的几个字是："同意解决！"贺世忠那心一下便狂跳起来，马上便朝民政局的大楼跑去了。

三

贺世忠在天完全黑了的时候，才回到家里。原因是贺世忠持了涂县长的批示，去找戴局长，可戴局长这天却下乡去了。他想把申请交给民政局其他的人，他又不放心，便在民政局等。一直等到下午快要下班的时候了，戴局长才回来。贺世忠才拦住他，把申请交给了他。戴局长先还对贺世忠有些爱理不理的，可一看上面涂县长的批示，态度就不同了，立即对贺世忠说："我们马上就解决，马上就解决！"

说罢，戴局长也在申请上签了"同意"两个字，又亲自持了申请来到低保股，交给了正在收拾东西、打算下班的颜股长，并交代："通知黄石岭乡唐所长，叫她尽快把这两个人的低保材料办理好，把表交到局里来！你给她说，这是涂县长交办的，叫她抓紧！"

颜所长看了贺世忠一眼，目光愤愤的，却不好说什么，果然又把东西放下来，去打电话了。可贺世忠还是有些不放心，又对戴局长问："要是乡上不给我办呢？"

戴局长说："涂县长都签了同意解决，他们怎么会不给你办？如果他们不办，你就给他们说是涂县长叫办的，难道他们大得过县长？"

可说完想了一想，便又补了一句："如果他们不办，你就到局里来找颜股长，让颜股长直接给你办了就是！"

贺世忠听了戴局长这话，一颗心才彻底放了下来。看看时间已经不早，便匆匆忙忙地告别了戴局长，往县车站跑去。到了车站一看，幸好还有最后一班经过黄石岭乡的车，便急忙爬上车去。到达乡上那个小车站时，暮色已经完全笼罩了小场，远处的田野、树木、房屋等等，更是淹没在一片沉沉的昏暗之中。周围也是一片静谧，贺世忠有种像是置身于荒岛上的感觉。他原打算顺道去乡上，向姓唐的打听一下情况，可走到乡政府大门前一看，整个乡政府被夜色笼罩着，既不闻一点人声，也不见一星灯火，有种深沉与神圣的冷清，仿佛历经千年，如现今已经破败的古庙一般。他便知道乡上的人，也都是在踩着"朝九晚五"的节拍上班，一下班便回家陪老婆孩子或喝酒打牌去了。于是心里便愤愤地骂了一声："龟儿子些，只在上班的时候才到乡上来晃一下，还叫啥子基层干部？干脆去做中央干部好了！"

说完，贺世忠才趁着夜色往家里赶去了。

第二天吃过早饭，贺世忠正打算到乡上去，贺端阳突然来了。贺端阳的脸绷得很紧，牙齿咬着嘴唇，眼里闪着一股像是火焰似的绿色光芒，仿佛谁借了他的米，却还了他的糠一样。一见贺世忠，胸脯一边起伏，一边凶巴巴地叫道："老叔，你安心把我整下课，是不是？"

贺世忠一听，也便没了好气，板了脸问："我怎么想把你整下课？"

贺端阳此时的脸更黑了，仿佛想和人打架似的，又咬了一会儿牙齿，这才叫道："你不想把我整下课，那你这么折磨我做什么？我明明前天才把两个低保卡给你，你昨天又去县上上访了，你究竟安的什么心？"

贺世忠说："我上访关你啥事，啊……"

贺世忠还没说完，贺端阳便挥了一下手，又叫了起来，说："怎么不关我的事，啊？我们村原先是无访村，现在你接二连三去上访，已经给村里工作造成了严重影响！你上访一次，我就要给马书记写一次情况说明，到年终一票否决，你还说不关我的事？"

贺世忠一听，却说："那是你的事，我不能因为你，连自己的权利也不要了呀……"

听到这儿，贺端阳又怒气冲冲地叫了起来："你什么权利，什么权利，啊？不就是……"说到这儿，贺端阳突然住了口。

贺世忠一听，便马上逼着贺端阳问："不就是啥子，你说呀？"

贺端阳说："还要我说？我说出的话就不好听！你一家人，有哪一个是断手断脚、肢残脑残的？都五个人吃低保了，你还有什么不满足的，还要到县上去缠领导？我还没有想到老叔你是这样的素质……"

贺世忠还是没等贺端阳继续说下去，便又看着他问："啥素质，啊？你可要给我说清楚，难道我的素质哪儿不好吗？"

贺端阳更不客气了，说："啥素质？人活脸，树活皮，你会听话的，就各人去想，还要我说明吗？"

贺世忠一听这话，便跳了起来，对贺端阳喷着唾沫星子质问道："你是说我连脸皮都不要了，是不是？我就是不要脸皮了，你又怎么样？有那份出息，就去叫上面的领导不要理我好了，可他们愿意把好处给我，你有啥办法？"

贺端阳觉得和贺世忠有些拎不清，便说："我把你没法，你自己觉得好意思就行了……"

正这么说着，裤腰上的手机突然大声叫了起来。贺端阳立即打住了自己的话，接听起电话来。只见他对着话筒"嗯嗯呀呀"了一阵，突然关掉手机，脸上带着一种哭笑不得的表情，一边对贺世忠拱手，一边带着挖苦的语气说："好了，好了，我佩服你老人家了！唐所长又打电话来，叫我到乡上去拿表，把阳阳和蓉蓉的低保办了！这下子你老人家一家老少，都吃上了低保，你该不会再哄我在哪儿挖地了吧？"

贺世忠一听贺端阳这话，自己都忍不住笑了起来，说："兵不厌诈，你娃儿都不晓得，还当啥干部？"

贺端阳又嘲笑地说："我哪有你老人家知道得多？现实而今眼目下，我是怕你老人家了，比我亲爹在世还怕！"

说完又对贺世忠拱了一下手，才接着说："好了，我现在就到乡上去，给你老人家拿表，从今往后，我只希望你老人家让我过点安生日子，我就感激不尽了！"

说完这话，贺端阳果然就转身走了。

贺世忠看着贺端阳的背影，心里突然涌起了一股十分自豪和骄傲的感觉。他摇了摇自己那颗有些干瘦的脑袋，鼻子里哼了几声，接着又挥了几下手，像是要喊叫，或唱歌和跳起来的样子，可是既没有喊出什么，也没有唱或跳起来，只是觉得心里有些激动，想找点什么来掩饰一样。过了一会儿才自言自语地说："有能耐你就不给我办嘛，为啥一听见招呼，就屁颠屁颠地跑去了？让你安生不安生，我才知道！你以为每月那几百块钱，就那么好拿呀？"

说完这话，贺世忠见贺端阳已经到姓唐的女人那里去给他领表了，便打消了自己去乡上的念头。

却说贺端阳心里怀着对贺世忠的恼恨、怒气和不满，便有心想让他在贺家湾人面前丢一丢脸。从唐所长那儿拿到阳阳和蓉蓉的低保申请表后，便匆匆忙忙地赶回贺家湾，也不去和贺世忠商量，便开了村委会的大喇叭，扯旗放炮地通知村民代表，吃了午饭到村委会开会。并且喊明了说，是讨论贺世忠孙子贺阳和外孙女儿郑蓉蓉的低保问题。一连广播了好几遍，生怕大家听不见似的。到了下午放晚学的时候，却又拿了两份申请表，愁眉苦脸来找贺世忠，对他说："老叔，你看这事怎么办？"

贺端阳在广播里喊叫的时候，贺世忠正端着碗吃午饭，一听见大喇叭的声音，脸上的皱纹便立刻凝固了，现出了一副非常滑稽的表情。过了一会儿，那皱纹才开始颤动起来，随即脸上又呈现出像是被人扇过耳光似的神情，似哭非哭，似笑非笑，很丑陋的样子。他自然明白贺端阳这样嚷叫的目的是什么，无非是想让全湾人来忌恨他！过了半晌，脸上的神情才慢慢恢复过来，但在心里，却把贺端阳恨得不行。现在见贺端阳问他，耳边便又响起了那广播的"嗡嗡"声，于是便黑着一张脸，像是贺端阳扒了他祖坟一样，粗声粗气地问："啥子怎么办？"

贺端阳把鼻子皱起好些纹缕来，仍是做出一副没办法的样子说："不瞒你说，老叔，我中午时候通知村民代表到村委会开一个短会，讨论一下阳阳和蓉蓉吃低保的事，可是我在村委会等了一下午，竟没有一个人来参加，你说这怎么办？"

贺世忠听了这话，更加没好气了，说："前两回不是你自己就把它们填了的吗？这次想起了，就要开村民代表会了……"

贺端阳没等他说完，便又苦着脸说："哎呀，老叔，你就只晓得领低保，哪晓得这其中的责任？明给你说，前两次我没有开村民代表会讨论，随便给你写了几个人的名字在上面，唐所长晓得了，已经狠狠地把我熊了好几次！今天，她再三对我说，如果再做假，她就向上举报，要让我吃不了兜着走！老叔，你说你吃低保，得利益，才让我去帮你受过，世上有这本书卖吗？"

贺世忠知道这是贺端阳想故意为难他，便说："你爱办不办，由你，我也不强迫哪个！"

贺端阳听了这话，也不生气，又说："老叔，要不这样，我把这两份申请表给你，你自己去找那些村民代表，让他们在上面签了字，再拿给我盖上村委会的章，怎么样？"

说完不等贺世忠回答，又马上说："老叔你是知道的，人在人情在，人在面前人情更在，你亲自去找他们，他们再对你有看法，可鼻子压着嘴，也不好说什么，最后不签也要给你把字签了！"

贺世忠听完，突然在心里冷笑了一声，说："你小子在大喇叭里，扯旗放炮地煽动全村人来忌恨我还不够，还想让我低声下气地去求人，看人脸色，难道我还不明白你心里打的啥子算盘？"想到这里，便又对贺端阳没好气地说："要我去找他们签字，还要你们干部做啥子？你以为干部就是当甩手掌柜的呀？"

说完，贺世忠突然提高声音，正了脸色说道："你不愿办就算了，无非我再到民政局跑一趟嘛！我倒要让你看看，不要你办，我把阳阳和蓉蓉两个人的低保办不办得下来？"

贺世忠一边说，一边又去抓桌子上那两份低保申请表。

贺端阳一见，急忙抢在贺世忠前面，把表抓到了手里，说："那怎么行？那怎么行？这表我是在唐所长那儿领的，即使我办不了，也该退还给她嘛，怎么能给你呢？我又不是在你手里领的！"

贺世忠听了，又咄咄逼人地问了一句："你既然办不了，还要它们啥子？"

贺端阳一听这话，脸上露出了一副尴尬的表情，过了一会儿才像打败了似的说："好嘛，好嘛，老叔，我向你老人家投降好不好？"

说着，贺端阳果然向贺世忠举起了手，做出一副投降状。举了一会儿才放下来，又接着说："我晓得你老人家厉害，我得罪不起你老人家，真的怕你了！我就冒着犯错误的风险，再给你老人家做一回牛马，这行了吧？"

贺世忠听了，脸上的皱纹还是一动也没动，眼睛也没朝贺端阳看，而是鼻尖朝着天说："我管你办不办，反正我也没有逼你，别到时候说是我让你犯的错误，啊！"

贺端阳脸上的皮肤不由自主地痉挛了两下，接着嘴角一动，牵出一种十分僵硬、愚笨、呆滞的笑容，一边把表揣进怀里，一边又对贺世忠说了两句："我是前世该你的，有啥办法？"

说完这话，贺端阳转身便走。可贺世忠又叫住了他，说："你别忙，我还有事情给你说！"

贺端阳果然又站住了，回头对他问："还有啥事？"

贺世忠说："我要看报纸，了解国家政策！"

贺端阳说："你要看报纸就看呀，难道有谁拦着你，不让你看？"

贺世忠说："把村上订的报纸给我……"

贺端阳一听这话，便马上答应说："村上订的报纸是村上的，你要看报纸，不晓得自己去订呀？"

贺世忠一听，便马上说："你不给我看是不是？你不给我看，我现在就去向马书记要，看他敢不给我！难道村里订报纸的钱，是你自己掏的腰包……"

话还没说完，贺端阳又马上做出了没办法的样子，对他摊了摊手，带着一种息事宁人的口气说："好，好，给你看，给你看！村上的报纸，都在村委会办公室桌子上堆着，你愿看哪种报纸，就看哪种报纸，愿看多少就看多少！等明天开了门，你就来拿，这行了吧？"

贺世忠听了这话，像是打了胜仗似的，说："这还差不多！"

说完，贺世忠这才让贺端阳走了。

正在这时，阳阳放学回来了，看见贺世忠站在门口，便朝他跑了过去，嘴里喊道："爷爷，爷爷，啥叫上访专业户？"

贺世忠听到这话，猛的一惊，立即对孙子问："你问这做啥？"

阳阳说："他们说爷爷你是上访专业户……"

一听到这里，贺世忠马上打断了孙子的话，问："谁说的？"

阳阳说："同学们说的！"

说完又问："爷爷，爷爷，上访专业户好不好？"

贺世忠咬着腮帮愣了半天，这才对孙子说："上访专业户怎么不好，啊？不是啥人都能当上访专业户，没有能力，想当上访专业户，也当不上呢！"

说到这里，贺世忠不知是想起了已经得到的好处，还是刚才看见贺端阳不得不给他办事的狼狈相，贺世忠脸上的皱纹舒展开了，浮现出了一种沾沾自喜的样子。

阳阳却说："可是爷爷，他们说不好，同学们都不要我和他们一起玩了呢！"

贺世忠一听这话，心里像有什么刺了一下，可立即回过了神，又对孙子说："别听他们的，爷爷就是上访专业户，有啥不好的？"

说完见孙子委屈的样子，便抚摩了一下他的头，鼓励他说："我孙子别怕，他们不和你玩，你自己玩。等过年的时候，爷爷再给你发个大红包！"

阳阳一听，果然高兴了，立即朝贺世忠重重地点了一下头，又"嗯"了一声，像是十分听话地蹦跳着跑了。

这儿贺世忠又站了一会儿，想起孙子刚才的话，越想越觉得生气，便禁不住愤愤地骂起人来："龟儿子些，老子是上访专业户又怎么样？一不是偷，二不是抢，正大光明地从政府口袋里要点钱，有啥不好的？你想当上访专业户，恐怕还不行呢！"

骂完，贺世忠觉得心里好受了些，这才转身进了屋。

四

却说当贺端阳在贺家湾对贺世忠大发脾气、说他素质不好的时候，乡上马书记在县信访办廖主任的小办公室里，也正在接受廖主任的批评和训斥。原来昨天下午，涂县长把廖主任喊到他的办公室，也狠狠地把她训了一顿。涂县长本身就是一副马脸相，现在一黑下来，更是有些吓人。他瞪着廖主任那张抹了很多粉的扁平脸，一点也不客气地对她说："你们信访办是怎么搞的嘛，啊？连一个上访的人都看不住，竟然跑到我的汽车面前来把我拦住了！要你们信访办做什么，不就是为领导保驾护航的吗？可你们保的什么驾，护的什么航，啊？幸好他今天只是要求解决两个低保名额，要是其他什么事，你让我今天怎么办？领导还要不要形象、顾不顾影响了，啊……"

一阵狂风骤雨，训得廖主任脸上红一阵、白一阵，却答不出话来。末了，涂县长又盯着她问："你们的包保责任制，还有啥'两点名一报告'，这些新制度落实没有？"

廖主任立即回答说："我们已经请示了陈书记，正准备在近期召开各乡镇、社区和县级各部门的信访室主任会议，安排部署。"

涂县长一听廖主任已经请示了陈书记，便不说什么了，可过了一会儿仍说："尽快抓紧落实！"

说完又说："如果以后再出现这样的事，我就拿你这个信访办主任是问，啊！"

廖主任听到这儿，答应了一声，这才走出涂县长办公室。可是出来，心里却很有些不服气，认为涂县长是在吃柿子拣软的捏。这么多上访的，一个信访办怎么看得住呢？再说，他往你面前一跪，你就给他签字同意解决，明明是你把这些人惯出来的嘛，怎么能怪我呢？可是这些话只能在她心里说，不能把它们说出来。怀着满肚子的不高兴，廖主任又去登记室，查了这天上访人员的登记情况，一查，发现贺世忠这天并没有到登记室登记，这就更不能怪她了。廖主任想去对涂县长解释，又怕引起涂县长误解，说她态度不好，不接受批评，反而越抹越黑。但心里那股气总得找地方出出才是，于是便马上想到了马书记，觉得这一切都是马书记的错！属地管理，分级负责，这是当前信访工作的原则，他是怎么看管自己的人的？想到这里，心里的气更"汩汩"地冒起来，便气咻咻地给马书记打了一个电话。她本想让马书记马上到她办公室来的，可看看时间不早了，便改为第二天上午上班的时候。

这天上午，马书记果然把车开到县政府的院子里，停好，锁了车门，进了廖主任的办公室。马书记知道廖主任找他，不会有什么好事，便又像上次一样，一进门就露出一副嬉皮笑脸相，抱着双手对廖主任打着拱说："姐，姐，兄弟来也，请问姐有何见教？"

廖主任却没正眼看他一眼，脸板得像是斧头也砍不透的样子，手不由自主地攥成了拳头，仿佛要打人一般。可愣了一会儿，又下意识地松开了，但还是在桌子上拍了一下，这才看着马书记说："你是怎么看管你的人，啊？"

马书记一见廖主任的表情，也立即收敛了嬉皮笑脸的表情，看着廖主任问："怎么了，啊？"

廖主任的胸脯一边起伏，一边余怒未息地说："怎么了？你们乡上那个姓贺的老头，昨天又跑到县政府来，把涂县长的车拦住了，问涂县长要低保指标！涂县长为这事大发雷霆……"

听到这儿，马书记先是有些傻了的样子，接着眨了眨眼睛，半天才说出来："不会吧？我们才给他解决了两个低保名额，怎么他又来向涂县长要低保指标？再说，他还给我亲笔写了保证，不再到县上来上访了……"

还没说完，廖主任眼睛闪着怒火，又看着马书记说："不会？难道我跟你说着玩？告诉你，涂县长现在的气还没消！给领导的形象造成了严重影响，你看这事怎么办？"

说完又说："保证？他那样的人，保证你也信得过？是不是因为上次我帮你们把他上访的记录销了，你们就以为万事大吉、高枕无忧了，是不是……"

马书记一听到这儿，立即说："不是，不是，我们一直把他防着呢！不瞒大姐说，我们还在他身边安插了眼线！通过眼线，我们还挡住了他一次呢！"

廖主任听到这里，像是不相信地看了马书记一眼，便说："安了眼线，他怎么又跑到县上来了，啊？"

马书记一听，又马上恢复了先前那副不正经的神情，一边抱拳对廖主任打拱，一边检讨地说："姐，这都是我们的错，没有把他看管好，我们回去立即整改，加强力量，还请姐高抬贵手……"

廖主任却继续板着脸，一副丝毫不为马书记的话所动的样子，没好气地说："你少给我来这一套！啥姐呀妹的，这是工作！我实话告诉你，再也没有上次的事了！不丁是丁，卯是卯，你不会吸取教训，回去等着挨通报吧！"

马书记一听廖主任这话，又看了看她那副严肃得不能再严肃的神色，脸上也有些挂不住了。毕竟，他好歹还是一个乡的党委书记呀！因此，脸上的肌肉哆嗦了两下，也立即沉了下来，同样用了没有好气的声音说："通报就通报吧，廖主任，反正不管我们怎么做，都是变了牛还要遭雷打的命，自己做到问心无愧就行了！脚长在他身上，他在暗处，我们在明处，一个大活人，我们又不能用绳子把他拴住，你叫我们防，我们又怎么防得住？我说句不好听的话，你们县信访办，也只晓得将信访工作的压力，层层往下压，最后压得我们乡村干部喘不过气来。如果叫你们到基层来做，也跟我们是一样的……"

说到这儿，廖主任忽然瘪了一下嘴，说："哟，还不服气了，是不是？你们喘不过气来，就怪是我们压的，那陈书记、涂县长和我们喘不过气来，又是谁压的？县上每个月通报一次信访量，那省上、市上，不是每月也要通报一次吗？你知道到信访办来销信访量，陈书记、涂县长和我们，不是每月也要跑一趟省里、市里，去求爹爹、告奶奶，把信访量销下来吗？什么叫属地管理、分级负责？难道我们想这么做？你要叫苦，别在我面前叫，我满肚子的苦，还不知道到哪儿去叫呢！你要叫，到省上、中央叫去！"

马书记听了廖主任一番话，便又说："我不是对你叫苦，我是说这上访，已经弄得我们不敢放手工作了！我跟你说这么一件事：我们乡板桥村有座水库，虽然不大，可全村人的生活用水和庄稼灌溉却全靠它。这几年，一些村民为了一点利益，跑到水库坝上去开荒种菜。廖主任你虽然没在农村工作过，但想也想得到，在水库大坝上开荒种菜，那是绝对不允许的！前几天，我们谢乡长亲自下去，要求村干部立即组织人，把那些蔬菜拔了，并且规定，今后一律不准人再在水库大坝上种东西了！可是你猜支部书记怎么说？他说：'我已经开过很多次会了，那些种菜的人比我还横，说哪个敢去拔他的菜，他就立即到县上上访！'支部书记一听这话，怕村民真的上访，增加村里的信访量，就再不敢提这件事了。谢乡长听了支部书记的话，也不敢再叫他去组织人拔那些蔬菜了！哪个愿意寻个虱子在头上咬？所以那大坝上该种菜的，照样种菜，该长草的，照样让它长草，多一事不如少一事，惹不起，我们还躲不起吗？"

廖主任听到这里，说："我不管你是躲，还是惹，我只管我信访的事……"

马书记听了，又马上打断了廖主任的话说："你当然可以这样，因为不关你的事，怎么袖手旁观、隔岸观火都行！"

说完又愤愤不平地说："我就不明白，国家最初设立信访制度，不就是想从信访中了解民意吗？怎么现在由了解民意，一下子变成了解决各种各样的问题？上访的人一来找到上面，上面就对他们说：'你回去找乡上解决！'要不就是领导当好人，直接批示解决！以前没有低保的时候，大家都一样过，屁事没有，现在一有低保了，上访的人也多了！不哄你说，每逢当场，我那办公室和乡民政所的办公室，要低保的人成堆堆，哭呀闹呀抹喉上吊的，啥人都有，幸好没像贺世忠那样来县上上访，如果都像他，那我更没有安静日子了！要依我说，上面领导也要负很大责任，你签啥子字嘛？你不签字，他捞不到好处，自然就不会往上面跑了……"

说到这儿，廖主任忽然笑了一笑，说："大哥别说二哥，两个麻子一样多，人家闹到你那儿来了，你为啥又忙不迭地解决？"

马书记听了这话，也有些不自然地笑了笑，说："那是我们扛不住了，不息事宁人怎么办？"

廖主任说："你们都扛不住，难道领导就扛得住？现在又不像过去，可以对老百姓来点狠的，一吓，老百姓就怕了！现在强调法治，说大道理，就是农民的法律意识提高了，说小一点，就是老百姓学精了，不怕当官的了！你现在跟老百姓讲狠，你还没讲，他就可能去告你了！连你们乡、村干部，都怕跟老百姓讲狠了，难道上面的领导不更害怕？所以他不签字解决，还有什么办法？"

说到这里，廖主任突然话锋一转，对马书记说："好了，我们不说这些了！这些大政方针，是上面考虑的事，我们议论了也是白议论！现在我要给你说说，我们马上要开会贯彻包保制度，你回去就按照包保制度的办法，把这个姓贺的老头好好管起来，别让他再到县上来了！"

马书记马上问："什么包保制度？"

廖主任说："包保制度又叫包保责任制，针对的对象，就是贺老头那样长期上访的专业上访户！说透了，就是乡上要组织一个专门的班子，随时掌握那些上访专业户的行踪动态，加强对他们的监控，以达到让那些上访专业户息诉罢访的目的。特别是节假日或国家举行重大活动期间，即使他们不息诉罢访，也一定不要让他们出来到县上、市上、省上甚至北京上访……"

听到这里，马书记说："我们现在也把他们监控起来的呀！"

廖主任说："现在监控的力度还不够，要不，那姓贺的老头怎么能跑到县上来？现在包保制度，要成立专班、专人监控！要采取层层落实责任的办法，县级领导包镇、镇领导包村、村干部包责任区、责任区包户的层层包干、层层负责的管理责任制！"

马书记听到这儿，便叫了起来："我的个妈呀，那我们还干不干其他工作了？"

廖主任没管马书记，接着又说："包保责任制最重要的一项内容，是'两点名一报告'制度，即每天上午、下午，要分别对包保对象点名一次，下午五点前将稳控情况，由村报乡信访室，乡信访室报县信访办，县信访办报县维稳办。一旦发现包保对象不在，或者失控、失联，包保责任人、责任单位必须迅速向县信访办上报情况。信访办接到情报后，立即报告县维稳办，维稳办立即报告相关领导，并通知县维稳办驻北京、省、市火车站、汽车站、江河码头的截访专班，加强防守，一旦发现这些人员，立即做好稳控劝返工作……"

廖主任还没讲完，马书记又再次叫了起来，说："妈呀，说起来倒是好听，可那些上访的人，难道都是傻瓜么？会那么老老实实地跟你说真话么？你一给他打电话，问他在哪里，他明明还在家里，却故意对你说，我在县上，或者说，我正在省里，你又找不到，搞得你摸不到东西南北，你怎么办？还有，他明明已经到了省里或市上，却对你说，我还在屋里，你怎么去点他的名？或者，他甚至把手机都关了，让你根本找不着他，你有什么办法？"

廖主任听了，又微微一笑，说："你说的这一点的确很重要，所以我们还不能仅仅依靠电话询问情况，还得在包保对象身边，比如他的邻居和亲戚朋友中，大力安插线人和耳目，对他进行监控，让他们为我们提供包保对象的相关信息……"

马书记说："安插线人倒是好的，可那也是要花钱的！不瞒廖主任说，就是我们在贺世忠身边安插的那个线人，不但悄悄地给他办了一个人的低保，我们还许诺到年终的时候，再给他一千块钱的困难补助，人家才干了。不然，这是得罪人的事，不出点血哪个会给你干？这还只安插了一个线人，要是再多一个，乡上就要出更多的血，谁给乡上的钱？"

廖主任听了这话，便马上看着马书记反问："属地负责，分级管理，你想谁给你出钱？"

马书记说："我就晓得，乡上永远是冤大头！"

廖主任听了，不再和马书记争论，又说："包保责任制对那些没有尽到责任的包保责任人，是有责任追究制的！具体来说，对于包保责任人有六个方面的必究：一是对信访既不重视，又不处理的必须追究；二是没有及时处理，导致群众越级上访的必须追究；三是对中央、省、市交办案件不及时办理的必须追究；四是对异常上访或越级上访，预测不力的必须追究；五是发生集体访和异常访后，接访领导不及时到现场处理的必须追究；六是责任单位主要领导，两个月内化解不了矛盾、驾驭不了局势的必须追究！"

说到这里，廖主任才停了下来，看着马书记，又严肃地说："我把包保责任制的主要内容，都给你说了，你回去可以先考虑成立一个包保专班，好好把姓贺的老头监控起来！如果再出现拦涂县长车这种情况，除了陈书记，恐怕哪个也帮不了你的忙了！"

马书记一听这话，马上又站起来，对廖主任打了一拱，说："姐说得对，姐说得对，我回去就按你的指示做！"

可说完又看着姓廖的说："姐，那这两次登记的……"

廖主任没等马书记说完，便挥了一下手，说："别说了，就看在你马书记的面子上，前一次他来上访的记录，我可以想办法给你销了。可昨天这次，因为已经惊动了涂县长，我没法不通报出去！"

说完似乎害怕马书记继续说什么似的，又马上接着说："只要你们乡上不再出现上访的，就只一例，也算不了什么的！"

马书记听见廖主任这么说，想想也是这样，于是便不再说什么，又嬉皮笑脸地朝她弯了一下腰，说："小弟谢姐庇护之恩，这厢有礼了！"

说完这话，马书记果然就急急地回到乡上，又把贺端阳找来，商量起成立包保专班的事来。

第九章

一

按下马书记找贺端阳研究成立包保专班，以便监控贺世忠不提。却说贺世忠自从得到了孙子和外孙女的低保指标后，大约一是因为一家人全都吃上了低保，再也找不到理由去上面要了，二来他也确实看出来了，因为他不断地向上面要低保，贺家湾人在逐渐把他边缘化。很多人不但看他的眼光怪怪的，有时还躲着他，不愿意和他打交道的样子，似乎他身上长了疥疮或牛皮癣，会把他们传染上一样。有一天，贺世刚的女人刘福碧还来向他借钱，他说："我有啥钱，兄弟妹你是不是找错了人哟……"

刘福碧还没等贺世忠说完，脸便一下拉了下来，说："你一家六口人都吃低保，相当于国家每个月给你全家人关一次饷，怎么会没有钱呢？你怕我借了不还哟？我再没有钱，以后也要还你的！"

贺世忠知道湾里的人对他全家人吃低保的事有看法，可又不好说什么，便说："那有几个钱？还不够塞牙缝的！"

刘福碧一听，便又叫着说："哎呀，一个月几百块钱，还不够塞牙缝，他叔的牙缝都那么大，那心不是更大了？怪不得人家说他叔，心大了会像蚂蚁一样爆腰！"

贺世忠一听这话，突然觉得身上就像是爬满了蚂蚁似的，痒酥酥地有些不舒服。他明显地听出刘福碧是在挖苦他，也想狠狠地对她说几句不好听的话，可是嘴唇动了动，却没说出什么了，只是将脸黑着，然后举了举右手，像是要赶刘福碧走一样，但最后却落在了自己的脖颈上，搔了一下痒，又放了下来。

过了半分钟，贺世忠都没有从尴尬中回过神来，刘福碧一见，知道从他那儿借不出钱了，这才嘟囔着走了。

从那以后，贺世忠就再没有去上访过了。地里有活的时候，他就下地干活，有时也帮儿媳妇王芳做些活儿。地里没活儿的时候，他就在阶沿上搭把凉椅，椅子旁边摆着一摞高高的报纸，戴一副老花眼镜，逐张逐张地看着报纸。路过的人看见他看得那么认真，有时当面问他一句："老叔看报纸呀？"可背后却又有些看不起地相互议论："我们贺家湾又要出个贺贵了！"

贺贵原来是贺家湾的一个传奇人物。年已过六旬，一头花白头发，满脸苦瓜皱褶。他一生讨过三个老婆，第一个老婆跟他没过多久，便离婚了。第二个和他过了两年，带着孩子与别人跑了。第三个老婆在二十多年前上吊自杀。三个老婆先后离开贺贵的原因，皆是因为贺贵不会过日子，不像一个正经的庄稼人。明明只有小学三年级的文化，却成天戴着一副比啤酒瓶底还厚的近视眼镜，捧着一张《文摘周报》《参考消息》看，脸几乎伏在了报纸上，并且还在家里搞研究、做学问，著书立说，书写了好几本，但没有一本出版。不过贺贵已经不在贺家湾，去跟着女儿过了。现在村民一见贺世忠也守着一大摞报纸，因此便把他当作贺贵第二了。可和贺贵不同的是：贺贵看报纸关心的是国家大事！如果哪个村民问他："贵叔，国家最近有啥子大事？"那贺贵便会一一道来。上至国家又出台了一个什么文件，要怎么怎么，下至哪个地方又发生了旱灾，田地龟裂了，上面组织了人给村民送水；大至国家主席又到哪个国家"走人户"，和哪个国家总统，又签了啥合作文件，小至哪个乡乡长贪污，不但被撸了职务，还进了班房等，他会说得个清清楚楚。贺端阳竞选贺家湾村的村主任，便是得了贺贵的帮助，方才成功了的。可现在贺世忠看报纸却不同，如果哪个村民问他："老叔，国家有啥大事？"他一定会露出吃惊的样子，瞪着两只眼睛好奇地看着他，说："国家发生了啥大事，关我屁事！"

那人听了这话，便又问他："那你没事捧着一张报纸看啥子？"

贺世忠一听，又不满地瞪了那人一眼，说："谁说我没事？没事我看报纸做啥子？"

那人又不解了，又问："那你究竟看啥子？"

贺世忠又说："你管我看啥子？我想看啥子就看啥子！"语气十分不耐烦似的。

贺端阳最初听到贺世忠向他要报纸，也以为他是想贪图点小便宜，把村上的旧报纸拿去卖点小钱，心里便想："你要卖就卖吧，反正也卖不了几个钱！"可没想到他把报纸拿回去，真是一张一张地在翻看。而且更奇怪的是，他看完了一摞，又将报纸夹在胳肢窝下，还到村委会办公室来，然后又重新夹上一摞回去了。贺端阳便也糊涂了，想问他从报纸上了解到了什么，却又不好问得，于是也便不管他，由他自便好了！

贺世忠究竟想从报纸上知道些什么呢？原来他是想从上面了解国家出台的那些惠农政策！原来那次在乡政府信访接待室里，贺世忠便听见那个姓牟的主任给他说过一次"现在的惠农政策很多"的话。后来在乡上的茶馆里，老领导魏副乡长又对他说过一次这样的话。可他除了知道低保、困难补助这两项外，其他的，就一概不知道了。可低保，他已经全家都吃上了，没办法再享受了。他原先倒是打算等阳阳和蓉蓉的低保要到后，再去给亲家和亲家母也要一个低保回来。虽然亲家和亲家母和自己不是一家人，但肥水没流外人田，给他们要，也等于给了兴菊要。但后来一看，贺家湾人因他要低保的事，已经把他当作了仇人，如果再去给亲家和亲家母要，不知大家还要怎样看他。因此他多少产生了一些顾忌，便暂时打消了这个念头。至于困难补助，一般要等到年终，上面时兴"送温暖"的时候才会有，现在自己即使去要，也会要不着。因此，他觉得弄清国家究竟有哪些惠农政策，对他十分重要。为什么呢？因为明摆着的，不管国家有多少惠农政策，看起来天大的一块饼，可一摊到全国，都是僧多粥少，不是谁都可以吃得上的。谁能够得到这些资源，跟谁能够占到先机十分有关。谁占到先机，加上方法得当，就能够得到这些好处。方法便是像在争取低保中的做法一样，会哭的孩子有奶吃，而先机呢，无疑便是信息。只要拥有了这两样，他便深信在这场利益争夺战中，能捞到好处。正是在这种思想指导下，贺世忠开始像做学问的一样，向贺端阳要了报纸看起来。

功夫不负有心人，不久，贺世忠通过阅读报纸，果然将国家的一些惠农政策了解得清清楚楚的了。比如说粮食直补政策，不过，只要是种庄稼的人，这项政策人人都有份，包括他在内，已经享受过了，而且国家也是将钱直接打到他的直补卡上，不管他怎么去闹，他也没法吃到别人那一份。还有一项惠农政策，叫农机补贴，他也没有办法得到。因为这项补贴，是直接补贴到那些购买农机具的人手中，他不买拖拉机、收割机、插秧机什么的，自然补不到他的头上。还有一种补贴，叫家电下乡补贴，这项补贴也和农机补贴一样，直接补给家电购买者，他不买家电，也只能看着别人去领这份补贴。还有一些什么林林总总的项目，国家也有些补贴，不过这些项目离他太远，他没法得手，也只能看着别人得。最后，他觉得还是只有这低保、困难补助和医疗救助离他近一点，他想在这场利益争夺战中得到一点好处，也只有在这三个方面下功夫了。现在低保已经没有可能再去要了，剩下的最后两样，他决心等时机一到，再去奋力一搏。

可是没过多久，他终于又在报纸上看到一条新的惠农政策，这个惠农政策叫作"新农合"。说农民只要缴十块钱，生了病住院便能报销。他觉得这倒是个好事，虽然也是人人有份，但膏药一张，各有各的熬炼，到时住什么医院，长住短住，吃什么样的药，报多少钱，这里面学问很大，大有文章可做。这么一想，便抑制不住兴奋，马上便跑到乡卫生院去问。卫生院领导回答他，说："别的地方已经实行了，我们县还没开始搞的，想来也快要开始搞了！"

贺世忠听完这话，便又愤愤地说："龟儿子些，怎么还不开始搞呢？"一副生怕赶不上的样子。

这话说了还不到半个月，贺端阳到乡上开了半天会，果然就回来动员大家参加新农合医保。贺世忠一听，就在大家还在观望犹豫的时候，马上便把钱缴了，成了贺家湾村第一个参加新农合医保的人。贺端阳便在大会上表扬他，说他到底不愧是老革命，有觉悟，站得高，看得远，号召大家向他学习。

参保后还没有几天，贺世忠便到乡卫生院，说他脑壳痛，手脚也痛，肚子也痛，浑身上下没一处不痛。医生给他检查了半天，也没检查出病，可是他却要求住院。并且还说乡卫生院检查不出病，给他开个手续，让他到县医院检查，然后再住院。乡卫生院的领导说："住院可以，在乡医院住院，住院费只能报30％，县医院住院只能报50％！"

贺世忠一听这话，便说："怎么，不能全报呀？"

医院领导说："就是国家干部，也不能全报嘛！"

贺世忠又愤愤不平地："那我参加这鸡巴医保做什么？"

医院领导说："不是可以报30％和50％吗？"

贺世忠说："30％和50％顶屁用，那剩下的钱还要由我自己掏呀？"

说完，贺世忠头也不痛了，手脚也不痛了，全身都正常了，一边生着气，一边嘟囔着回去了，大有吃亏上当的感觉。

但不管怎么说，自从给孙子和外孙女儿要到了低保过后，贺世忠不但没有再到县上去上访过，甚至连乡上也没去过，像是一下安分守己，成为大大的良民一样。马书记为了监控贺世忠，不但成立了包保专班，而且在贺世忠身边，除了原来和贺端阳一起定的那个线人以外，又秘密地物色和安插了一个线人。原来那个线人，贺端阳给他取了一个麻将牌的代号，叫"幺鸡"。后来马书记秘密安插的这个线人，也取了一个麻将牌的代号，叫作"二筒"。取"二筒"这个代号，马书记是经过仔细考虑、反复推敲才定下来的。"二"代表着他们两个，"筒"既谐音"同志"的"同"，又寓意"同心同德"。也就是说，他们两位革命同志，从此同心同德，共为维稳大局效忠，所以定了这么个代号。可是不论是包保专班，还是"幺鸡"或"二筒"，都没有发挥太大作用。起初，马书记和贺端阳还以为这是贺世忠向他们释放的烟幕弹，还随时保持着外松内紧的临战状态。可过了两个月，见贺世忠真的没有什么行动，便以为他现在把全家人该得的好处都得了，已经心满意足，从此洗心革面，重新做人，不会再去上访了，因而都慢慢松懈下来。又过了一个月，见贺世忠仍是规规矩矩地在家里，种庄稼、读报纸，除了到乡上赶赶场，也没脱离过监控视线，更没有失联过，于是便彻底相信他不会去上访了。包保专班和"幺鸡""二筒"虽然没有撤销，却对贺世忠的监控，变得有些漫不经心了。

二

天气大热了起来，这一日，贺世忠正光着膀子，穿一条黑灰色大裤衩，躺在堂屋中间的一把凉椅上，双腿大大张开，中间夹着厚厚一摞报纸，十分悠闲地翻着。翻过的报纸堆在脚边，也摞了高高一摞。就在这时，贺世财、贺世绪、贺美奎、贺正轩几个人，忽然一齐走进了他的屋子。贺世忠一见，立即像是被什么咬了一下似的，从椅子上一下弹了起来，将摞在大腿中间报纸撒了一地，张着嘴似乎想喊叫，却没有发出声音，过了一会儿才有些不安地看着他们问："你们……啥时候来的？"

说着，贺世忠又急忙去扯板凳，一边扯，一边又忙不迭地说："坐，坐……"显得有点手忙脚乱的样子。

贺世财和贺世绪都比贺世忠大。贺世财是个瘦高个子，因为背有些佝偻，胸脯便凹了进去，脸上布满密密麻麻的皱纹，像是丝瓜瓢子一般，眼睛往外爆着，眼珠子发黄。贺世绪个子不高，但身体看上去比贺世财好多了，不知是走热了还是什么缘故，此时满面红光。虽然也有皱纹，但只是在额头上有那么几条，像蚯蚓似的。看人时的目光也炯炯有神，不像贺世财那样灰暗。贺美奎和贺正轩年龄要比贺世忠小得多，都才五十岁出头。贺美奎的小名叫奎娃儿，比贺世忠矮一辈，面孔黧黑，皮肤粗糙，胸脯宽阔，胳膊上的肌肉十分发达，一看就知道是个下苦力的人。贺正轩的小名叫干娃儿，可干娃儿并不干，也和贺美奎一样，长得肩宽臂长，腰粗腿壮，一副好身板。面孔比贺美奎白净得多，连牙齿也白得发亮。浓黑的眉毛下，两只眼睛像是闪着光芒似的。贺正轩比贺世忠矮两辈，是侄孙辈了。贺世忠已经听人说过，干娃儿在一家公司里当保安，已经当了好几年了，因此才养得像一个小白脸似的。几个人一见贺世忠忙忙地去扯板凳，便反客为主地说："我们自己来，自己来！"

一边说，一边各自扯出板凳来坐下来了。

贺世忠已经猜出他们的来意了，心里不免打起鼓来，便看着贺世财，想把话引到一边去，说："哎呀，几年没见你老哥子了，一下就老到这个样儿了！"

说完马上又接着问："老哥子去跟着旭东过，听说双流比我们这儿富得多，怎么样，过得好吧？"

原来贺世财有一儿一女，女儿就嫁到当地，儿子初中毕业到成都打工，结识了双流县一个"二婚嫂"，后来结了婚，就在双流安了家，因此贺世忠便这样问。

贺世财眼睛眨巴了几下，似乎要哭出来了的样子，半天才说："好个啥？这年头老家伙自己手里没几个钱，跟着儿子儿媳妇，还不是吃碗受气饭！"

贺世忠一听这话，便也深有感触地说了一句："那倒也是！"

说完这话，便觉得无话可说了，有些尴尬起来。

贺世财几个人互相看了一眼，也像是有些不好开口似的。过了半天，贺正轩才说："老叔，这话我们也不好开口，可既然我们专门为这事回来一趟，不说也不行！就是你当年做支部书记时，为了交清村里的农业税和提留统筹款，向我们借的钱，村上到现在也没还给我们！老叔你也晓得，那钱都是我们一分一厘攒起来的血汗钱，当年可全是看你的面子，才答应借给村上的……"

话还没说完，贺世绪又接过了话去，说："是呀是呀，当年我们想不答应借，可又怕你作难！我们也是晓得的，小房的人因为你把贺世海搞下台了，心里对你不安逸，巴不得看你的笑话！我们是看到一房的兄弟面子上，才下决心帮你，可没想到……"

说到这里，贺世绪有些像是哽住了似的，停了一下才接着说："我们这一帮你，倒把自己陷进去了！"

贺世绪说完，贺世财又说："是呀，兄弟，人家说坑人不要坑自己人，可这事呀，你专门坑了自己人！好心没好报，现在我一开口向儿子要点零花钱，儿子便呛我说：'我过去给家里寄回去的钱，你自己要借出去呢，现在丢到水里连泡都不鼓一个，哪有钱再给！'你看你看……"

贺世财说着，便红了眼圈。

贺世财还没说完，贺世忠见贺美奎又要开口的样子，便急忙愧疚地说："我晓得自己对不起你们！你们当时确实是帮了我的大忙，我非常感谢你们！可哪晓得竟弄成了现在这个样子呢？有钱难买早晓得，要是早知道会弄成这样，就是乡上那几爷子把刀拿来架到我的脖子上，我也不会做这事了！我现在肠子都已经悔青了，可有啥子办法？"

说完又怕贺世财、贺世绪、贺美奎、贺正轩不相信似的，又马上说："别说你们，就是我自己，借了四万多块钱给乡政府，到现在一分钱也没有收回来呢！你们要是不信，我马上就去把条子拿出来给你们看！"

贺世忠一边说，一边便站起身要去拿条子。

贺美奎一见，便急忙说："老叔不要去拿了，我们也晓得你借了钱给乡政府的！"

说完马上又说："可我们听说老叔你一家人，现在都吃上低保了，还领了救济款……"

一听到这里，贺世忠脸就红了，急忙说："那有好多一点钱……"

贺世忠还想往下说时，贺世财马上打断了他的话，说："再没有好多点钱，可糠壳不肥田，也能松下脚，多少总有一点，是不是？"

话音刚落，贺美奎马上说："就是，老叔！我们也不想哄老叔，我们正是因为这事回来的！老叔你既然能为自己、兴涛、兴菊他们都要到低保和困难补助，也一定能为我们要到低保和困难补助！当年要不是老叔你来跟我们说好话借钱，我们怎么会把银行里存得好好的钱，取出来借给村上……"

话没说完，贺世绪也说："奎尔说得对！明说吧，老弟，我们春节的时候，就想来向你要钱了！可想到新年大节的，加上兄弟媳妇又才死不久，来找你闹起不好，才没有来！现在大家约起一起回来……"

贺正轩也没等贺世绪说完，也急急地插话进来说："是呀，世忠老辈子，当年是你来向我们开的口，现在村上不还，要不是看到是同一个祖宗下来的，小房人会笑话，说实话，我们早就来把你老辈子扭到下河了！"

贺世忠听他们你一言、我一语，看样子都有些豁出去了的样子，自己心里也不觉生起气来。他也想对他们说："扭到下河就下河，大不了就是一个死，你们叫我有啥办法？"可又一想，这事千怪万怪，确实只能怪自己，尤其是看见贺世财那副可怜巴巴的模样，良心更感觉有些过不去。可一想起要低保的艰难，心里又十分犹豫，于是便说："你们不晓得，那低保也是不好要的！我是要了几个人的低保，可不知费了多少力，受了多少气……"

可还没等他把话说完，贺美奎便说："我们不管那么多，老叔！既然你能给自己要到，也就一定能帮我们要到！"

说完停了停，又接着说："要不，你叫他们把钱还给我们也行……"

贺世忠一听这话，又急忙说："奎娃儿，你娃儿不晓得，他们要是能够还钱，那又好了哟！"

贺正轩一听，马上说："那怎么办，难道我们的钱，就这么打了水漂不成？"

贺世财听了贺正轩这话，眼睛一眨，又做出要哭了的样子说："是呀，世忠兄弟，你可要帮帮我们，再说，钱是你上门来叫我们借的，我们吊颈鬼缠熟人，也只有来把你缠到了!"

贺世忠一听他们的话,也马上想起了自己的钱。一想到自己的钱,便又想到了那个赤脚律师,还有他说的那几句话:"等把低保要到了手,你再来上访,要求还你的钱!到时说不定钱还你了,低保也吃上了,岂不是两头都得到了吗?"想到这里,贺世忠又立即想道:"现在我也没法再去向上面要低保了,其他的惠农政策虽多,我却又不沾边,何不趁他们回来的机会,一并叫上他们去上访,把借给乡政府的钱要回来呢?"

这样一想,贺世忠倒觉得这确是一个机会,于是就对贺世财他们说:"我怎么不想他们把钱还你们呢?既然他们把钱都还你们了,当然也会把我的钱一并还我了!可独木不成林,单丝不成线,我一个人去给你们要,怎么知道该先给哪个要,后给哪个要?再说,如果我一个人去帮你们要,你们却不出面,弓硬弦不硬,人家怎么会把钱给我?众人拾柴火焰高,既然你们都想要钱,那也必须要你们亲自出面才行……"

说到这儿,贺正轩急忙说:"老辈子,我们要钱,肯定自己要出面,哪儿只是要你一个人去要?我们只是说,你已经去要过几次钱了,有经验了,你带一带我们……"

贺世财、贺世绪、贺美奎听到这里,也都急忙点头说:"就是,就是,你只带一带我们,要钱还是我们自己出面!"

贺世忠一听这话,便说:"这还差不多,我以为你们只是想坐等花儿开,等到我去给你们把钱拿回来呢!"

贺世财、贺世绪、贺美奎、贺正轩听了,忙说:"没有,没有,我们连那个念头也没有!"

贺世忠等他们说完以后,又说:"钱是我开口叫你们借的,我自然也有责任!现在叫我带一带你们,一笔难写两个贺字,何况当年你们借钱是帮我,现在我当然不能推辞!不过我现在还是要把话说到前面,这钱也是不好要的……"

贺世财、贺世绪、贺美奎、贺正轩又急忙说:"没事,没事,一把胡椒顺口气,一颗胡椒也是顺口气,即使要不到钱,也要几个低保名额,心里才想得开!"

贺世忠说:"即使是要低保名额,那也是不容易,你们思想上必须先要有准备……"

话还没说完，贺世财、贺世绪、贺美奎、贺正轩又马上说："你告诉我们，该怎么做，我们就怎么做！"

贺世忠略微沉吟了一下，于是便说："那好，我就来给你们说一说上访的经验，也让你们有个准备。"

说到这儿，贺世忠便像过去当支书一样，目光落到贺世财、贺世绪、贺美奎、贺正轩身上，见他们也都望着自己，才接着说："第一，是要有道理，一点道理都没有，就想去上访，那是不行的！不但不容易成功，还会被人搞……"

说到这儿，贺美奎便打断了贺世忠的话，说："那是当然的，没有道理谁去上访？"

说完才又补了一句："他们欠我们的钱，这难道不是道理？"

贺世忠说："这当然是道理！不但是道理，还是大道理！我们把钱借出来，是支援了国家建设，才有国家现在的强大。现在国家富强了，不但国家干部年年涨工资，连村干部每月都发几百块工资，是我们原来的好多倍，难道不该还我们的钱……"

贺世财、贺世绪、贺美奎、贺正轩听到这儿，急忙点头说："就是！就是！吃水还不忘挖井人呢，早就该还我们了！"

贺世忠等他们说完，又说："这第二点，即使有了道理，也要依法办事，不能乱来……"

说到这儿，贺美奎像是有些不明白了，马上看着贺世忠问："怎么依法办事？"

贺世忠说："依法办事，就是到了上面，不能吵，不能闹！不能像俗话说的野牛进庙堂——胡来！你去上访，那些当官的本来就恼火，假如你再去一吵二闹的，他们明里不搞死你，暗地里都要把你往死里整！当到那些当官的，你一定要多讲他们的好话，说他多么多么公正呀、廉洁呀、关心群众疾苦呀、是共产党的好干部呀等！还有不管他是不是青天大老爷，你都要把他喊成青天大老爷，甚至比青天大老爷，还要青天大老爷！不管他怎么对待你，你都千万不能说他不好，更不能骂他，你只要一骂他，你就完了，可千万要记住这一点！"

贺世财、贺世绪、贺美奎、贺正轩几个人，见贺世忠目光定定地看着他们，便全都像小学生在老师面前回答问题似的，一边忙不迭地点头，一边说："记住了，记住了！"

贺世忠等他们回答完毕，再接着说："第三，这一点我尤其要告诉你们，因为这是最重要的，就是胆子必须要大，不要害怕那些当官的！其实当官的也是人，只要我们没有犯法，他们也拿我们没办法……"

一听这话，贺世财、贺世绪、贺美奎、贺正轩又急忙说："是的，是的，我们怕啥当官的？不怕！"

贺世忠点了点头，又接着说："第四，脸皮必须要厚！我刚才说了，想要到自己的钱很不容易，要不要得到，就看大家舍不舍得下自己这张脸！如果想要到钱，就要牺牲自己的面子。如果不想牺牲面子，拉不下脸，我劝你们现在就打消这个主意。这便叫作要钱不要脸，要脸不要钱！为啥呢？现在这些当官的，有些问题本来马上就能解决，可他就是要给你拖。或者推来推去，把你当皮球一样踢！你只有把他搞烦了，他才给你解决，所以你们想要到钱，我估计上访一次，那肯定是不行的，说不定要反复去上访，县里不行去市里，市里不行去省里，省里不行再去北京，大概才能得到解决……"

贺美奎听到这里，便又气呼呼地说："上访好多次就上访好多次嘛，只要能把钱还给我们！"

贺世忠听了贺美奎的话，又点了一下头说："奎娃儿你这话说得对，一次肯定不行！"

说完又说："第五，要注意方式方法……"

说到这儿，贺正轩像是有些不耐烦了起来，便打断了贺世忠的话，说："老辈子，这一点你就不要说了，反正我们跟着你，你说怎么办，我们就怎么办，听你的就行了！"

贺世财、贺世绪、贺美奎也说："就是，老叔，就像那些年你当支部书记一样，我们完全听你的指挥！"

贺世忠听他们这样说，果然便不再说这事了，接着便又说："最后一个问题，也是最重要的问题，就是大家一定要团结，千万不能七爷子、八条心，扯五绊六的，更不能当叛徒，吃里爬外……"

贺世财、贺世绪、贺美奎、贺正轩还没等他说完，便又说："这是为自己要钱，谁还要吃里爬外？你放心，绝对没有人吃里爬外，吃里爬外都不是人！"

贺世忠一听这话，放心了，于是便说："你们这样说，我就高兴了！那我们就这样定了，你们回去，把过去村上给你们打的借条保管好，我来写上访材料，写好了你们签字，然后我们就去市里上访……"

话没说完，贺美奎便看着贺世忠问："怎么要去市里，县上不行吗？"

贺世忠说："县上如果解决得了，我何必要舍近求远？"

话一说完，贺美奎又问："为啥县上解决不了？"

贺世忠说："县上解决不了，就是解决不了！我跟你们说，人家律师打官司，县上连案都不准法院立，还想解决？"

说完，贺世忠便把上次那个赤脚律师讲的事，给大家讲了一遍。讲完然后又说："现在就是这样一回事，你越找到上面，问题越能得到重视；如果能直接找到大领导，问题更容易得到解决！要不怎么会有这么多人上访呢？"

说完这话，贺世忠将拳头攥了起来，像给贺世财、贺世绪、贺美奎、贺正轩打气似的挥了一下，才接着说："我们就从市上开始，不行再到省上，甚至北京！"

贺世财、贺世绪、贺美奎、贺正轩听了这话，便纷纷说："市上就市上，既然变了鱼鳅，就不怕糊眼睛！"

说完又都表态说："你叫我们到哪里，我们就到哪里，听你的！"

听了这话，贺世忠便叮嘱他们说："你们回去，千万别把我们要上访的消息告诉了别人！我跟你们说，要是别人晓得了，你们上访不成，那可就不要怪我了！"

贺世财、贺世绪、贺美奎、贺正轩本想问问他为什么，可一看贺世忠满脸严肃的样子，于是便不再打听，只说："我们跟谁说呢？你放心，我们哪个也不会说！"

贺世忠又说："你们的电话，也不要随便告诉人，啊！"

贺世财、贺世绪、贺美奎、贺正轩又答应了一句，贺世忠便说："那你们回去等我通知吧！"

贺世财、贺世绪、贺美奎、贺正轩听了贺世忠这话，果然站了起来，对贺世忠说："那你可要抓紧点，我们可是专门回来做这件事的呀！"

几个人一边说，一边眯缝着眼，走进了外面阳光灿烂的世界里。

三

这天贺世财、贺世绪、贺美奎、贺正轩等人离开贺世忠家不久，乡上马书记便接听到一个电话。打电话的人把声音压得低低的，像是躲在哪个角落里偷偷打的一样，既有些兴奋，又有些神秘地说："马书记，马书记，发现了新情况……"

马书记还没有听清楚，忙问："你说什么？"

说完又问："你是谁？"

那人又轻轻地报出自己的代号，马书记这才一下想起来，原来是他安插在贺世忠身边的秘密线人"二筒"。这个线人的安插，马书记是避开了贺端阳的，联系的方式，也和过去打入敌人内部的中共地下党一样，只和他一个人单线联系。马书记这样做的目的，不单是为了监控贺世忠，而且也包括监控贺端阳。因为他知道现在的村干部，表面上唯唯诺诺，很听乡上的话，实际上为了自己和村上的利益，常常不能和他保持一致。就像两口子一样，虽然睡到一张床上，可各自心里想的什么，对方都不知道。更何况村干部和村民都处在一个熟人社会中，不是喊亲，便是叫戚。或是一个祖宗下来，根连着根，枝挨着枝，一个村庄住着，低头不见抬头见，怕得罪人，因此常常当面是人，背后做鬼，这一点他不得不防。尤其是贺世忠第一次到乡上找他要钱那件事，在马书记心里留下了很多疑问。他一直怀疑是有人暗中给贺世忠出了主意，贺世忠才会把时间踩得那么准，不早不晚地来乡上一哭二闹三上吊的！那时，他心里对贺端阳就开始产生了怀疑，可因为没有证据，他也不好说什么。他本来想找贺端阳谈谈的，但他又知道，即使找贺端阳谈，贺端阳也肯定不会承认，反倒影响了上下级关系。于是便把这事压在心底，可思想上早提高了警惕，所以趁监控贺世忠之机，除了和贺端阳商量安排的"幺鸡"以外，他秘密安插了"二筒"。现在一听"二筒"的话，马书记一下想起了贺世忠的事来，于是马上问："什么新情况？"

"二筒"说："刚才贺世财、贺世绪、贺美奎、贺正轩几个人，到贺世忠家里去过一趟……"

"二筒"的话还没说完，马书记便问："他们到贺世忠家里，会有什么事？"

"二筒"又用非常严肃的口气说："领导还不晓得，这几个人，过去都曾经借过钱给村上交农业税和提留统筹款，村上到现在也没还他们的钱！更重要的是，这几个人过去在外面打工的打工，或者跟着儿子儿媳妇去过了，都没在家里，现在一起齐刷刷地回来，一回来又都来找贺世忠，我觉得这是新情况……"

马书记听到这里，松弛的神经便觉得一下绷紧了，急忙又打断"二筒"的话问："你听见他们说的话没有？"

"二筒"马上说："哎呀领导，那我可没听见！隔着墙，他们说话的声音又小，我怎么能够听得见嘛？我本来想装作串门，过去听听，又怕引起他们怀疑，便没有过去。"

马书记听了这话，沉吟了一会儿，接着又问道："贺端阳有什么反应没有？"

"二筒"说："报告领导，我没有看见贺端阳有啥子反应！"

马书记又停了停，才对"二筒"表扬和发布最新指示说："好，我知道了，你做得很好，继续监视，每天早、中、晚，分别向我汇报一下情况！"

那"二筒"答应了一声，便挂了电话。

话休絮叨。且说在"二筒"给马书记秘密提供情报的时候，贺端阳也接到了来自"幺鸡"的报告。"幺鸡"也是先把看见贺世财、贺世绪、贺美奎、贺正轩到贺世忠家里来的情况，给贺端阳说了一遍。贺端阳因为早已知道贺世财、贺世绪、贺美奎、贺正轩几个人借钱给村里的事，一听"幺鸡"的话，便变得有些紧张起来，于是便对"幺鸡"说："你提供的情况很重要，昨天我看见他们回来了，心里就在怀疑！他们这样齐刷刷地去找贺世忠，肯定是商量事情，我马上把这个情况向马书记汇报，你继续监视，一看见他们有啥子行动，就及时告诉我！"

贺端阳说完，便要挂电话，可"幺鸡"却不干了，他抢在贺端阳挂电话之前，说："端阳大侄儿，我还有个要求，你在给马书记汇报的时候，顺便也把我的要求给他说一说……"

贺端阳听到这儿，便打断了"幺鸡"的话问："什么要求？"

"幺鸡"说："还给我增加一个低保指标！"

贺端阳一听，便说："那是不可能的，全乡的低保指标是非常有限的，怎么能想要就要？再说，你仅仅是给我们提供一点信息，已经给了你一个了，怎么还想要……"

可"幺鸡"却和贺端阳讲起价钱来了，说："你娃儿说得轻巧，吃根灯草，这信息是那么好提供的？都是一个祖宗下来的，开门就相见，何况贺世忠也没得罪过我，我为啥要做这些损阴德的事？都是你们要我做的！要是贺世忠有朝一日晓得了，还不记下子孙仇？再说，我还不想因为我这辈子造的孽，而让子孙后代生出来没有屁眼呢！"

说完这话，"幺鸡"又对贺端阳说："我再要一个低保就多了，过去地下党还有活动经费呢……"

贺端阳有些不耐烦了，打断他的话说："好了，好了，你不要多说了！你愿干就干，不愿干拉倒！"

贺端阳说完，马上意识到自己态度生硬了一些，对"幺鸡"这样的人，还是应该以安抚为主，要不，他要是真的倒了戈，倒麻烦了，于是便又放轻了语气说："你都上了贼船，想下去有那么容易吗？我就去对贺世忠说，上次就是你报的信，他才在乡上车站被拦到的，看你今后怎么好意思见他……"

"幺鸡"一听这话，也像是不高兴了，立即说："你告诉就告诉，难道我没长嘴巴？我就说是你们强迫我做的，到头来看他是恨我，还是恨你……"

贺端阳一听，倒像是真的有些被吓住了，急忙说："好了，不说这些了，我也晓得你是在冒着风险做这些事情！我就给马书记说说，再增加一个低保指标，不行的话，到年终的时候，看能不能再多给你考虑一点困难补助！"

"幺鸡"一听这话，像是达到了目的，便说："这样说还差不多，那可一定要跟马书记说哟！"

贺端阳见"幺鸡"答应了，便忙不迭地说："我肯定要说的，肯定要说的，你就好好地做你的工作吧！"

贺端阳故意把"工作"两个字咬得很重，似乎这"工作"十分光荣似的。

"幺鸡"一听，答应了一声："你放心吧！"

说罢，"幺鸡"才挂了电话。这儿贺端阳便立即打电话告诉了马书记。马书记尽管早已知道了情况，却装作才听说的样子，对贺端阳说："你提供的情况很重要，告诉他们，继续做好全天候监控工作，务必做到万无一失，有什么情况，叫他们及时汇报！"

贺端阳听了马书记的话，便把"幺鸡"的要求，以及自己的答复，对马书记说了一遍。马书记一听，心里也不由得生起了气来。因为他已经有了更可靠的线人"二筒"，因此便想不理会"幺鸡"，可又怕贺端阳看出端倪，便对贺端阳说："你答复得很好，龟儿子人心不足，在这关键时候，你就这样安慰到他吧！你最好亲自到那几个人家里看看，掌握好他们的动向，千万不可粗心大意，马失前蹄，啊！"

贺端阳答应了一声："是！"

然后，贺端阳也挂了电话，想起马书记最后两句话，便打算往贺世财、贺世绪、贺美奎、贺正轩几个人家里去看看。可刚一走到门口，看见院子里白花花的太阳，便又改变了主意，心里说："管他妈的，天塌下来还有高个子顶着，我着啥急？"这样想着，便又回屋，往凉椅上一躺，放开四肢享受凉爽去了。

贺端阳中午时候怕太阳晒，没往贺世财、贺世绪、贺美奎、贺正轩几个人家里去，到了晚上，还是有些不放心，于是便想趁天气凉爽，去这几个人家里看看。他想先从贺世财看起，因为贺世财就住在他房子斜上面不远。贺世财虽然是大房人，可因为两家住得近，有个什么事都在互相照应着，因而两家关系还是非常融洽的。贺端阳竞选村主任时，为了拉票，还多次请贺世财、贺世福两弟兄吃过饭，而贺世财、贺世福两弟兄为了报答他，不但把自己家里人的票全部投给了贺端阳，还在大房里替贺端阳拉了一些票，因此贺端阳还是十分感激贺世财弟兄的。

贺世财和谢双蓉两口儿去跟了儿子儿媳妇住以后，房子便锁了起来。这次贺世财回来，便简单收拾收拾住了下来。贺端阳去的时候，贺世财正端着一碗面条，"呼哧呼哧"往嘴里送。贺端阳一见，便说："老叔，你一个人难得烧火，怎么不到我们家里来吃？"

贺世财一听贺端阳这么说，便说："我往锅里加半瓢水，煮二两面条就行了，有啥子难的？"

贺端阳说："难是不难，可也得烧一顿火，麻烦！"

说完不等贺世财回答，便说："明天老叔就不用煮饭了，我给我妈说一声，到时她把饭煮好，你来吃就是！"

贺世财说："那可不敢麻烦大侄儿！"

贺世财一边说，一边放下碗，扯过一条板凳，又用袖子擦了擦，才接着对贺端阳说："大侄儿请坐吧！屋子里没有住人，到处灰包尘天的，将就着坐！"

贺端阳果然在凳子上坐了下来，这才看着贺世财问："老叔这次回来，有啥子事要做，你给做侄儿的说一声，侄儿好帮你跑路！"

贺世财一听这话，张了张嘴，本想把回来要钱的事给他说一下，但正要开口的时候，突然想起了贺世忠告诉他们的话，便改口说道："有啥事？没啥事呀！出去时间长了，就是想回来看看！"

贺端阳听了这话，眼睛又落到贺世财身上，说："老叔真的没啥事呀？"

贺世财急忙摇头说："没事，没事，真的没事！"

贺端阳见贺世财的目光躲避着，心里已经猜出了他说的是假话，便又突然问："老叔今天上午和世绪叔、美奎哥以及正轩几个人，红火大太阳地到世忠叔家里去，是不是商量啥子事？"

贺世财到底是老实人，听了这话，不觉吃了一惊，又急忙避开了贺端阳的目光说："没、没商量啥子呀？还有啥、啥商量的？"

说完停了一会儿才又接着说："好几年没见过他了，不就是去看看他吗？"

贺端阳见贺世财吞吞吐吐的样子，更确定了心里的判断，还想继续追问下去，可又知道贺世财虽然老实，却也是一根筋，既然他不肯说，再追问下去，反倒引起他多心了，于是便说："老叔，你我不是外人，选我当村主任时，你也帮过我不少忙，我还没有报答你，心里一直过意不去！我在这里跟你说句老实话，你有啥事，就跟我说出来，别人的忙我不帮，你的事，我一定当我自己的事来做！"

说完这话，眼睛又看着贺世财。贺世财一听贺端阳这番话，心里着实感动了起来，他嚅了嚅嘴唇，差一点儿又要把心里的话说出来了。可他到底还是忍住了，只对贺端阳说："那好，大侄儿，以后老叔有啥难事，一定给你说，到时大侄儿只要说话算话就行！"

贺端阳说："老叔放心，侄儿一定说话算话！"

说完，贺端阳便起身告辞了。

贺端阳原本还打算去看看贺世绪、贺美奎、贺正轩三人，一看从贺世财嘴里都套不出话，料想另外三人更不会对他说实话，便打消了去看他们的念头。回到家里，贺端阳便马上给马书记打电话，汇报去看望贺世财的情况。马书记一听，也像是非常重视似的，马上对贺端阳说："你做得很好，一定要千万小心！实在不行，你该答应什么就先答应着，能够从这个贺世财身上打开缺口，我们就从他那里打开缺口，看看他们到底有什么打算，啊！"

贺端阳听了，便说："马书记放心，你既然说了这话，我一定照你的指示办！"

马书记说："先不要打草惊蛇，看一看他们有了什么行动再说！"

贺端阳说："是，马书记，我们一定严密监控！"

贺端阳说完便结束了和马书记的通话，转而又打电话嘱咐了"幺鸡"一通，方才上床睡觉不提。

四

可接下来的几天时间里，不管"幺鸡"和"二筒"怎样监视，也没发现贺世忠有什么异常行为。天一亮，他像平常一样起床，打开大门，那大门的门轴大约有点毛病，发出"吱嘎"的响声，像是扳油榨一样，很远都能听见。接着便是放鸡出笼的声音。鸡们到了院子里，欢喜得又是扑翅，又是你追我赶，接着便听见贺世忠唤鸡喂食的吆喝声，再又是鸡们兴奋的"咯咯"的叫唤声。然后又是公鸡们趁着吃饱喝足、精神气儿正足的时候，追逐母鸡谈情说爱和往母鸡背上扒蛋的声音。这些声音渐渐消失以后，接着又会响起贺世忠在灶屋刷锅点火、锅盆碗盏相碰的交响曲。吃过早饭，无论是"幺鸡"或是"二筒"，都看见贺世忠戴着一顶帽檐往下耷拉着的旧草帽，肩扛一把锄头下地去。到了快晌午的时候，又扛了锄头回家，和出去时唯一不同的是身上的褂子被汗水濡湿了一大块，脸上也油浸浸地闪着一种被太阳晒过的紫铜色光芒。然后又是坐在大门口的凉椅上，敞着怀，露着光膀子翻看报纸。再然后做午饭，饭后在凉椅上打瞌睡。打瞌睡时嘴微微张开，从嘴角流出的一丝涎水，落在胸前赤裸着的有些干枯和苍老的皮肤上，然后又顺着皮肤蚯蚓似的往下爬去。半下午时，又扛着锄头下地，黄昏时收工回家，又唤鸡进笼，生火做饭，最后又"吱嘎"地关上大门，上床睡觉——如此度过一天。除了阳阳上学放学路过，会过来和他说几句话外，也没见有别的人来和他说过什么，一切再正常不过。因此，无论是马书记还是贺端阳，在听了各自线人的汇报后，都不禁怀疑起自己是否有些神经过敏，把简单的事情复杂化了，于是又慢慢地放松了警惕。

可是就在这一天，马书记吃过早饭，刚要上车回乡上的时候，他的手机尖厉地叫了起来，他掏出一看，正是"二筒"打来的。他把手机贴到耳边，便听见"二筒"在里面急切地说："不好了，马书记，贺世忠不见了……"

马书记没等他说完，头脑里便"轰"地响了一声，马上问："不见了，怎么不见了的？"

"二筒"有些沮丧地说："我也不晓得是怎么不见了的！早上起来，我没有听见他开大门的声音，也没有听见他放鸡出圈和喂鸡的声音，便觉得奇怪，过去一看，发现他的大门挂上了锁，鸡已经在满院子跑，可能他早就把鸡圈门打开了！我以为他到他儿媳妇那边去了，假装去借一把筛子，发现他根本没在那儿！又以为他下地去，我又假装出去干活，沿山沿岭都跑遍了，也没有发现他的人影子，所以我才跟你打电话……"

马书记听到这儿，一下子意识到了不好，便没好气地打断了"二筒"的话，说："叫你二十四小时监控，你是怎么搞的？"

"二筒"听了这话，觉得有些委屈，便说："我怎么想得到呢？前几天他都一步也没有离开！再说，我又不是机器人，不能不睡觉吧……"

马书记一听这话，便说："好了，你立即去看看那几个人在不在。不管在与不在，你看了都马上打电话告诉我，我在家里等你的电话！"

"二筒"答应一声，果然将电话一挂，便扛起一把锄头，伪装成下地的样子，往贺世财、贺世绪、贺美奎、贺正轩几个人家里的方向去了。

可是还没等他走多远，马书记便又接到了贺端阳的电话。贺端阳在电话里显得比"二筒"更着急，大声地叫着说："马书记，出事了，贺世忠肯定带着贺世财几个人上访去了！"

马书记问："你怎么知道他们就是去上访了？"

贺端阳说："刚才接到'幺鸡'的报告，说贺世忠人不晓得到哪儿去了。我立马赶过去一看，果然见他大门锁着！我打他的电话，电话却是关机。我立即意识到不好，急忙赶到贺世财、贺世绪、贺美奎、贺正轩几个人家里一看，这几个人也全都不见了，你说，不是去上访了，怎么会几个人都不见了？"

马书记听到这儿，脸膛气得紫涨了起来，龇牙露齿地半天说不出话来。过了一会儿，才忍着满腔的怒火问："你估计他们会到哪儿去上访？"

贺端阳带着一种哭腔说："我又不会算，怎么知道呢？或者就是往县上来了吧！"

马书记听后又沉吟了一会儿，才说："那好，我现在就到县信访办去，你们在家里做好准备，时刻等候我的通知！"

说完这话，马书记甚至来不及等贺端阳答应，便急急地往县信访办去了。

赶到县信访办，正是机关上班的时候，廖主任一见马书记，觉得有些奇怪，便问："马书记，你不在乡上，这么早到这儿来干什么？"

马书记一听这话，便哭丧着一副脸，说："姐，不哄你说，我们乡上那个监控对象不见了……"

廖主任一听这话，也立即像如临大敌般叫了起来："哪个监控对象不见了？"

马书记说："还有哪个监控对象，不就是贺家湾村那个上访专业户贺老头吗？"

廖主任一听是他，便也气得咬了一下牙齿，说："又是他，怎么不见了的？"

马书记做出一副苦脸，一边摇着头，一边说："有什么办法？防不胜防呀！"

说完，马书记便把刚才"二筒"和贺端阳给他汇报的情况，综合起来像对着亲人倒苦水一样，给廖主任讲了一遍。

廖主任一听，脸色顿时变了，说："这还了得！如果五个人一齐上访，那可是群访！你是知道的，对于群访，那是必须坚决制止的！"

说完又看着马书记说："既然是这样，你一个人来干什么？群访可不像个人访，要是他们等会儿都赖在这儿不走，你难道一个一个地把他们背得走？还不快叫他们村上和乡上，多来一些人在这儿集结待命！"

马书记一听这话，突然一下明白过来，说："哎呀，姐，你看我一着急就慌了手脚，连这些都没有想到，我这就给村上和乡上打电话！"

说完，马书记果然掏出手机，给贺端阳和乡信访办牟主任打了电话，让他们立即安排几个人，赶到县信访办来。打完电话，马书记才对廖主任说："姐，你等会儿也可得支持支持我！"

廖主任说："你的人你自己没管好，我怎么支持你？"

说完，却像突然想起似的，马上又看着马书记问："再说，你怎么知道他们就一定会往县上来？要是他们不是到县上来，而是往市里、省里甚至上北京了呢……"

话还没完，马书记一下慌了，急忙说："要真那样，那可怎么办？"

廖主任说："那还能怎么办？今年县委制定的信访工作目标，你不是不清楚，要坚决杜绝赴京上访，无论是集体访还是个人访；坚决杜绝赴省、市、县集体上访；到县的个人访严格控制在本地人口总量的万分之一以内。你想想，你们全乡有多少人口？光是那个贺老头几次上访，就早超过了。如果这次那几个人真到市上、省上或北京上访了，你就等着给县委写检查、交帽儿吧！"

马书记一听到这里，脸色气得铁青，胸脯一起一伏，眼里喷着怒火，突然一拳打在桌子上，咬着牙齿叫了一声："贺世忠，我操你八辈祖宗！"

说完，马书记又突然双手抱拳，灿烂着一张脸一边对廖主任微笑着，一边又打了一拱说："姐，你是大慈大悲的观世音菩萨，可得帮小弟渡过这次难关。小弟今生不报，来世也一定把你供在我们家里的祖宗牌位上……"

廖主任还没听完，便扑哧一声笑了起来，说："现在财神菩萨比祖宗菩萨重要，来世更是这样！你马书记要供，也是供财神菩萨，哪里会供祖宗菩萨？我也不想做你的祖宗菩萨，你只少给我添些乱，我就给你烧高香了！"

说完这话后，廖主任才接着说："还不快把这几个人的基本情况和相貌特征，给我说一遍！"

马书记一听这话，立即说："告诉你基本情况和相貌特征干什么？"

廖主任说："干什么？难道你真的想让他们到上面的信访办去挂号呀？还不快告诉我，我好向县维稳办报告，让他们立即通知驻车站、码头和市上、省上以及北京的维稳专班想法拦截……"

马书记没等廖主任说完，一下像抓到了救命稻草一样，马上忙不迭地说："对，对，姐，我立即告诉，立即告诉！"

可是话一说完，才想起除了贺世忠以外，对其他四个人的情况，他是一点也不知道。于是又急急忙忙地打电话去问贺端阳。可贺端阳正和牟主任等人骑着摩托车往县上赶，信号时断时通，说了半天也说不清楚。马书记没法，又只好打电话到乡派出所，让黄所长调出这几个人的户籍管理资料，这才把他们的基本情况和相貌特征搞明白，告诉了廖主任。廖主任立即到里面屋子里，给县维稳办汇报了黄石岭乡贺家湾村贺世忠等人，有可能去了市上、省上甚至北京上访的事，并把所获得的这几个的相关资料和相貌特征，一齐报告了他们。县维稳办听到消息不敢懈怠，立即向县派驻各地的维稳专班，发出了拦截这几个人的指令，于是一张大网，便这样从市上一直张到了北京。

按下县上驻各地的维稳专班接到这个指令后，如何紧张不提，只说马书记等廖主任向县维稳办打完电话后，突然像是害了一场大病般，觉得浑身发软，仿佛骨头都散了架一般，疲劳得不行。他本想回去休息休息，但又害怕贺端阳、牟主任一会儿来了，到家里找他不方便，于是便回到车里，开了空调，把驾驶室的椅子放了下来，身子往上面一躺，眯着眼便打起瞌睡来。正迷迷糊糊将要睡过去时，贺端阳、牟主任、陈一针和薛干事几个人果然来了。马书记一下坐起来，想下车和他们说话，但见院子里没地方坐，于是便把他们喊进车里，讲了廖主任给县维稳办打电话的事。然后说："大家就坐在车里好好休息一下，把精神养好，一旦有了消息要去接人，那又是一场硬仗！"

说罢，马书记便像带头似的，又将眼皮合上，迷糊过去了。

贺端阳、牟主任几个人本想说点什么，可一见马书记这个样子，也便把话咽了回去，然后四个人一齐挤在后排座上，也学着马书记的样，将身子靠在椅背上，眯了眼，做出一副似睡非睡、似醒非醒的样子。好在马书记的车空调还行，要不然，几个大男人挤在一起，不热出病来才是怪事。

这样大约过了两个多小时，马书记的电话突然打破了车内的寂静。马书记像是受惊似的，一下又坐直了身子，掏出电话接了起来，刚喂了两声，便马上关了车内空调，一边继续说话，一边打开车门走了出来，同时又挥了挥手，招呼贺端阳们也下车去。贺端阳们一见，也果然急忙打开车门走出来，跟着马书记便往信访办去了。

到了信访办里面的屋子里，廖主任便对马书记说："马书记你们今天运气不错，那几个人果然在市信访办门口，被我们的维稳专班给拦截住了……"

话还没说完，马书记立即像个小孩子似的，一下惊喜地叫了起来："真的？他们现在在哪儿？"

廖主任说："刚才维稳办通知的，那还有假？现在几个人已经被我们的维稳专班，带回他们的住地金鑫宾馆里，专班的人正陪着他们打麻将呢……"

听到这里，贺端阳便觉得十分好奇，看着廖主任叫了起来："啥，还要陪他们打麻将？"

廖主任看了贺端阳一眼，目光中露出了一种不满的神色，说："又不能来硬的，不陪他们打麻将，你用什么办法把他们稳住？"

说完停了一下，才又接着说："我告诉你，不但要陪他们打麻将，还要故意把钱输给他们，不然的话，把他们搞烦了，他们又往信访办跑，到时让你哭都哭不出来！"

廖主任话完，牟主任也说："可不是这样，我还听见有的乡信访主任跟我说，他们为了拖住那些上访的人，不但陪他们打麻将，还要带他们去吃喝玩乐呢！"

贺端阳一听这话，像是开了眼界似的，说："怪不得有这么多人，愿意当上访专业户呢！"

廖主任听了这话，没有回答他，却继续看着马书记说："你们赶快赶到市上的金鑫宾馆把他们接回来，不然夜长梦多，假如让他们到市信访办挂了号，那就不是你们的事，而是全县的事了！"

听了这话，马书记便看着廖主任问："廖主任你们去人不去人？"

廖主任说："按说到市以上接人，我们信访办是要去人的！但既然你们有这样几个人了，我们给你们派一台车，就不去人了……"

可廖主任话还没完，马书记却说："姐还是给我们派一个人好！驻市上的维稳专班我们又不认识，到时候他们又是这儿不对、那儿不对，我们怎么办？"

廖主任想了想，才说："那我叫小宋跟你们走一趟吧！"

说完，廖主任便把一个戴眼镜的年轻人叫进来，如此这般对他安排了一通。小宋脸上露出有些极不情愿的样子，可又不好说得什么，只得嘟着嘴出去调动车子了。

小宋一走，廖主任又看着马书记问："你们身上准备钱没有？"

马书记说："准备钱做什么？"

廖主任说："人家陪着打麻将输了的钱，还有吃饭的钱，难道你们不付给人家么？"

马书记说："那么点钱，他们专班都不能给吗？"

廖主任说："他们都帮你们给了，还叫什么'属地负责，分级管理'？我告诉你们，别看钱不多，你们这次赖了，如果下次再发生这样的事，人家可就不会帮你们拦截了！你们以为拦截的事那么好做吗？"

马书记听到这里，便看着贺端阳说："要么说，这钱得贺支书出才对！"

贺端阳一听，急忙说："马书记，你只有把我身上的肉割下来卖了，才能变出钱，要不然，我到哪儿找钱去？"

马书记说："我哪敢卖你的肉？罢罢罢，我认倒霉！"

说着，马书记便从自己身上掏出了一张银行卡递给牟主任，又对他说："你到对面银行去取两万块钱出来！"

说完，又附在牟主任耳边低声说了几句什么。牟主任一边听，一边点头，然后拿着卡出去了。

没一时，牟主任果然拿了两叠百元大钞进来，把钱和银行卡一并交给了马书记。马书记把钱和卡接过来，装在了随身带的一只小提包里，然后对了贺端阳、牟主任等人说："你们出去看看小宋把车子调来没有？我再和廖主任说几句话就来！"

廖主任似乎知道马书记会干什么似的，看见贺端阳、牟主任等人往外面走，于是马上也说："光他们出去怎么能行，我还是跟他们一起出去看看吧！"

说完又对马书记开玩笑地说："有什么话，回来我们再说吧！"

说完，廖主任果然装作调车，和贺端阳、牟主任他们一起出去了。

马书记等他们一走，立即像做贼似的，过去关了门，又退回到廖主任的办公桌边，从自己的小提包里取出一沓钱来，迅速地拉开抽屉，将钱放在了里面，上面用一个笔记本压着，然后又将抽屉关严。做完这一切，仿佛完成了一件大事，也便不等姓廖的了，胳膊肢下夹了手提包，打开门，像什么也没发生似的走进了阳光里。

走出来不久，车便来了。廖主任一见马书记夹着包走了出来，便故意地问："你不是还有话要跟我说吗，什么话？"

马书记便又对她嬉皮笑脸起来，说："也没什么重要的话，就是姐今天帮了小弟的大忙，小弟衷心地感激姐了！"

　　说着又对姓廖的女人打了两个拱，然后便钻进了车里，车便徐徐开动了。出了城，来到郊外，找了一家路边店，一行人下车胡乱点了一些东西吃，然后便直奔市上去了。

第十章

一

　　下午四点多钟的时候，马书记、贺端阳等人，终于把贺世忠、贺世财、贺世绪、贺美奎、贺正轩几个上访的人，从市上接回来了。车过县城的时候，信访办的小宋在北门入口处的地方下了车。马书记给了他一个红包，让他自己打一辆出租车回去了，然后马书记让司机直接把车开到乡上。到了乡上，已到了下班时候，一些人已经提前走了，一些人正收拾东西准备走。马书记一见，急忙叫没走的人不要忙着走，留下来他有事要给大家说。大家一听，包括谢乡长、向副书记、管计划生育的王副乡长、管宣传的张委员等几个没来得及走的领导，也只好留了下来。这儿马书记叫牟主任、陈一针、薛干事等几个人，把接回来的上访人员带到信访接待室去，让他们休息，自己则去找谢乡长、向副书记、王副乡长、张委员等领导，以及贺端阳、民政所唐所长、财政所余所长商量事情去了。商量了半个小时后，乡上几个领导和唐所长、余所长才回到自己的办公室。马书记便叫贺端阳去把贺世财、贺世绪、贺美奎、贺正轩四个人，分别叫到谢乡长、向副书记、王副乡长和张委员的办公室。等四个人都上来后，马书记才夹了一个本子，往乡上的信访接待室走去了。

　　到了信访接待室里，只见牟主任、陈一针和薛干事，还在陪着贺世忠。贺世忠一见马书记，便叫了起来："马书记，要打要杀，你冲我一个人来好了，你把他们放了……"

马书记没等贺世忠说完，便看着他说："你怎么知道我们要打要杀？"

说着，马书记一屁股在贺世忠的对面坐了下来。

贺世忠说："不是要打要杀，你把他们叫出去做啥子？你不要以为我不晓得，无非是想从他们嘴里审出谁是带头人嘛？你们别多费心思和时间了！这事不要他们说，我来说！所有这一切，都是我带的头，上访材料也是我写的，与他们无关！"

马书记嘴角浮现出了一丝嘲讽的微笑，将本子在桌子上重重放下，才说："哟，倒是敢作敢为！"

说完，马书记突然正了脸色说："你不说，难道我们就不知道是你带的头？就不晓得材料是你写的？老实告诉你，你屁股一翘，我们就晓得你是拉屎还是撒尿，什么能瞒过我们……"

贺世忠听到这里，突然冷笑一声，打断马书记的话说："当然瞒不过你，不过那有啥了不起，不就是在我身边安插了一两个眼线嘛！没有眼线，你又来试试？"

马书记听后，脸上的皮肤痉挛似的跳了两下，眼里闪着克制的怒火，也发出了一声冷笑，说："安眼线怎么了？我就是告诉你，我们安插了眼线，你也没有办法！"

说到这里，马书记突然脸色一变，手掌在桌子上狠狠地击了一下，接着才咬牙切齿般地说："姓贺的，我是和你前世有冤，还是今生有仇，你才这样一而再、再而三，没完没了地和我对着干？"

说完又补了一句："你是我的克星是不是？"

贺世忠等他说完了，才像若无其事地说："我做支部书记的时候，你是谁我也不晓得，我是谁你也不晓得，和你有啥冤仇？我也不是你的克星，我做的事只为我自己……"

马书记又咬了咬牙齿，眼睛里的怒火渐渐明晰起来了，一下打断了贺世忠的话，提高了声音说："你是为你自己，可是已经影响到了全乡，甚至全县，你知不知道？"

贺世忠听了，仍然显得十分平静，说："影响了全乡、全县，那是你们的事，跟我有什么相干？"

马书记听了这话，一下像只正在败下去的公鸡，露出了有些无可奈何的样子，说："你只知道通过上访得好处，当然与你不相干！可是……可是……"

说到这儿，马书记突然觉得找不到合适的词，来表达自己心里的愤慨和不满了。想了半晌，这才改口说："姓贺的，我就不知道你怎么会这样不知满足……"

贺世忠听到这儿，急忙盯着马书记，用了咄咄逼人的口气对他问："我怎么不知满足了？怎么不知满足了？"

说完，贺世忠对自己的回答似乎有些不满意，便又说："这怪得了我么？怪得了我么？"

马书记听了，并没有回答贺世忠的话，却说："你手拍胸膛想一想，我哪点儿对不住你？你第一次来要钱，我看到你做过支部书记的分儿上，又鉴于你爱人在医院住院，一表态就给了你一万元，这在全乡都是绝没有先例的事！事后，乡上好多同志都埋怨我给多了，还认为我在徇私舞弊！第二次来，我不但答应想办法向上争取，把你过去借的钱尽快还给你，还给了你一个低保指标，这也够意思了吧？第三次，你老婆死了，你把尸体抬到乡政府来，乡政府又给你一万块钱的安葬费。后来你又来乡政府要困难补助，要将你老伴的低保改到你名下，乡政府也是满足了你的要求的！乡政府简直成你的摇钱树了，你还要怎么办……"

贺世忠听到这儿，突然笑了一笑，像是很自豪似的，打断马书记的话说："那是你们要花钱买平安，要人民内部矛盾用人民币解决，怎么能怪我？"

马书记听了这话，有些像是被贺世忠问住了的样子，过了一会儿才说："哟，听你这话，倒像是我们给钱给错了似的，是不是？"

贺世忠一听，马上说："没错，没错，你们给我钱，怎么会错呢？现在很多问题，不是都要靠钱去解决吗？没有钱能够解决什么问题？"

马书记听后，立即皱起了眉毛，像是不认识似的把贺世忠看了好一阵。好像贺世忠这话，戳到了他的什么痛处，使他这个党校理论教员出生的党委书记，一时竟没有话回答面前这个农民一样。过了一会儿，马书记才舔了舔了嘴皮，又像是做起报告来了一样对贺世忠说："我承认在现阶段，确实是像你说的这样！可这些问题，最终要靠深化改革和发展来解决！可要深化改革，要进一步发展，没有一个好的环境怎么行？所以中央提出要在发展中求稳定，在稳定中求发展，如果都像你那样，人心不足，隔几天又去上访一次，那还怎么稳定……"

贺世忠听到这里，马上又反击马书记说："你说的这些稳定、改革、发展的大道理，是你们当官的事，我们老百姓，只晓得过日子！你说上访影响了稳定，可为什么我每上访一次，你们都会给我搞点好处？还有一些人，明明有冤屈，可是只要没去上访，就得不到解决，究竟是上访的人影响了稳定，还是你们影响了稳定？"

马书记一听这话，又有些张口结舌起来，半天才突然愤愤地说："要不是上面要我们控制信访，给我们施加了压力，鬼大爷才会给你好处！"

听了这话，贺世忠又马上问："那你们为啥要控制信访？"

马书记黑了脸说："你不要钻牛角尖，得了便宜还卖乖，你有什么冤屈……"

贺世忠没等马书记说下去，马上插话说："我怎么没有冤屈，我的四万多块钱，借给你们这么多年了，难道你们不该还吗？"

马书记一听这话，便马上说："你还好提你那四万多块钱？我跟你说，包括已经给了你的两万多块困难补助、疾病救助这些什么的，再加上你的几个低保指标，以及我们花在你身上的维稳费用，早已超过你那四万多块钱了……"

贺世忠一听这话，便马上问："既然这样，你们当初为啥不一下把这四万多块钱给我呢？"

马书记一听，又有些语塞了，想了一下才说："你倒想一下把钱还给你，可这不是一码事……"

贺世忠没等他说完，便生气地厉声问："怎么不是一码事，啊？你现在倒来怪罪我上访，我告诉你，我所做的这一切，都是你们逼我这么去干的……"

说到这里，贺世忠像是怒气难平，胸脯一边起伏，一边又接着说，不过语气比刚才轻了一些："你刚才说了我很多不是，现在我也来说说我是一个啥样的人。你马书记称二两棉花到贺家湾好好纺（访）一纺（访），看看我贺世忠过去是不是个爱占便宜、狡猾的人？远的不说，你去问问现在在人大工作的李主任，还有现在已经退休的魏副乡长和其他老同志，看看我贺世忠过去工作和为人是怎么回事？我要不是听党的话，听组织的话，是一个讲感情的人，我会一下把儿女打工的钱都给乡政府？又去给贺世财、贺世绪这些村民借钱来完成农业税和提留统筹任务？不哄你说，虽然我们也还有尾欠，可那时就我们贺家湾村每年完成农业税和提留统筹款，都在全乡的前面！这是为啥？就是因为我积极努力，听领导的话，现在想起来，我才是肠子都悔青了！要不是努力工作，要不是听领导的话，我能像今天这样……"

贺世忠怒气冲冲地还想继续说下去，可马书记打断了他的话，说："你说这些，都跟我无关，我也没逼你干这些……"

贺世忠听了，也马上说："是跟你无关，可还我这四万多块钱，却是跟你有关了！当时医院的医生跟我们说，如果我老婆子进行人工换肾，买肾加手术的钱，大约七八万块就够了。当时我一听，心想：我打工挣了三万来块钱，还不说利息，只是本钱，如果把我借给乡政府的四万多块收回来，儿女们再想法借一点，就可以救我老婆子的命了！可是你们宁愿东给我抹一点救济、西给我抹一点补助，像哄小孩子不哭一样，千方百计地把我哄着不闹，结果让我人财两空，现在你还好意思说你们花在我身上的钱，早已超过那四万多块钱了……"

说到这儿，贺世忠像是越说越愤怒，突然一下站起来，擂了一下桌子说："你们简直是杀人凶手！"

说完这话，贺世忠又才一屁股坐下去，用手捧住了头！

马书记见了，急忙说："这怎么能怪我们？怎么能怪我们？我们不是在积极想办法，还你的钱吗……"

话还没说完，贺世忠又忽然抬起头来，两眼继续盯着马书记说："还我的钱？你以为我是傻瓜，连你们的缓兵之计我都看不出来？等你们还钱，还不晓得要等到猴年马月！后来看见能要到低保，我又为啥不要？"

说完又气冲冲地说："现在我才看出来了，人活到这个世界上，一是不要太听话，二是脸皮要厚，脸厚才不会挨饿……"

贺世忠气咻咻地还要往下说，马书记一下又变得息事宁人起来，挥手打断了贺世忠的话，脸上也呈现出了一副和蔼的颜色，说："好了，好了，我求你老人家再不要和我辩这些理由了！"

说完，见贺世忠果然停了嘴不再说话，才接着说："你老人家一次又一次地来乡上找我们，以及到上面去要低保，不都是以你借给乡政府那四万多块钱作为理由吗？说什么是牺牲了自己的利益，支援了国家建设，还说什么是体现了一个共产党员的高风亮节，现在国家繁荣富强，要记得老同志的奉献！国家真的是靠你那四万多块钱富裕起来的？今天我马前进就狠下一条心，把那四万多块钱还给你，看你今后还用什么理由去访……"

话还没说完，贺世忠便看着他问："你真的还我？"

马书记没回答他，却问："乡上给你打的借条，你带在身上没有？"

贺世忠说："我证据都没带上，还敢去上访？"

说完却又看着马书记说："你还了我，我也不会对你说半句感激的话！你不还我，我也不会问你要……"

马书记一听这话，不禁又有些生起气来，又提高了声音问："那你一次次地上访做什么？"

贺世忠说："不哄你马书记说，我觉得上访很有趣！你一定很想晓得原因吧？那我就告诉你：因为我老婆子已经死了，剩下我一个人，闲着也是闲着，还不如隔段时间去上访一次，又好玩，又能白吃白喝，还能捞点好处！四万多块钱算啥？我今年才六十多点，就算活到七十多岁，还有十多年时间。这十多年时间里，我时间只会越来越多。一时市里上访，一时省上上访，一时北京上访，光是白吃、白喝、白玩，我也把我那四万多块花回来了，还开了眼界！"

说到这里，停了一下又说："你们想搞我，我更想搞你们！我把你们搞不下台，总要弄得你们像土地爷偷吃娃娃手里的馍一样——神气不起来！"

马书记一听这话，脸都气白了，却又不好发作，过了半天才说："你老人家这是怎么回事？我们给你不是，不给你也不是，你究竟想要怎么办？"

说完又做出一副奉承的样子，站起来朝贺世忠打了一拱，又接着说："我真真服你老人家，怕你老人家了，喊你老人家祖宗，你就给我说句真话，行不行？"

贺世忠说："我没说不行呀！谁有那样傻，人家给他钱，他还说不行？"

马书记听了这话，这才马上说："那就好，那就好！"

说着，便叫薛干事去把贺端阳叫下来。

没一时，贺端阳便下来了，马书记便对他说了还贺世忠钱的事，叫他把贺世忠手里的借条拿到财政所余所长那儿，给他把钱拿下来。贺端阳刚才参加过乡上的研究，已经早知道了乡上的决定，于是便叫贺世忠把过去魏副乡长和余所长给他打的借条拿出来，然后拿着往乡财政所跑去了。

这儿马书记便对贺世忠说："钱还给了你老人家，我们就算两清了，从今以后，你老人家要是再去上访，那可就别怪我们不客气了！"

贺世忠听完，想了想才说："你刚才不是说了，我是以自己借给乡政府那四万多块钱作为理由，才去上访的，如今一点理由都不存在了，我还去上访啥？"

马书记点了一下头，说："你知道这点就好！"

说完又接着说："还有，你老人家可得为我们保点密，千万不能到外面说乡上还你钱了，你知道不知道？"

贺世忠听了这话，便说："我对哪个说呢？我说了对我有啥好处？"

马书记听完，又说："那好，反正我们已经做到仁至义尽了，我就再相信你一次！如果你要像上次那样说话不算话，我把你没办法，不过我相信老天爷也会惩罚你……"

正说着，贺端阳拿了钱来，往贺世忠面前一放，说："一共四万二千块，老叔你数数，然后你打个收条！"

说着，贺端阳掏出纸和笔，递到贺世忠面前。

贺世忠却没有急着打收条，却盯着钱说："还有利息呢……"

一语未完，马书记忽然又一下变了脸色，没好气地指了贺世忠说："姓贺的，你不要得寸进尺，吃了五谷还想六谷！实话告诉你，利息一分也没有！你要就要，不要拉倒，你今后想到哪里上访，随你的便，我姓马的奉陪到底！"

马书记说完，见贺世忠脸也涨起来，于是又放低了声音说："即使你要利息，难道我们已经给了你的两万多块的现金，加七个低保指标，还不够你的利息？"

贺端阳见马书记生了气，也马上对贺世忠说："老叔，马书记说得对，你就不要再计较那点利息了！你也当过干部，你是晓得，高利贷拿到法庭上去，也是不会被承认的！把本钱拿到就算了，利息就不要说了，怎么样？"

说完，贺端阳又说："再说，你那几个人的低保继续领着，比利息合算呢！"

牟主任和陈一针等人也纷纷劝说："就是，就是，就不要计较了！"

贺端阳见贺世忠还有些犹豫，便又说了几句："老叔，我说几句不该说的话，你不要生气哈！你是明白人，哪有一根眉毛扯下来，就想把脸盖住的道理？你今天把事情做绝了，以后有了啥事，还想不想人帮你了？"

贺世忠听了这话，又想了半天，这才抓过笔写了一张收条，交给贺端阳，然后将那几叠钱，抓过来就塞进了口袋里。

贺端阳把收条交给了马书记，才对贺世忠说："老叔，现在信用社都下班了，你带几万块钱在身上也不放心，我就陪你回去！"

贺世忠一听这话，便问："他们几个呢？"

贺端阳说："你不要管他们，他们自己晓得回来！再说，他们要是晓得你带了这么多钱，更不好了！"

说完又对他问："难道侄儿陪你，你还不放心吗？"

贺世忠说："我有啥子不放心的，难道你还抢了我的不成？"

贺端阳说："那好，老叔，趁天还没有黑，我们赶快走吧！"

贺世忠一听，果然便跟着贺端阳一起走了。

二

这天晚上，贺世忠没睡好觉。活了大半辈子，他从没有在家里放过这么多钱，现在猛一下将四万多块现金放在家里，就像在自己身边放了一颗炸弹似的，这炸弹不爆炸还好，一旦爆炸，不但钱没有了，甚至连自己的老命也可能会赔上。他这种担心和不安并不是空穴来风，而是在他这段时间的翻看报纸中，从上面看到了不少有关谋财害命、抢劫杀人的消息和报道。还有电视里的《今日说法》，也不时播出这方面的内容。那些抢劫和杀人手段的残忍，没有一件不令人毛骨悚然！因而贺世忠越想越害怕，又突然想起姓马的今天为什么会还起他钱来？姓马的叫他不要向外声张，可他却是当着贺端阳和乡上姓牟的、姓陈的，还有那个姓薛的面，把钱给他的，如果他们把消息泄露出去了，引得一些歹人打起了他的坏主意，那可怎么办？再说，姓马的这次心甘情愿把钱还给他，说不定本身就是一个阴谋！他们会不会当面把钱给他，背后却叫人来抢或偷回去，让自己哑巴吃黄连——有苦说不出来……

一想到这里，贺世忠身上忽地起了一层鸡皮疙瘩，不由自主地朝屋外瞥了一眼。却见窗外月黑风高，暗影重重，又听得风摇竹动，飒飒作响，墙脚下虫爬鼠跑，簌簌有声，又恰似有人行走。贺世忠心里一紧，更加不放心起来，心想：

"还是小心些为好！"于是便从床上爬了起来，打开灯，先又去检查了一遍大门。大门自然已经关好，可贺世忠为了保险，又去找了一根杠子，从里面把门顶上，以保万无一失。然后回到箱子边，将压在箱底的几沓钱取出来，用一块布包好，然后用带子捆在自己身上。做完这些，又将一根扁担拿到床边，这才回床上睡下。

刚要迷迷糊糊睡去，贺世忠忽然看见老伴儿田桂霞，从外面飘然而至。田桂霞仍然像她那天喝农药时一样，上穿天蓝色的上衣，下穿浅青色的裤子，头发梳得整整齐齐，径直来到他床前。贺世忠一见，便惊喜地叫了起来："老婆子，你怎么来了？"

田桂霞指着他身上的布包说："他爹，你把这劳什子捆在身上做啥？"

贺世忠说："老婆子，这不是劳什子，里面是钱……"

贺世忠话还没完，田桂霞便急忙说："我晓得是钱，可这钱不是你的，你捆着它不嫌累赘？"

贺世忠一听，急忙说："老婆子，这钱怎么不是我的呢？这可是我当干部时借给乡上那四万多块钱呀，你难道忘了吗？当初我还想把这钱要回来给你治病的呢！"

田桂霞说："我晓得这是你当干部时借出去的钱，可是这钱你认它，它却不会认你，留着它会遭祸殃，你还是快快给我……"

贺世忠知道老伴儿已经死了，听了这话，便紧紧抱着布包说："老婆子，给你做啥子？"

田桂霞说："给我拿出去把它扔了！"

贺世忠一听她说拿出去扔了，便把布包抱得更紧了，说："老婆子，我好不容易才要来，怎么能给你扔了呢？"

田桂霞说："他爹，这钱终归不是你的，留到身边会害了你，我扔了是为你好！"

说着，田桂霞突然一下变了脸，对贺世忠大叫了一声："他爹，快给我！"

一边叫，一边便扑过来抢贺世忠手里的布包。

贺世忠见田桂霞来抢，急了，也猛地大叫一声："老婆子，你这是干啥？"

说着，又用力将田桂霞往外一推。那田桂霞立即像是纸人似的，贺世忠一推，身子便急速地往外退去。贺世忠一见，又突然向她扑过去，嘴里叫道："老婆子……"

一语未落，忽然听得床头"哐当"一声巨响，贺世忠猛地醒来，心脏像是要蹦出来似的"咚咚"直跳，方知是一场梦。急忙拉开床头灯一看，原来才是放在枕头边的扁担倒了下去。贺世忠急忙又侧过身子，把扁担重新扶了起来，又看了看捆在身上的布袋，仍然安然无恙，这才重新躺下。

第二天天一亮，贺世忠便想按照自己原先说的，将兴涛、兴菊为他们妈治病和办丧事垫的钱，还给他们，免得留这么多钱在自己身边担惊受怕。可想了一想，又马上改变了主意。一则兴涛、兴菊都没在家，兴涛还好，有个王芳在家里，可兴菊却不一样了，两个人都在外面打工，把钱给他们父母，要是亲家和亲家母把钱抓起用了，不给他们怎么办？另一方面，贺世忠又觉得兴菊那次说得很对，他当时借出去的这四万多块钱，主要是兴菊打工挣的。可兴菊给她妈治病和办丧事垫的钱，却比兴涛少，如果按实际垫的钱还他们，那兴涛这小子，无意中却捡大便宜了，这样对兴菊不公平。这样他便决定等他们过年回来后，商量好了，再当面把钱给他们。可几万块钱放到身边，毕竟不是好事，于是吃过早饭，贺世忠便将这四万多块钱，拿到乡信用社去存下了。

存完钱回到家里，却见贺世财、贺世绪、贺美奎、贺正轩几个人，正坐到他门口的阶沿上，一看见他，便都一齐站了起来，对他说："哎呀呀，你到哪儿去了，我们可等你好半天了！"

贺世忠不好说自己是到信用社存钱，便问："你们等我做啥子？"

贺世绪说："无事不登三宝殿，大热的天，没事等你做啥？"

贺世忠听了这话，便去开了门，几个人一齐拥进屋里，又像上次一样，各自去找板凳坐下了。这儿贺世忠拿过一把蒲扇，"呼呼"地往身上扇了一阵，这才看着他们问："说吧，找我有啥子事？"

贺世财、贺世绪、贺美奎、贺正轩几个人互相看了一眼，想说什么，却又有些不好开口的样子。贺世忠一见，便不等他们回答，自己又主动开口说："你们不来找我，我还说要来找你们的呢！"

说完便看着他们问："他们昨天把你们喊去，都说了些啥？"

话音刚落，贺美奎便说："老叔，我们就是来告诉你这些的！不过我们跟你说了，你可不要生气!"

贺世忠听了这话，便说："他们跟你们说的话，我生啥气?"

贺美奎说："虽然是跟我们说的话，却是牵涉到你。明给老叔说吧，他们叫我们不要跟着你一起去上访了!说上访专业户的名声不好听，每个人都要做遵纪守法的模范!还说……还说老叔你现在的觉悟连普通村民都不如，三番五次地给领导找麻烦，影响稳定，也不晓得你当时是怎么当上干部的?还说你带领我们上访，不是为我们好，而是想害我们，把我们引到犯罪的道路上去……"

贺世忠努力克制着心里的怒火，没有等贺美奎说完，便黑着脸说："上访就是犯罪吗?既然是犯罪，他们怎么……"

正要说下去，贺正轩打断了他的话，说："他们说我们这是群体上访，群体上访法律是不允许的……"

贺世忠同样没等贺正轩说完，便很生气地说："他们这是阎王殿里撒花椒——麻鬼，哪部法律规定群体上访是犯罪?"

贺美奎听了这话，也马上说："就是，我们也不相信这话，可他们说，如果我们继续跟着你，你迟早要把我们引上犯罪的道路……"

贺世忠又十分气愤地把贺美奎的话打断，说："我就有那么危险?那你们就不要跟着我走好了……"

听了贺世忠这话，贺世绪急忙说："哎，老弟，你可别说这样的话，我们晓得你是啥样的人，可没有把你当坏人，啊!"

说完，贺世财也说："就是，你老弟可别跟话一般见识，他们说那是他们，我们也根本没有相信!"

贺美奎也说："世财和世绪叔说得对，他们这样说，无非是不想让我们再跟着你去上访了，难道我们这点都看不出来?"

听了这话，贺世忠心里的气稍稍平息了一些，便又看着他们问："难道他们把你们喊去，就是说这样几句话?"

贺世财、贺世绪、贺美奎、贺正轩四个人听了贺世忠这话，又互相看了一眼，露出了几分不自然的神情。过了一会儿，贺正轩才像是鼓起勇气似的说："还给了我们每人一千块钱，叫我们不要互相告诉……"

贺世忠听到这儿，突然惊得叫了起来："啥，还给了你们一千块钱?"

贺美奎一见贺世忠这副模样，便也有些疑惑似的看着贺世忠问："怎么，老叔，他们难道没有给你？"

贺世忠本想将乡上已经还了他钱的事告诉他们，可一方面想起了马书记的话，另一方面又怕引起他们怀疑，于是便说："给了我啥？怪不得要把你们喊开，原来才是给你们好处！"

贺正轩一见说漏了嘴，便急忙有些懊悔地说："哎呀，他们叫我们不要说，我们以为人人都有份，有啥不好说的呢？你看这，他们肯定是把老辈子搞忘了……"

贺世忠一见贺正轩懊悔不已的样子，便急忙说："钱又不咬手，他们给你们，你们接到就是，这有啥不得了的？"

说完，贺世忠却接着说："不过我想，他们给你们好处，肯定还有啥目的……"

话还没说完，贺美奎就马上接过了话说："可不是吗？他们要我们每个人写份保证书，保证不再和你一起去上访了！写了保证书后，才给我们这一千块钱……"

听到这里，贺世忠又看着他们问："你们写了吗？"

贺美奎一听这话，便咧开嘴唇，"嘿嘿"地像是不好意思地笑了两声，这才说："嘿嘿，老叔，不是不写就拿不到这一千块钱吗？"

贺世忠听了贺美奎这话，便正了颜色说："既然这样，你们又来找我做啥子……"

贺世绪一听贺世忠这话，便立即说："老弟，明人不说暗话，我们几个还是想请你带我们一起去上访……"

贺世财、贺美奎、贺正轩一听贺世绪这话，也马上跟着说："就是，就是，乡上不想我们上访，我们偏偏要去上访，不上访我们的钱怎么要得回来？"

贺世忠一听完这话，像是和他们有仇似的，便气咻咻地说："你们要上访便去上访，关我啥事……"

贺世财、贺世绪、贺美奎、贺正轩四个人一听贺世忠这话，有些像是没有想到似的互相看了看，然后贺世绪才说："怎么不关老弟的事？钱不是你老弟红口白牙来向我们借的吗？我们不是看你的面子，怎么会把辛辛苦苦挣的点血汗钱，借给村上？不为那窝草，不会摔死那头牛，人可得讲天理良心，是不是？退一万步说，即使钱不是你老弟来叫我们借的，都是一个老疙蔸下来的，看到同宗同房的分上，我们请你老弟帮个忙，你还要帮呢，何况这事你本身就有责任呢？"

贺世财听贺世绪这么说，于是也说："就是，弟弟兄兄的，你就权当做好事、积阴德给后人，也应该帮我们这个忙，是不是？"

贺正轩等贺世财说完，也马上问："老辈子，你是不是刚才听了乡上说你那些话，心里生了气？"

问完又接着说："那又不是我们说的，老辈子何必生我们的气？我们要是把老辈子当坏人，又怎么会来找你？"

贺美奎听了这话，也说："正轩说得对，老叔可不要和我们见外！话说回来，老叔不是也有四万多块钱吗？你带我们一起去上访，既是帮我们，也是为你自己，难道你那四万多块钱，就不想要了吗？"

贺世财、贺世绪、贺正轩三人听了贺美奎这话，也都抬起头望着贺世忠，嘴里直说："是呀，是呀，就算我们的钱不要了，难道你那么大一坨钱，就送给国家了？"

贺世忠听了这些话，心里忽然扑通扑通地跳了起来，像是做了贼一般。他很想将实话告诉大家，可又怕他们听了以后，要是他不答应帮他们去上访，或上访后要不回来钱，那他们还会轻易饶过他？可如果不告诉他们，他们一味要自己带他们去上访，自己又用什么理由拒绝？正在作难时，忽见贺正轩又望着自己，说："老辈子，反正我们话都说到这个份上了，帮不帮忙，就看你了！刚才世绪老辈子说得对，当初你来开口叫我们借钱时，我们日子也并不好过，可因为看见是你来下话，我们二话没说，就答应了。现在我们又不是向你要钱，只是我们去上访，你带我们一下，你如果这样都推三阻四，别的不说，你自己想想良心上过不过得去？"

贺世忠一听这话，似乎贺正轩的话戳到了他痛处上，心里又咯噔地跳了一下，果然想起了当初去向他们开口借钱时的一些往事，一种内疚和道义上的责任感，不禁又在心头油然而生。这种内疚和责任感，又催生了他内心的一股豪侠之气。他觉得不论从哪个方面说，他都不应该拒绝他们。同时，他又想起了他们刚才告诉他的乡上那些人的话，心里一下又愤愤不平起来，暗地又想道："龟儿子些，既然你们在背后泼我的脏水，也别怪我贺世忠不讲信用，也在背后使你们的绊脚了！"接着又想起乡上没给他一千块钱，心里更觉得不平，想："你几爷子虽然还了我四万多块钱，可那是正该的，凭啥子你给他们四个人一人一千块钱，却不给我，这不是明摆着看不起我贺世忠吗？既然你看不起我，那我又叫你们有好看的！"这种种思想交织在一起，便驱使着贺世忠马上下定了决心，于是便对他们说："既然你们相信我，我就豁出来再带你们上访一次！不过，你们已经经历过一次了，晓得这上访非常不容易！因此，除了我上次说的以外，从现在起，你们不要再这样几个人都来找我了！你们选一个代表出来，有啥事，就他一个人来对我说。我有啥，也通过他告诉你们。这样目标小些，也少引起人怀疑……"

话没说完，几个人互相看了看，贺世绪才说："那就奎娃儿吧，奎娃儿年轻，又机灵些！"

贺世财、贺正轩听了这话，也马上说："行，那就他吧！"

贺美奎听了贺世财、贺世绪、贺正轩的话，也没拒绝，说："大家相信我，那就我吧，我一定把你们的话传到！"

贺世忠听了这话，又说："还有一件事，这上访能不能成功，一半是人意，一半是天意！我第一次去县上给兴涛和王芳要低保，叫贺凤山给我算了一卦，贺凤山说我那天不宜出行，结果到了县上，硬是没有要到！第二次他说是个黄道吉日，结果这天就很顺利！所以我想，你们既然铁了心要上访，也不妨去找贺凤山择个黄道吉日，看哪天能够出行，是走东方顺利，还是走西方顺利？如果走东方顺利，我们就继续去市上。如果走西方顺利，我们干脆一下杀到省上！"

贺世财、贺世绪、贺美奎、贺正轩一听这话，便纷纷点头说："这话说得极是，那我们就去找贺凤山算算！"

贺世忠等他们说完，便又说："算好出行日期后，美奎便来给我说一声，我们再商量具体出行的办法！总而言之一句话，就是这一次再也不能被他们拦截住了！"

贺世财、贺世绪、贺美奎、贺正轩四个人听了，又都看着贺世忠七嘴八舌地说："就是，就是，我们也没有上访过，反正一切都听你的！"

说完，几个人这才像是吃了一颗定心丸子似的，脸上全都露出了一种轻松的笑容，站起来一边拍着屁股，一边往外走了。

三

过了两天，贺美奎果然趿着一双塑料拖鞋，穿着一条大裤衩短裤，头上冒着汗，过来对贺世忠悄悄地说："老叔，凤山叔把我们出行的日期择出来了，后天和大后天都行……"

贺世忠没等贺美奎说完，便像是不相信似的打断他的话问："真的吗？"

贺美奎说："可不是吗！不过凤山叔说，后天这个日子适宜往东南方向走，大后天这个日子最好，是个黄道吉日，最适宜出行，往哪个方向都可以去！"

说完便看着贺世忠问："老叔，你看我们是后天还是大后天走？"

贺世忠想了一想，便说："市上的位置是太阳出来的方向，省城在太阳落山的方向，它们都是正东正西的位置，县城在北边，这东南方向几不靠，我们能走到哪儿去？"

贺美奎一听这话，便像指挥官做决定似的，用力地往下挥了一下手，说："那就大后天吧！"

贺世忠也说："大后天就大后天，只要出行顺利，就晚一天也没关系！"

说完，贺世忠却又像不放心似的，对贺美奎接着问了一句："你们该没有对凤山说是去上访吧？"

贺美奎一听贺世忠的话，便马上说："没有，没有，老叔！我们怎么会给他说这样的话呢？我们只是跟他说：我们又要出去打工，俗话说，七不出门，八不归家，你给我们择一个出门的日子，我们也没有过高要求，只求顺利和平安就行了！他听了我们这话，也没有多问，因为我们每年出门，也都是找过他择到日子的，他怎么会怀疑呢？就跟我们择了！"

贺世忠听完贺美奎这番话，放心了，便说："没说就好，要是说了，保不住他一说出去，我们恐怕还没有走拢县城，就会被人拦回来了！"

说完又对贺美奎问："贺凤山说大后天哪个方向都适宜出行，那你们打算是去县上，还是往市里、省里走？"

贺美奎望着贺世忠说："老叔，我们都听你的呢！"

贺世忠听后想了一想，便说："既然哪个方向都可以走，我们也可以去省里！越往上问题越能得到解决，越往上青天大老爷越多。我上一回到县信访办上访，就听见旁边的人说中央是恩人，省里多好人，乡上是敌人，这话还真有点道理，不过我当时没有答应他！"

说完这话，贺世忠又搔了搔脑壳，过了一会儿才又像是思考地说："不过到省上费事些，因为要吃、要住，起码要三天时间，还要死搅蛮缠。如果头一天没有缠下来，还要在第二天、第三天继续和他们磨，磨下来了倒好，要是磨不下来，你们怕又要埋怨我了！"

说到这里，才突然像是决定了似的，看着贺美奎说："算了，上次到市里上访没有成功，这次还到市里去！如果市里不解决，我们再考虑去省上！"

贺美奎刚才听了贺世忠说到省上要花那么长时间，并且也没绝对的把握，此时也极力赞成先到市里上访，于是就说："行，老叔，市里就市里，我马上回去跟他们说！"

说完这话，贺美奎转身便要走，贺世忠又叫住了他，说："你忙啥，我还有话跟你说呢！"

贺美奎一听，立即停了下来，又转过身子看着贺世忠问："老叔，还有啥话？"

贺世忠说："具体怎么个走法，我还没告诉你，你冒冒失失地回去说，不但成不了事，还可能坏事！"

说完，贺世忠又看着贺美奎说："你以为像你上街赶集，可以扬长舞道地走呀？"

贺美奎一听这话，愣了一会儿，便看着贺世忠说："老叔，那你说怎么走？"

贺世忠便说："你可给我听好了：第一，你现在回去，就去跟贺世财、贺世绪、贺正轩说，让他们马上把又要去跟儿子儿媳妇过和出去打工的话放出去！要说得活灵活现的样子，让大家真相信你们就要走了，这样，到你们真离开的时候，大家才不会怀疑。其二，你们走的时候，千万不要一起走，要岔开时间分别走！比如贺世绪，他明天就可以回城去，还比如贺世财，也可以和贺世绪一起走，也可以晚一天进城，进了城就在贺世绪家里住一晚上。至于你和贺正轩，也可以一个先走，一个后走，大后天凌晨一点钟的时候，在县车队往火车站方向的转盘边集中……"

话没说完，贺美奎便看着贺世忠问："那老叔你啥时出发呢？"

贺世忠说："你们就不要管我了，我反正在大后天早上一点钟的时候，赶到集中的地方来就是了！"

贺美奎听了这话，目光中流露出了几分不放心的神色，便说："那老叔可一定要来哟！"

贺世忠说："我既然答应了你们了，怎么会不来呢？再说，我让你们深更半夜在那儿等，我却不来，还算不算人？"

说完这话，见贺美奎眼里那种怀疑的神色并没有消失，于是又解释说："我本来想和你们一起走，可是不能，你晓得这是为啥吗？因为他们在我身边安得有眼线，只要我一没见了，他们就要怀疑！所以我只能在后天晚上，等线人睡了以后，悄悄从小路进城来和你们集中！所以你们放心，我肯定能准时赶到的！"

听了这话，贺美奎才像是放心了，说："那就好，老叔，反正我们等你！"

说完又对贺世忠问："老叔，我们集中了以后又怎么办？"

贺世忠说："我们集中了以后，打辆出租车到火车站，乘三点多钟的火车到市上，下火车的时候天还没亮，我们先找点东西吃了，就打车到市政府去。等市信访办的大门一开，我们就马上进去！这时即使拦截我们的人晓得了，等他们赶来时，我们早已在市信访办挂上号了！"

贺美奎听贺世忠安排得井井有条，一副深思熟虑、成竹在胸的样子，不由得也高兴起来，右手攥起拳头，在头顶举了举说："对，老叔，他们有七算，老叔你有八算，他们有长箩荚，老叔有翘扁担！我们就这样办，看他们还怎样拦得住我们？"

贺世忠见贺美奎高兴，自己也很高兴，便对贺美奎说："那就这样了，你回去给他们说，反正大后天凌晨一点钟，我们不见不散！"

贺美奎听了这话，拳头又在头上挥了一下，说："好，老叔，不见不散，我们一定等你！"

说完这话，贺美奎才高兴地走了。

贺美奎刚走不久，贺端阳又来了。贺世忠以为贺端阳发现了他和贺美奎在一起，心里又怀疑上他了，因此赶过来看动静的，脸上便又没了好颜色。可是贺端阳却像什么也没发生一样，目光在屋子里看了一遍，便和贺世忠拉起闲话来，说："老叔，你受福呀！"

　　贺世忠听了贺端阳这话，便像感冒了似的，瓮声瓮气地说："我一个人冷冷清清的，屋也不像个屋子，龌里龌龊的，有啥福？尿壶！"

　　贺端阳说："怎么没有福？你老人家原来借出去的钱，现在也还给你了，一家人的低保也吃上了，你老人家从此以后，就好好地安度你的晚年，能下地活动活动筋骨，就下地活动活动，不能下地活动，就在家里清清静静地过日子，这难道不是福？"

　　说完，贺端阳又突然像是想起了似的，两只眼睛落到贺世忠脸上，看着他问："哎，老叔，昨天那钱，你拿去存了没有？可千万不要放到家里，啊！"

　　贺世忠一听这话，目光便警惕地看着贺端阳，半天才说："有啥存的？昨晚上我拿回来，就把钱交给了王芳，让她去把她妈生病和办丧事时借的那些账还了，不要再欠隔年账！吃了早饭，她便一一拿去还了，我手里只剩了几十块钱，还去存它干啥？"

　　贺端阳听贺世忠这样说，脸上便浮现出微笑，说："哦，那也好，反正老叔不要把钱放在家里，放在家里要是让外人晓得了，遭贼惦念！"

　　贺世忠说："就是贼想惦念，他也是白惦念呢！"

　　贺端阳听了这话，没回答，却看着贺世忠说："老叔，我今天是特地来和你商量一个事情的，不知道你愿不愿意做……"

　　话没说完，贺世忠便急忙问："啥事？"

　　贺端阳说："这事几个月前马书记便布置了，可是因为一直没有找到合适的人，我就拖着没办！是这样的，上一回乡上开会，传达了县上一个文件。文件上说现在进入了一个老年社会，形成了一个啥、啥'银发浪潮'。特别是我们农村，情况又特别严重，留在家里的空巢老人很多。所以上级要我们关心这些空巢老人，每个村都要成立一个老年协会……"

　　贺世忠听到这儿，有些明白了，便说："成立老年协会，有我啥事？我回来听说贺世普前年回贺家湾，成立了一个老年协会，怎么现在还要成立？"

贺端阳说："世普叔回来成立的那个，叫退休返乡老年人协会，只是他们几个退休老头参加的，现在成立的，是全村的老年人愿意参加的，都可以参加的一个以农村留守老人为主的组织。再说，上回成立的那个退休返乡老协，因为世普叔走了，也早就垮了嘛！"

贺世忠听了又问："你找我，是想要我做啥子？难道想让我当会长不成？"

贺端阳听了马上摇手说："会长不可能！"

说完不等贺世忠问，便接着解释起来，说："马书记在传达完文件后特别强调说，党是领导一切的，党支部一定要把老年协会的领导权紧紧抓在手里，各村支部书记便是老年协会的会长！所以，我即使不想做这个会长，那也不行！"

贺端阳听完，便又用了嘲讽的口气回答说："既然这样，还找我干啥？总不会叫我做副会长吧？"

贺端阳听出了贺世忠口里的讥讽之意，却没有生气，反而耐心地说："副会长也不是，不过老叔，还有一个职位，比副会长更实惠……"

"哦？"一听到这里，贺世忠的眉毛便扬了起来，立即盯着贺端阳问，"啥职位？"

贺端阳说："文件上规定，老年协会成立起来后，要开展丰富多彩的活动！具体来说，就是要办一个老年活动室，里面可以喝茶、聊天、打牌、读书、看报等等！老年活动室当然需要一个室长，我看老叔最合适，所以我就专门来请老叔，做贺家湾村老年活动室室长的！"

说完，贺端阳像是害怕贺世忠会拒绝似的，不等贺世忠再问什么，便又马上压低声音，显出几分神秘的样子，继续对贺世忠说："老叔，不瞒你说，啥室长不室长，其实就是叫你来当这老年活动室的老板！你可别小看了这个活动室，虽然文件上说老年活动室不许赌博，可是老叔你也晓得的，现在打牌，不来点刺激，怎么把人吸引得来？只是不要打大麻将，你打点角角钱，每一桌只抽一两块钱的'服务费'，天高皇帝远，哪个来管你？再说，你还可以卖茶！一碗茶不卖多了，只卖一块钱，几角钱，你又不请人，开水自己烧，赚头也是很大的！要不然，湾里贺桂花、贺大成几家麻窝子，为啥生意那样好？何况这又是村支部、村委会开的，到时我们在会上一号召，老年人都全部到你这儿来，你每天至少也有十多二十块赚头，比我这会长实惠得多呢！你说是不是？"

303

贺世忠一听，迅速在心里盘算了一下，觉得贺端阳说的倒是没错，于是便问："好倒是好事，可村委会连办公室都是向原来的村小学借的，这老年活动室开在哪里，总不能开在露天坝坝吧……"

贺世忠没等他说完，便说："老叔，你怎么背起娃儿，却到处找娃儿？你这样大几间屋，怎么没有地方？"

贺世忠一下明白了，说："你是说，就开在我自己家里？"

贺端阳说："可不是吗，老叔？如果村委会给你找房子，你赚的钱又揣了自己腰包，别人不会说闲话？你开在自己家里，只挂村老年活动室的牌子，赚再多的钱，别人也不好说什么！再说，你这样宽的房子，现在一个人住，空着也是空着，怎么不利用起来……"

贺世忠也没等他说完，便说："那好，你让我想想吧！"

贺端阳听了这话，便马上站了起来，过去附着贺世忠耳边说："老叔，你就好好想想吧，可是过了这个村，就没那个店了！"

说完这话，脸色一下沉了下来，变得十分严肃似的，正了颜色又对贺世忠说："老叔，我再说几句题外的话，我们该为你做的，都做了，不说已经做到了仁至义尽，至少对得起自己的天理良心！你老人家是聪明人，响鼓不用重锤，也明白自己应该怎么办了！"

说着又重重地拍了一下贺世忠的肩，最后又补了一句："老叔，你可不能再糊涂了哇！"

说完，贺端阳也不等贺世忠说什么，便出门走了。

四

贺世忠听了贺端阳的话，心里一颤，像是有人在他身上猛击了一下。他想对贺端阳当面说点什么，可想了一阵没想出合适的话来，等到想好几句话后，贺端阳却又出门走了。他细细地回味了一遍贺端阳刚才说过的话，觉得他说的事，一方面像俗话所说的，是财神爷叫门——天大的好事，可另一方面又觉得恰好相反，像是夜猫子进宅——好的不来！说它是好事，是因为贺世忠觉得确是一条好门路。他现在越来越老，下地干活不比年轻时，只会越来越力不从心。不管用什么名义，如果能在家里开一家小茶馆，吸引村里人来打打牌，聊聊天，每天有那么十几二十元收入，比下地干活强得多，也不那么费力，自己又打发了寂寞，何况这又是以村党支部、村委会的名义开的"老年人活动室"，也不怕别人议论和眼红，这怎么不是天大的好处呢？可是一听了贺端阳最后几句带着敲打和警告成分的话，贺世忠心里又很不舒服了：原来这仍然是他们怕他继续带着贺世财、贺世绪、贺美奎、贺正轩等人上访，使的一条软绳套猛虎的计策。秃子头上的虱子——明摆着，自己只要一答应做这个"室长"，就得放弃去上访的念头，贺端阳那些话的意思，是再明显不过了！同时，自己即使还有那份上访的心，可只要这"活动室"一开，天天都有打牌的人来，自己陷在烧茶递水、照管经营之中，哪还有时间去跟他们上访？久而久之，这份上访的念头，便会像泥土中的铁钉一样，慢慢锈蚀，最后也化到泥土中去了！一想起这原是贺端阳（或者他背后还有马书记）使的一个阴谋诡计，因此心里又非常气愤，说："龟儿子些，又跟老子玩这一套阴的了！老子才不得上你们的当呢……"

可是刚刚这么一想，心里便又像有另外一个人，对他猛地喝了一声："贺世忠，你可别真像贺端阳说的那样，吃了猪油蒙了心，这可是实实在在的好事，每个月轻轻松松就可以赚几百块钱，要错过了可没后悔药卖！"这么一说，先前那个贺世忠，便像是被霜打的白菜——一下蔫了！他觉得自己应该马上把这事答应下来，要不夜长梦多，一旦贺端阳改变了主意，他就没戏唱了。

贺世忠刚想下决心，可又立即犹豫了。这主要是因为他想到，如果他要答应贺端阳这事，就必须放弃带贺世财、贺世绪、贺美奎、贺正轩几个人上访。当然现在改变主意还来得及，可是既然他已经答应了他们，又将一切都安排好了，怎么好意思突然又改变了主意？不说讲天理良心，就是讲做人的本分，也是不应该的！何况当初，他们都是看自己的面子才把钱借出来，这么多年，人家没来向自己讨要，已经是看了天大的人情，现在好意思刚说了的话，就马上像骂人说的那样"屙把尿就变"？那以后还怎样在湾里做人？更重要的是，他们肯定会追问他改变主意的原因，他拿什么回答他们？如果他照实说了，那岂不是不打自招？如果不说，他们又岂会饶过自己……

贺世忠就这么想来想去，一会儿觉得应该履行自己的诺言，带贺世财、贺世绪、贺美奎、贺正轩几个人去上访，这样才对得起自己的良心，死了在老祖宗面前才不会遭到埋怨。一会儿又想到"老年活动室"的实际利益，觉得水往低处流，人往利边行，自古以来都是天经地义的事，应该马上答应贺端阳。想着想着两者又交织在一起，像是打架一般撕扯自己的心，有时这个念头占了上风，有时又是那个念头占了上风，想着想着，把自己的头脑都想痛了，于是便往儿媳妇这边走了过来。

一见到儿媳妇，贺世忠便把贺端阳打算找他办"老年活动室"的事对她说了。王芳一听，立即眉开眼笑地叫了起来："哎呀，爸，这可是摔跟斗捡金子——难得碰到的好事呢！你可别小看了那么一个活动室，人家贺大成、贺大奎，还有郑家塝的郑习文，靠开麻窝子维持一家人的生活呢！你好不容易才去要到一个低保，一个月也才几十块钱，开那么一个活动室，运气好的话，等于你要了好多个低保呢！还有，这是贺端阳叫你开的，你也不得罪人，快去答应下来吧……"

贺世忠一听王芳的话，嘴唇动了动，想把已经答应带贺世财、贺世绪、贺美奎、贺正轩去上访的事，也说出来，可话到嘴边，却又咽回肚子里面去了。他知道儿媳妇的德性，是只想着自己，不会替他人着想的人，一旦晓得了他放下自己的事不做，而去为旁人出头露面，不但会像麻布口袋拧不干似的埋怨他，说不定还会不准他去，因此便打住话没说。王芳见他犹犹豫豫的样子，还以为他不想答应做这个活动室的"室长"，于是便自告奋勇地说："爸，你是不是不想开？你要不想开，去答应下来，我来开，我早就不想做地里的活儿了！"

贺世忠一听王芳的话，明白她又想占小便宜了，便没好气地说："我怎么又不想开呢？我和钱又没有仇，难道看到钱不晓得赚？"

王芳却没有看见贺世忠脸色的变化，只沉浸在一种兴奋中，听了贺世忠这话，于是又立即给贺世忠出主意说："爸还可以兼卖一点小东西，像烟酒油盐啥的，也可以赚点小钱！开起了要是忙不过来，这样近，我随时都可以过来帮你的忙！"

贺世忠听后，又说："就是烧点茶水，收点钱，也没多少活儿，我哪儿就做不下来……"

贺世忠还没说完，王芳便马上说："那不见得，爸，你没看见过年过节的时候，湾里那几家麻窝子，人多得都坐不下，你一个人顾得到哪一头？巴不得有人帮忙呢！"

贺世忠听了这话，才说："到了要人帮忙的时候，我自然要叫你帮忙，不过我脑壳里，现在还没想好呢！"

王芳一听这话，便马上像下通牒似的对贺世忠说："爸，还有啥子好想的？赶快答应下来！"

贺世忠觉得儿媳妇一点儿也不理解自己的心思，和她说了不但没拿定主意，反而增加了烦恼，于是便不再说什么，一个人又满腹心事地走了回去。

贺世忠想了一个下午，还是没想好主意，吃过晚饭，王芳又牵着贺阳过来了，一见便问："爸，你想好没有？"

贺世忠说："忙啥，我要慢慢想嘛！"

王芳听了，便抱怨地说："这又不是其他啥事，还有这样抠脑壳的？"

贺世忠一听儿媳妇的抱怨，便有意把话题岔了开去，说："也不晓得是怎样一回事，我今天一下午，心里都跳得慌，像是做了啥错事一般。不时淌虚汗，现在我手掌心还凉沁沁的……"

贺世忠还没说完，王芳便说："总是感冒了吧，爸，要不去万山叔那儿，拿几片感冒药吃！"

贺世忠说："我又不发烧，只是心里觉得慌乱，吃啥感冒药？"

王芳想了一想又说："那是怎么一回事呢？要不去找凤山叔算一算，看是不是犯了啥邪祟？"

听了这话，贺世忠心里倒是动了一下，却说："我今天下午门都没出，能犯啥邪祟？"

王芳又想了一会儿，但没有想出答案，便又说："爸，你再好好想一想，说不定等你一想好，心就不慌了！"

说完这话，王芳便牵着阳阳回去了。

这儿贺世忠又想了一晚上，到天亮的时候，终于拿定了主意，决定还是要带贺世财、贺世绪、贺美奎、贺正轩等人去上访！因为事情明摆着，贺端阳之所以要把开老年活动室这样的好处给他，恰恰是因为不想让他再去上访，如果就这样轻易答应了他，倒显得自己没骨气，有主动妥协让步的意思，这是其一。其二，反正过了明天，后天就要去市里上访了，如果上访顺利，当天就能回来，如果不顺利，不过再耽搁一两天，时间也不会很长。在这几天时间里，如果他没有对贺端阳明确表态自己不愿干，他料定贺端阳也不会轻易改变主意。因为如果他把开老年活动室的事给了别人，就等于是把他越推越远，实际上不管是贺端阳，还是乡上马书记，都是不会这么做的！因此，他便决定了先带贺世财、贺世绪、贺美奎、贺正轩等人去上访了，回来再对贺端阳说开老年活动室的事。他想：到了那时，自己不主动去找贺端阳，贺端阳也会再次找上门来。如此，在贺世财、贺世绪、贺美奎、贺正轩等人面前，他既没有违背自己的诺言，不管上访成不成功，他们都没有理由埋怨和指责自己。同时，也没有耽误自己开办老年活动室。在贺端阳他们面前，还增大了和他们继续谈判的砝码，真是一举两得，为什么不可以这么做呢？所以贺世忠一想到这里，心里一下亮堂起来。他推开窗户一看，只见旭日初露，红霞满天，清风阵阵，鸟鸣声声，一切都显得十分美好。贺世忠便觉得这天气，也和他的心情一样，处在一种欢愉和兴奋的状态中，便不由得翕动着鼻子，猛吸了几口新鲜的空气，把决心下了下来。

说也奇怪，贺世忠把决心一下，心里真的不那么慌乱了。接下来的两天时间里，他表面上还像往天一样，不动声色、有条不紊地干着自己的事，可实际上，他的心里始终都充满着早晨那种快乐和美好的阳光，洋溢着一种亢奋、欢愉的情绪，做起事来，觉得手脚比平时有劲多了，有种年轻时精力充沛的感觉。

且说这天晚上，天气却有了变化，先是有些闷热，接着空气里又有了一些潮湿的味道。然后乌云慢慢遮住了月亮，天和地一下朦胧起来。最初还依稀看得见路，看得见村庄、树木、擂鼓山等的轮廓，可渐渐地这些景物都变得模糊一片了。白天欢乐的清风，现在换了一种腔调鸣唱，有些像是妇人拉长声音呜咽，给人一种悲怆和凄凉的感觉。暗云低垂，大地阴沉，像是在孕育着某种不祥的气息一般。

十点来钟的时候，贺世忠轻轻地打开了大门，蹑手蹑脚地走了出来。他知道自己大门的门轴松了，开门时的响声，会惊醒贺端阳和马书记们插在自己身边的线人，于是往门轴里悄悄灌了一点水，果然开门的时候，门轴没有发出那么大的响声了。然后他走到鸡圈旁边，将挡着鸡圈门的石板挪开，以便自己不在的时候，让鸡们可以自由出入。尽管他走得很轻，可脚步声和挪动石板的声音，还是惊醒了熟睡的鸡们，鸡们立即在圈里"咯咯"地叫了起来，像是亲切地和他打招呼一样。贺世忠在鸡圈旁站了一会儿，有些舍不得离开的样子，直到鸡们的叫声停息下来以后，才踮着脚尖离开。他走到大门前又站了一会儿，似乎在思考还有什么忘了一样。这样过了一会儿，这才"咔嗒"一声把门锁上，又尖着耳朵，听了听周围的动静，见夜晚万籁俱寂，世界仿佛都死去了一般，这才放下心来，迈步朝前走去了。

才出门的时候，贺世忠觉得眼前一片黑乎乎的，可没过多久，眼睛渐渐适应了黑暗。毕竟一连晴了半个多月，弯弯曲曲的土路像鸡肠一样呈现出灰白的颜色。所以尽管乌云张开黑幔，把月亮挡了个严严实实，但这黑也不是铁板一块，只要眼睛一适应了这种黑暗以后，分辨出脚下的小路还是不成问题的。贺世忠没有想到天气会变化，所以也没有来得及准备手电筒。现在，他只好依靠自己的两只眼睛，小心翼翼地摸索着往前走了。

走着走着，从乌云的缝隙中透出了一点黯淡的月光，贺世忠不仅能够看清脚下的路来，而且也能模模糊糊地分辨清楚周围的景物来。那些树木、乱石岗、柴草垛子，朦胧地现出了一些轮廓。在路过下马坟的时候，那些坟堆犹如黑沉沉大海中的岛屿，显出一堆一堆青黑色的阴影，几只萤火虫点燃自己尾巴上的小灯笼，似乎想让微弱的光芒，给这暗黑的夜色带来一丝光明一样，在一堆堆青黑色的坟堆间缓缓地浮游着，时而被坟堆遮去，里面又显现出来，像是游魂一般，把夜衬托得更幽深和神秘。

刚出门的时候，除了风声以外，贺世忠没听到其他声音，可走了一阵，他逐渐听清楚了周围的声音。原来夜并不那么寂静，也是充满了喧嚣的气息。现在，风声中伴随的，还有田鼠奔跑、打架和咬噬食物的声音，有蛇爬行时身子摩挲地面的沙沙声。除了这些以外，更多的是躲在草丛和泥缝中，那些不知名的小虫的叫声。那些声音时而急切，像是呼唤什么；时而舒缓，仿佛叹息；时而又嘈嘈杂杂，像是争吵……把夜填塞得十分饱满。有时从远处，也偶尔传来一两声狗的吠叫，声音拉得很长，倒显出几分冷落似的。路过打石湾时，贺世忠忽然觉得喉咙有些发痒，忍不住咳了一声，没想到这声咳嗽，惊醒了头顶油桐树上栖息的一只黑老鸹。那鸟忽然受惊似的，"哇"的大叫一声，然后"扑簌簌"地扇动翅膀，朝暗夜飞去了。这一声叫唤，把贺世忠的毛发都吓得倒立了起来，马上想起了老鸹叫兆头不好的说法，心里有些害怕起来。可没过多久，他又镇静下来，因为他和贺世财、贺世绪、贺美奎、贺正轩一样，绝对相信贺凤山给他们择的这个日子是个黄道吉日，没什么值得担心和害怕的。

这么想着，贺世忠便又继续往前面走去。可就在这时，他忽然听见身后有脚步声。这是真真切切的脚步声，沙沙中带着一点谨慎，像是老鼠走路一样，十分小心。贺世忠起初以为自己听错了，特地把步子放慢下来，又认真听了一会儿，断定确实有人在后面走路，于是便掉过头，猛地问了一声："谁?"

喊声一落地，"沙沙"声便戛然而止。贺世忠又问了一句，还是没人答应。周围又黑咕隆咚，贺世忠即使把眼睛睁得比铜铃还大，可还是没法看清究竟有人没人。过了一会儿，贺世忠还是相信是自己听错了。因为他想起小时候走夜路，也常常发生这样的事。这样一想，贺世忠就再也没去管身后的声音了。

走了大约半个多钟头，贺世忠已经进入了杜家沟。路渐渐变得宽敞了起来，因为有一条机耕道，从南坝村通到这儿。平时走到这，路上进城赶集的行人，就会多起来。可现在是深夜，路上除了一层黑黝黝的夜色外，没有一点活动的影子。但毕竟是走上所谓的"大路"，因而贺世忠心里又踏实了许多。又走了一会儿，忽然背后一道手电筒的亮光，划破沉寂的夜空，在他头顶晃了一下。贺世忠急忙转身看去，果然在离他两三百米远的地方，有人打着手电筒在急急地朝他走来。贺世忠一听那"沓沓"的脚步声，就判断出朝他走来的人不是一个，而是两人。贺世忠一见，不由得高兴起来，心里暗暗想道："这下好了，遇到赶早场的人了，不但可以和他同路，还可以借他的光，不再摸黑了!"

这样想着，贺世忠就故意大声咳了一下，然后又喊了起来："赶场的，快点，我们好一路!"

那打手电的人听到喊声，只把手电筒的光朝贺世忠划了一下，却没有答应，仍只急急地往前走着。走到贺世忠面前大约只有二三十米，突然一下把手电筒熄了。贺世忠只听见沙沙的脚步声，却看不清人影，于是便又大声问："喂，赶场的，手电筒怎么熄了? 是不是灯泡坏了?"

可那两个人仍是不答，渐渐地走近了，贺世忠已经能够看清他们黑乎乎的影子了! 贺世忠正准备再问，可是倏忽之间，那两个黑影忽然像猛虎扑食一样，朝他压了过来。还没等贺世忠弄清是怎么回来，一条麻袋便套在了他头上，紧接着，两只胳膊分别被两只大手像是老虎钳一样紧紧抓住，拉着他便向回跑了。

2014年3月20日—5月25日于渠县月季苑寓所

2015年1月1日—1月7日改于绵阳园艺山